부상일기
扶桑日記

통신사 사행록 번역총서 10

부상일기

扶桑日記

조 형 지음 | 김용진 역주

보고사
BOGOSA

머리말

『부상일기(扶桑日記)』는 1655년(효종 6) 을미 통신사의 정사였던 조형(趙珩, 1606~1679)이 일본 사행 중에 보고 들은 것을 일기로 기록하여 남긴 것이다. 1711년(숙종 37) 신묘 통신사의 정사로 파견된 조태억(趙泰億, 1675~1728)이 사행에 참고하기 위해 조형의 증손인 조경명(趙景命, 1674~1726)에게 빌려 휴대하였다. 사행 중 조태억은 일본에 남아있던 조형의 유묵을 수습하여 말미에 덧붙였다. 이후 1913년 서울에서 『부상일기』 진본을 입수한 이마니시 기마타[今西龜滿太]가 책 뒤에 일본어 설명을 덧붙여 넣었다. 다시 1917년 고이즈미 데이조[小泉貞造]가 이마니시 기마타에게 원본을 빌려 필사하였다. 다른 사행록과 달리, 한국과 일본, 미국을 오가며 여러 사람의 손을 거쳐서 필사되고 보관되다가 이번에 출판되는 것이다.

본 번역서의 저본이자, 고이즈미 데이조[小泉貞造]가 필사한 이 자료는 현재 미국 하버드대학교 옌칭도서관에 소장되어 있는데, 다른 사행록과 달리, 근대 시기에 미농지에 붓으로 쓴 필사본이어서 뒷장의 글씨가 많이 비친다. 따라서 원문, 특히 일본어 원문을 입력하는데 많은 시간을 들였다.

이 번역서가 출판되기까지 많은 분들의 도움을 받았다. 무엇보다 미국에 있는 원본을 처음 소개해주신 허경진 교수님과 초벌 번역을 하신 이민지 선생께 감사를 드린다. 조형의 『부상일기』 뒤에는 이 필사본을 제작한 일본 육군 통역 이마니시 기마타와 고이즈미 데이조가 일본어로 덧붙여 쓴 23장의 기록이 있는데, 이 부분은 타지마 박사가 일본어 입력 및 한국어 초벌 번역을 맡아주었다. 백년 전에 쓰여진 난해한 일본어를 번역해주신 타지마 박사에게 감사를 드린다. 뿐만 아니라 출판 과정에서 교열해주신 허경진 교수님께 다시 한 번 감사를 드린다.

『부상일기』 자료의 번역서 출판은 이번이 처음이지만, 지금까지 『부상일기』에 대한 소개 및 연구는 여러 차례 진행된 바 있다. 이 책에 관심있는 독자들은 『하버드대학 옌칭도서관의 한국 고서들』(허경진, 웅진북스, 2003); 『조형의 부상일기 연구: 1655년 일본통신사의 기행일지』(임장혁, 집문당, 2000); 「하버드 대학 소장 『부상일기』의 구성과 의미」(구지현, 『열상고전연구』 17, 열상고전연구회, 2003) 등의 글을 읽어보면 더 많은 도움이 될 것이다.

차례

을미년(1655년, 효종 6년) 4월 동사일기(東槎日記)
부상일기(扶桑日記)

일러두기

1. 본 번역서는 미국 하버드대학교 옌칭도서관에 소장되어 있는 『부상일기(扶桑日記)』의 현대어 번역이다.

2. 번역문, 원문, 영인본 순서로 수록하였다.

3. 가능하면 일본의 인명이나 지명을 일본어 발음으로 표기하였고, [ ] 안에 원문을 입력하였다.

4. 각주는 인명이나 지명 등 고유명사를 위주로 달았으며, 모두 역자주이다.

5. 원문을 입력하면서 독자들이 참고하기 편하도록 인명이나 지명 등의 고유 명사는 밑줄을 그어 표시하였다.

해제

1. 기본서지

『부상일기(扶桑日記)』는 1권 1책의 필사본으로 크기는 26×18㎝이며, 1면 10행 20자, 본문은 86장이며, 부록은 31장이다. 현전하는 『부상일기』는 2종으로 알려져 있다. 1종은 진본으로, 이마니시 기마타[今西龜滿太]의 후손을 통해 임동권에게 전해졌다가 현재 그의 아들 임장혁이 소장하는 것으로 알려져 있다. 다른 1종은 고이즈미 데이조[小泉貞造]가 백여년 전에 이마니시 기마타에게 원본을 빌려 필사했던 것으로, 현재 미국 하버드대학교 옌칭도서관에 소장되어 있다. 본서는 옌칭도서관 자료를 저본으로 삼아 번역을 진행하였다.

2. 저자

조형(趙珩, 1606~1679)은 본관이 풍양(豊壤), 자는 군헌(君獻), 호는 취병(翠屛), 시호는 충정(忠貞)이다. 1630년 식년문과에 병과로 급제하였고, 도승지(都承旨), 대사간(大司諫), 동지성균관사(同知成均館事), 형조판서(刑曹判書), 공조판서(工曹判書), 대사헌(大司憲), 예조판서(禮曹判書), 지의금부사(知義禁府事), 우참찬(右參贊), 좌참찬(左參贊), 판의금부사(判義禁府事) 등 관직을 역임하였다. 1655년 대사간이 되어 통신사 정사의 신분으로 일본에 다녀왔다.

3. 내용과 구성

1655년(효종 6) 에도막부[江戶幕府]의 요청에 따라 조선 정부는 4대 쇼군 도쿠가와 이에츠([德川家綱, 1641~1680]의 쇼군직 즉위를 축하하기 위해 통신사를 파견하였다. 『부상일기』는 이때 통신사의 정사로 선발된 조형이 일본에 다녀오며 기록한 일기이다.

하버드대학교 옌칭도서관에 소장되어 있는 『부상일기』 필사본은 조선인의 기록과 일본인의 부기로 나눌 수 있다. 조선인의 기록인 조형의 일기는 1655년(효종 6) 4월 20일에 조형 일행이 한양을 출발한 때부터 시작되며, 에도에서 귀국길에 올라 이듬해인 2월 1일 쓰시마[對馬]의 조주인(長壽院)에 머문 날까지 기록되어 있다.

이 기록에 따르면, 조형 일행은 10월 3일 에도[江戶]에 도착해 8일 국서를 전달하는 의식인 전명의(傳命儀)를 행하였으며, 에도에 체류 도중인 10월 14일 닛코[日光]로 출발해서 18일 도쿠가와 이에야스[德川家康]의 사당인 도쇼구[東照宮]에서 효종의 어필(御筆)을 전달하고 21일 다시 에도로 돌아와 곧이어 귀국길에 올랐음을 알 수 있다. 기존 사행록에 닛코 관련 기록이 많지 않으므로, 이 부분도 연구자료로 흥미롭다.

이어서 1711년(숙종 37) 통신사행 당시 조태억이 일본 사행 중 수습한 조형의 시 7수와, 조태억의 서문 및 시 1수가 함께 실려 있다.

일본인의 부기는 이마니시 기마타의 일본어 기록 21장과 고이즈미 데이조의 기록 2장으로 구성되어 있다. 이마니시 기마타는 1655년 사행 당시에 만났던 일본의 유명한 문사들 및 1711년 통신사의 정사 조태억, 1655년 통신사의 종사관으로 조형과 함께 일본에 갔던 남용익(南龍翼) 등의 생애, 그리고 이들을 접대했던 하야시[林] 집안 인물들을 상세히 기록해 놓았다. 이는 1913년 이마니시 기마타가 『부상일기』의 진본을 손에 넣은 후 직접 부기해 넣은 것으로 보인다. 마지막에는 고이즈미 데이조가 조태억의 서문을 일본어로 번역한 것과 『부상일기』를 필사한 내력이 실려 있다.

4. 가치

이 책은 통신사 일행 중 정사의 입장에서 사행 과정을 기록한 사행록이라는 점에서 통신사 연구뿐만 아니라 17세기 중반 한일관계의 특징을 살펴볼 수 있는 자료로 가치가 충분하다. 조태억이 선배 통신사 조형의 사행록을 빌려서 자신의 사행(使行) 지침서(指針書)로 삼았으며, 선배 후손들에게 도움이 될만한 내용을 자신이 조사하여 덧붙인 사실도 흥미롭다. 뒷부분에 일본인들이 덧붙인 부기(附記) 역시 통신사 기록이 일제 침략기나 강점기 일본인들에게 어떻게 입수되고 이해되었는지를 보여준다.

또한 이마니시 기마타와 고이즈미 데이조가 작성한 일본어 해설을 기록하고 있는만큼, 256년에 걸쳐 조선인과 일본인이 기록하고, 읽는 과정에서 서로 보완한 흔적이 남아있는, 즉 시공간을 뛰어넘은 한일 문인 간 사상 교류의 서적이라는 점에서 남다른 의미가 있다. 하버드대학교 옌칭도서관에 소장된 이 『부상일기』는 여러 면에서 다른 사행록들과 다른 전승과정을 거쳤던 만큼, 통신사 연구에 새로운 방향을 제시할 수 있으리라고 기대된다.

부상일기
扶桑日記

[을미년(1655년, 효종 6년) 4월 동사일기(東槎日記)]

4월 작은 달

20일 갑술(甲戌) 맑음.

조정을 하직하고 한강(漢江) 나루를 건넜다. 신여만(申汝萬), 이자범(李子範), 이함경(李咸卿), 홍대이(洪大而), 김중문(金仲文), 홍원백(洪遠伯), 목행지(睦行之), 익평위(益平尉)[1], 남명서(南明瑞), 김군옥(金君玉), 홍중일(洪仲一), 윤여옥(尹汝玉) 형제, 박여도(朴汝道), 김구지(金久之), 이장경(李長卿), 이일경(李一卿), 이유능(李幼能), 이계하(李季夏), 홍군실(洪君實), 최일(崔逸), 김만균(金萬均), 김왕(金迬) 등 여러 사람이 함께 와서 작별하였다.

저녁 때 양재(良才)에 도착해서 숙박하였다. 나우천(羅于天), 김구지(金久之), 박세주(朴世柱)가 술을 가지고 밤에 내방하였고, 찰방(察訪)[2] 조비현(趙丕顯)도 술자리를 베풀어 주었다.

---

1 홍득기(洪得箕, 1635~1673)가 1649년에 당시 세자이던 효종의 둘째 딸 숙안군주(淑安郡主)와 혼인하여 익평위에 봉해졌다.

2 조선시대 각 도의 역참(驛站)을 관리하던 종6품의 외관직.

21일 을해(乙亥) 맑음.

아침 일찍 양재를 출발하여 판교(板橋)에서 말을 먹이고, 용인(龍仁)에서 점심[3]을 들었다. 광주(光州)목사 홍자회(洪子晦)가 갈천(葛川)에 도착하였다는 소식을 듣고 맞이하여 잠시 이야기를 나눴다. 저녁에는 양지(陽智)에서 숙박하였다. 참관(站官)인 수원(水原)부사 김수인(金壽仁)과 본현(本縣)의 수령 신희(愼熹)가 와서 뵈었다. 찰방은 뒤쳐졌다.

22일 병자(丙子) 비 옴.

양지를 떠나 신리(新里)에서 점심을 먹고 죽산(竹山)에서 숙박하였다. 본주(本州)부사 허수(許邃), 안성(安城)군수 김홍석(金弘錫), 양성(陽城)현감 유찬연(柳燦然)이 참관으로 찾아와 뵈었다. 종사관(從事官)[4]은 군위(軍威)에 계신 부모님을 뵙는 일로 먼저 내려갔다.

---

3 중화(中火) : 길 가다가 도중에 지어먹는 점심.

4 종사(從事) : 중국에 보내던 하정사(賀正使)나 일본에 보내던 통신사(通信使)의 삼사(三使) 가운데 하나이다. 직무는 사행중 정사(正使)와 부사(副使)를 보좌하면서 매일 매일의 사건을 기록하였다가 귀국 후 국왕에게 견문한 바를 보고하는 것이다. 한편 일행을 감찰하고 도강할 때에 일행의 인마(人馬)·복태를 점검하는 행대어사(行臺御史)를 겸하였다. 조선 전기 부경사행(赴京使行)의 기록관은 서장관(書狀官)이라고 하였으며, 통신사의 종사관은 문관 5·6품의 직계로 홍문관교리의 직함을 임시로 받았다

이때의 종사관은 남용익(南龍翼, 1628~1692)인데, 자는 운경(雲卿), 호는 호곡(壺谷) 본관은 의령(宜寧)이다. 1646년 진사(進士)가 되고 1648년 정시문과에 병과로 급제한 뒤, 시강원설서, 성균관전적, 홍문관부수찬 등의 요직을 역임하였다. 1655년에 관백 도쿠가와 이에미쓰[德川家光]가 죽고 그 아들 도쿠가와 이에쓰나[德川家綱]가 그 자리에 올라 통신사를 요청하자, 같은 해 6월 종사관으로 조형(趙珩), 유창(兪瑒) 등과 함께 일본에 다녀왔다. 이때 지은 『부상록(扶桑錄)』이 남아 있다.

23일 정축(丁丑) 맑음.

죽산을 출발하여 무극(無極)에서 점심을 먹었다. 여주(呂州)목사 변복일(邊復一)이 참(站)[5]에 나왔다. 조현소(趙見素), 한구(韓昫), 조국빈(趙國賓)의 자제 세 사람이 와서 뵈었다.

저녁에는 숭선(崇善)에 머물러 숙박하였으며 본주목사 박안제(朴安悌)가 참에 나왔고, 목천(木川)수령 이희년(李喜年)이 와서 뵈었다.

24일 무인(戊寅) 맑음.

아침에 숭선을 출발하여 저녁에는 충주(忠州)에 머물러 잤다. 곧장 박중구(朴仲久)가 우거(寓居: 임시 거처)하고 있는 곳으로 가서 조용히 대화를 나누고 저녁이 되어서야 돌아왔다.

25일 기묘(己卯). 낮에는 맑고 저녁엔 비가 옴.

아침에 충주를 출발하여 지나는 길에 박중구를 만나 다시 작별의 말을 나누었다. 하인아이들이 뒤쳐졌다.

저녁에 안보역(安保驛)에서 머물러 잤다.

26일 경진(庚辰) 맑음.

아침 일찍 안보를 출발하여 곧바로 연풍현(延豐縣)과 용추(龍湫)의 경계 지역에 도착하였다. 부사(副使)[6], 청주(淸州)수령 심문백(沈文伯), 청

---

5 참(站) : 조선 시대, 관원이 공무로 다닐 때에 숙식을 제공하고 빈객(賓客)을 접대하기 위하여 각 주(州)와 현(縣)에 둔 객사(客舍).

6 부사(副使) : 이때의 부사는 유창(兪瑒: 1614~1692)으로, 자는 백규(伯圭), 호는 추담(楸潭), 운계(雲溪), 본관은 창원(昌原)이다. 예조참의, 개성부유수 등을 역임하였다.

풍(淸風)수령 김건중(金建中), 괴산(槐山)수령 이도기(李道基), 연원(連源)독우(督郵)[7] 윤의지(尹誼之)와 함께 가서 폭포를 보면서 작은 술자리를 잠깐 벌였다. 이어 새재를 넘어서 용추에서 말을 갈아탔다.

저녁에 문경(聞慶)에 도착하여 숙박하였다. 상주(尙州)목사 임서(林瑞)가 참에 나왔다.

27일 신사(辛巳) 맑음.

아침 일찍 문경을 떠나 구탄(狗灘)에서 점심을 먹었다. 성주(星州)목사 김종일(金宗一)이 참에 나왔으며, 군위현감 권이량(權以亮), 양천(陽川)군수 남창조(南昌祖)가 와서 뵈었다.

저녁에는 용궁(龍宮: 경상북도 예천의 옛 지명)에서 숙박하였다. 주수(主倅: 본 고을의 수령) 정언열(鄭彦說)이 밤에 조촐한 술자리를 베풀었는데, 부사, 감찰 이필(李苾), 참봉(參奉) 박중휘(朴重輝)와 함께 마셨다.

28일 임오(壬午) 비 옴.

아침에 용궁을 출발하여 저녁에 예천(醴泉)에 머물러 잤다. 주수 김인량(金寅亮)이 쾌빈루(快賓樓)에 술자리를 마련했는데 부사와 감찰 이필, 일행의 군관(軍官: 통신사의 호위를 담당하는 무관)과 원역(員役)[8]들이

1650년 증광문과에 을과로 급제, 1653년 세자시강원설서를 거쳐 이듬해에 지평(持平)이 되었다. 1655년에 조형(趙珩), 남용익(南龍翼) 등과 함께 일본에 다녀왔다. 저서로는 『추담집』이 있다.

7 순찰하는 벼슬아치인데, 여기에서는 찰방(察訪)을 뜻한다.

8 원역(員役) : 이서(吏胥)(아전)의 한 가지, 관아에 딸린 구슬아치. 여기서는 정사(正使)·부사(副使)·종사(從事)를 제외한 상상관(上上官)·상판사(上判事)·제술관(製述官)·서기(書記) 이하 나머지 사행원 일체를 지칭한다.

모두 참석하였으며, 밤이 깊어서야 파했다.

29일 계미(癸未) 맑음.

아침에 예천을 출발하여 풍산(豊山)에서 점심을 먹었다. 영천(榮川)군수 이하악(李河岳)이 참에 나왔으며 전(前) 지평(持平) 남천택(南天澤)이 와서 뵈었다.

저녁에 안동(安東)에 머물러 잤다. 밤에 부사, 주수와 더불어 이야기를 나누고 조촐한 술자리를 가졌으며, 밤이 깊어서야 자리를 파했다.

5월

초1일 갑신(甲申) 맑음. 안동(安東)에 머무름.

망호루(望湖樓)에 모였는데, 주수 이준구(李俊耈)와 영해(寧海)수령 성백첨(成伯瞻), 본부판관(本府判官), 안기(安奇), 금정(金井), 창락(昌樂)의 세 독우가 모두 술자리에 참석하였다. 일행의 군관과 원역들도 모두 연회에 참석할 수 있었다.

초2일 을유(乙酉) 맑음.

식후에 여정에 올라 앞에 있는 강에 이르러 배를 타고서 작별한 뒤, 말을 달려 일직(日直)에 이르렀다. 안동수령 이지교(李了喬)도 뒤따라 도착했다. 참관인 영해수령과 더불어 잠깐 이야기를 나눈 뒤 즉시 출발하여 저녁엔 의성(義城)에서 숙박하였다.

初3일 병술(丙戌) 비 옴. (의성에) 머무름.

주수 윤유근(尹惟謹)과 참관인 인동(仁同)부사 이정즙(李廷楫)이 술자리를 마련하였다. 밤이 되어서야 파했다.

初4일 정해(丁亥) 맑음.

아침 일찍 의성을 출발하여 청로(靑路)에서 점심을 먹었다. 영덕(盈德)현령 박정(朴綎)[9]이 참에 나왔으며, 군위현감 남득우(南得雨)가 와서 뵈었다.

저녁에는 의흥(義興)에서 숙박하였다. 칠곡(柒谷)부사 이준한(李俊漢)이 와서 뵈었다.

初5일 무자(戊子) 맑음.

아침 일찍 의흥을 떠나 신녕(新寧)에서 점심을 먹었다. 대구(大丘)부사 이정(李淀)이 참에 나왔으며, 주수 김정(金埥)이 와서 뵈었다. 임천(林川)의 노비 이금(里金)도 와서 문후한지 여러 날 되었다.

저녁에는 영천(永川)에서 숙박하였다. 본도(本道)감사 남훤(南翧)이 와서 문후하기에, 그와 더불어 술자리를 갖고 이야기를 나누다 밤이 깊어서야 파했다. 참관인 청도(淸道)수령 심장세(沈長世), 고령(高靈)수령 박세기(朴世基), 주수 이구(李昫)가 들어와 뵈었는데, 장수(長水)찰방 황택(黃澤)이 배행(陪行)하였다.

---

9 난상에 "원본 공백(原本空白)"이라는 주가 있다.

初6일 기축(己丑) 맑음.

식후에 영천을 떠나 모량(毛良)에서 점심을 먹었다. 경산(慶山)현감 이휘조(李徽祚)가 참에 나왔다.

저녁에는 경주(慶州)에서 머물러 잤다. 주목(主牧) 정양필(鄭良弼), 흥해(興海)수령 이여택(李汝澤)이 밤에 와서 뵙고 술자리를 베풀었으나, 매우 지치고 피곤해서 굳게 사양하고 자리를 파했다.

初7일 경인(庚寅) 맑음.

아침에 경주를 출발하여 구어역(仇於驛)에서 점심을 먹었다. 연일(延日)현감 이홍조(李弘祚)가 참에 나왔다.

저녁에는 울산(蔚山)에서 숙박했다. 곧장 김제주(金濟州)[10]가 우거하고 있는 곳으로 가서 이야기를 나눴다.

初8일 신묘(辛卯) 맑음.

아침 일찍 울산을 떠나 몇 리를 가니 정사(亭舍)[11]가 있어 그 곳에서 김제주, 부사(府使) 윤세임(尹世任)과 작별하였다.

저녁에 용당리(龍堂里)에서 숙박하였다. 밀양(密陽)부사 윤득열(尹得說)이 참에 나왔기에 맞이하여 만나보았다.

初9일 임진(壬辰) 맑음.

아침 일찍 용당을 떠나 입석(立石)에서 말을 먹였다.

---

10 김제주(金濟州) : 현재 제주목사이거나, 또는 제주목사를 지냈던 김아무개를 뜻한다. 여기서는 전직(前職)으로 보인다.

11 정사(亭舍) : 경치 좋은 곳에 정자 모양으로 지어 거처하는 집.

저녁에는 동래(東萊)에서 숙박하였다. 부사 한진기(韓震琦)를 맞아 접견하였다. '서울 집이 평안하다'는 편지를 받고 답신을 만들어서 장계(狀啓) 올리는 편에 같이 부쳤다

初10일 계사(癸巳) 흐림.

오후에 동래를 떠나 저녁에는 부산(釜山)에서 머물러 잤다. 김해부(金海府)에서 지응(支應)하였다.

11일 갑오(甲午) 맑음. 부산(釜山)에 머무름.

동래부사가 차왜(差倭)[12] 평성련(平成連, 헤이 나리쓰라)을 접대하는 일로 왔는데, 가마를 타고 문 밖에 도착하여 정문(正門)을 경유해서 들어오니 사체(事體: 일의 이치와 정황)를 모르는 것이 심하였다. 공형(公兄: 아전)을 추문(推問)하였으나 곤장을 때리지는 않았다. 부사(府使)가 차왜를 접대한 후에 다시 왔으나 안팎의 정문이 닫혀 있어서 들어오지 못하고 바로 관아로 돌아갔다. 좌수사(左水使) 이문위(李文偉)가 와서 뵈었다.

12일 을미(乙未) 맑음. 부산에 머무름.

부사(副使)와 더불어 달빛 아래서 시를 짓고, 거문고 연주에 맞추어 부르는 노래를 들었다. 밤이 깊어서야 자리를 파했다.

---

12 차왜(差倭) : 일본의 쓰시마[對馬島]에서 조선에 수시로 파견한 외교 사절, 외교적 현안이 있을 때마다 임시로 파견함.

13일 병신(丙申) 맑음. 부산에 머무름.

웅천(熊川)현감이 와서 함께 잤다. 이마(理馬)[13]가 예단마(禮單馬)를 끌고 도착하였다.

14일 정유(丁酉) 맑음. 부산에 머무름.

창원부(昌原府)의 지응은 김해에 비해 매우 박하여 참을 수 없는 지경이었다. 이마 박홍원(朴弘遠)이 동래부(東萊府)에 도착하여 인정(人情)[14]을 징수한 일이 있었기에 형신(刑訊)[15]하고, 본부의 아전도 진작에 대령하지 않은 죄가 있어 그 죄를 다스렸다.

15일 무술(戊戌) 맑음. (부산에) 머무름.

이른 새벽에 망궐례(望闕禮)[16]를 행하였다. 부사가 동헌(東軒)에서 연회를 베풀고 기악(妓樂)을 크게 펼쳤다. 웅천현감이 자신의 현으로 돌아갔다.

16일 기해(己亥) 맑음. (부산에) 머무름.

금군(禁軍) 두 사람이 연이어 도착했는데, 국서(國書)를 담는 궤와 다시 장만한 악기 등의 물품을 가져왔다. 서울 집의 소식을 받아보게 되

---

13 이마(理馬) : 말을 담당하는 관리, 사복시(司僕侍)의 정6품 잡직.

14 인정(人情) : 벼슬아치에게 몰래 주던 선물, 뇌물.

15 죄인의 정강이를 때리며 죄를 캐묻던 일.

16 망궐례(望闕禮) : 지방관아나 외직에 나간 관원이 명절이나 왕, 왕비의 생일, 음력 초하루와 보름에 전패에 대고 절을 올리는 의식. 지방 관아에서는 왕을 멀리 떠나 있어도 변함없이 공경하고 충성한다는 뜻을 나타내기 위해 나무에다가 궁궐을 뜻하는 전(殿)을 새긴 패를 만들어 교의에 올려서 봉안하고서 예를 올렸다.

어, 답장을 써서 그들이 돌아가는 편에 부쳤다.

17일 경자(庚子) 맑음. 머무름.

18일 신축(辛丑) 맑음. (부산에) 머무름.

점심 후에 진주(晉州)에서 지응하였다. 장수 독우가 하직하고 본 역(驛)으로 돌아갔다.

19일 임인(壬寅) 맑음. (부산에) 머무름.

역관(譯官) 김시성(金時聖) 등이 군위에서 곧장 왔다.

20일 계묘(癸卯) 맑음. (부산에) 머무름.

왜인의 처소에 예단마를 들여보냈다. 울산부사가 접왜관(接倭官)으로 왔다.

21일 갑진(甲辰) 맑음. (부산에) 머무름.

김시성 등이 종사관의 선문(先文)[17]을 보고, 중도에 마중 나가 기다리기 위해 하직(下直)하였다.

22일 을사(乙巳) 맑음. (부산에) 머무름.

응련(鷹連: 매)을 왜인의 처소에 들여보냈다.

---

17 선문(先文) : 벼슬아치가 지방에 출장할 때, 그곳에 도착 날짜를 미리 알리던 공문.

23일 병오(丙午) 맑음. (부산에) 머무름.

종사관이 와서 만났다. 역관 한시열(韓時說)이 와서 서울 집의 편지를 전했는데 평안하다는 소식을 접했다. 조흥원(趙興源)이 율포(栗浦)에서 왔다.

24일 정미(丁未) 맑음. (부산에) 머무름.

피리 부는 악공 장일춘(張一春)이 충주에서 와서 뵈었다. 경주 통인(通引)[18] 득방(得芳)과 상주 통인 응발(應發), 의흥 통인 철구(鐵龜), 경산 통인 덕웅(德雄) 등이 배행하는 일로 와서 뵈었다.

25일 무신(戊申) 맑음. (부산에) 머무름.

좌수사가 주관하여 빈일헌(賓日軒)에서 크게 연회를 벌였는데, 여러 음악이 모두 연주되었다. 술을 일곱 순배(巡杯) 돌리고서 파했다. 이것은 사행할 때에 의례적으로 열어 주는 잔치로 일행의 원역들이 모두 들어와 참석하였고, 이마와 악공까지 참석하여 모두 상(床)을 받았으니 그들에게는 큰 영광이었다. 이 날 조반 전에 군관 나득성(羅得聖)과 의원(醫員) 한형국(韓亨國), 역관 장위민(張偉敏) 등에게 태벌(笞罰: 매로 볼기를 치는 형벌)[19]을 내렸다.

26일 기유(己酉) 흐림. (부산에) 머무름.

영가대(永嘉臺)[20]에서 기풍제(祈風祭)를 지내려고 이명빈(李明彬)이 전

---

18 통인(通引) : 수령(守令)의 잔심부름을 하던 구실아치.

19 태벌(笞罰) : 매로 볼기를 치는 형벌. 죄질에 따라 죄인에게 태(笞)·장(杖)·도(徒)·유(流)·사(死) 등 다섯 가지 형벌을 베풀었는데, 이 가운데 가장 가벼운 형벌이다.

사(典祀: 제사를 담당하는 벼슬)와 독축(讀祝) 등의 일을 겸하고, 종사관이 제문(祭文)을 지었으며, 정침(鄭琛)이 정서(正書)[21]하고, 김의신(金義信)이 위패에 '대해지신(大海之神)' 네 글자를 써서 탁자 위에 안치하였다.

이날은 초저녁부터 비가 오더니 밤새 그치지 않았다. 양산(梁山)수령 김왕(金迋)이 방문하고 바로 돌아갔다. 웅천이 지공(支供)[22]하였다.

27일 경술(庚戌) 비 옴. (부산에) 머무름.

새벽에 부사, 종사관과 더불어 비 맞는 것을 무릅쓰고 영가대로 가서 누대 위에 모였다. 때가 아직 일러 잠시 헐소(歇所: 휴게 공간)에서 쉬며 축시(丑時: 오전 1시~3시)가 되기를 기다렸다가 뜰에 들어가 잔을 올리기를 오례의(五禮儀) 의주(儀註)에 따라 행하고 곧바로 돌아왔다.

이 날, 배에 오를 날짜를 골랐는데, 큰비가 내린 뒤라 바람의 기세가 크게 일었다. 오후에 잠깐 포구에 나가 배를 탔다가 곧바로 내렸다. 다시 동헌에 머무르니 동래부사가 전별의 술자리를 베풀었다.

역관 박형원(朴亨元)이 왜인에게 보낼 예단을 가지고 왔다. 사행의 역

---

20 영가대(永嘉臺) : 일본에 파견되는 통신사 일행이 항해의 안전과 무사 귀환을 비는 해신제(海神祭)를 올리던 곳, 현재 부산광역시 동구 자성대(子城臺)에 있는 정자(亭子). 광해군 9년(1617) 회답겸쇄환사(回答兼刷還使)였던 오윤겸(吳允謙)이 영가대에서 일본으로 출발한 이후 통신사행은 줄곧 이곳에서 해신제를 올리고 일본으로 갔다. 통신사행은 8개월에서 1년여 간의 긴 여정으로 거친 항해 길에 올랐으므로, 출발 전에 영가대에서 안전 항해와 무사 귀환을 비는 해신제를 올렸다. 해신제는 통신사 출항 직전의 필수적인 의식으로 『국조오례의(國朝五禮儀)』의 해독제(海瀆祭)에 준하여 거행되었다. 영가대에서 해신제를 지낸 통신사는 국서를 받들고 기선 3척과 복선 3척에 나누어 타고 그 날로 출발하여 호위하는 대마선단에 선도되어 와니우라[鰐浦]에 입항한 뒤 쓰시마 후추[府中]로 들어갔다.

21 정서(正書) : 초(草) 잡았던 글을 정식으로 베껴 쓰는 것.

22 지공(支供) : 관원이 공무로 출장갈 때에 각 지역에서 음식 따위를 대접하여 받드는 일.

관이 부족하다는 내용의 공사(公事)를 만들어 해당 조(曺)에 보냈더니, 이로 인해 그 역관이 오는 편에 가지고 온 것이다.

종사관이 자신의 배에 원역이 적다고 불평하며, 역관 변이표(卞爾標)를 요청하여 데리고 갔기 때문에, 박(朴)역관에게 장무(掌務)[23]의 임무를 대신 맡도록 하였다.

28일 신해(辛亥) 흐림. (부산에) 머무름.

배를 타고서 어필(御筆)을 하사 받기를 기다린다는 장계를 올리고, 아울러 서울 집에 편지를 부쳤다.

29일 임자(壬子) 맑음. (부산에) 머무름.

부사, 종사관과 함께 동헌에 모였다. 웅천현감이 술자리를 베풀었는데 별청(別廳)에서 군관과 원역도 접대하였다. 술과 안주가 자못 정갈하였다. 삼방(三房) 기생의 처소에도 각각 음식을 나누어 주었다고 한다. 웅천이 작은 고을임에도 이 정도로 관아의 힘이 있음은 결코 우연이 아닐 것이다.

30일 계축(癸丑) 맑음. (부산에) 머무름.

들으니 승문원(承文院: 외교문서를 담당한 관청) 정자(正字)[24] 이형천(李亨千)이 어필(御筆)을 가지고 동래에 도착했다고 한다.

---

23 장무(掌務) : 역관, 군관 등의 우두머리.

24 정자(正字) : 주로 외교문서의 검토·교정을 담당하는 정9품 벼슬인데, 홍문관·승문원·교서관(뒤에 규장각에 소속)에 배치되었다.

6월

초1일 갑인(甲寅) 맑음. (부산에) 머무름.

이른 새벽에 망궐례를 행하였다. 식후에 일행의 상하가 관대(冠帶)를 갖추고 5리 정도를 마중 나갔다. 어필(御筆)이 막차(幕次)[25]에 도착하자 사신과 원역들이 앞서 인도하여 관문(舘門) 내에 이르러 어필을 공경하여 맞이하였다. 정자(正字)가 어필을 가지고 곧장 대청에 올라 상 위에 봉안하였다. 후에 수사(水使)와 수령, 변장(邊將) 등이 동서(東西)로 뜰에 나누어 사배례(四拜禮)를 행하였다. 이를 마치자 삼사(三使)가 손을 씻고 상 아래로 나아가 무릎을 꿇고 어필을 펼쳐 본 뒤. 다시 봉하여 국서를 봉안한 옆에 안치하였다. 그 후에 정자가 사배례를 행하니 이는 국서(國書) 때문이다.

어필(御筆)이 온 편에 '서울 집이 평안하다'는 소식을 접하였다. 어필을 공손히 받았다는 소식과 평성련(平成連)의 서계(書契)[26]에 대한 회답이 아직 오지 않았다는 것, 그리고 배를 출발시키라는 명을 기다리고 있다는 내용의 장계를 만들어 보냈다. 아울러 서울 집에 답서를 부쳤으며, 민인보(閔寅甫), 김일정(金一正)의 안부 편지를 받아 볼 수 있었다.

---

25 막차(幕次) : 임시로 장막을 쳐서 고관들이 잠깐 머무는 곳.

26 서계(書契) : 조선시대 일본과 내왕한 공식외교문서. 조선에서는 국왕 명의로 일본의 막부장군(幕府將軍)에게 국서(國書)를 작성하였고 그 밖에 쓰시마[對馬島] 도주(島主)나 막부의 관리들에게는 예조참판 또는 참의·좌랑 등 상대방의 직위에 따라 그에 상응한 직명으로 서계가 작성되었다. 서계는 조선후기 쓰시마와의 통교·무역에 관한 모든 교섭을 수행할 때 기본이 되었던 조선정부의 공식 외교문서이며, 조선정부의 최종안에 관한 확인은 물론 양국 간의 정치·외교·경제·사회·문화에 관한 교류를 아는 데 기본이 되는 사료이다. 쓰시마 도주나 막부 관리에게 보내는 서계도 대개 국서의 양식과 같았는데, 그 길이는 2척 4촌, 너비는 5촌 5푼이고, 매첩 4행씩이었다.

조흥원이 돌아갔다.

초2일 을묘(乙卯) 흐림. (부산에) 머무름.

집정(執政)[27]들의 처소에 어필을 하사하여 보내는 내용을 덧붙여서 서계(書啓)를 고쳐 쓴 뒤, 궤(櫃)에 문서를 바꾸어 넣고 이전의 서계는 해조로 돌려보냈다.

초3일 병진(丙辰) 비 옴. (부산에) 머무름.

이 몸이 땅 끝 머리에 와서 기신일(忌辰日)을 그냥 지나치니 심사(心事)가 곱절은 불편하다.

초4일 정사(丁巳) 비 옴. (부산에) 머무름.

산음(山陰)현감이 나흘 거리에서 비를 무릅쓰고 만나기 위해 찾아왔으니, 고생이 심했다고 하겠다. 그리하여 함께 잤다.

초5일 무오(戊午) 비 옴. (부산에) 머무름.

세 사신이 중대청(中大廳)에 모여 어필을 다시 뜯어서 정성스럽게 봉하고 받들어 모셔두었다. 산음현감과 더불어 작은 술자리를 가졌는데, 부사와 종사관도 와서 참석하였다. 산음이 취했음을 핑계 삼아 돌아갔다. 자여(自如: 창원)찰방 이규령(李奎岭)이 찾아왔다. 평성부(平成扶)[28]가

---

27 집정(執政) : 일본의 대중신(大重臣)으로 대로(大老)와 노중(老中)을 부르는 호칭이다.

28 평성부(平成扶) : 헤이 나리스케. 에도[江戶]시대 전기의 왜관(倭官). 재판차왜(裁判差倭), 호행왜(護行倭)이다.

역관의 처소에 말을 전하길, '받은 매 55마리 가운데 15마리가 이미 죽었으며 그 나머지도 먹이를 먹지 않는다'고 하였다. 한편 '본도 감사에게 공문을 보내어 도내(道內)에 있는 매를 각 읍마다 배분하여 급히 수송(輸送)할 수 있도록 하고, 혹여 사행의 배가 출발하더라도 추후에 관왜(館倭)[29]에게 매를 줘서 들여보낼 수 있게 하라'는 내용으로 급히 장계를 올렸다.

흙비가 열흘이나 내렸고, 해무(海霧)가 산을 뒤덮어 멀고 가까운 것을 구별할 수가 없으며, 순풍은 기약이 없다. 매를 여러 날 배에 싣고서 서둘러 바다를 건너지 못하고 때마침 털갈이 시기를 만났으니, 상하고 죽는 게 실로 이상할 것도 없다. 시간에 맞춰 매의 수를 채워 아무런 탈 없이 보내주는 게 확실하지 않으니 심히 염려스럽다.

초6일 기미(己未) 비 옴. (부산에) 머무름.

금군이 회답 서계를 가지고 왔다. 아울러 서울 집의 평안하다는 편지도 받았다.

초7일 경신(庚申) 흐림. (부산에) 머무름.

금군이 평성련에게 줄 예단을 가지고 왔다. 연이어 서울 소식을 접하고 답장을 부쳤다.

---

29 관왜(館倭) : 관수왜(館守倭). 우리나라 왜관(倭館)에 머물던 왜인(倭人). 인조 17년(1639)부터 관수(館守)의 제도가 시행되었다. 관수왜는 왜관 내에 출입하는 자를 검색하고, 잠상(潛商)을 적발하였으며, 국가에서 정한 경계를 넘어와 범죄를 저지르는 왜인을 쓰시마[對馬島]에 통보하는 일을 맡아보았다.

초8일 신유(辛酉) 맑음.

동래부사가 '내일은 반드시 배를 탈 수 있다'고 했기에 저녁에 술자리를 열고 작별의 인사를 나눴다. 울산수령도 와서 참석하였다.

초9일 임술(壬戌) 맑음.

진시(辰時; 오전 7시~9시) 초에 삼사(三使)가 일시에 배를 타고[30] 포구를 빠져 나가 돛을 펼쳤다. 바람의 기세가 매우 급해 오시(午時: 오전 11시~오후 1시)를 넘기 전에 무사히 바다를 건넜으나 검은 구름이 자욱하여 악포(鰐浦)[31]로 들어갈 수가 없었다. 그래서 곧장 좌차내(佐次奈)[32]에 정박하여 닻을 내리고 배 위에서 잤다. 종사관이 탄 배가 도중에 선미(船尾)가 파손되어 전진하지 못하니 낭패가 심하다. 우리 배는 무사히 바다를 건넜으나 배 안의 사람들이 모두 어지러워 쓰러지고 하얗게 질렸으니 배 안의 모습을 상상할 수 있겠다. 해가 진 뒤에도 종사관의 소식이

---

30 삼사가 일시에 배를 타고 : 정사와 부사, 종사관 일행이 각각 나누어 탄 기선(騎船)을 제1선, 제2선, 제3선, 또는 상선, 부선, 종선으로 표기한다. 정사·부사·종사관의 3사단(使團)으로 구성된 통신사 일행은 3선단(船團)으로 편성하였다. 제1선단에는 국서(國書)를 받드는 정사를 비롯하여 그 수행원인 군관·상통사·제술관에서부터 격군까지 타고, 제2선단에는 정사를 받드는 부사를 비롯하여 수행원이, 제3선단에는 종사관을 비롯한 그 수행원이 탔다. 각 기선에는 복선(卜船) 1척씩이 부속되었는데 복선에는 사행에 필요한 짐들을 나누어 실었으며, 당상역관이 각각 2인씩 타고, 일행의 원역이 나누어 승선하였다. 일반적으로 기선과 복선은 수군통제사영과 경상좌수사영에서 제작하였다.

31 악포(鰐浦) : 와니우라. 현재 일본 나가사키현[長崎縣] 쓰시마[對馬島]의 최북단에 있는 어촌 마을로 조선통신사의 최초 입항지(入港地) 가운데 하나이다. 절벽에 배가 부딘쳐 난파되는 수가 많았으므로, 악포(鰐浦)라는 이름을 얻었다.

32 좌차내(佐次奈) : 사시우라[佐須浦]. 현재의 쓰시마시[對馬市] 가미아가타정[上縣町] 사스나[佐須奈]에 속한다. 조선측 사료에는 좌수(佐須)·좌수포(佐須浦)·좌수나(佐須奈)·좌수나포(佐須奈浦)·사사포(沙沙浦)·사사나(沙沙奈)라고 하였다. 쓰시마의 서북에 위치하고 있어 부산포와 가장 가까운 곳으로 통신사의 최초 입항지 가운데 하나이다.

막연하니 매우 걱정스럽다. 부산에서 좌차내까지 뱃길로 480리이다. 평성련이 뒤따라 도착했는데, 삼선(三船)의 소식을 물으니 모른다고 하여 더욱 답답하고 걱정이 된다.

평성행(平成幸)[33]이 악포에 머무르고 있다가, 행차선(行次船)이 좌차내로 향했다는 소식을 듣고 바로 와서 문안을 올렸다. 역관으로 하여금 통역하여 답하도록 하였다. 등불을 매단 후에, 와서 삼중 찬합(饌盒)과 술 한 통을 바치기에 일행 중의 하인들에게 나누어 주었다. 부사의 배와 같은 곳에 닻을 내리고, 배 위에서 서로 마주보며 잠시 운항 중에 겪은 어려움과 괴로움을 이야기하였다. 그러나 거리가 조금 멀어서 다 토로할 수 없으니 답답하다. 부사의 배 역시 배 안으로 물이 들어차는 걸 면치 못해, 원역의 의복과 여러 잡물(雜物)을 다 배 위에 걸어 두었는데 젖고 얼룩진 것이 많았다. 배에 실은 색지(色紙)며 피물(皮物)[34]도 모두 젖었으니, 배 안에 물이 들어온 정도를 이것으로 알 만하다.

상선(上船)에 실은 예단도 젖었을까 우려되어 박형원을 시켜 점검하였더니, 모시를 넣은 궤짝의 한 귀퉁이가 조금 젖어 있었다. 즉시 열어보니, 젖어서 오염되는 것은 다행히 면했다. 다시 단단히 묶어 봉표(封標)한 뒤에 돌려주었다.

일몰 후에 자못 비가 올 조짐이 있었는데, 이경(二更: 밤 9~11시) 중에 구름이 걷히고 달이 나왔다.

---

33 평성행(平成幸) : 헤이 나루유키. 에도시대 전기의 왜관(倭官)으로 조선에서는 평성행(平成幸, 헤이 나루유키)이라고 불렀다. 차왜(差倭), 호행왜(護行倭), 장감(將監) 직을 수행하였다.

34 피물(皮物) : 짐승의 가죽. 또는 그것으로 만든 물건.

초10일 계해(癸亥) 맑음.

동이 틀 무렵에 부사가 말을 전하였다.

"왜인이 와서 '종사관의 배가 밤 깊은 시간에 비로소 지지견(志志見)에 정박하였습니다.'라고 했습니다."

의심스럽고 걱정되는 때에 비로소 이런 소식을 접하니, 기뻐서 나도 모르게 손뼉을 쳤다. 그러나 이 소식도 믿을 만한 것이 못 되기에 즉시 상의하여 호행(護行)하는 왜인에게 말해 비선(飛船)[35]을 띄우고 박지용(朴之墉), 정지석(丁之碩)을 실어 보내 그들에게 탐색하도록 하였다. 한편 삼선(三船) 소속의 원역과 오인량(吳仁亮), 변이표(卞爾標) 등도 방향을 바꿔 지지견으로 가도록 명하였다.

차왜(差倭) 등이 와서 '오늘은 조금 늦게 바람이 있을 듯하니 서둘러 배를 출발하자'고 말을 전하였다. 즉시 배를 돌려 포구를 빠져 나가니 역풍(逆風)이 불고 파도가 일어 배의 운항이 매우 더뎠다. 왜선(倭船) 6-7척(隻)이 앞에서 끌어당기고, 배의 격군(格軍: 노 젓는 사람)을 모두 동원하여 노질을 더욱 열심히 하도록 시켰다. 좌차내(佐次奈)에서 악포(鰐浦)까지 겨우 30리인데 오후가 되어서야 포구에 정박하였다. 포내(浦內)에는 인가(人家)가 수십 호(戶)이며 풍기현(豊崎縣, 도요자키현)[36] 소속이다.

평성행이, '서늘하기가 배 위보다 관우(舘宇)[37]가 더 나으니 배에서 내려와서 주무시길 바란다.'는 말을 배에 전했다. 그 말을 따라 부사와 함께 가마를 타고 관사에 다다르니, 배치된 물건이 매우 소박하고 약소

---

35 비선(飛船) : 에도시대(江戶時代)의 소형 쾌속선으로, 화물과 사람을 수송하거나 긴급한 용무에 연락선으로 이용되었다.

36 풍기현(豊崎縣) : 도요자키현. 쓰시마[對馬島]에 있다.

37 관우(舘宇) : 다른 곳에서 온 관원을 대접하여 묵게 하는 집. 관사(館舍).

했다. 잠시 후 대마도주(對馬島主)가 소왜(小倭)[38]를 보내어 문안하기에 즉시 불러 접견하고 회답하였다. 아울러 평성행, 평성련을 불러 '수행하느라 노고가 많다'는 뜻으로 치하(致賀)하였다. 어제 평성부가 날이 저문 뒤 부산의 관사를 떠나오던 중, 종사관의 배가 위급한 것을 보고 격군 수십 명을 골라 여러 가지로 구호하고, 밤이 된 후에야 비로소 지지견에 정박했다고 하니, 아침에 들은 얘기가 거짓이 아님을 비로소 알겠다.

정지석이 밤이 된 뒤에 돌아와 종사관이 손수 쓴 편지를 전하니, 다른 세상의 소식을 듣는 것 같아 그 기쁨이 손에 잡힐 듯하다. 미목(尾木: 키)과 예비해 놓은 것이 모두 꺾여서 교판(橋板)으로 끼워 놓았으나 또 부러졌다고 하니 매우 괴이한 일이다. 급한 와중에도 제문을 짓고 술을 부어 제사를 지내며 신께 빌었다는 말을 들으니 조금 힘이 난다. 이날은 부사와 나란히 잤다.

11일 갑자(甲子) 맑음. 악포(鰐浦)에 머무름.

평성행이 와서 두 사신에게 찬합과 주기(酒器)를 함께 바치기에 군관과 원역들에게 나누어 주었다. 수석 역관에게 통역을 시켜 그에 답례하도록 하였다. 평성련이 와서 '물러나 있을 수만은 없어서 종사관을 맞이하러 가겠다'는 뜻을 아뢰기에, 역관 정시심(鄭時諶), 이승현(李承賢)도 그 배를 함께 타고 가서 문후하도록 하였다. 조금 늦게 선장 황생(黃生)이 작은 배 4척을 끌고 출발하였으며, 제일선의 예비 미목을 보냈으니 종사관을 배행하기 위한 것이다.

---

38 소왜(小倭) : 차왜 중 대마번주(對馬藩主)의 교체나 번내의 일을 보고하고 알리는 사절을 일컫는다. 대차왜(大差倭)는 주로 통신사의 파견을 요청하는 일을 맡거나 외교 교섭을 위해 오는 사절을 말한다.

종일 취한 것 같이 정신이 혼미하여 자리에 누워 있어도 매우 괴로웠다. 거처가 낮고 좁아 답답함을 견딜 수 없어서 소동(小童)으로 하여금 편을 갈라 투호(投壺)를 하게 했으니 무료함을 가히 상상할 수 있다.

12일 을축(乙丑) 맑음. 악포(鰐浦)에 머무름.

홍(洪)역관이 와서 하정(下程)[39]에 대한 기록을 바치기에 부중(府中)[40]에 도달하기 전에는 미리 받을 수 없다고 하였다. 다만 중관(中官)과 하관(下官)에게 바치는 찬물(饌物)은 받아서 나누어 주게 하였다. 하정기(下程記)에 기록된 것은 쌀, 장(醬), 술, 식초, 닭고기, 돼지고기, 어채(魚采), 겨자 등이었으나 홍여우(洪汝雨)의 말을 들어보면 그들이 바친 물건이 실제

---

39 하정(下程) : 사신이 숙소에 도착하면 그곳에 정해진 공급 외에 주식 등 일상 수요 물품을 별도로 보내주는 것. 하정이란 본래 '노잣돈'을 뜻하는데, 일본 사신이 왜관(倭館)에 도착하면 5일에 한 번씩 술과 음식을 공급하는 것을 말한다. 조선에서는 왜사(倭使)가 왜관(倭館)에 도착하면 국왕사(國王使)와 거추사(巨酋使)에게는 모두 3차례, 구주절도사(九州節度使)의 사자와 특송사(特送使)에게는 모두 2차례에 걸쳐 술, 떡, 과일, 소채(蔬菜), 해채(海菜)·각종 생선 등의 물품을 예조(禮曹)에서 계품(啓稟)하여 지급했다. 지급하는 횟수와 지급품의 종류·수량은 접대의 후박(厚薄), 인원의 다과, 체류기간의 장단에 따라 가감하여 정했다. 규례에 따라 지급했으므로 '예하정(例下程)'이라고 했으며, 5일에 한 번씩 지급했으므로 '오일차(五日次)'라고도 했다. 일본의 경우, 조선통신사 일행에게 5일마다 양식을 주었으므로 오일하정(五日下程)이라고 불렀다. 1일 반미(飯米)의 수는 각 역참마다 정해진 예가 있었고, 술과 간장, 생선, 야채 이하 모든 물품은 각 역참에서 생산되는 각기 다른 산물을 지급했고, 수량에 가감이 있었다.

40 부중(府中) : 후추. 현재의 나가사키현[長崎縣] 쓰시마시[對馬市] 이즈하라마치고쿠부[嚴原町國分] 쓰시마시역소[對馬市役所, 시청]에 속한다. 옛날에는 쓰시마국[對馬國]의 부(府)가 위치한 포구로 고쿠후[國府]라고 불렀으며, 에도시대에 들어와 1국(國) 1성(城)의 죠카정[城下町]으로서 후추[府中]라고 불리우다가, 메이지유신[明治維新] 직후인 1868년에 이즈하라[嚴原]로 개칭되었다. 15세기 후반 쓰시마 도주 소 사다쿠니[宗貞國]가 쓰시마 도주의 본거지를 사가[佐賀]에서 이즈하라로 옮겨 쓰시마의 중심이 되었으며, 도쿠가와 막부시대에는 쓰시마와 일본 중앙정권과의 관계가 더욱 긴밀해지면서 중심지로서 확고해지게 되었다.

수량에 미치지 못할 뿐 아니라, 돼지고기나 방어 등은 전혀 바치지도 않았다고 한다. 만약 조반 전에 기록에 따라 바치게 했다면 어떻게 변명했을지 모르겠다. 그간 실속 없이 과장하고 허세를 부린 정황이 너무나 가증스럽다.

식후에 왜인이 와서 종사관이 어제 부친 편지를 전하니 대략, '배가 거의 다 보수되어 오늘 만나러 오고 싶으나 바람의 형세가 순조롭지 않아 답답하고 우려된다'는 내용이다. 부사와 더불어 상의하여 바다를 건너야 할 날짜가 다급한 상황임을, 사유를 갖춰 장계의 초(草)를 만들고 종사관이 오길 기다렸다가 만나면 그로 하여금 정사(正寫)하게 할 예정이다. 한편 집에 보내는 편지를 써서 이 편에 부치기로 했다. 박지용이 초경(初更) 즈음에 지지견촌(志志見村)에서 돌아왔다.

13일 병인(丙寅) 맑음. 악포(鰐浦)에 머무름.

오후에 비로소 종사관을 만나 서로를 위로하고 노고를 치하하였으며 함께 잤다. 평성부(平成扶)가 종사관과 함께 와서 각 사신에게 찬합을 바치니, 받아서 원역과 하인의 처소에 나누어 주고 역관을 시켜 말을 만들어 답례하도록 하였다. 종사관 배의 양식과 찬물(饌物)이 물에 젖어 조금 밖에 남지 않았다고 하기에, 조기와 단간장(甘醬) 등의 찬물을 나누어 그 배에 옮겨 주었다.

14일 정묘(丁卯) 맑음.

동이 틀 무렵, 악포를 출발하여 운항을 시작하였다. 남풍이 역으로 배에 불어오니 노질을 해서 차례차례 나아갔다. 도주(島主)가 두왜(頭倭)[41]를 보내 문안하고 아울러 어채(魚采)[42] 세 가지를 바치니 받아 두었다. 사왜(使倭)를 불러 접견하고 회답하는 말을 하여 돌려보냈다. 식후에 도주가 또 평성정(平成政)을 보내어 문안하니 불러서 접견하고 돌려보냈다. 저녁에 좌하포(佐賀浦)[43]에 정박하고 배에서 잤다.

이날은 120리를 갔다.

15일 무진(戊辰) 맑음.

이른 새벽에 배에서 망궐례를 행하고 운행을 시작하였다. 행차가 주길탄(住吉灘)[44]을 지나는데, 수십 리의 긴 협곡이 모두 수려하였으나 가는 길이 바빠, 배를 멈추고 느긋하게 포구를 관람할 수 없었다.

목적지의 반도 채 못 갔을 때 바위 위에 몇 칸의 판자 집이 있어 물어보니 주길사(住吉寺)[45]라고 하는데, 섬사람들이 영험하다고 여겨 이곳을 지날 때 반드시 기도를 한다고 한다. 바닷물이 굽이돌아 포구가 되어서 좌우 산봉우리를 휘감고 있는데 특이하고 수려하며, 층층 바위가 기이한 형상을 이루었고 초목도 예사롭지 않으니 별세계라 할 만하다. 그

---

41 두왜(頭倭) : 대차왜(大差倭)의 파견을 알리는 선문(先文)을 지참하고 온 차왜(差倭). 선문두왜(先文頭倭). 단순히 '우두머리 왜인'이라는 의미이며, 기유약조가 체결되기 이전에 일본이 파견한 사절의 우두머리를 통칭하는 말이다. 숙종 19년(1693) 9월 이후 정례화되었다. 이들은 통신사나 문위역관의 장계(狀啓)를 가지고 오기도 하고, 구청(求請)이나 구무(求貿)를 요청하기 위해 파견되기도 하였다. 그러나 정례의 외교사행은 아니다.

42 어채(魚采) : 생선과 익힌 소 허파, 곤자소니, 해삼, 전복 따위를 잘게 썰어 실파, 감국 잎, 표고, 석이 따위와 함께 섞어 녹말에 무친 다음 끓는 물에 데쳐서 깻국에 넣어 먹는 음식.

43 좌하포(佐賀浦) : 사카. 나가사키현[長崎縣] 쓰시마시[對馬市] 미네정[峰町] 사카[佐賀]

44 주길탄(住吉灘) : 스미요시[住吉]. 현재의 오사카부[大阪府] 오사카시[大阪市] 스미요시구[侘吉區]

45 주길사(住吉寺) : 스미요시 신사(神社)

빼어난 경치로 말할 것 같으면 '무이구곡(武夷九曲)[46]'이 꼭 여기보다 낫다고 할 수 없겠다. 다만 이곳은 오랑캐가 거주하는 곳이라 비교하여 논할 수 없을 뿐이다.

50리를 더 가니 도주가 두왜를 보내 문안하고 아울러 떡과 과일을 바쳤다. 조수(潮水)가 물러가고 역풍이 부니 배의 운행이 매우 더디어, 노젓기를 독촉해서 앞으로 나아갔다. 멀리 포구를 보니 큰 배는 장막을 치고, 작은 배는 열을 맞춰 오기에 왜인에게 물으니, 도주가 사행을 맞으러 오는 것이란다. 부중(府中)과 10리 쯤 떨어진 곳에서 서로의 배가 만났다. 도주가 읍례(揖禮)를 행하길 청하여, 교의(交椅)에서 내려와 답례하였다. 대개 왜인들은 예절에 맞는 몸가짐이 익숙지 않아 몸을 굽히고 읍하는 모양새가 제대로 갖추어져 있지 않다. 다만 홍(洪)역관 말로는, 도주가 배 위에 좌판(坐板)을 별도로 설치한 것이 이전과 다르고 중로(中路)에 문안하는 횟수도 전에 비해 늘었다고 한다. 그러나 접대하는 일에 부지런할지 나태할지는 아직 모르겠다.

도주가 앞장서서 배를 이끌고 간 다음 배에서 내려 부중으로 들어가니 세 사신도 차례로 중류(中流)에서 닻을 내렸다. 도주가, '배에서 내리길 바란다.'고 말을 전하니, 일행이 관대를 갖추고 국서와 제문, 어필을 받들어 각기 용정(龍亭)[47]과 채여(彩輿)에 나누어 싣고 뭍에 내렸다.

---

46 무이구곡(武夷九曲) : 중국 복건성(福建省) 숭안현(崇安縣) 무이산(武夷山) 안에 있는 아홉 굽이 계곡으로 주희(朱熹)의 고향이다. 주자(朱子)는 무이구곡가(武夷九曲歌)를 지은 바가 있고, 이에 영향을 받아 이황(李滉)이 도산십이곡(陶山十二曲)을, 이이(李珥)는 고산구곡가(高山九曲歌)를 지었다고 한다.

47 용정(龍亭) : 임금의 조서(詔書), 나라의 옥책(玉冊), 보물 따위를 운반할 때 쓰던 가마.

먼저 군위(軍衛)를 갖추고 다음으로 의장(儀仗)을 차려 부중으로 들어가서 5리 쯤 가니 비로소 관우에 다다랐다. 국서와 어필을 대청 안에 안치하고 세 사신이 동쪽 소청에 앉으니, 진무(振舞)[48]가 펼쳐졌다. 왜의 하인들이 상(床)을 올렸으며, 상을 물린 후에는 과일 그릇을 바쳤다. 부중으로 들어올 때 좌우에서 구경하는 사람들이 담처럼 늘어서 있기에, 물으니 본섬에 속한 여덟 개의 군에서 와서 모인 것이라 한다. 인가가 수천 호에 이르는데 거의 다 산기슭에 의지하여 지었다. 장관(將官)의 집과 승려의 사찰은 길을 사이에 두고 양쪽으로 연이어 뻗쳐 있고, 원림(園林)도 매우 무성하다.

도주의 집은 포구에서 1리 정도 떨어져 있다. 구경하는 여인들은 머리를 틀어 올리지 않고 다만 묶기만 하였는데, 결혼하지 않은 처녀들 같았다. 어떤 사람은 작은 양산을 펼쳐 들었고, 어떤 이는 너울처럼 생긴 대삿갓을 썼으며, 혹은 부채로 얼굴을 가렸고, 장의로 머리를 가리고 얼굴과 눈만 내놓은 이들도 있었다. 그러나 입을 열면 치아를 모두 검게 물들인 것이 보여 해괴하였다. 그 풍속에 여성이 혼인을 하면 치아를 물들인다고 한다.

거처하는 관사는 외진 곳에 있는데 그 이름이 장수원(長壽院)[49]이다. 새로 지어서 매우 정갈하다. 잡초와 수죽(脩竹)이 절로 원림을 이루었으니 또 하나의 정계(淨界)이다. 평성부와 평성련이 같이 와서 문안하기에,

---

48 진무(振舞) : 접대, 연향을 뜻하는 일본어 후루마이(振舞い)를 한자로 표기한 것이다.

49 장수원(長壽院) : 쵸쥬인 혹은 죠오슈오인. 나가사키현[長崎縣] 쓰시마시[對馬市] 이즈하라정[嚴原町] 히요시[日吉]에 위치. 1655년 제6차 통신사행 때 쓰시마에서 문서를 주관했던 석서(碩恕)와 조선사신을 배행했던 쇼카시와[紹栢, 소백]이 바로 이곳 소속 승려이다.

불러서 무사히 호행한 것에 대해 치사(致謝)하였다. 이전부터 사행이 육지에 내리면 위의(威儀)가 앞에서 인도하고 군관들이 말을 타고 앞서 달리며 사신은 가마를 타고 차례로 갔는데, 이번에 갑자기 전에 없던 거조(擧措)가 있어 섬사람들이 모두 놀랐다고 한다. 이 날은 120리를 갔다.

부중의 지세가 삼면(三面)이 산으로 막혀 있고 산들이 가파르고 험하여 경작할 수 있는 넓은 땅이 조금도 없으니, 섬사람들이 항상 가난을 걱정하는 것도 이 때문이다. 관우가 산에 의지해 있기 때문에 모기가 극성이어서 밤새 편히 잘 수가 없었다.

16일 기사(己巳) 맑고 바람이 많이 붐. 장수원(長壽院)에 머무름.

도주가 사람을 보내 문안하였다. 부사의 배에 속한 군관 정사한(鄭斯翰)과 격군 수십 명이 작은 배를 타고서 누선(樓舡)[50]을 끌어당겨 옮기려고 할 때, 배가 침몰하여 기울어졌다. 왜인 중 물에 빠진 사람들이 간신히 구출되었는데 사람이 죽는 재앙은 면하였으나 심히 불행하였다. 하지만 앞으로 조심하지 않는 자들의 경계로 삼을 수 있겠다. 평성부가 문안했으나, 불러서 접견하지는 않았다. 평성행은 병을 이유로 종일 오지 않았다.

도주와 중달(仲達)[51]장로(長老)가 찬합을 바쳤는데, 거절할 구실이 없어 전례대로 받아 두었다. 하정미(下程米)와 각종 찬물을 바쳤는데, 원

50 누선(樓船) : 층루(層樓)나 망루(望樓)가 있는 배. 다락배.

51 중달(仲達) : 나카다테. 에도시대 전기, 화상(和尙). 달장로(達長老)라고도 한다. 산성주(山城州, 아마시로슈) 건인선사(建仁禪寺) 주지(住持)로 조선사신을 배행하고, 문서를 주관하는 업무를 담당하였다.

역 이하는 수효를 정확히 파악하지 못해 준비되는 대로 바치니, 모를 일이다. 이 섬의 물력(物力)이 예전만 못해서인가, 아니면 도주의 위엄 있는 명령이 행해지지 않아서인가. 아니면 혹시 이번 사행을 경시해서 이런 거조가 있는 것인가. 매우 해괴하고 경악스럽다. 역관을 시켜 왜인에게 중관이나 하관에게 바치는 찬물이 인원수보다 적으면 다시는 바칠 수 없을 거라고 말해 두게 하였다. 종사관이 저녁에 와서 뵈었다.

17일 경오(庚午) 비 옴. 장수원에 머무름.

도주가 사람을 보내 문안하였다. 소백(紹栢)[52]장로가 말을 전하고 아울러 찬합을 바쳤다. 예단과 잡물을 배가 있는 곳으로부터 장수원으로 옮겨 꼼꼼히 검사한 다음 도주 처소에 보낼 예단을 따로 빼놓았다. 내일 전해 주기 위해서이다. 홍희남(洪喜男)이 별서계(別書契)를 가지고 가겠다는 뜻을 평성행에게 말하여 도주에게 전달하게 하니, 도주가 답하기를, '이 일은 마땅히 제가 주선해야 하지만 장로들도 알아야 하니, 내일 서계를 전할 때 함께 받겠다'고 하였다. 종일 정신이 없는데다 때를 지나 낮잠을 잤더니 매우 고단하다.

18일 신미(辛未) 비 옴. 장수원에 머무름.

홍희남(洪喜男), 김근행(金謹行)이 조반 전에 예단을 먼저 보내고 식후에 서계를 가지고 의성(義成)[53]의 처소에 가서 전해 주었다. 돌아와서,

---

52 소백(紹栢) : 쇼카시와. 에도시대 전기, 화상(和尙). 승직(僧職)은 동당(東堂). 에도로부터 나와서 나카다테[中達, 중달]와 함께 조선사신을 배행(陪行)하였다.

53 의성(義成) : 소 요시나리[宗義成], 대마번의 2대 번주. 선조 37년(1604) 1월 15일 초대 번주 소 요시토시[宗義智]의 장남으로 태어났다. 광해 7년(1615)에 부친이 죽자

비가 개면 의성과 장로가 마땅히 오늘 중으로 와서 뵐 것이라고 보고하였다.

조금 늦게 평성행, 평성부(平成扶), 평성부(平成傅)[54] 등이 와서 말하길, '지금 도주가 오려고 하시기에 저희들이 먼저 와서 기다리고 있다'고 하였다. 잠시 후에 대여섯 명의 왜인들이 들어와서 대빗자루로 뜰을 깨끗이 쓸고 나갔다. 일행의 군의(軍儀)를 뜰의 좌우에 가득 세워놓고, 평성행 등이 문 안의 왼쪽에 서열대로 섰다. 세 사신은 관대를 갖추고 대청에 나와 서벽(西壁) 쪽에 서서 기다렸다.

의성이 문밖에 도착하여 가마에서 내리니 즉시 문이 열렸다. 사신이 기둥 밖으로 나가니 의성과 중달, 소백 두 장로가 차례로 나왔다. 그들이 층계에 다다라 신을 벗고 기둥 쪽으로 올라오니, 사신이 손을 이끌어 맞이하였다. 당 안으로 들어와서 서로 읍한 뒤에, 동서로 나뉘어서 편히 앉았다. 의성이 홍희남을 시켜 말을 전하였다.

"행차가 무사히 들어와서 저희들도 매우 기쁘고 다행스럽게 생각합

상경하여 에도죠[江戶城]에서 도쿠가와 이에야스[德川家康], 제2대 장군 도쿠가와 이에타다[德川秀忠]를 알현한 뒤에 가독 상속을 허락받고 제2대 번주가 되었다. 동년 4월 여름부터 시작된 오사카[大坂] 공격에서도 덕천군(德川軍)으로 참전하여 단바[丹波] 방면의 수비를 담당하였다. 광해 9년(1617) 3월에 종사위하(從四位下)에 서임되었다. 그 후 검지(檢地, 경작지의 면적·수확고 등을 검사하는 것)와 보리사(菩提寺, 조상의 묘와 위패를 모신 사찰)인 반쇼인[萬松院을 창건하였다. 조선통신사 접대의 간소화에 의한 재정 절감, 은광산 개발 등을 적극적으로 추진하여 번정(藩政)의 기초를 다지는 일에 전념하였다. 효종 8년(1657) 10월 26일 향년 54세로 에도에서 사망했고, 장남 요시자네[義眞]가 뒤를 이었다.

54 평성부(平成傅) : 헤이 나리덴. 에도시대 전기, 왜관(倭官). 호행왜(護行倭), 감좌위문(勘左衛門)이라고 하였다.

1655년 제6차 통신사행 때 대마도부터 부사(副使)가 탄 제이선(第二船)을 호행(護行)하였다.

니다."

내가 답하였다.

"전에는 배 위에서 바라보기만 했을 뿐 대화를 나누지 못했는데, 오늘은 감사하게도 직접 내방해주시니 기쁩니다. 일찍이 보낸 서계에 반드시 8월 상순에 강호(江戶)[55]에 도착하기로 기약했기 때문에 저희들이 4월에 조정을 하직하고 부산에 내려왔습니다. 그러나 바람의 기세가 순조롭지 않아 지금에서야 바다를 건넜습니다. 앞으로 바람의 기세가 점차 강해지면 배의 운항이 염려스러우니, 일찌감치 정비하여 전진하지 않을 수 없습니다."

의성이 답하였다.

"이러한 뜻을 저희도 알고 있으니, 어찌 명을 따르지 않겠습니까."

홍희남을 시켜 의성에게 말하였다.

"종사관의 배가 바다에서 풍랑을 만나 상황이 매우 급박했는데 마침 평성부(平成扶)가 뒤따라와서 구호하고 여러 척의 작은 배로 끌고 인도하여 겨우 정박할 수 있었으니, 도주가 이전에 단단히 타일렀기 때문임을 알 수 있었습니다. 대단히 감사합니다."

의성이 답하였다.

---

55 강호(江戶) : 에도. 현재의 도쿄도[東京都] 치요다구[千代田區] 치요다[千代田]에 위치. 동무(東武), 동도(東都), 무주(武州), 무성(武城), 강관(江關), 강릉(江陵)이라고도 하였고, 에도죠[江戶城], 치요다죠[千代田城], 도케이죠[東京城], 고쿄[皇居]를 뜻하기도 한다. 에도는 일본의 수도인 도쿄[東京]의 옛 명칭으로 특별히 고쿄를 중심으로 한 도쿄 특별구 중심부를 지칭하며, 에도죠에서 유래되었다. 에도시대는 일본 역사에서 도쿠가와 쇼군가[德川將軍家]가 일본을 통치하던 시대이다. 도쿠가와시대라고도 말한다. 이 시대의 정부를 에도막부 또는 도쿠가와막부라고 부른다. 1868년 메이지유신[明治維新] 때 지금의 도쿄[東京]로 개칭되었다. 12차례 통신사행 가운데 2차, 12차를 제외한 나머지 사행 때마다 조선사신이 이곳에 묵었다.

“그건 양국의 덕음(德陰) 때문입니다. 저희가 무슨 애를 썼겠습니까?”

다례(茶禮) 후에 의성 등이 하직하고 물러나니, 사신이 읍례를 행하고 전송하였다. 평성행 등과 서수좌(恕首座)가 뵙기를 청하니 잠시 불러 접견하였다. 날이 저문 뒤에 의성이 찬합을 보내니 받아두었다.

군관 한상(韓相)과 이몽량(李夢良) 등이 들어와서, ‘관소(舘所)에서 후왜(候倭: 접대를 담당하는 왜인) 중 한 명의 부채에 세 사신의 직위, 성명이 쓰여 있기에 살펴보니 매우 이상해서 그것을 빼앗으려 했는데 그 왜인이 찢어 버려서 가져올 수가 없었다’고 보고하였다. 세 사신이 경악을 금치 못하고 대청에 나와 앉아서 홍(洪), 김(金) 두 역관을 시켜 그 왜인을 추문하였더니 그가, ‘종사관의 서기(書記) 박문원(朴文源)의 방에 있는 책자에 기록된 것을 제가 베껴 쓴 것이라’며 그 책자를 눈앞에 바치니 과연 크게 쓰여 있었다. 행차 중에 하인이 감히 서책에 사신의 성명을 크게 노출한 것은 매우 이상한 일이니, 기록 중에는 꺼리고 숨겨야 할 것이 있기 때문이다. 더군다나 보관을 잘 하지 못해 왜인들의 눈에 띄는 곳에 두어서 마음대로 베끼게 했으니 더욱 해괴하다. 또 들으니 이전 사행의 군관 중에 어리석고 외람된 자들이 있어, 사신의 시구(詩句)가 적힌 도서(圖書)를 몰래 베껴서 왜인들에게 돈을 받고 판 일도 있었다고 한다. 만약 이번 일을 엄히 징계하지 않는다면 두려워 그만 두는 일이 없을 테고, 이전의 재앙을 면치 못할 것이다. 부득이 문원에게 한 차례 형신을 가하고, 행중의 사람들에게 엄중히 타이르고 경계하여 사사롭게 기록하지 못하도록 하였다.

19일 임신(壬申) 비 옴. 장수원에 머무름.

의성이 사람을 보내어 문안하였다. 오후에 역관 이상한(李尙漢)과 김시성(金時聖)을 의성의 처소에 보내어 어제 내방해 준 것에 대해 사례하였다.

20일 계유(癸酉) 비 옴. 장수원에 머무름.

의성이 사람을 보내 문안하였다. 평성부가 사람을 시켜 설탕으로 만든 정과를 바쳤다. 의성이 악기를 점검한 후 봉하여 싸기 위해 역관과 악공을 보내주길 부탁하여, 변이표와 설의립(薛義立)을 보냈다.

21일 갑술(甲戌) 흐림. 장수원에 머무름.

의성이 사람을 보내 문안하였다. 사신이 보내는 예단을 의성 및 여러 사람의 처소에 보냈는데, 도주 처소에는 오인량(吳仁亮)이 가지고 갔다.

22일 을해(乙亥) 맑음. 장수원에 머무름.

의성이 사람을 보내 문안하면서 연회에 초청하는 뜻을 전하였다. 오후에 재삼 말을 전하여 요청하기에 세 사신이 차례로 행차하였는데, 4리 쯤 가니 도주의 집에 도착하였다. 길가에 구경하는 사람들이 전날만큼 몰리진 않았지만, 도로를 사이에 두고 구경하는 남녀가 몇 백 명인지 모를 정도였다.

중문(中門) 밖에 도착하여 가마에서 내리니, 봉행(奉行)[56] 두 사람이

---

56 봉행(奉行) : 부교[奉行]. 에도 막부와 번의 직제의 호칭이다. 장군의 상의를 받들고 이를 아래에 행한다는 의미이다. 본래 '봉행'은 상위자(上位者)의 명령에 의해 공사(公事)와 행사를 집행하는 것, 또는 그 담당자를 뜻한다. 에도시대 초기 노중(老中)제도의 성립기에는 노중에 해당하는 연기(年寄, 도시요리)를 봉행 또는 봉행인이라고 불렀다. 노중제도가 확립되는 과정에서 특히 간에이[寬永, 1624~1644] 이후 노중이나 약년기(若年寄)의 지배 아래에 있었던 특정한 역할의 장관을 봉행이라고 부르게 되었다. 중요한 봉행직은

인도하여 대청에 이르렀다. 의성이 기둥 밖으로 나와 맞이하고, 대청으로 들어가서 두 번 읍례를 행하였다. 중달, 소백 두 장로가 역시 이를 따라 행하였다. 행중의 군관과 원역 이하는 기둥 밖에서 배례를 하였고, 사령(使令)[57]과 취수(吹手) 등은 뜰에서 예를 행하였다.

예를 마친 후에 주객(主客)이 모두 교의에 앉았는데, 다리가 높은 상에 네 줄로 음식 고임을 하여 미리 배설(排設)해 놓았다. 술을 아홉 번 순배(巡杯)하였는데, 잔을 돌릴 때마다 음식이 따라서 진상(進上)되었다. 잔치가 파한 후에 각자 청(廳)에 들어가 충분히 휴식을 취하고 나왔다. 함께 평좌를 한 후에 화상(花床)이 진상되었다. 수차례 순배한 후에 장로들이 시를 지어 바치니, 즉석에서 보답하여 술을 따라주었다. 이는 전부터 으레 행하던 예로서, 즐거움을 나눌 때 상대를 무안하게 할 수 없기 때문에 허락하는 것이다.

날이 이미 저물어서 등불을 밝히고서 파하고 돌아왔다. 이 날은 매우 더워서 괴로움을 견딜 수 없었다. 무진(茂眞)은 병이 매우 위중하여 배행할 수가 없었다.

노중의 관할이었는데 신사봉행은 장군 직속이었다는 설도 있다. 노중 지배 아래 봉행 중에서도 더욱 중직이었던 신사봉행, 정(町)봉행, 감정(勘定)봉행을 삼봉행이라 불렀고, 강호 이외의 교토[京都], 오사카[大阪], 후시미[伏見], 사도[佐渡] 등 막부 직할의 중요도시나 거점에 설치되었던 봉행을 원국(遠國)봉행이라 불렀다. 약년기 지배 아래에는 소보청(小普請)봉행, 요물(腰物)봉행 등이 있었다. 삼봉행에 대하여 작사(作事)봉행, 보청(普請)봉행, 소보청봉행을 하(下)삼봉행이라고 속칭한다. 이 밖에 감정봉행의 지배 아래 금(金)봉행, 임(林)봉행 등이, 작사봉행의 지배 아래 작사방하(方下)봉행, 첩(疊)봉행 등이 있었다. 또한 각 번에서도 에도 막부 직제에 준해 신사봉행, 정봉행 등을 설치했다.

57 사령(使令) : 통신사행의 수행원으로, 형사(刑事) 업무를 맡았던 사람.

23일 병자(丙子) 맑음. 장수원에 머무름.

의성이 사람을 보내 문안하고, 어제 연회에 와 준 것에 대해 사례(謝禮)하였다.

24일 정축(丁丑) 맑음. 장수원에 머무름.

의성이 사람을 보내 문안하였다. 무진이 병환이 매우 심하니 걱정이 된다. 왜인을 시켜 거처할 집을 찾아보게 하고, 무진을 보내어 조리(調理)하게 할 계획이다.

25일 무인(戊寅) 맑음. 장수원에 머무름.

예단마 두 필과 악기 등의 물건을 왜선에 실어 보냈다. 의성이 사람을 보내 문안하였다. 부사, 종사관과 더불어 이야기를 나누었다. 무진을 내보내니 불쌍하고 측은한 마음이 든다.

26일 기묘(己卯) 맑음. 장수원에 머무름.

의성이 사람을 보내 문안하였다. 서수좌(恕首座)가 과일을 보냈다. 두 사신과 함께 이야기를 나눴다.

27일 경진(庚辰) 맑음. 장수원에 머무름.

의성이 사람을 보내 문안하였다. 악포에 있을 때 보낸 비선이 아직도 돌아오지 않으니 그 이유를 모르겠다. '다음달 2일에 일기도(一岐島)[58]

58 일기도(一岐島) : 이키시마, 이키시[壹岐市]는 후쿠오카현[福岡縣]과 쓰시마[對馬島]의 중간지점에 있으며 겐카이나다[玄海灘]에 면해 있는 섬이다.

로 향하려 한다'는 장계와 수사(水使)에게 치목(鴟木: キ)을 보내줄 것을 재촉하는 이문(移文)[59]을 발송하는 비선(飛船) 편에 집에 보내는 편지도 부쳤다.

중달 장로, 평성련, 평성부가 각각 과일, 찰밥, 찬합 등을 보냈는데 매우 지리(支離)하였으나, 사양하고 물리치자니 그들이 무안할 것 같아 부득이 받아서 일행에 나눠 주었다. 찰밥은 쑥으로 정갈하게 싸서 세 군데를 묶고 두 번 쪄서 족상(足床)에 올리고 콩가루는 설탕을 섞어 종이로 몇 겹 싼 뒤 상에 올려놓았는데, 대개 밥을 찍어 먹기 위한 것이다. 한 상에 담는 양이 60-70묶음에 이른다.

군관을 배 있는 곳에 보내 복물(卜物)을 해변에 풀어 놓도록 했는데, 내일 배 밑에 연기를 쐬려 하기 때문이다. 두 사신과 함께 이야기를 나눴다. 무진이 쾌유되었다는 소식이 전해지니, 염질(染疾)은 아닌 것 같다. 그러나 이미 외부로 나갔기 때문에 정황상 즉시 돌아오기가 어려우니, 그대로 처소에 머물러 조리하도록 하였다.

28일 신사(辛巳) 맑음. 장수원에 머무름.

의성이 사람을 보내 문안하였다. 하정(下程)하고 남은 쌀 30여 되를 관중(舘中)의 사환(使喚)하는 왜인 수십 명에게 나누어 주었다. 평성부가 사람을 보내 수박을 바쳤다. 치목이 부산에서 도착했다.

29일 임오(壬午) 맑음. 장수원에 머무름.

의성이 사람을 보내 문안하였다. 동래부사의 편지로, 조정이 평안하

---

59 이문(移文) : 같은 등급의 관아 사이에 주고받던 공문서.

다는 소식을 접할 수 있었다. 보내 준 세 개의 치목은 모두 좌선(坐船)의 용도에 적합하지 않아, 부중(府中)의 이년생 나무를 잘라 새로 만들었다. 평성행 등 네 사람이 와서 연회에 초청하는 뜻을 전하였다. 세 사신이 대청에 모여 그들을 불러 접견하고 타일렀다.

"한 번 가면 한 번 오는 것이 예이니, 22일에 있었던 연회 후에 도주는 마땅히 바로 와서 사례하는 뜻을 표해야 했습니다. 그간에 비록 사행에게 기제사가 있었고 또 국기일(國忌日)이 있어 나아가 대접할 수는 없다 해도, 주인의 도리로는 다음날 아침에 와서 사례하고 아울러 정성스럽게 초대하는 것이 마땅합니다. 그런데 그대들은 지금 잔치에 반드시 와야 한다면서 이렇듯 다급하게 재촉하니 이게 무슨 도리입니까. 진실로 타당하지 않습니다."

평성행이 말하였다.

"하교(下敎)하신 뜻이 지당하며, 도주의 처사가 과연 미진하였습니다. 그러나 앞으로 가실 각 참(站)의 사람들이 모두 와서 살피고 있고, 살마주(薩摩州)[60] 사람들까지 지금 여기에 있습니다. 만약 도주의 인사가 미진하다는 이유로 끝내 연회에 오셔서 예를 행하지 않는다면 그들이 듣고서 어떻게 생각하겠습니까. 바라건대 이전의 잘못은 용서하시고, 앞으로의 공을 구하소서. 저희들은 지금 죄를 받기를 청합니다."

세 사신이 상의하기를, '그들의 행동이 뱀이나 전갈과도 비교할 수

---

60 살마주(薩摩州) : 사츠마주. 현재의 가고시마현[鹿兒島縣] 서부 지역. 사츠마국[薩摩國], 삿슈[薩州]라고도 한다. 율령제(律令制) 하에서는 사이카이도[西海道]에 속한다. 메이지[明治] 4년(1871)에 번(藩)을 폐지하고 현(縣)을 설치함에 따라 오스미국[大隅國]와 함께 가고시마현이 되었다. 오스미국 지역은 일시 미애코노죠현[都城縣]에 편입되었다가 메이지 6년(1873)에 미애코노죠현이 폐지되어 다시 가고시마현으로 이관되었다.

없을 정도로 간사하나, 지금은 잠시 허락하고 다른 날 하는 짓을 두고 봐도 되리라' 생각했다. 이에 어쩔 수 없이 억지로 잔치에 가겠다는 뜻을 설명하니, 평성행 등이 재삼 머리를 조아리며 사례하고 갔다. 오후에 평복 차림으로 의성의 집에 갔다.

새로 지은 별원(別院)은 벽에 단청을 칠하지 않아 매우 정결했다. 문방구와 신기한 노리개, 병풍, 족자 등의 물건을 자리 오른쪽에 많이 늘어놓았는데, 과장하는 처사와 다를 바 없으니 가소롭다. 왜인이 진무(振舞)를 베풀었는데 세 순배를 돌고 그쳤다. 오래 앉아 있으려니 너무 괴로워서 곧바로 일어나고 싶었으나, 굳이 애써 말리기에 다시 앉았다. 화상(花床)을 내오니 세 순배 돌고 파하였다. 홍희남이 말하였다.

"전부터 이러한 예는 있었지만 이번에는 관백(關白)[61]이 접대할 때 설치하는 꽃의 예에 따라 화상을 만들었다고 합니다."

다양한 꽃과 나무를 꽂았는데 나무에 물을 들여 만든 것이 매우 기이하고 공교했다. 가운데에 큰 화상(花床) 하나를 놓았는데 소나무, 거북, 학 등 조형물의 잡다한 색이 눈을 현혹시켰다. 상에는 모두 금을 칠하였다. 서수좌가 지삼(枝三: 담배의 일종)과 콩다식을 보냈는데 권무자(拳撫者)[62] 같이 생긴 것 하나는 대 껍질로 쌌다.

---

61 관백(關白) : 천황을 보좌하여 천하를 다스리던 중직. 실질적인 공가(公家)의 최고위직이며, 경칭은 전하(殿下)이다. 조선에서는 도요토미 히데요시가 관백에 오르고 난 이후 관백을 일본의 최고 통치자라는 의미로 사용했다. 조선 후기에는 에도 시대의 실질적인 통치자였던 막부(幕府)의 정이대장군(征夷大將軍)을 '일본국왕' 또는 '관백'이라고 부르는 것이 일반적이었다. 관백은 이른바 교린외교체제(交隣外交體制)에서 조선 국왕의 상대역이 되었다.

62 권무자(拳撫者) : 골무떡. 가락을 짧게 자른 흰 떡.

7월

초1일 계미(癸未) 맑음. 장수원(長壽院)에 머무름.

이른 새벽에 망궐례를 행하였다. 의성이 사람을 보내 문안하였다. 평성부가 와서 '도주가 사례하러 온다'는 뜻을 전하였다. 조금 지나서 도주가 보러 왔으며 두 장로도 뒤따라 들어왔는데, 간소하게 다과(茶菓)를 차렸으나 사양하고 바로 돌아갔다. 역관을 시켜 장수원에 머물고 있는 주지승과 평성행, 평성부, 평성부 네 사람에게 과자와 과일, 소주 두 잔을 보냈다. 평성행의 아들들이 각각 복숭아를 한 그릇씩 바치고 평성부도 수박 두 통을 보냈다.

초2일 갑신(甲申) 약한 비가 옴. 장수원에 머무름

의성이 사람을 보내 문안하였다. 어제 중달 장로가 김의신(金義信), 한시각(韓時覺)을 보내 주기를 원하여 이를 의성에게 말하니, 의성이 불가하다 여겨 '보내는 것을 허락하지 말라'고 하였다. 그 말대로 이유를 대고 보내지 않았는데, 의성의 생각이 무엇인지는 모르겠다.

초3일 을유(乙酉) 흐림. 장수원에 머무름.

의성이 사람을 보내 문안하면서 사자관(寫字官)[63]과 화원(畵員) 등을 보내주길 청하여 허락하였다. 각 배에서 격군을 징발하여 배 있는 곳으로 예단과 복물을 운반하였다. 이 날 저녁에 소통사(小通事) 김춘남(金春

63 사자관(寫字官) : 사대교린문서(事大交隣文書)와 자문(咨文), 어첩(御牒), 어제(御製) 등의 문서를 정서(正書)하던 관원.

男)과 행중의 하인 17명이 함께 모의하여 하정미로 쓰고 남은 쌀을 은과 바꾸려다가 발각되었다.

초4일 병술(丙戌) 맑음. 장수원에 머무름.

의성이 사람을 보내 문안하였다. 이날은 반드시 배를 타려고 했으나 역풍이 연일 심하게 불었다. 의성이 여러 번 사람을 보내 '바람의 기세가 이와 같으니 출항하기 어려운 상황이라'고 해서 어쩔 수 없이 출행(出行)을 중지하였다. 이곳에서 체류한지 무릇 20일이나 되었는데, 앞길은 아득히 멀고 돌아갈 기한에도 차질이 빚어지니 답답함과 걱정스러움을 견딜 수 없다. 일기도 쪽의 바다는 다른 바다에 비해 거리가 가장 머니, 오랫 동안 부는 바람이 아니면 건너기가 쉽지 않다. 그러니 어찌 신중하게 처신하지 않을 수 있겠는가.

부사, 종사관과 함께, 쌀을 은으로 바꾸려다가 발각된 자들을 심리(審理)하고, 죄의 경중에 따라 형신(刑訊)을 베풀었다. 주동자 김춘남과 함께 모의한 경주의 관노(官奴) 경민(敬民)은 죄가 밀무역(密貿易)에 해당되므로, 형신을 한 차례씩 시행한 것으로는 그 죄를 징계하기에 부족하다. 또한 훗날 단속할 수도 없으므로 '칼(枷: 차꼬)을 씌워 송출하니 조정에서 조처해 달라'는 내용을 장계에 덧붙여 썼다. 그들이 바꾼 은자 아홉 냥은 평성부를 불러 물건의 주인에게 나누어 주도록 하였다. 의성이 또 사람을 보내 사자와 화원을 보내 주기를 요청하기에 허락하였다.

초5일 정해(丁亥) 맑음. 장수원에 머무름.

의성이 사람을 보내 문안하였다.

初6일 무자(戊子) 맑음. 장수원(長壽院)에 머무름.

의성이 사람을 보냈는데, '두 명의 왜인이 날마다 교대로 와서 말을 전해 준다'고 하기에 그들에게 각각 부채, 유묵(油墨) 등을 주었다. 평성련이 참외를 보내고, 도주가 생선, 집돼지고기, 술통을 보냈는데, '내일이 칠석(七夕)이기 때문에 바친다'고 하였다. 무진을 예단마를 실은 배편으로 먼저 보냈다.

初7일 기축(己丑) 맑음. 장수원(長壽院)에 머무름.

의성이 사람을 보내 문안하고 산 은어를 바쳤는데, 이 지역에서 나지 않는 것이라서 우리 사행을 위해 연못에서 양식하는 물고기를 물을 퍼내고 가져온 것이라고 한다. 이곳에서 체류한 지 오래되어 너무 무료하기에, 피리와 비파 연주를 들었다. '경민(敬民)이 주동자로 취급받는 것이 억울하다'며 일행이 일제히 하소연하기도 하고, 그가 범행을 진술한 말을 살펴보니 무른 땅에 나뭇가지를 꽂는 것 마냥 만만하게 걸려든 것 같아서, 상의 하에 그의 이름을 장계에서 삭제하였다.

初8일 경인(庚寅) 맑음. 장수원(長壽院)에 머무름.

의성이 사람을 보내 문안하였다.

初9일 신묘(辛卯) 맑음. 장수원(長壽院)에 머무름.

의성이 사람을 보내 문안하였다. 이명빈(李明彬)으로 하여금 기풍제(祈風祭)에 쓸 희생(犧牲)과 폐백(幣帛)을 가지고 제사지내는 장소로 가도록 했다.

초10일 임진(壬辰) 맑음. 장수원(長壽院)에 머무름.

새벽녘에 기풍제를 지냈다. 의성이 사람을 보내 문안하면서 수박 각 3통을 보냈다. 복선(卜船)[64]의 격군 중 거제(巨濟) 지시포(知是浦)의 김명립(金命立)이란 자가 이종(耳腫)을 심하게 앓아 한(韓)의관에게 보내어 살피게 하니 돌아와서 고하였다.

"고름이 귀 안에서 밖으로 흐를 뿐 아니라 원기가 쇠약해져서 말조차 힘들어하니, 아무래도 치료하기 힘들 것 같습니다."

또 곤양(昆陽)의 격군 문난양(文蘭養)은 갈비뼈 통증이 심하고, 고성(固城)의 격군 박필이(朴苾伊)도 병세가 위중하여 코피가 흐르니, 염질(染疾)에 걸린 것 같다. 즉시 그들을 포구 주변의 인가로 보내 머무르게 하면서, 각각 쌀 일곱 말씩을 지급하여 왜인으로 하여금 돌보게 하고 병에 차도가 있어 나올 때까지 양식으로 삼도록 하였다.

11일 계사(癸巳) 맑음.

동이 튼 후에 선장 황생(黃生)이 고목(告目)으로 보고하기를, '동북풍이 불어 그치지 않을 것 같으니 운항을 시작해야 할 것 같다'고 하였다. 잠시 후에 선장들이 모두 와서 말하였다.

"바람이 순조로우니 출발할 만합니다."

일행에게 정비하고 단속하게 하는 한편 도주에게 통보하였다. 그러나 왜선의 입장에서는 이 바람이 순조롭지 않을 뿐 아니라 정비하고 기다린 상태가 아니기 때문에, 평성행 등이 '출항하면 안 된다'며 청을

---

64 복선(卜船) : 통신사행 또는 문위역관의 도일 때 짐을 싣는 배. 통신사행(通信使行)과 문위행(問慰行)의 복선은 각기 3척씩이다. 각 복선마다 복선장(卜船將)이 1인씩, 사공은 각 선에 4명씩, 격군(格軍)은 복선 3척에 각 30명이 승선한다.

받아들이지 않고 반대하였다. 이에 '바람이 일기 시작한 후에 출항하면 출발하는 하는 시간이 늦어질 뿐더러 날이 저물면 넓은 바다를 건너기 어려우니, 오늘 다 건너지 못한다 해도 반드시 배를 타고서 순풍을 기다려야 한다'고 달래니, 평성행 등이 돌아가 의성에게 고하였다. 의성도 그러하다고 여겨 다시 보고하였다.

"저희들이 마땅히 먼저 배를 타고 나갈 테니, 사행은 추후에 출발하십시오."

그 말을 따라 출행을 멈추고 더위가 물러간 후에 나왔다. 장수원에 26일 동안 머무르며 갖은 고생을 겪은 뒤라서, 배에 올라 바다를 바라보고 있으니 당장 건너지는 못해도 나그네의 회포가 웬만큼 풀어졌다. 초저녁, 초승달이 하늘에 가득하고 수십 척의 뱃머리에 각자 등불을 밝히니 경치가 사람의 흥을 돋우었다. 다만 배 위의 밤기운이 찌는 듯 답답하여 창을 열고 잠을 자니 모기가 달려들어 편히 잘 수가 없었다.

들으니 밤사이 환자가 운명했다고 하는데, 구호할 수가 없었으니 매우 참혹하다. 평성련에게 말하여 얇은 판자로 관을 짜서 본국으로 돌아가는 배에 실어 보내도록 하였다.

12일 갑오(甲午) 맑음. 배에 머무름.

의성이 사람을 보내 문안하면서, '바람이 일면 서로 연락하여 출항하자'는 뜻을 전했다. 홍(洪)역관이 말하였다.

"계미년(1643) 사행 때에는 오랫동안 체류하는 것이 답답하여 먼저 배를 타고 출행한다고 하여도 의성이 안일하게 생각을 바꾸지 않으며 출발하지 않더니, 이번에는 먼저 나와서 사행을 기다리니 이전과는 다른 처사입니다. 이것은 관백이 사행을 우대하라고 지시한 연유(緣由)에서 비롯된 것입니다."

13일 을미(乙未) 비 옴. 그대로 배에 머무름.

의성이 연어 한 마리, 다시마 열여덟 다발, 술통 큰 것 하나를 보내며 말을 전하길, '사람들이 대판(大坂)[65]에서 가지고 온 물건이라'고 하였다. 각 배에 나누어 주었다. 지난 밤에 평성부와 장수원 소지지(小持紙)가 와서 홍(洪)역관에게, '13, 16, 17일은 일본에서 꺼리는 날이기 때문에 순풍이 있어도 결코 배를 출발해서는 안 된다'고 하였다. 형편상 여러 날 체류해야 할 것 같아서 홍역관이 고민스러워하며 반대하자, 밤이 된 후에 두 장로가 와서 홍역관을 만나 따지고 갔다. 오늘, 비가 내려 출발할 수가 없으니 누가 왜인들이 날씨를 잘 점친다고 했는가. 만약 비가 올 조짐을 알았다면, 밤새 왜인들이 그런 수고를 왜 했겠는가. 가소롭다.

오늘은 섬에서 등을 달아 불을 밝히고, 향을 올리는 날이다. 도주가 이러한 뜻으로 육지에 내리라고 말을 전했다. 초저녁에 섬의 집집마다 등을 달았는데 우리나라의 초파일과 비슷하다. 이날부터 15일까지 밤마다 이와 같이 한다고 한다. 저녁 사이에 의성이 삼중으로 된 합과 술 한 통을 보내서 원역들의 처소에 나누어 주었다.

14일 병신(丙申) 맑음.

비온 뒤에 바람의 기세가 순조로울 줄 알았으나 매우 사나워 도저히

---

65 대판(大坂) : 오사카. 셋쓰주[攝津州]에 속하고, 현재의 오사카부[大阪府] 오사카시[大阪市] 츄오구[中央區] 오사카정[大阪城]이다. 대판(大坂), 낭화(浪花), 낭화(浪華), 낭속(浪速), 난파(難波)라고도 한다.

출항할 수가 없었다. 의성이 말을 전하여, '배에서 내리시라'고 간청하기에, 세 사신이 저녁에 해안사(海岸寺)[66]에 올라가 묵었다.

15일 정유(丁酉) 맑음.

이른 새벽에 망궐례를 행하였다. 식후에 일행들이 '바람의 기세가 순조롭다'고 일제히 말하였다. 상의하여 배를 타고 포구를 나와 친히 바람을 살피니, 포구 안에서의 바람과는 달라 결코 운항해서는 안 되기에 되돌아와서 닻을 내리고 그대로 배에서 잤다.

평성부는 행중의 본의(本意)를 알지 못하고 배에 와서 불쾌한 말을 늘어놓으니, 이 분통터지는 것을 어찌 말로 다 하겠는가. 의성이 처음에 듣고 매우 의아해했지만, 평성행을 시켜 '우리 일행이 답답하여 이렇게 할 수 밖에 없었다'고 달래니, 의성도 의혹이 풀렸다고 한다.

16일 무술(戊戌) 맑음. 배에 머무름.

의성이 사람을 보내 문안하면서 '배에서 내리시라'고 청하였다. 배 위에서도 괴로움이 심하지 않고, 배를 자주 오르내리는 게 꼭 아이들이 하는 짓 같아, 좋은 뜻으로 타이르고 뭍에 내리지 않았다. 오늘은 바람의 기세가 순할 것 같은데도 의성이 일본에서 꺼리는 날임을 핑계 삼아 호행할 뜻이 없으니, 분통이 터지지만 어찌하겠는가. 배에 있는 상하(上下)의 사람들에게 부채를 나누어 주었다.

---

66 해안사(海岸寺) : 가이간지. 현재의 나가사키현[長崎縣] 쓰시마시[對馬市] 이즈하라마치구타미치[嚴原町久田道]에 위치. 이즈하라항[嚴原港]의 서측, 입구암(立龜岩)을 바라보는 양지바른 산중턱에 있다.

17일 기해(己亥) 맑음. 배에서 머무름.

부산(釜山)에서 비선(飛船)이 왔다. 평성부가 와서 문서 한 봉(封)과 궤(櫃) 두 짝을 전하였는데, 문서를 펼쳐보니 비국(備局, 비변사)의 공문 한 통과 경상감사, 동래부사의 이문(移文)이 각각 한 통씩이었다. 궤에 담긴 것은 면주(綿紬) 쉰 필(疋)과 오색지(五色紙) 예순 권(卷), 백지 백 권(卷)이었는데, 바다를 건널 때 물에 젖었다고 장계를 올렸기 때문에 다시 마련하여 관왜(館倭)가 들어오는 편에 보낸 것이다. 집의 편지를 받지 못하여 울적하다. 이번 일로 조정에서 도주에게 서계를 보냈다고 한다. 5일 치의 하정을 도주가 탄 배에 보내주었다.

18일 경자(庚子) 맑음.

의성이 사람을 보내 문안하였다. 배 위에서 바람을 기다렸으나 바람의 기세가 순조롭지 않으니 괴로움을 이루 말할 수 없다. 의성이 또 배에서 내리길 청하여 저녁에 해안사에서 잤다. 배와 수박 등을 보내왔다.

19일 신축(辛丑) 맑음. 해안사(海岸寺)에서 머무름.

밤사이 비가 내리더니, 새벽이 되자 맑게 개었다. 의성이 사람을 보내 문안하였다.

20일 임인(壬人) 맑음. 해안사(海岸寺)에 머무름.

의성이 사람을 보내 문안하였다. 마을의 여염집들이 매일 밤 등불을 달아서 과시하는 모양새가 아이들 하는 짓 같아 가소롭다. 의성이 서산사(西山寺)[67]에 와서 이명빈, 김의신, 한시각을 보내 주기를 청하기에,

김(金), 한(韓) 두 사람만 보내기로 허락하였다. 선장들이 와서 내일은 꼭 순풍이 불 것이라고 하기에, 의성에게 말을 전하여 일찍 서둘러 배를 타기로 기약하고, 원역들에게도 '새벽에 밥을 지어 잠자리에서 일어나자마자 식사할 수 있도록 하라'고 명하였다.

21일 계묘(癸卯) 맑음.

동이 틀 무렵에 배를 탔다. 장계를 봉하여 왜인에게 주고 즉시 출송하도록 하였다. 의성이 사람을 보내, '저희는 이미 출발했다'고 하였다. 여러 배가 일제히 포구를 나가, 떠오르는 해의 붉은 빛이 퍼질 때 돛을 달고 바다로 나갔다. 묘시(卯時) 무렵에 서남풍이 불었다. 왜선 28척과 행차선 6척이 앞서거니 뒤서거니 하였다. 오후에는 서풍이 순해지니 바람의 힘이 약하여 운행이 느렸다.

신시(申時)가 되서야 겨우 일기도(一岐島) 근처에 다다랐는데, 다수의 소형 왜선들이 와서 각 배를 끌고 가 포구에 정박하였다. 포구의 인가는 겨우 백여 호인데 모두 풀로 지붕을 이었고, 기와로 지붕을 올린 집은 몇 집에 불과했다. 의성이 평성행을 보내 배에서 내리기를 청하기에 짐을 풀고 내렸다. 날이 이미 저물려고 하자 진무를 베풀어 주었는데, 찬품(饌品)이 대마도와 비슷했으나 냄새가 변하여 가까이할 수가 없었

---

67 서산사(西山寺) : 세이잔지. 나가사키현[長崎縣] 쓰시마시[對馬市] 이즈하라마치고쿠부[嚴原町國分]에 위치. 슈쿠보쓰시마세이잔지[宿坊對馬西山寺]이다. 현재는 유스호스텔 대미시신사(對馬西山寺)라는 숙박시설로 바뀌어 있다. 에이쇼[永正] 9년(1512) 소 사다쿠니[宗貞國] 부인의 보다이지([菩提寺]: 조상 대대의 위패를 안치하여 명복을 비는 절)가 되어 그 법호(法號)를 따서 세이잔지라고 바꾸었다. 에도시대에는 조선과의 외교를 담당했던 외교승(外交僧)이 기거했던 곳으로 1643년 제5차, 1711년 제8차, 1719년 제9차, 1748년 제10차, 1763년 제11차 통신사행 때 조선사신이 묵었다.

다. 상을 물린 후 밥을 올렸는데, 중관(中官) 이상에게는 으레 진무를 바치고 하관(下官)에게는 인원에 맞춰 마른 음식을 나눠 준다고 한다. 숙소는 이번 사행을 위해 새로 지었는데 청결함과 더러움이 뒤섞여 있고, 흙벽이 채 마르지도 않아 습기가 사람을 달구니 매우 괴로웠다.

중달 장로가 미리 연락하지 않고 마음대로 왔다가, 앉지도 못하고 돌아갔다. 그의 의도는 지내는 형편을 물으러 온 것이었는데, 한창 진무중이어서 미처 그에게 공경하는 태도를 보이지 않자 그대로 돌아간 것이다. 홍(洪)역관을 시켜 좋은 말로 달래서 보냈다. 부사, 종사관과 함께 잤다.

대마도에서 이곳까지 물길로 500리이다. 와서 문후하는 왜인이 매우 많았는데 평호(平湖) 태수(太守)는 20리 정도 떨어진 데에서도 사람을 보내 문안하였다. 이곳은 태수 진신(鎭信)[68]의 식읍(食邑)이다.

22일 갑진(甲辰) 맑음. 그대로 머무름.

역관 정시심(鄭時諶)을 의성의 처소에 보내 문안하고, 아울러 중달 장로에게도 문안하도록 했다. 식후에 순풍이 불기에 의성에게 즉시 출발하자고 말을 전하였으나 의성이 '역풍이 불고 날이 이미 저물었다'는

---

68 진신(鎭信) : 마쓰라 시게노부[松浦鎭信, 1622~1703]. 에도시대 전기의 다이묘(大名), 다인(茶人). 마쓰라 히젠노카미 시게노부(松浦肥前守鎭信)라고도 한다. 호는 텐쇼안(天祥庵), 도쿠유(德祐), 엔에(圓惠). 관위는 종오위하(從五位下), 히젠노카미(肥前守). 히젠(肥前) 히라도번(平戶藩)의 3대 번주인 마쓰라 다카노부(松浦隆信)의 장남. 유명(幼名)은 치요쓰루(千代鶴)였는데 뒤에 겐자부로(源三郞)로 바꾸었다. 1637년 5월 부친의 죽음으로 히라도번의 제4대 번주가 되었다. 한적(漢籍)과 난학(蘭學)에 정통하였고, 서예도 잘 썼다. 특히 다도(茶道)를 좋아하여 세키슈류(石州流)의 모든 것을 전수받아 오늘날 친신류(鎭信流)로 알려진 다도의 일파를 세웠다. 1643년, 1655년, 1682년 통신사행 때까지 관반으로 이키(壹岐) 가자모토우라(風本浦)에서 조선사신을 접대하였다.

이유를 대서 결국 출항하지 못했다. 사자와 화원을 보내주길 원해서 허락하였다.

23일 을사(乙巳) 맑음.

동이 틀 무렵에 의성이 반드시 순풍이 있을 것이라고 보고하기에 서둘러 출발하였다. 행중이 즉시 배를 타고 일제히 포구를 나섰으나, 겨우 수십 리를 가자 맞바람이 크게 불어 배가 앞으로 나아갈 수 없었다. 왜인들이 먼저 회항(回航)하였고, 우리 배들도 차례차례 노를 돌려 돌아왔다. 다시 정박하고 관소에 내려오니 너무나 괴로운 상황이다.

24일 병오(丙午) 맑음. (일기도에) 그대로 머무름.

역풍이 종일 불어 출항할 수 없었다. 의성이 본도(本島) 태수의 뜻이라며 와서 찬합을 바쳤다. 소백 장로가 와서 뵈었는데, 중달 장로는 병을 이유로 사미승(沙彌僧)을 보내 문안하기에, 함께 불러서 접견하고 다과를 대접하였다. 부사와 종사관이 자신들이 지은 오언율시(五言律詩)를 각각 두 승려에게 주었다. 중달이 사자와 화원을 보내 주길 부탁하기에 허락하였다. 평성부가 와서 뵙기에,

"매일 배 위에서 큰소리를 지르는데 이게 무슨 처사인가. 매우 온당치 못하다. 이후에는 절대 전처럼 행동하지 말라."

고 하니, 평성부가 답하였다.

"어찌 감히 명을 따르지 않겠습니까."

그의 됨됨이는 본래 요망하고 독살스러운데다가 연로하여, 왜인들 중에 성품이 정말 좋지 않은 자이다. 그러니 어찌 차후에 언행을 삼가기를 바라겠는가. 섬에 사람이 드물어도 더 나은 자가 없진 않을 텐데

하필 이런 사람으로 호행하게 하니, 의성의 혼미함과 망령됨을 이것으로 알 수 있겠다.

25일 정미(丁未) 맑음.

맞바람이 또 불어서 그대로 머물렀다.

26일 무신(戊申) 맑음.

동이 틀 무렵에 일기도를 떠나, 350리를 가서 비로소 남도(藍島)[69]에 도착하니 겨우 신시(申時)였다. 뭍에 내리니 관사가 널찍하고, 갖추어진 장막과 그릇들도 일기도보다 배는 나았다. 바로 진무를 베풀어 주었는데 찬품 역시 정갈했다. 이 포구는 매우 넓고 커서 건너편에 한 줄기의 먼 산이 쭉 연이어 뻗쳐 있고, 흰 모래도 평평하게 펼쳐져 있다. 전해지는 말로는 신라 충신(忠臣) 박제상(朴堤上)이 절개를 지키고 죽은 곳이라고 한다. 한밤중에 소나기가 내렸는데 늦게까지 배에 있던 원역들이 모두 비에 젖었다.

이곳은 축전(筑前)[70]에 속하는데, 태수는 원광(源光)이며 식록(食祿)이 57만 호(戶)이다. 밤사이 그가 미복(微服) 차림으로 와서 살폈는데, 계미년(1643)에도 그랬다고 한다.

69 남도(藍島) : 아이노시마. 치쿠젠 아이노시마[筑前藍島]. 현재의 후쿠오카현[福岡縣] 가스야군[糟屋郡]에 속하며 상도(相島)라 불린다. 12차례 통신사행 때마다 조선사신이 이곳 차야[茶屋]에 묵었다.

70 축전주(筑前州) : 치쿠젠주. 현재의 후쿠오카현[福岡縣] 북서부 지역. 치쿠젠국[筑前國]이라고도 하며, 치쿠젠국과 합하여 치쿠주[筑州]라고도 한다. 옛날에는 치쿠고국[筑後國]과 함께 츠쿠시국[筑紫國]이라 하였으나 율령제(律令制) 하에서 분할되었으며, 사이카이도[西海道]에 속한다.

27일 기유(己酉) 맑음.

해가 뜬 뒤에 적간관(赤間關)[71]을 향해 출발하였는데, 겨우 포구를 빠져나가자 역풍이 크게 불어 배를 운항할 수가 없었다. 저녁이 될 때까지 배에 있다가 날이 저문 후 배에서 내려 숙박하였다.

28일 경술(庚戌) 맑음. 그대로 머무름.

중달 장로가 술과 시를 가지고 와서 뵈니, 차운(次韻)한 시를 지어주었다. 의성이 독축관과 사자, 화원을 보내 주길 원하여 허락하였다.

29일 신해(辛亥) 약한 비가 옴. 그대로 머무름.

역풍이 계속 불어서 출발할 수가 없었다. 부사, 종사관과 대화를 나누고, 아울러 이명빈을 불러 함께 연구(聯句)[72]를 지으며 무료한 마음을 기탁(寄託)하다가 밤이 깊어서야 파했다.

8월

초1일 임자(壬子) 비가 잠깐 내림. 그대로 머무름.

이른 새벽에 망궐례를 행하였다. 평성부가 도주의 말을 전하며 인동

---

71 적간관(赤間關) : 아카마세키 혹은 아카마가세키. 나가토주[長門州]에 속하고, 현재의 야마구치현[山口縣] 시모노세키시[下關市]이다. 아카마가세키[赤馬關, 또는 세키바칸] 혹은 약칭으로 바칸[馬關]이라고도 일컬었다.

72 연구(聯句) : 몇 사람이 모여서 한 사람이 각각 한 구씩을 돌아가며 지어서 이를 합하여 만든 시.

주(忍冬酒)[73] 한 병과 복분자주(覆盆子酒) 두 병, 떡 한 합, 그리고 국수 두 합을 바쳤다. 두 사신과 더불어 각자 두 잔씩 마시고, 각 배의 군관과 원역들을 불러 각각 한 잔씩 주었다.

초2일 계축(癸丑) 비 옴. 그대로 머무름.

오후에 비가 그치고 남풍이 크게 불었다. 포구가 배를 대기에 적당하지 않고, 역랑(逆浪)이 하늘에 닿을 듯이 높아 배에 거세게 부딪치니 배들이 매우 위태로웠다. 축전주 태수가 왜의 닻을 많이 보내 주어서 각 배에 나눠 주었지만, 그래도 배를 고정시킬 수가 없었다. 사람들이 밤새 소리를 지르고 파도소리가 선실을 흔드니, 나그네의 심사가 더욱 사나워서 편히 잘 수 없었다. 대마도에서 배를 타고 바람을 기다린 뒤부터 남도에 오기까지 날마다 하정하고 남은 쌀이 많아 30여 곡(斛)이나 되었기에, 홍(洪)역관을 시켜 평성행 등에게 타일렀다.

"이렇게 먹고 남은 쌀은 쓸모가 없고 배에도 무거운 짐이 되니, 각 배의 호행하는 왜인과 통사들에게 나누어 주려 합니다."

평성행 등도 옳다고 여겨 나누어 주게 하였다. 세 사신에게 바친 쌀, 술통, 간장통, 식초통이 60여 석(石)에 이른다. 들으니 '출발한 뒤 도처에서 바람에 막혀 오래 체류하게 되면 군핍(窘乏)해질 것을 의성이 염려하여 이렇게 많은 쌀을 거두어 바쳤다'고 한다. 이명빈이 별안간 복통을

73 인동주(忍冬酒) : 아키주[安藝州] 가마가리[鎌刈] 지방의 명주(名酒)로 약주(藥酒)의 일종이다. 『계미동사일기(癸未東槎日記)』 '5월 26일(무오)' 기록에 의하면, 대관인 효고[兵庫] 내장승(內藏丞) 등이 와서 사신의 일행을 접대하면서 이 고을 명주(名酒) 인동주(忍冬酒)를 내었는데, 인동(忍冬)과 인삼(人蔘)을 합쳐 빚어서 만든 것으로 맛이 달고도 몹시 독하다고 했다.

앓아서 기가 막혔는데, 침과 약을 많이 처방했더니 겨우 소생하였다.

초3일 갑인(甲寅) 맑음. 그대로 머무름.

바람세가 순조롭지 않았다. 격군 중에 호방(戶房)의 고지기[庫直]가 와서 하소연하기에 그의 얼굴을 살펴보았더니, 왼쪽 뺨에 핏자국이 있었다. 수상하여 물으니, 격군의 우두머리가 수두(手斗)[74]를 부수고 주먹으로 뺨을 때리기에 형제가 힘을 합쳐 함께 받아 쳤다고 한다. 듣고 보니 매우 해괴하여, 병방(兵房)으로 하여금 곤장으로 볼기를 각각 15대씩 때리도록 하였다.

초4일 을묘(乙卯) 맑음.

의성이 사람을 보내 문안하면서, '바람이 순하여 출발할 수 있겠다' 고 보고하였다. 즉시 배에 오르니 이미 진시(辰時)였다. 포구를 빠져나가자마자 밀물과 역풍이 사나워 배가 안정되지 않으니, 대마도를 건널 때만큼 위태롭진 않았지만 집채만한 파도가 뱃전을 때리면 선체가 번쩍 들릴 정도로 배가 흔들렸다. 정신이 없고 밥도 먹을 수 없었다. 오후가 되어서야 조금 먹었으나 기운이 심히 편치 않다.

미시(未時) 초에 비로소 적간관(赤間關)에 도착해, 배에서 내려 안덕(安德)[75] 천황사(天皇寺)[76]로 갔다. 두 사신과 더불어 대청에 앉아 있으니 곧

74 수두(手斗): 일본에서 쌀을 담는 그릇이자 재던 단위. 통신사 일행이 일본 각지에서 받은 양식의 수량은 일본식 단위인 수두(手斗)로 표기되어 있다. 이것이 조선의 몇 되(升)에 해당하는지 문헌에 따라 약간씩 차이가 있다. 대략 우리나라의 2승 7홉에 해당한다.

75 안덕천황(安德天皇) : 안토쿠텐노. 일본의 81번째 천황. 일왕(日王). 지쇼 2년(1178) 11월 12일 출생하여, 태어난 지 약 한 달 뒤인 12월 15일 태자가 되었음. 지쇼 4년(1180)

진무가 베풀어졌다. 마친 후에 숙소로 자리를 옮겼는데 절 앞에 새로 지은 정사(精舍)가 자못 넓고 시원하였다. 하정한 찬물은 축전주의 것처럼 풍요롭고 사치스럽지는 않지만, 일기도보다 못하진 않다고 한다. 진무도 축전에 크게 못 미치는 것 같지는 않다.

이날 밤은 가을 기운이 더 돌고 밤도 길고 지리해져서, 새벽에 눈을 뜬 뒤 다시 잠들 수가 없었다. 이날은 240리를 운항했다.

주수(主守)의 나이가 겨우 15세라고 하는데, 이름은 송평대선수(松平大饍守) 강광(綱廣)이며, 지역은 장문주(長門州)[77]의 식읍이다.

초5일 병진(丙辰) 맑음.

의성이 사람을 보내 문안하면서, '조수가 순하여 배가 출항할 수 있다'는 뜻을 알려왔다. 즉시 배를 타고 20리쯤 가자, 조수가 반대로 밀려와 나아갈 수가 없어서 닻을 내리고 정박하였다.

2월 21일 천조(踐祚)하여, 4월 22일 겨우 3세의 나이로 천황에 즉위하였으나 정치적 실권은 외조부인 다이라노 기요모리가 쥐고 있었음. 미나모토노 요리토모가 파견한 미나모토 씨 군대가 다이라 씨를 야시마 전투에서 격파하면서, 또 한 차례 해상으로 도주하였다가 결국 주에이 4년(1185) 3월 24일, 단노우라 전투에서 다이라 씨가 패전하면서 일족은 멸망하였고, 안토쿠텐노는 이때 겨우 8세였는데 바다에 몸을 던져 자살하였다.

76 천황사(天皇寺) : 텐노지. 현재 일본 시고쿠[四國]지방의 가가와현[香川縣] 사카이데시[坂出市] 니시노쇼정[西庄町]에 있는 절.

77 장문주(長門州) : 나가토주. 현재의 야마구치현[山口縣] 서반부 지역. 나가토국[長門國] 초주[長州]라고도 한다. 율령제(律令制) 하에서는 산요도[山陽道]에 속한다. 나가토국은 바다를 사이에 두고 조선반도와 마주보는 위치에 있기 때문에 옛날에는 호쿠부큐주[北部九州]에 준해서 외교, 방위상 중시되었다. 메이지[明治] 4년(1871)에 번(藩)을 폐지하고 현(縣)을 설치함에 따라 나가토국과 스오국[周防國]으로부터 야마구치현이 설립되었다. 통신사행 때 조선사신이 휴식을 취하거나 묵었던 미나미도마리[南泊], 아카마가세키[赤間關], 나가토 모토야마[長門元山] 등이 이 지방에 속한다.

해가 저문 후, 역풍이 불고 비가 올 조짐이 있었으나 항구에 배를 대기가 적당치 않아, 여러 배들이 불을 밝히고 노를 젓고 수십 척의 왜선이 끌어서 적간관으로 다시 돌아와 정박하였다. 밤이 이미 깊어 배 위에서 잤다.

初6일 정사(丁巳) 맑음. 배에 머무름.

의성이 사람을 보내 문안하면서, 뭍에 내릴 것을 청하였다. 그러나 배에서 내리는 것도 괴롭긴 마찬가지라 그대로 배에 머물러 잤다. 하정 찬물을 바쳤다.

初7일 무오(戊午) 맑음. 배에서 머무름.

맞바람이 불어 출항할 수가 없었다. 장방(粧房: 선실)이 찌는 듯이 답답하여 편히 잘 수가 없기에 방 위쪽에 장막을 치고 평상에서 잤는데, 크게 불편하지는 않았다.

初8일 기미(己未) 저녁에 비가 조금 내림. 배에 머무름.

강호(江戶)에서 대마도로 가는 배가 있어 물어보니, 의성이 대마도에 있을 때 아들 언만(彦滿)이 두역(痘疫)을 앓는다는 소식을 듣고서 그가 나았는지 살펴보기 위해 왔다가 떠나는 것이라고 했다. 이제야 이곳에 도달했으며, 항해가 늦어진 사정을 담은 장계를 만들어 올리고, 아울러 집에 보내는 편지도 부쳤다.

初9일 경신(庚申) 큰 비가 저녁까지 내림. 배에 머무름.

해가 진 뒤에 동풍이 미친 듯이 불고 물결이 크게 일어, 배 안에서 매우 불편하였다. 밤이 깊어서야 잤다. 평성부가 큰 닻을 많이 가지고 와서 각 배에 나누어 주었는데, 바람이 크게 불면 배가 흔들려 뜻밖의 사고가 생길까 우려해서이다.

초10일 신유(辛酉) 맑음. 배에 머무름.

비가 개고 서북풍이 불어 배를 출발할 만도 하였으나, 바람의 기세가 매우 급하여 출항할 수가 없으니 답답하기 그지없다. 들으니 '의성이 20일치의 식량만 가지고 있는데 거의 다 떨어져 간다'고 한다. 그런데도 이곳에서 6일이나 머무르고 있으니 그 의중(意中)을 알 수가 없다.

의성이 사람을 보내 사자와 화원 등을 보내주길 부탁하니, 부사가 허락하지 않으려 했다. 그러자 의성이 평성부를 보내 정침(鄭琛)을 추궁하고 핍박하여 그를 끌어다 배에 태워서 가버렸다. 또한 가면서 불손한 말을 많이 했다고 하니 경악하지 않을 수 없다. 애초에 보내는 것을 허락하지 않아 이런 변(變)을 당하였으니 매우 통탄스럽지만, 자초한 일이라 어찌할 수가 없다.

11일 임술(壬戌) 맑음. 배에서 머무름.

홍희남과 김근행, 두 역관을 도주의 처소에 보내 어제 평성부가 변고(變故)를 일으킨 행동거지를 상세히 말하였더니, 도주가 짐짓 모르는 체하며 놀라는 기색이 있는 것 같았으나, 특별히 평성부의 죄를 다스리지는 않았다고 하니 분통하다. 하지만 이후로는 평성부가 각 배를 왕래할 때 기세가 한풀 꺾여서 예전처럼 으르렁거리며 발끈 성을 내지 않으니, 문책을 받아서 그런 듯하다.

12일 계해(癸亥) 맑음.

의성이 사람을 보내 문안하면서, '여러 날 배 위에서 머무느라 기운이 편치 않을 테니 육지로 내려와서 바람을 기다렸다가 배에 오르시라'는 뜻을 전하였다. 세 사신이 서로 논의하여 허락하고, 배에서 내려 아미사(阿彌寺)[78]에서 머물렀다.

이날 저녁에 의성과 두 승려가 와서 뵈었다. 술을 대접하였더니 그들이 사양하지 않아, 일찍 마칠 수가 없었다. 소주 다섯 잔을 마시고 크게 취해서 자리를 벗어나고 시끄럽게 떠들기를 스스로 살피지 못하니, 예의와 체모를 잃어 해괴망측해 보였다. 다만 취중에 발설한 말 중에 사신을 욕되게 하는 말은 없었다. 그 말의 대부분이, '자신은 연로하고 아들 언만은 나이가 어린데 섬에 일을 맡길 만한 사람이 없어서 걱정이 많으니 사신이 본국에 돌아가거든 조정에 이런 실정을 보고해 달라'는 말이었다. 취한 사람의 행등을 심하게 책망하기는 그렇지만, 구토하고 승려와 함께 노래를 부르며 스스로 일어날 수도 없을 정도였으니 심하다. 이리도 괴로운 지경이어서, 역관들로 하여금 달래서 끌고 나가게 했다.

13일 갑자(甲子) 맑음.

아침에 도주의 처소에 변이표를 보내 밤사이 안부를 살피게 하였더

---

78 아미사(阿彌寺) : 아미다지[阿彌陀寺]. 야마구치현[山口縣] 시모노세키시[下關市] 아미다정[阿弥陀町]에 있었던 절. 중세에는 정토종(淨土宗)이었으나, 근세에는 진언종(眞言宗)으로 전환했다. 안토쿠텐노[安德天皇]의 진혼(鎭魂)을 위해 1191년에 건립하였으나, 메이지[明治] 8년(1875)에 절을 폐지하고 신사(神社)인 아카마구[赤間宮]로 변경했다. 쇼와[昭和] 15년(1940)에 아카마진구[赤間神宮]로 개칭하였다. 제2차 세계대전의 공습을 받아 전소(全燒)되었는데, 쇼와 40년(1965) 4월에 다시 건립되었다. 12차례 통신사행 가운데 제12차를 제외한 나머지 사행 때마다 조선사신이 이곳에 묵었다.

니 답하였다.

"어제 밤, 술에 취해 무례하게 굴었으니 마음이 편치 않습니다. 곧 바람이 불 것 같으니 배에 오르십시오."

출항을 재촉하여 배에 올라 출발하였는데, 출발하자마자 바람이 변해서 조수를 타고 노를 저어서 밤이 깊어서야 향이포(向伊浦)[79]에 도착하였다.

이날은 180리를 갔으며 배에서 잤다.

14일 을축(乙丑) 맑음.

진시(辰時) 초에 조수를 타고 배를 출발하였다. 종일 역풍이 불어서 노 젓기를 독촉하였으나, 한 치 나아가면 한 자 물러나는 꼴이니 배의 운행이 심히 더뎠다. 날이 저문 후에야 실우(室隅)[80]에 정박하였다.

이날은 120리를 갔으며, 배에서 잤다. 의성이 사람을 보내 문안하면서, 아울러 술 한 통과 술잔 다섯 개를 바쳤다.

15일 병인(丙寅) 맑음.

이른 새벽에 망궐례를 행하였다. 사시(巳時) 초에 조수를 타고 출발하였다. 돛을 펼치고 노를 저어 신시(申時)에 상관(上關)[81]에 정박하였

---

79 향이포(向伊浦) : 무코우라[向浦]의 이칭. 스오국[周防國]에 속하고, 현재의 야마구치현[山口縣] 호후시[防府市] 무코시마[向島]에 있는 포구이다. 무코시마우라[向島浦]라고도 한다. 사행록에는 유마도(有馬島)라고도 하였다.

80 실우(室隅) : 무로즈미[室積]의 이칭. 스오국[周防國]에 속하고, 현재의 야마구치현[山口縣] 히카리시[光市] 무로즈미무라[室積村]. 『증정교린지(增正交隣志)』와 사행록에는 실우(室隅), 실거(室居), 실거촌(室居村), 실적포(室積浦)라고도 하였고, 또 사행록에 국문으로 '무로약미', 국한문 혼용으로 '無老즈米'라고도 하였다.

다. 이 지역 역시 장문주(長門州) 소속이다. 관우가 넓고 시원스러우며 곁에는 높은 누각이 있는데 거의 십여 길이나 된다. 여러 사신들과 진무를 받은 후에 함께 누각에 올랐는데, 사다리가 높고 매우 위태로워 겨우 붙잡고 올라갔다.

초저녁에는 흐렸으나 초경(初更) 이후에는 밝은 달이 하늘에 가득하여 사람의 정신을 상쾌하게 했다. '위루망신(危樓望宸)' 4자(字)로 운(韻)을 나누어 각자 시를 짓고 작은 술자리를 연 후 함께 잤다. 이날, 이 누각에서 나그네의 회포를 비로소 시원하게 풀 수 있었다. 참관은 적간관과 같으며, 지역은 주방주(周防州)[82] 소속이다.

이날은 배로 80리를 갔다.

---

81 상관(上關): 가미노세키, 현재의 야마구치현[山口縣] 구마게군[熊毛郡] 가미노세키정[上關町]이다. 에도시대 스오주[周防州]에 속하고, 가마도세키[竈關], 조문관[竈門關]이라고도 한다. 세토나이카이[瀨戶內海]의 최서단(最西端)에 위치하여 상관해협을 사이에 두고 무로츠코[室津港]와 마주보고 있는 가미노세키코[上關港]는 헤이안[平安]시대에는 세토나이카이 항로상의 주요항구로서 역할을 다하였고, 무로정[室町], 에도시대에는 통신사가 기항, 상륙한 것 외에, 상선, 마타마에부네[北前船, 운송선] 등에 의해 항구가 번창하였다. 이에 따라 하기번[萩藩]이 가미노세키[上關]에 오챠야아도[御茶屋], 가미노세키 오반쇼([上關御番所], 해상경찰, 세관역할)·오후나구라[御船藏] 등의 시설도 설치하였다. 12차 통신사행을 제외한 나머지 사행 때마다 조선사신이 주로 이곳 차야[茶屋]에 묵었다.

82 주방주(周防州): 스오주. 현재의 야마구치현[山口縣] 동부 지역. 스오국[周防國], 호주[防州]라고도 한다. 율령제(律令制) 하에서는 산요도[山陽道]에 속한다. 메이지[明治] 4년(1871)에 번(藩)을 폐지하고 현(縣)을 설치함에 따라 이와쿠니현[岩國縣]과 야마구치현으로 나뉘어졌지만, 같은 해 말에 야마구치현으로 통합되었다. 조선 초기에 사신을 보내 토산물을 바치고 무역을 요청했던 호족(豪族) 대내전(大內殿)이 이 지역을 기반으로 세력을 확장시켰다. 통신사행 때 조선사신이 휴식을 취하거나 묵었던 무코우라[向浦], 미타지리[三田尻], 가사도세키[笠戶關], 미시구치우라[西口浦], 무로츠미[室積], 가미노세키[上關] 등이 이 지방에 속한다.

16일 정묘(丁卯) 약한 비가 내림. 상관(上關)에 머무름.

종일 비가 내리고 바람 또한 순조롭지 않아 누각 위에서 그대로 잤다. 두 승려가 시를 바치기에 화답시(和答詩)를 주었다.

17일 무진(戊辰) 맑음.

동이 틀 무렵에 의성이 사람을 보내 배에 오르기를 청하였다. 즉시 배를 출발시켜 노를 젓고 돛을 달아 진화(津和)[83]에 도착하였다. 도주의 여러 배가 낙후되어 잠시 정박하고 그를 기다리고 있을 때, 광풍이 크게 불고 갑자기 소나기가 내려 부득이하게 배 위에서 잤다.

날이 저문 후에 도주가 사람을 보내 문안하였는데 그는 앞으로 나아갈 수가 없어서 20리쯤 떨어진 곳에서 머물러 잔다고 했다. 지나는 곳이, 겹겹이 섬이 있고 물살이 소용돌이 쳐서 배의 운항이 위험하니 구당협(瞿塘峽)[84]의 염예(灩澦)[85]도 이 보다 더하진 않을 것이다.

이날 120리를 갔다.

18일 기사(己巳) 맑음.

바람과 조수가 반대로 밀려와 종일 노를 저었다. 진시(辰時)에 출발한 배가 이경(二更) 즈음이 되어서야 겸예(鎌刈)[86]에 정박할 수 있었다.

---

83 진화(津和) : 쓰와. 스오국[周防國]에 속하고, 현재의 에히메현[愛媛縣] 마쓰야마시[松山市] 쓰와지지마[津和地島]. 쓰와지[津和地]라고도 한다. 사행록에는 진화촌(津和村), 진화도(津和島), 진화항(津和港), 즉와(卽訛), 즈와, 와시마(訛時麻)라고 하였다.

84 구당(瞿塘) : 취탕샤, 장강(長江)의 협곡으로 무협, 서릉협과 함께 장강의 삼협(三峽)으로 불림.

85 염예(灩澦) : 구당협의 여울물(상류) 이름.

86 겸예(鎌刈) : 가마가리. 아키주[安藝州]에 속하고, 현재의 히로시마현[廣島縣] 구레

갑자기 소나기가 내렸다. 도주가 배에서 내리길 간청하기도 하고 밤이 깊어진 후에 상하(上下)가 심하게 고생을 한데다 밤사이 바람이 일까 두려워서, 도주의 간청에 부응해도 무방할 것 같아 상의 하에 배에서 내렸다. 관사는 다른 지역에 비해 넓고 병풍도 고왔으며, 중관이나 하관을 접대하는 곳에도 금칠을 하여 꾸민 병풍을 설치해 놓았다. 그러나 진무는 허술했다.

이 지역은 안예주(安藝州)[87] 소속이며, 태수는 송평안예수(松平安藝守) 원광성(源光晟)[88]으로 식록이 42만 호이다.

이날은 84리를 갔다.

시[吳市] 시모가마가리쵸시모지마[下蒲刈町下島]이다. 가마가리[蒲刈]·가마사키[蒲碕]라고도 한다. 12차 통신사행 중 1차와 12차를 제외한 나머지 사행 때마다 조선사신이 이곳에 묵었다.

87 안예주(安藝州) : 아키주. 현재의 히로시마현[廣島縣] 서반부 지역. 아키국[安藝國], 게이주[芸州]라고도 한다. 율령제(律令制) 하에서는 산요도[山陽道]에 속한다. 메이지[明治] 4년(1871)에 번(藩)을 폐지하고 현(縣)을 설치함에 따라 히로시마현이 설립되었으며, 아키국은 히로시마현 지역에 포함되었다. 통신사행 때 조선사신이 휴식을 취하거나 묵었던 가로시마[加老島], 가마가리[鎌刈] 등이 이 지방에 속한다.

88 송평안예수(松平安藝守) 원광성(源光晟) : 아사노 쓰나아키라[淺野光晟, 1617~1693]. 에도시대 전기 다이묘(大名). 아사노 아키노카미 쓰나아키라[淺野安藝守光晟]. 초명(初名)은 이치마쓰[市松], 유명(幼名)은 이와마쓰[岩松]. 관위는 종사위하(從四位下), 좌소장(左少將), 기이노카미[紀伊守], 아키노카미[安藝守]. 와카야마[和歌山] 출신. 아키국[安藝國] 히로시마번[廣島藩] 아사노가[淺野家] 초대 번주인 아사노 나가아키라[淺野長晟]의 차남. 간에이[寬永] 4년(1627, 인조 5)에 마쓰다이라[松平] 성(姓)을 허락받아 마쓰다이라 아키노카미[松平安藝守]라는 이름을 썼다. 간에이 9년(1632, 인조 10) 부친의 죽음으로 대를 이어 히로시마번 아사노가 제2대 번주가 되었다. 도쿠가와씨[德川氏]와의 관계를 깊게 함과 동시에 세제개혁, 서국가도(西國街道) 정비와 운수정비 등 번정(藩政) 개혁을 실시하고 번정의 확립에 노력하였다. 1636년과 1643년 및 1655년 통신사행 때 관반(館伴)의 자격으로 가마가리[蒲刈]와 다다노우미[忠海] 등에서 조선사신을 접대하였다.

19일 경오(庚午) 비 옴. 겸예(鎌刈)에 머무름.

비바람이 저녁까지 불어 출항할 수가 없었다. 복선의 격군 두 명이 앓은 지 여러 날 되어 질환이 의심스럽다. 의성의 처소에 말을 전하니, '본참(本站)으로 하여금 빈 배를 찾아 그 격군들을 싣고 가게 하겠다'고 하였다. 식량과 찬물, 약을 넉넉히 주어 보내고, 장차 대판(大坂)으로 가서 병세를 살피고 조처하도록 하려 한다. 대마도를 떠난 뒤 각 배에 병을 앓는 사람이 전혀 없었는데 지금 이런 환자가 생겨서 정말 염려스럽다.

20일 신미(辛未) 비 옴. 그대로 머무름.

감목관(監牧官)이 어제부터 폐결핵[虛損] 증상이 있어 걱정이 된다. 한(韓)의관으로 하여금 병세를 살피고 약을 처방하라고 명하여 여러 첩을 복용토록 하였으니, 조금 효과가 있을 것 같다. 부관(副官) 등이 배와 감, 그리고 인동주를 바쳤다.

또 밤사이 상화떡(霜花餠)과 인동주를 바쳤기에 사양하고 물리쳤으나, 군관들에게 주길 원하여 허락하였다.

21일 임신(壬申) 맑음.

진시(辰時)에 출발하여 노를 저어서 신시(申時) 말에 충해(忠海)[89]에 도착했다. 정박하고 그대로 배 위에서 잤다.

이날은 110리를 갔다.

---

89 충해(忠海) : 다다노우미. 아키주[安藝州]에 속하고, 현재의 히로시마현[廣島縣] 다케하라시[竹原市] 다다노우미나카정[忠海中町]이다. 충해도(忠海島), 단단오미(斷斷吾味), 단다우미(但多于微)라고도 했다.

22일 계유(癸酉) 맑음.

진시 초에 출행하였으나 바람이 없어, 종일 노를 저어서 운항하였다. 도포(韜浦)[90]에서 10리 정도 떨어진 곳에 작은 사찰이 산꼭대기에 의지하고 서 있었다. 아득히 살펴보니 왕래하는 배들이 모두 절 앞을 거쳐 가는데, 배가 지날 때마다 중이 꼭 종을 울린다. 그러면 사람들이 모두 식량을 나눠주는데 이것으로써 삶의 밑천을 삼는다고 한다. 여러 배들이 각각 쌀가마니를 나누어 주면 중들이 작은 배를 타고 와서 감사하다고 말하고 간다고 한다. 신시 말에 도포에 도착하여 배에서 내렸다.

복선사(福禪寺)[91]의 방사(房舍)에서 숙박하였는데 넓지는 않아도 장막이 곱고, 진무 때 화배(花盃)의 수가 다른 곳에 비해 더 많았다. 지세가 가장 높고 시계가 매우 광활하니 작은 섬이 혹은 멀게, 혹은 가깝게 전후(前後)로 펼쳐져 있다. 서남쪽은 이예주(伊藝州)[92] 등 네 군(郡)이 있다. 상관(上關)부터 대판성(大坂城)까지는 큰 산이 하늘 높이 버티고 서 있고 이 산 밖에는 반드시 큰 바다가 있겠지만 헤아릴 길이 없다. 여염집이 즐비하여 몇 천여 가구나 되는데 경치가 매우 수려하다. 악양루

---

90 도포(韜浦) : 도모노우라. 빈고주[備後州]에 속하고, 현재의 히로시마현[廣島縣] 후쿠야마시[福山市] 도모정[鞆町]이다. 도모노우라[韜浦], 병진(鞆津)이라고도 한다. 12차례 통신사행 가운데 12차를 제외한 나머지 사행 때마다 조선사신이 이곳에 묵었다.

91 복선사(福禪寺) : 후쿠젠지.

92 이예주(伊藝州) : 이요노주. 이요(伊豫)를 말하는 것 같다. 현재의 에히메현[愛媛縣]지역. 이요국[伊豫國], 요주[豫州]라고도 한다. 율령제(律令制) 하에서는 난카이도[南海道]에 속한다. 메이지[明治] 4년(1871)에 번(藩)을 폐지하고 현(縣)을 설치함에 따라 우와지마현[宇和島縣]과 마츠야마현[松山縣]의 두 현으로 되었고, 메이지 5년(1872)에 우와지마현은 가미야마현[神山縣], 마츠야마현은 이시즈치현[石鐵縣]으로 개칭되었다가 메이지 9년(1876)에 합병되어 에히메현이 되었다. 통신사행 때 조선사신이 휴식을 취하거나 묵었던 츠와지[津和地]가 바로 이 지방에 속한다.

(岳陽樓)와 동정호(洞庭湖)를 직접 눈으로 보지는 못했지만 시구(詩句)에 표현된 것을 보면, 이곳과 비교하여 누가 더 낫고 못할지 모르겠다. 앞에 작은 산이 있는데 예로부터 '원숭이산(猿山)'이라고 불렀다. 원숭이가 없는데도 어째서 이런 이름이 붙었는지 모르겠다.

밤사이 큰 비가 퍼붓다가 아침이 되어서야 그쳤다. 식후에 풍랑이 일지 않아 노를 저어서 갈 만한데, 왜인들은 여러 가지로 말을 꾸며 출행하지 않았다. 가는 것이나 멈추는 것이나 반드시 함께 해야 하니, 홀로 갈 수 없는 사정이므로 분통이 터져도 어찌하겠는가.

이곳은 비후주(備後州)[93] 소속으로 태수는 수야비전수(水野備前守) 원승정(源勝貞)[94]이다. 식읍이 10만 3천호이며, 부관이 와서 접대하였다.

이날은 100리를 갔다.

---

93 비후주(備後州) : 빈고주. 현재의 히로시마현[廣島縣] 동부 지역. 에도시대에는 빈고국[備後國]이라고 하였고, 비젠국[備前國], 비츄국[備中國]와 합해서 비주[備州]라고도 하였다. 옛날에 기비국(吉備國)으로부터 비젠국,비츄국, 비고국으로 나뉘어졌다. 율령제(律令制) 하에서는 산요도[山陽道]에 속한다. 메이지[明治] 4년(1871) 폐번치겐(廢藩置縣)으로 인해 히로시마현과 후카즈현[深津縣]이 되었다가 1876년에 히로시마현에 편입되었다. 통신사행 때 조선사신이 휴식을 취하거나 묵었던 다케하라[竹原], 다다노우미[忠海], 도모노우라[鞆浦] 등이 이 지역에 속한다.

94 수야비전수(水野備前守) 원승정(源勝貞) : 미즈노 가쓰사다[水野勝貞, 1625~1662]. 유명(幼名)은 이오리[伊織], 별명은 가쓰하루[勝春], 가쓰히데[勝秀], 통칭은 도주로[藤十郞]. 관위는 빈고노카미[備後守], 종사위하(從四位下), 휴가노카미[日向守]. 빈고국[備後國] 도모[鞆] 출신으로 에도시대 전기, 다이묘[大名]다. 빈고국 후쿠야마번[福山藩] 2대 번주인 미즈노 가쓰토시[水野勝俊]의 차남. 시마바라의 난[島原の亂]에 참전하여 전공을 세웠다. 간에이[寬永] 17년(1640, 인조 18) 종오위하(從五位下)에 임관하여 빈고노카미로 불렸다. 메이레키[明曆] 원년(1655, 효종 6)에 부친이 병사(病死)하여 후쿠야마번 미즈노가[水野家] 제3대 번주가 되었다. 같은 해 종사위하에 임관되어 휴가노카미[日向守]로 개명하였으며, 조부인 미즈노 가쓰나리[水野勝成]의 휴가노카미에 대해 고휴가노카미[後日向守]라고도 불린다. 1655년 통신사행 때 관반(館伴)의 자격으로 빈고 도모우라(鞆浦)에서 조선사신을 접대하였다.

23일 갑술(甲戌) 맑음. 도포(韜浦)에 머무름.

정현왕후(貞顯王后)[95] 기신일(忌辰日)이다. 부관이 떡이 든 합과 배, 감을 바치길 원해서 받아 두었다. 날이 저문 뒤 의성이 평왜(平倭)들을 보내 말을 전하길, '내일은 첫 닭이 울 때에 바람이 일 듯하고, 조수 또한 순조로울 것 같으니 배에 오르시라'고 하였다. 세 사신이 상의하여 불을 밝히고 배를 탔다.

절 앞뜰 가에 기이한 풀이 있는데 일찍이 본 적이 없는 것이다. 그 모양새가 손바닥 같이 생겼는데, 작고 가늘며 두꺼웠다. 물으니 남만(南蠻)에서 들어온 것으로 잎사귀 하나를 심으면 그 잎 끝에 또 잎이 생기고, 연이어서 대여섯 개의 잎이 생기면 스스로 지탱할 수가 없어 바람에 꺾여버린다고 한다. 색깔은 짙은 푸른색이고 잎의 안팎에 잔가시가 많다.

24일 을해(乙亥) 맑음.

닭이 운 뒤, 출발하였는데 과연 미세한 바람이 일었다. 돛을 펼치고 30리쯤 가니 새벽이 되었다. 행차가 하진(下津)[96]에 이르니 바람이 없고 조수가 역으로 밀려와 닻을 내리고 배를 멈추었다. 많은 왜인 남녀가 작은 배를 타고 와서 다투어 구경하였는데, 그 수를 알지 못할 정도였다.

---

95 정현왕후(貞顯王后) : 성종(成宗)의 계비, 연산군의 생모인 왕비 윤씨가 폐출되자 다음해 11월에 왕비로 책봉되었으며 후일 중종이 된 진성대군과 신숙공주를 낳았다.

96 하진(下津) : 시모츠. 에도시대 때 비젠국[備前國] 소속이고, 현재의 가이난시[海南市] 서부 지역. 에도시대에는 회선항(廻船港)으로서 번영하였다. 도요토미 히데요시[豊臣秀吉]가 관방(關防)을 설치하였는데, 도쿠가와 이에야스[德川家康]가 혁파하였다. 통신사행 당시 산성터만 남아있었다. 해구(海口)의 요충(要衝)으로 관소는 없지만 교대하는 참(站)이 있어 통신사행 때 가끔 머문 곳이기도 하다.

잠깐 밥을 먹는 사이 바람이 순조로워 돛을 달고 운항을 시작하였는데 바람의 힘이 너무 약해 날이 저문 뒤에야 염표(鹽俵)[97]에 도착했다.

배 위에서 잤으며, 이날은 80리를 갔다.

25일 병자(丙子) 맑음.

해가 뜰 때 배를 출발하여 노를 저어서 신시 초에 비로소 우창(牛窓)[98]에 도착했다. 본련사(本蓮寺)[99]에서 머물렀는데 진무를 베풀어 주었다. 배가 있는 곳으로부터 절까지 거의 2-3리쯤 되는데 길에 자리가 깔려 있고 여염집은 모두 장막을 쳤다. 장막 안을 엿보니 전혀 시끄럽게 떠들거나 하지 않았다.

절의 중이 시축(詩軸)을 바치기에, 앞뒤 사신들이 지은 시가 있어 그 중 신군택(申君澤)[100]의 것에 차운하여 시를 지어 주었다. 부관이 배와

---

97 염표(鹽俵) : 시오다와라[塩俵].

98 우창(牛窓) : 우시마. 현재의 오카야마현[岡山縣] 세토우치시[瀨戶內市] 우시마도초 우시마도[牛窓町牛窓]이다. 에도시대 비젠주[備前州]에 속하고, 우저(牛渚), 우주(牛洲), 우전(牛轉)이라고도 한다. 항구 우시마도미나토[牛窓湊]는 옛날부터 '순풍과 밀물을 기다리는 항구'로서 잘 알려져 있는 항구이다. 에도시대에는 오카야마번의 중요한 항구로서 평가되어 선창이나 오챠야[御茶屋] 등의 시설이 정비되었다. 제1차와 제2차 통신사행 때는 식료나 물의 보급을 위한 기항이었고, 제3차 간에이[寬永] 원년(1624)부터 조선통신사의 기항지로 지정되었다.

99 본련사(本蓮寺) : 혼렌지. 오카야마현[岡山縣] 세토우치시[瀨戶內市] 우시마정[牛窓町]에 있는 불교사원. 산호(山號)는 교오잔[經王山], 종파는 법화종본문류(法華宗本門流). 경내(境內)에는 조선통신사 유적이 많고 대부분 국가의 사적(史跡)으로 지정되어 있다. 남북조시대인 쇼헤이[正平] 2년(1347) 교토(京都) 묘켄지[妙顯寺] 자스[座主, 주지]였던 대각대승정(大覺大僧正)이 법화당(法華堂, 本堂)을 건립한 것이 그 시초이다. 1624년 제3차 통신사행부터 1719년 제9차 통신사행 때까지 조선사신이 이곳에 체류하며 오카야마번[岡山藩]의 향응을 받았다.

100 군택(君澤)은 1643년 통신사의 종사관으로 일본에 왔던 죽당(竹堂) 신유(申濡, 1610~

감을 바쳤다. 군관 한상(韓相)이 비위증(脾胃症)을 앓아 먹을 수가 없기에, 약을 지어주고 조리하도록 하였다.

이 지역은 비전주(備前州)[101]에 속하며, 태수 송평신태랑(松平新太郎) 원광정(源光正)은 관백과 숙질지간(叔姪之間)이라 한다. 식읍이 35만 석이다. 중달 장로가 와서 뵈었는데 의성이 두 승려에게 교대로 가서 각 참의 진무의 우열을 살펴보라고 했다고 한다.

이날은 배로 70리를 갔다.

26일 정축(丁丑). 새벽부터 식후(食後)까지 큰 비가 내림.

오시(午時)에 의성이 사람을 보내, '순풍이 부니 배에 오르시라'고 하였다. 즉시 배를 타고 돛을 달고 운행하였다. 부관이 배를 타고 와서 도금한 큰 합과 술 두통을 바치며 말하였다.

"행차가 예기치 않게 출발하여, 오시 사이에 찬합을 바치려고 했으나 그러지 못했습니다. 원하옵건대 받아 두소서. 태수가 강호에 계시지만 분부하셨기에 와서 바치는 것입니다."

이미 출발한 후에 이러니 불편하기는 하나, 거절할 핑계가 없어 받아 두었다. 도금한 합에는 세 종류의 떡이 섞여 담겨 있고, 사이사이에 생

1665)의 자이다.

101 비전주(備前州) : 비젠주. 현재의 오카야마현[岡山縣] 동남부 지역. 비젠국[備前國]이라고도 하고, 빗츄국[備中國], 빈고국[備後國]과 합해서 비주[備州]라고도 한다. 옛날에 기비국[吉備國]으로부터 비전국, 비중국, 비후국으로 나뉘어졌다. 율령제(律令制) 하에서는 산요도[山陽道]에 속한다. 메이지[明治] 4년(1871)에 번(藩)을 폐지하고 현(縣)을 설치함에 따라 오카야마현으로 되었으며, 메이지 8년(1875)에 오다현[小田縣]을, 메이지 9년(1876)에 호죠현[北條縣]을 합병해서 현재의 오카야마현이 되었다. 통신사행 때 조선 사신이 휴식을 취하거나 묵었던 히비[日比], 우시마[牛窓] 등이 이 지방에 속한다.

선과 전복 등 별 관계없는 물건을 끼워 넣었으니 시속(時俗)에 '떡은 둘째 치고 합이 더 좋다'는 격이다.

서남풍이 상쾌하게 부니 여러 배가 일시에 파도를 가르며 운항하였다. 하지만 조수가 반대로 밀려오니 속도가 나지 않아, 날이 저문 후에야 실진(室津)[102]에 도착하였다. 관우가 선창(船倉: 부두)에서 매우 가까워 걸어서 숙소에 들어갔다. 밤이 깊어서 왜인들이 소동을 시켜 각 방에 진무를 바치게 하였다. 평성행이 와서 말을 전하였다.

"강호에서 사신이 와서, '관백(關白)[103]께서 이미 사행이 남도(藍島)에 도착했다는 기별을 듣고 언만(彦滿)[104]을 불러 그에게 번마수(幡摩守)의

---

102 실진(室津) : 무로츠. 일본 시고쿠[四國] 지방의 고치현[高知縣] 무로토시[室戶市]에 있다.

103 관백(關白) : 쇼군. 일본 천황을 대신하여 정무를 총괄하는 관직. 율령에는 규정되어 있지 않은 영외관(令外官)으로서, 메이지 유신 이전까지는 조정대신 중에서 사실상 최고 위직이다.

104 언만(彦滿) : 소 요시자네[宗義眞], 종의진 대마번의 3대 번주. 아명 언만(彦滿), 계명 천룡원(天龍院), 형부대보(刑部大輔). 인조 17년(1639) 11월 18일에 제2대 번주 소 요시나리[宗義成], 종의성의 장남으로 태어났다. 효종 6년(1655) 6월에 종사위하(從四位下), 번마수(播磨守), 형부대보(刑部大輔)에 임관되었다. 효종 8년(1657) 부친의 사망으로 가독을 상속하고 시종(侍從), 대마수(對馬守)에 임관되었다. 번정(藩政)에서는 오우라 미쓰모토[大浦光友]를 등용하여 차입금 정리, 조선무역의 확대, 1664년 균전제(均田制) 실시와 이에 따른 세제 개혁, 경작지 개발, 쓰시마 은광산의 산출량 증가, 성하정(城下町)과 부중항(府中港)의 정리 및 확대와 번교(藩校)를 창설하여 번정의 기초를 완전히 다졌다. 이렇게 해서 대마번의 전성기를 맞이하게 되었고, 번의 격식은 10만석격(10萬石格)으로 상승하였다(대마번의 실제 산출량은 1만석 정도였지만 무역수지가 컸던 것이 고려되었다). 하지만 급속한 개혁, 특히 지행제도 개혁은 가신단의 불만을 초래하여 1665년 2월에 오우라 미쓰토모를 사형에 처하게 되었다. 1692년 6월 27일, 차남 요시쓰구(義倫)에게 가독을 물려주고 은거했지만 여전히 번정의 실권을 장악하고 있었다. 만년은 요시쓰구의 갑작스런 죽음, 죽도(竹島, 울릉도) 문제를 둘러싼 조선과의 갈등, 조선무역의 수지 악화 등 악조건이 겹쳐 대마번의 쇠퇴가 시작되었고, 1699년에는 재정 재건을 위하여 가신의 봉록 삭감을 단행하였다. 요시쓰구 사후에는 4남 의방(義方, 요시미찌)을 옹립하였고,

직책을 제수(除授)하고, 각별히 정성스럽게 사행을 대접하라고 단단히 타일렀다'고 합니다."

소백 장로가 잠시 와서 뵈었다.

이 지역은 번마주(幡摩州)[105] 소속이며 태수 송평식부(松平式部) 원충차(源忠次)[106]가 직접 지대(支待)한다. 식읍은 15만 석이다.

이날은 배로 100리를 갔다.

27일 맑음. 배에 머무름.

어제의 순풍이 아침에도 계속 불어 해가 뜰 무렵에 배를 탔으나 의성이,

자신은 1702년 8월 7일 향년 64세로 사망할 때까지 번정의 실권을 계속 쥐고 있었다.

105 번마주(幡摩州): 하리마주[播磨]. 현재의 효고현[兵庫縣] 서남부 지역. 하리마국[播磨國], 하리하주[幡摩州], 반주[播州]라고도 한다. 율령제(律令制) 하에서는 산요도[山陽道]에 속한다. 메이지 4년(1871)에 번(藩)을 폐지하고 현(縣)을 설치함에 따라 효고현과 히메지현[姫路縣]이 되었다가 후에 히메지현은 시카마현[飾磨縣]으로 개칭하였고, 메이지 9년(1876)에 효고현에 편입되었다. 통신사행 때 조선사신이 묵었던 무로츠[室津]가 바로 이곳에 속한다.

106 송평식부(松平式部) 원충차(源忠次) : 마쓰다이라 다다쓰구[松平忠次, 1605~1665]. 에도시대 전기, 후다이다이묘[譜代大名]. 마쓰다이라 시키부다이후 다다쓰구[松平式部大輔忠次], 사카키바라 다다쓰구[榊原忠次], 오스가 다다쓰구[大須賀忠次]라고도 한다. 이름은 구니마루[國丸], 뒤에 다다쓰구[忠次]로 개명, 호(號)는 하쿠나[百做], 통칭은 고로자에몬[五郎左衛門]. 관위는 종사위하(從四位下), 시종(侍從). 도오토미[遠江], 현재의 시즈오카현] 요코스카번[横須賀藩, 현재의 가케가와시]의 초대번주인 마쓰다이라 다다마사[松平忠政, 大須賀忠政]의 장남. 부친이 외조부의 양자로 들어가면서 오스가[大須賀] 성(姓)을 받았으며 이때 도쿠가와 이에야스로부터 마쓰다이라 성(姓)을 하사받았다. 뒤에 사카키바라[榊原]로 개명했다. 게이안[慶安 2년(1649, 인조 27)] 히메지번[姫路藩] 15만석의 사카키바라가[榊原家, 松平家] 초대번주가 되었다. 간분[寬文] 3년(1663, 현종 4)에는 호시나 마사유키[保科正之]의 천거로 막부(幕府)의 로쇼쿠[老職, 大政參與]가 되었다. 일한학[和漢の學]에 정통하고 다도(茶道)를 잘했다. 1655년 통신사행 때 관반(館伴)의 자격으로 하리마[播磨] 무로쓰[室津]에서 조선사신을 접대하였다.

"이 바람이 저녁까지 이어질지 모르겠습니다. 180리를 가는데 도중에 바람이 바뀌면 정말 낭패를 당할 것입니다."
하면서 출발하기를 꺼리니, 그 의도를 실로 헤아릴 수가 없다. 정말 분통터지는 일이다. 의성이 주수(主守)를 위하여 사자와 화원, 독축관 등을 보내주길 청하기에 정침과 한시각 등은 갔으나, 김의신은 병 때문에 함께 가지 못했다.

28일 기묘(己卯) 맑음. 그대로 머무름.

오늘은 또 바람이 없어 출발할 수가 없다. 태수 원충차의 직책은 식부경(式部卿)인데 우리나라로 따지면 이조(吏曹)에 해당한다. 비록 외지에 있으나 왜 황제가 제수한 직명을 가지고 있다고 한다.

오시 사이에 떡 합과 술 두통을 바쳤는데 합의 크기가 과일 담는 둥근 쟁반과 비슷하고, 금과 은으로 안팎을 칠했으며, 높이가 족히 한 자는 된다. 여러 가지 떡과 생선을 섞은 것이 자못 풍성하여 우창(牛窓)과 비교할 바가 아니다. 받지 않으면 그들이 매우 낙심할 것 같아, 숙공(熟供)[107]이라 생각하여 받아서 선인(船人)들에게 나누어 주었다. 하정한 양

---

107 숙공(熟供) : 익은 음식으로 대접하는 것. 일본 사신에 대한 숙공의 경우, 그 기간은 일본 사신이 왜관(倭館)에 머무를 수 있는 기한 속에 포함된다. 숙공의 기간이 특송사(特送使)와 대차왜(大差倭)의 경우 5일이고, 부특송(副特送)은 6일, 다른 모든 송사(送使)와 차왜(差倭)는 2일이다. 재판차왜(裁判差倭)에게 지급된 조반(早飯)을 보면 흰죽[白粥], 팥죽, 떡, 메밀국수 각 1사발, 가자미, 대구어, 방어, 생밤, 참깨떡, 소나무 열매, 호두, 계란, 말린 해삼, 개암 등이었다. 숙공의 구체적인 절차는 다음과 같다. 하선다례(下船茶禮) 다음날 훈도(訓導)와 별차(別差)가 편복(便服)을 입는다. 대차왜의 경우에는 차비관(差備官)이 함께 참여한다. 왜관 대청(大廳)에 나아가 동쪽 벽에서 서쪽을 향해 서면, 정관(正官) 이하 봉진압물(封進押物) 등은 모두 서쪽 벽에서 동쪽을 향해 서서, 서로 마주보고 읍한 후에 각각 자리에 나가 앉는다. 왜통사(倭通事)로 하여금 말을 전하고 이어

식과 찬물은 매우 정갈하였는데, 태수가 친히 오기 때문에 과장된 게 아닌지 모르겠다. 행차를 배행할 누선 15척 정도가 정비하고서 대기하고 있으며 배의 장막과 노 역시 매우 고우니 보통의 여러 가지 일들이 다른 참보다 낫다.

29일 경진(庚辰) 맑다가 저녁에 비가 내림. 배에 머무름.

바람이 불지 않아 출항하지 못하고 배에서 잤다. 홍(洪)역관을 불러 공무(公貿)의 일을 단단히 타일러 두었다.

30일 신사(辛巳) 맑음.

진시 말에 바람의 기세가 있어 여러 배가 동시에 돛을 올리고 출발하였으나, 바람의 힘이 약해서 왜선더러 끌도록 하고 노를 저었다. 멀리 동북쪽을 바라보니 태수의 성(城)이 있는데, 성첩(城堞)이 둘러 있고 층루(層樓)가 우뚝 솟아 있다. 여염집은 다소 멀리 있어서 상세히 볼 수가 없었다. 오후에 역풍이 부니 노 젓기를 독촉하여도 배가 나아가질 못했다.

날은 이미 저물고 어두워졌는데, 배를 정박할 곳이 없어서 등불을 밝히고 배를 운항하다가 여울에 걸려 매우 위급하였다. 겨우 위험한 상황에서 벗어났지만, 만약 이때 바람이 좋지 않았다면 그 위험을 가히 말로 할 수 있겠는가. 실로 하늘이 도왔다. 동이 틀 무렵이 되어서야 병고(兵庫)[108]에 도착하였다.

찬과 삼색죽(三色粥)을 내놓는다. 시봉(侍奉), 반종(伴從) 등에게는 별도의 장소에서 찬을 주었다. 다례의(茶禮儀)와 같이 다섯 번 순배한 후에 다시 한 잔을 권한다. 왜사(倭使) 역시 그 주찬(酒饌)을 내어 대접한다. 특송사와 대차왜의 경우 2일간 직접 대접하고, 그 나머지 모든 송사와 차왜는 1일간 직접 대접한다.

이 날은 배로 180리를 갔다. 초저녁에 명석포(明石浦)[109]로 태수가 술통과 떡 합, 감 등을 보냈는데, 떡과 감만 받아서 격군(格軍)들에게 나누어 주었다.

9월 작은 달

초1일 임오(壬午) 맑음.

배 위에서 망궐례를 행하였다. 여염의 정갈한 집에 머무르며 휴식을 취했는데, 역풍이 종일 불어 출항할 수가 없으니 그대로 숙박하였다. 병고(兵庫)는 섭진주(攝津州)[110] 소속으로 관백의 장입(庄入)[111]이다. 대

---

108 병고(兵庫) : 효고. 셋츠주[攝津州]에 속하고, 현재의 효고현[兵庫縣] 고베시[神戶市] 효고쿠[兵庫區] 효고정[兵庫町]이다. 고베항[神戶港]이 인접한 항구도시. 12차례 통신사행 가운데 12차를 제외한 나머지 사행 때마다 조선사신이 이곳 챠야[茶屋]에서 묵었다.

109 명석(明石) : 아카시. 에도시대 때 하리마국[播磨國] 소속이고, 현재의 효고현[兵庫縣] 남부 아카시시[明石市]. 사행록에는 명석포(明石浦)라고 하였다.

110 섭진주(攝津州) : 셋츠주. 현재의 오사카부[大阪府] 북중부(北中部) 및 효고현[兵庫縣] 고베시[神戶市] 스마쿠[須磨區] 이동(以東) 지역인데, 단 다카츠키시[高槻市] 가시다[樫田]와 도요노쵸마키[豊能町牧], 데라다[寺田], 고베시 스마쿠 스마 뉴타운 서부와 북구 오고정[淡河町]은 제외된다. 셋츠국[攝津國], 셋주[攝州], 섭양(攝陽)이라고도 한다. 율령제(律令制) 하에서는 기내(畿內)를 형성하는 5국(國)의 하나이다. 옛날부터 관서지방이나 대륙과의 교통의 요충지로 난파궁(難波宮)이나 외국사절(外國使節) 접대를 위한 고로칸[鴻臚館]이 설치되었으며, 섭진직(攝津職)이 통할하였다. 수도에 가깝기 때문에 장원(莊園)도 발달하였고, 특히 황실령(皇室領), 섭관가(攝關家, 셋칸케, 섭정이나 관백에 임명될 수 있는 지체 높은 집안)령(領), 권문(權門, 겐몬) 사사(寺社)령이 집중되어 있다. 메이지 4년(1871)에 번(藩)을 폐지하고 현(縣)을 설치함에 따라 오사카후와 효고현으로 나뉘었다. 통신사행 때 셋츠주의 효고와 오사카성에서 묵었다.

111 장입(庄入) : 관백이 직접 조세를 거두는 지역, 조세를 관백이 사용하는 직할지.

관[112]은 청산대선(靑山大繕)[113]이란 자로 식읍이 4만 석이다. 지공과 진무를 베풀어 주었는데 다른 곳에 비해 더 특별한 것은 없었다. 의성이 와서 뵈었는데, 우리 행차가 전날 밤 여울에 걸렸기 때문에 문안하러 온 것이다.

초2일 계미(癸未) 맑음. 그대로 머무름.

동풍이 크게 불고 파도가 용솟음쳐 여러 배가 매우 위태로웠다. 대관이 나루에 친히 와서 큰 닻을 나눠주며 힘껏 보살피고 도와주었다.

초3일 갑신(甲申) 비 옴. 그대로 머무름.

많은 비가 밤까지 내려 그치지 않으니 출발할 수 없었다.

초4일 을유(乙酉) 맑음. 그대로 머무름.

오늘은 바람이 없으니 출발할 만 했지만, 왜인들이 큰 비가 내린 뒤에 역풍이 있을까 걱정스러워하며 머뭇거리는 사이에 날이 이미 저물었다.

의성이 사람을 보내 강호에서 온 서신(書信)을 보여 주었는데, 집정

---

112 대관(代官) : 관영무역(官營貿易)을 관리하기 위하여 쓰시마에서 왜관(倭館)에 파견한 역인(役人).

113 청산대선(靑山大繕) : 아오야마 요시토시[靑山幸利, 1616~1684]. 에도시대 전기의 다이묘. 아오야마 다이젠노스케 요시토시[靑山大膳亮幸利]라고도 하며 홍우재(洪禹載)의 『동사록(東槎錄)』에는 청산대선량 등원행리[靑山大膳亮藤原幸利]라고 하였다. 유명(幼名)은 이시노스게[石之助], 이름은 요시토시[幸利]. 관위는 종오위하(從五位下), 다이젠노스케[大膳亮]. 셋쓰[攝津] 아마가사키번[尼崎藩] 초대 번주인 아오야마 요시나리[靑山幸成]의 장남. 1643년 부친의 죽음으로 가독(家督)을 이어 아마가사키번 제2대 번주가 되었다. 거성(居城)은 이기[尼崎]에 있다. 1643년, 1655년, 1682년 통신사행 때 관반의 자격으로 효고[兵庫]에서 조선사신을 접대하였다.

(執政)들이 관백의 뜻으로 의성에게 편지를 보낸 것이다. 대략 사행이 도중에 바람에 막혀 운행을 서두르지 못하고 많은 곤란을 겪고 있을 테니 몹시 걱정이 된다는 말이었다. 의성이 사례하는 뜻의 편지를 요청하기에, 말을 만들어 편지를 써 주었다.

초5일 병술(丙戌) 맑음.

이른 새벽, 닭이 울 때 출발하여 하구(河口)에 도착하니 사시(巳時)였다. 누선(樓船) 세 척이 가지런히 정돈하고 기다리고 있었는데 금으로 꾸민 벽이 찬란하여 눈을 현혹시켰다. 옥상에도 칠을 해 놓았는데 이번 항해 때에 보지 못한 것이었다. 세 사신이 각각 한 척씩 올라탔다. 또 3~4척의 누선이 있었는데, 한 척에는 어필과 국서 등을 봉안하고 천천히 운행하였다. 그 나머지 배에는 수역(首譯)들이 나누어 타고 갔다.

하구의 좌우에는 여염집이 빽빽이 들어서 있는데, 관광하는 남녀가 물가에 줄지어 앉아 있고, 어떤 이들은 작은 배를 타고 있었다. 5~6일 정도 걸리는 거리에서 사람들이 식량까지 싸들고 구경 왔다고 한다. 강가의 양쪽 언덕은 푸른 대나무와 울창한 소나무로 뒤덮여 있고, 높고 큰 누각들이 둘러 펼쳐져 있다. 거주지가 번성하고 백성들이 많아서 보고 있자니 사람의 혼을 빼놓는다. 5층 누각이 성안에 솟아 있고 수층(數層) 누각이 성 위에 다수 설치되어 있으며, 외성과 내성 사이에 있는 해자(垓字)는 넓이가 4~50보나 되었다.

배를 타고 내성으로 들어갔는데 겨우 경복궁 담장만 했다. 높이 올라가 바라보니 사방의 인가가 수십 리를 둘렀다. 미시 말에 20리쯤 가서 배에서 짐을 풀고 뭍으로 오르니 마부와 말이 정돈되어 있었다. 옥교자(屋轎子)라는 것이 있는데 지극히 정교하고 기묘하게 생겼다. 차례로 옥교자를 타고 5리쯤 가니 좌우에 가게들이 연이어 있고 구경하는 사람들이 담처럼 늘어서 있었다.

본원사(本原寺)[114]에 도착하자 즉시 진무가 펼쳐졌는데, 부사는 아파서 참석하지 못했다. 찬품이 다른 참에 비해 매우 소박했는데, 계미년(1643) 사행 때도 이와 같아서 관백이 듣고서 죄를 다스렸다고 한다. 대도시에서 대접이 소홀한 것은 대체로 우리나라와 다를 바 없다.

지대관(支待官) 송평약협수(松平若狹守)[115]가 사람을 보내 문안하였다. 무진이 와서 뵈었는데 하구에서 휴식한 지 40여 일만에 살이 붙고 얼굴이 하얘져서 전보다 나아 보였다.

이날은 배로 130리를 갔다.

---

114 본원사(本原寺) : 혼간지. 현재의 오사카부[大阪府] 오사카시[大阪市] 쥬오구[中央區] 혼정[本町]에 위치한다. 본원사진촌별원(本願寺津村別院), 서본원사(西本願寺, 淨土眞宗本願寺派) 별원, 본원당(本願堂) 기타미도[北御堂]라고도 한다. 조선 외교의 일역(一役)을 담당했던 곳이다. 1655년, 1719년, 1748년 통신사 사절단의 숙소로, 1719년 11월 4일 통신사 일행이 에도에서 성례를 마치고 다시 오사카에 이르렀을 때 이곳에서 묵었다.

115 송평약협수(松平若狹守) : 마쓰다이라 야스노부[松平康信, 1600~1682]. 에도시대 전기의 다이묘. 송평강신(松平康信), 원강신(源康信, 미나모토노 야스노부), 마쓰다이라 와카사노카미 야스노부[松平若狹守康信]. 유명(幼名)은 마타시치로[又七郎], 이름은 야스노부[康信], 호는 벳포[別峯]. 관위는 와카사노카미[若狹守], 종사위하(從四位下). 가즈사[上總] 고이[五井] 출신. 가즈사 고이의 영주로서 후에 시모사[下總] 사쿠라번[佐倉藩]의 초대번주였던 마쓰다이라 이에노부[松平家信]의 차남, 부친의 죽음으로 1638년 시모사 사쿠라번 제2대 번주가 되었으며, 셋쓰[攝津] 다카쓰키번[高槻藩] 번주를 거쳐 1649년 단바[丹波] 사사야마번[篠山藩] 번주가 되었다. 1643년과 1655년 통신사행 때 조선사신을 접대하기 위해 에도에서 오사카로 파견되었다. 1655년 9월 5일 조선사신이 오사카에 이르렀을 때 사람을 시켜 문안토록 하였고, 9월 6일에는 오사카성에서 단바노카미[丹波守] 소가히사스케[曾我古祐]와 함께 지공하였다.

초6일 정해(丁亥) 맑음. 머무름.

증아단파수(曾我丹波守)[116]와 송평준인정(松平準人正)[117]은 이곳의 유수(留守)이고, 약협수(若狹守)는 관백이 파견하여 지대하는 사람이다. 세 사람이 각각 술통, 배와 감, 생선과 건어물을 보내기에, 배와 감만 받아 두었다.

오후에 세 사람이 와서 뵈니 차를 한 순배 돌리고 파하였다. 의성도 왔으나 감히 들어와 앉지 못하다가, 세 사람이 물러난 뒤에 두 장로와 함께 잠깐 들어와 대화를 나누었다. 차를 대접하고 보냈다.

초7일 무자(戊子) 맑음. 머무름.

쌀을 몇 섬 지급하여, 예단 및 주방에서 찬물을 담을 때 사용하는 목물(木物)을 만드는 데에 보탰다. 왜의 사공들 처소에 여섯 명이 두 달간 먹을 식량을 나눠 주었다. 각 사행이 물금패(勿禁牌)[118]를 만들었는데 관문(館門)을 드나들 때 소지하여 혼란스러움을 막기 위해서이다.

---

116 증아단파수(曾我丹波守) : 단바노카미[丹波守] 소가히사스케[曾我古祐], 에도시대 전기의 다이묘.

117 송평준인정(松平準人正) : 마쓰다이라 시게쓰나[松平重綱], 에도시대 전기의 다이묘. 마쓰다이라 와카사노카미 시게쓰나[松平若狹守重綱]라고도 하고, 사행록에는 준이정(隼人正) 원중계(源重繼)라고 하였다. 1655년 통신사행 때 다이젠노다이부[大膳大夫] 아오야마요시토시[青山幸利] 등과 함께 효고[兵庫]에서 조선사신을 접대하였다. 1655년 9월 6일 조선사신이 오사카성에 머무를 때에 와카사노카미[若狹守] 마쓰다이라야스노부[松平康信], 단바노카미[丹波守] 소가히사스케[曾我古祐]와 함께 지공을 하였다. 당시 마쓰다이라 시게쓰나는 히가시마치부교[東町奉行]로서 니시마치부교[東町奉行]인 소가히사스케와 함께 오사카 일을 주관하였다.

118 물금패(勿禁牌) : 왜관(倭館) 출입증. 물금패식(勿禁牌式)이라고도 한다. 목패(木牌) 30개에 앞면에는 '관직물금(館直勿禁)'이라 쓰고 뒷면에는 '사(使)'를 써서, 왜관(倭館)을 출입할 때에 이것으로써 표를 삼았다. 훈도(訓導)의 임소(任所)에서 수납(受納)한다.

별파진(別破陣)[119] 윤개동(尹介同)을 배에 머무르게 하여 불화살 15개를 만들도록 시켰다.

초8일 기축(己丑) 맑음. 머무름.

성수(城守) 보과탄정(保科彈正)과 내등대도(內藤帶刀) 등이 각각 술통과 생선, 건어물을 보냈으나 모두 거절했다.

오후에 두 사람이 와서 뵈니 나와서 접대하고 차를 한 순배 돌리고 파하였다. 의성과 장로들이 와서 뵈니 전과 같이 의성에게 말하였다. 지금에서야 이곳에 도착했다는 내용의 장계를 만들고 아울러 집에 보내는 편지를 써서 즉시 비선을 보내어 전하도록 시켰다. 의성도 서계를 보냈다고 한다.

초9일 경인(庚寅) 맑음. 머무름.

객지에서 또 가절(佳節: 중양절(重陽節))을 만나니 그리운 마음을 금할 수 없다. 세 사신이 예단마를 검사한다 하고 바깥대청에 나와 앉았다가, 서너 시간 후에 파하였다. 주방으로 하여금 떡과 과일을 간단히 차리게 하여 명절을 보상하는 것으로 삼았다. 약협수가 사자관과 화원을 원하기에 보내주었다.

초10일 신묘(辛卯) 맑음. 머무름.

종사관의 일행 중 도척(刀尺)[120]이자 남해(南海)의 관노(官奴)인 인길(仁

---

119 별파진(別破陣) : 군기시(軍器寺)의 한 벼슬, 화포(火砲)를 주로 다루고 화기장방(火器藏放)과 화약고(火藥庫)의 입직을 담당했다. 무관잡직(武官雜職)으로 편성되었고, 각 아문에 소속되었다.

吉)이 병으로 죽었다. 쌀을 몇 섬을 주어서 관을 사고 시신을 염하였다. 행차가 참에 되돌아오는 길에 시신을 본국으로 보내기로 장계 끝에 언급하였다.

우리나라의 남원(南原) 사람인 최가외(崔加外)가 와서 뵙기에 불러서 물어 보니, 정유년(1597)에 포로로 잡혔는데 지금 나이가 73세라 했다. 진주(晉州)에서 포로로 잡힌 여인을 만나서 함께 살다가 자녀를 낳았는데, 부인이 먼저 죽었다. 살아갈 밑천이 없어 스스로 신발을 만들어 양식을 사는데, 쌀값이 비싸 밥을 먹지 못하고 죽으로 연명한다고 했다. 그가 하는 말이 매우 불쌍하고 측은해서 각 사행이 쌀을 넉넉히 주어 보냈다.

11일 임진(壬辰) 맑음.

해가 뜰 무렵, 관사를 떠나 강가에 도착해서 배를 타고 운항을 시작하였다. 10리 쯤 가니 여염집이 드물고 좌우에 논밭이 많은데 벼가 무성하였다. 농사를 지을 때 수차(水車)로 하천 물을 끌어다 대기 때문에 해마다 농사를 망치지 않는다고 한다. 구경하는 사람이 대판만큼 많진 않았지만 물가 곳곳에 줄지어 서 있는 사람을 이루 다 셀 수 없을 정도였다. 배를 끄는 병사들이 각 배마다 수백 명이 넘는데, 감독관을 배정하여 끌고 가는 것을 독려하도록 했다. 배가 왼쪽을 지나가면 그 쪽에서 대령하고 있다가 일시에 끌어당기고, 배가 오른 쪽을 지나가면 역시 이와 같이 한다. 부사가 들어올 때 타고 있던 배가 지붕이 없어서 종사관이 탄 배와 바꾸었다. 수역들이 애초에 잘 살피지 않아 그렇게 된 것이니, 가증스럽다. 약협수가 술 두 통과 떡 큰 합을 보내고 의성도 포도, 감, 찬합

---

120 도척(刀尺) : 지방 관아에서 음식을 조리하던 사람으로, 여기서는 통신사의 수행원.

등을 보냈다.

신시 말에 평방(平方)[121]에 도착하여 잠시 배에서 내려 다옥(茶屋)[122]에 앉아 있으니, 왜인들이 진무를 베풀어 주었다.

12일 계사(癸巳) 맑음.

진무가 베풀어진 뒤 다시 배를 타고 밤새 운항하여 동이 트기 전, 정포(淀浦)[123]에 도착하였다. 한편 마부와 말을 가지런히 정비하고 조반을 재촉하여 먹은 후 반(半) 마장(馬場)[124]을 가서 어느 집에 다다랐는데, 전후의 사행이 이곳을 지날 때마다 으레 수레를 멈추는 곳이다. 집이 정결하고 넓고 시원했으며 뜰에는 화초가 가득하였다. 눈이 닿는 곳마다 모두 새롭고, 나무들은 가지를 엇갈려 잡아매서 기교를 다하였으니 일찍이 보지 못했던 바이다. 우리나라의 꽃을 기르는 집이 어찌 이를 앞설 수 있겠는가.

진무를 베푼 후에 즉시 출발하였다. 지공은 신릉수(信陵守)가 하였는

---

121 평방(平方) : 히라가타[枚方]의 이칭인 것 같다. 가와치주[河內州]에 속하고, 현재의 오사카부[大阪府] 기타가와치[北河內] 지역으로 교토부[京都府], 나라현[奈良縣]과의 경계에 있다. 요도우라[淀浦] 부근으로 12차례 통신사행 가운데 12차를 제외한 나머지 사행 때마다 조선사신이 이곳에서 쉬거나 묵었다.

122 다옥(茶屋) : 차야. 에도 시대, 길가의 숙소로 여행자 등에게 식사나 차, 과자 등을 제공하는 휴게소였다. 그 기원은 가마쿠라[鎌倉] 시대 중기, 길가에 세워진 사원 등이 개설한 접대소(接待所) 또는 시행다옥(施行茶屋)으로 거슬러 올라간다. 무로마치[室町] 시대 이후에는 신사(神社)와 사원(寺院) 문 앞에 있는 일전다옥(一錢茶屋) 등으로 이어진다. 에도 시대에는 어다옥(御茶屋)이 번영(藩營)의 본진(本陣)으로서 기능하게 되는 한편, 민영(民營)의 다옥본진(茶屋本陣)도 전국 각지에 생겨나 영주 계급이나 일반 서민의 여행 증대에 의해 번창하게 되었다.

123 정포(淀浦) : 요도우라.

124 마장(馬場) : 거리의 단위, 오리나 십리가 못 되는 거리.

데, 신릉수의 양녀(養女)가 관백의 어머니이므로 관백이 그를 외조수(外祖守)로 대우한다고 한다. 이 주수가 베푼 것이 자못 정성스러웠다.

20리쯤 가니 왜경(倭京)[125]으로 건너가는 경계 지역에 다다랐는데 좌우에 여염집과 점포, 구경꾼들이 대판(大坂)보다 많았다. 본국사(本國寺)[126]에 투숙하였는데 이곳 역시 관백의 장입으로 하총수(下總守)[127]가 관백의 명으로 이곳에서 지대하고 있다고 한다. 중달, 소백 두 장로가 와서 뵈었다. 각 방에 차례로 진무를 베풀어 주었다.

13일 갑오(甲午) 흐림. 머무름.

의성이 와서 뵈었다. 며칠 내에 출발하자고 말했더니, '16일에 비가 오지 않으면 분부대로 배행하겠다'고 하였다.

14일 을미(乙未) 비 옴. 머무름.

하총수가 와서 뵈기에, 대청에 나가 영접하고 다례를 베풀어 준 뒤 파했다. 그의 사람됨이 매우 어질다. 승려 현륜(玄倫)[128]이 와서 뵈었는

---

125 왜경(倭京) : 교토[京都]를 달리 불렀던 이름. 그 밖에 경(京), 화경(和京), 평안(平安), 평안경(平安京), 서경(西京)이라고도 했다. 왜황(倭皇)이 거주하던 곳이다. 야마시로주[山城州]에 속하고, 현재의 교토부[京都府] 교토시[京都市] 중부에 위치해 있다.

126 본국사(本國寺) : 혼코쿠지.

127 하총수(下總守) : 혼다 도시쓰구[本多俊次, 1595~1668]. 에도시대 전기 다이묘. 조선에는 후지와라 도시쓰구[藤原俊次]로 알려져 있다. 1655년 9월 12일에 교토에 있는 혼코쿠지[本國寺]에서 조선사신을 접대하였는데, 남용익(南龍翼)의 『문견별록(聞見別錄)』, 「인물(人物)」에, '등원준차(藤原俊次)는 현재 하총수(下摠守)로서 왜경의 일을 주관하고 있다. 사람됨이 유순하여 이번 사신의 행차에 접대가 매우 근신스럽고 예모(禮貌)도 역시 정중하였다"라고 적혀 있다.

128 현륜(玄倫) : 겐린. 에도시대 전기의 승려. 시모사노카미[下總守] 장로(長老). 쇼카시

데, 내년에는 중달장로의 임무를 대신하여 대마도에 가서 문서를 담당할 것이라고 했다. 역시 다례를 베풀어 주었다. 의성과 두 승려가 왔기에, 앉으라고 하여 다례를 행하고 파했다. 밤새 큰 비가 내렸다.

지대관 본다하총수(本多下總守) 등원준차(藤原俊次)의 식읍은 10만 석이다.

15일 병신(丙申) 맑음. 머무름.

새벽에 망궐례를 행하였다. 주방수(周防守)[129]가 현재 집정(執政)으로 왜경에 있는데, 이전의 사행 때는 와서 보았다고 한다. 이번엔 직접 오지 않았지만 의성을 통해 건어물 등을 보냈기에, 사양하고 물리쳤다. 5일 치의 하정이 다른 참보다 많다. 바친 물품 중에 술통, 잉어 댓잎으

와[紹栢]와 교대하여 1665년 통신사행 이듬해부터 조선에 관한 문서를 주관하였다. 1655년 9월 14일 교토에서 조선사신에게 마키에갑[蒔繪匣]을 올렸으나, 조선사신이 받지 않았다. 1655년 11월 20일에도 교토에서 헤이 기죠[平義成]의 명을 받아 우대장(右大將) 후지와라 긴코미[藤原公富]와 함께 전례에 따라 조선사신에게 종이와 부채를 올렸다.

129 주방수(周防守) : 이타쿠라 시게무네[板倉重宗, 1586~1657]. 에도시대 전기의 다이묘. 이타쿠라 스오노카미 시게무네[板倉周防守重宗]라고도 한다. 통칭은 주자부로[十三郎], 이로하[五郎八], 마타에몬[又右衛門]. 관위는 종오위하(從五位下), 스오노카미[周防守]. 슨푸[駿府] 출신으로 이타쿠라 가쓰시게[板倉勝重]의 장남이다. 이노우에 마사나리[井上正就], 나가이 나오마사[永井尙政]와 함께 도쿠가와 히데타다[德川秀忠]의 근시(近侍) 삼신(三臣)이라 불리었다. 1605년 히데타다[秀忠]의 쇼군 취임과 함께 종사위하, 스오노카미에 서임(敍任)되었다. 서원번두(書院番頭)를 거쳐 1620년 부친의 천거로 교토 경호 책임자인 교토쇼시다이[京都所司代]가 되었으며, 이후 1654년까지 약 35년간 에도막부의 교토 지배 중추로서 쇼시다이[所司代] 직에 있었다. 1655년 9월 15일 조선사신이 교토 혼코쿠지[本國寺]에 머물고 있을 때, 송이, 물새, 마른 전복, 술 등을 보내왔는데, 사양하고 받지 않았다. 한편, 이타쿠라 시게무네는 조선사신의 에도까지의 사행과 닛코산치제[日光山致祭]에 대한 답례 차원에서, '종사위상 우근위소장 겸 주방수 원중종(從四位上右近衛少將兼周防守源重宗)'이라는 직명과 이름으로 예조참판에게 회답서계(回答書契)를 보냈다.

로 싼 떡 한 쟁반은 받아 두었는데, 정성이 지극했기 때문이다.

16일 정유(丁酉) 맑음.

해가 떠서 떠나려고 하는데 홍(洪)역관이 와서 전하였다.

"내일 아침 지나갈 참(站)에 속한 지역의 긴 다리가 어제 내린 비로 무너졌다고 합니다. 형편상 만들 수가 없으니 주방수와 상의하여 잠깐 행차를 멈추기로 했습니다."

이 때문에 머뭇거리다가 날이 이미 저물었다. 회보(回報)를 기다리지 않고 빨리 출발하기를 명하니 평성행 등이 어찌할 줄을 몰랐다. 이미 출발하여 가다가 가마를 길 위에 정지하고 나아가지 않기에 그 이유를 물으니 '의성이 주방수의 처소에 직접 가지 않고 평성부를 시켜 말을 전했기 때문에, 주방수가 노(怒)하여 답하지 않았다'는 것이다. 의성이 이 때문에 황당하고 민망하여 행차를 정지시키려고 했다니 정말 해괴하고 분통하다. 수역을 시켜 '이런 행동거지는 전에 없던 것으로, 전진하지 않을 수 없다'는 뜻을 타이르게 하고, 가마꾼을 호령하여 출발시켰다.

대진(大津)[130]에 도착하였는데 이곳은 하총수(下摠守)의 성읍이라고 한다. 진무가 베풀어진 후에 바로 떠나 큰 호수에 다다랐는데, 호숫가에는 큰 들판도 있고 길도 있었다. 둑을 쌓은 양쪽 언덕에는 소나무가 울창하고, 나무가 끝나는 곳에는 집이 있으며 집이 끝나는 곳에는 다시 소나무가 있어 50리의 여정이 모두 그런 식이다.

130 대진(大津) : 오츠. 시가현[滋賀縣] 서부에 위치한 도시. 오미노주[近江州]에 속하고, 현재의 시가현 오츠시이다. 12차례 통신사행 가운데 1차, 2차, 12차를 제외한 나머지 사행 때마다 조선사신이 이곳에서 주로 휴식을 취하였다.

신시 말에 삼산(森山)[131]에 도착하였는데 이 지역은 근강수주전(近江守周殿)이 지공하는 곳이다. 진무와 화상이 가장 성대하게 베풀어졌다. 이 날은 80리를 갔다. 지공을 담당한 자는 원창승(源昌勝)인데 식읍이 5만 석이다. 이곳은 이예주 소속이고 관백의 장입이다. 또 들으니 주방수가 그 두 사람을 정하여 한 지방을 단속하여 바로잡도록 하며, 의성이 도중에 폐단을 일으키는지 사찰(伺察)한다고 한다.

17일 무술(戊戌) 맑음.

해가 뜬 뒤에 삼산을 떠나 50리를 가서 팔번산(八幡山)[132]에 도착해 점심을 먹었다. 이곳은 근강주(近江州)[133] 소속인데 관백의 장입이며, 지공차지(支供次知)는 대관 장감(將監)이다. 인가는 4천여 호이다.

초경 즈음에 좌화산(佐和山)[134]에 도착했는데 미농주(美濃州)[135] 소속이

---

131 삼산(森山) : 모리야마[守山]의 이칭. 오미노주[近江州]에 속하고, 현재의 시가현[滋賀縣] 모리야마시[守山市]이다. 12차례 통신사행 가운데 2차, 12차를 제외한 나머지 사행 때마다 조선사신이 이곳에 묵었다.

132 팔번산(八幡山) : 오미하치만[近江八幡]의 이칭. 오미노주[近江州]에 속하고, 현재의 시가현[滋賀縣] 오미하치만시[近江八幡市]이다. 팔번촌(八幡村)이라고도 했다. 대나무 산지로 유명하다. 12차례 통신사행 가운데 2차, 12차를 제외한 나머지 사행 때마다 조선사신이 이곳에서 휴식을 취하였다.

133 근강주(近江州) : 오미노주. 현재의 시가현[滋賀縣]지역. 오미국[近江國, 오미노쿠니], 고슈[江州]라고도 한다. 율령제(律令制) 하에서는 도카이도[東山道]에 속한다. 오미국은 수도인 교토에서 볼 때 가까이에 있는 담수호라는 의미의 비파호의 옛 이름인 치카츠아하우미[近淡海]에서 유래하였다. 메이지 4년(1871)에 번(藩)을 폐지하고 현(縣)을 설치함에 따라 오츠현[大津縣], 나가하마현[長浜縣]의 두 현이 되었다가 메이지 5년(1872)에 오츠현은 사가현에, 나가하마현은 이누카미현[犬上縣]으로 개칭하였고, 후에 이누카미현이 다시 사가현으로 편입되었다. 통신사행 때 조선사신이 휴식을 취하거나 묵었던 오츠[大津], 모리야마[守山], 오미하치만[近江八幡], 히코네[彦根] 등이 이 지역에 속한다.

134 좌화산(佐和山) : 사와야마

며, 태수 정이소부(井伊掃部)[136]는 현재 제일집정(第一執政)이다. 관우는 매우 넓고 시원했으며 크고 작은 그릇들은 모두 금은으로 만들었다. 방에 깔린 자리도 모두 가장자리에 채단(彩段: 빛깔 고운 직물 조각)을 덧대어 놓았다. 무릇 지공하는 물건도 상당히 풍부하게 갖추어 놓았으며, 도로 사이에는 수통(水桶)을 많이 설치하였는데 다옥을 위한 것이다. 찬품 및 금은으로 만든 다기가 두, 세 군데에 놓여 있다. 이것은 도회지의 물력이 매우 커서 그런 것이며, 태수가 그러하도록 시키지 않았다면 꼭 이와 같지는 않았을 것이다. 정성스럽게 대접하는 뜻을 드러낸 것 같지만 실은 뽐내고 과장하는 것에 가깝다.

들으니, '소부의 아버지가 왜의 장수(將帥)로서 사냥을 나왔다가 산촌(山村)에 투숙하였다. 목욕을 하다가 물그릇을 받드는 한 여인과 정을

---

135 미농주(美濃州) : 미노노주. 현재의 기후현[岐阜縣] 남부 지역. 미노국[美濃國], 노주[濃州]라고도 한다. 율령제(律令制) 하에서는 도카이도[東山道]에 속한다. 메이지 4년(1871)에 번(藩)을 폐지하고 현(縣)을 설치함에 따라 기후현이 되었다. 통신사행 때 조선사신이 휴식을 취하거나 묵었던 이마스[今須], 오가키[大垣], 스노마타[洲股] 등이 이 지방에 속한다.

136 정이소부(井伊掃部 : 이이 나오타카[井伊直孝, 1590~1659]. 에도시대 전기의 후다이 다이묘[譜代 大名]. 정이직효(井伊直孝)는 사행록에 등원직효(藤原直孝), 소부 원직효(掃部 源直孝), 정이소부두 등원직효(井伊掃部頭藤原直孝)라고도 하였다. 이이 나오마사[井伊直政]의 차남. 도쿠가와 이에야스의 외손이며, 이에미쓰[家光]의 형이다. 오우미[近江] 히코네[彦根] 제2대 번주이고, 좌근위중장(左近衛中將)으로서 이이 가몬노카미[井伊 掃部頭]를 겸임하였다. 조선사신을 응접하는데 있어서 막부 각료의 우두머리로서 역할을 수행하여, 관반으로 1655년 통신사행 때는 오우미 히코네와 미노[美濃] 이마스[今須]에서 조선사신을 접대하였다. 1655년 10월 8일 에도에서 국서(國書)를 전할 때, 히고노카미[肥後守] 호시나마사유키[保科正之], 우타노카미[雅樂頭] 사카이다다키요[酒井忠淸], 사누키노카미[讚岐守] 사카이다다카쓰[酒井忠勝] 등과 함께 쇼군을 모시고 앉아 시중을 들었다. 또한 이때 조선사신의 에도까지의 사행과 닛코산치제에 대한 답례 차원에서, '정사위 좌근위중장 겸 소부두 등원직효(正四位左近衛中將兼掃部頭藤原直孝)'라는 직명과 이름으로 예조참판에게 회답서계(回答書契)를 보냈다.

통하였는데, 그 여인이 태기가 있어 소부를 낳았다'고 한다. 소부가 9살 때에 그 어머니가 태수에게 죄를 입고 죽임을 당하자, 소부는 원수를 갚겠다는 마음을 품었다. 하루는 태수가 차고 있던 칼을 풀어놓고 낮잠을 자고 있었는데, 소부가 그 칼로 태수를 찔러 죽였다. 주(州)의 사람들이 그를 죽이려 하자 소부가, '나의 아버지는 아무 장군이다. 마땅히 그 분께 고한 뒤에 나를 처리하는 것이 옳다'고 말하였다. 마을 사람들이 왜장(倭將)에게 물으니 그는 본래 자식이 없던 사람이라 소부를 데려가 길렀으며 성장해서 그 작위를 세습했다고 한다. 지금은 제일집정이 되어 권력을 휘두르고 큰 주를 소유하고 있으며, 나이가 70세를 넘었고 자손까지 있으니 복록(福祿)을 모두 갖춘 자라 하겠다. 인가가 2만여 호이고, 식록은 30만 석이다. 이곳은 좌화포(佐和浦)라고도 불린다.

이날은 110리를 갔다. 날이 저물자 등불을 밝히고 오가는 길 중간에서 기다리는 사람이 많았다.

18일 기해(己亥) 맑음.

좌화산을 떠나 30리를 가서 금차(今次)[137]에 도착했다. 점심을 먹고 40리를 더 가서 날이 저문 후에 비로소 대원(大垣)[138]에 도착해서 숙박하였다. 미농주 소속이며, 태수 호전단마수(戶田但馬守)의 식읍은 5만 석

---

137 금차(今次) : 이마스[今須]의 이칭. 미노노주[美濃州]에 속하고, 현재의 기후현[岐阜縣] 후와군[不破郡] 세키가하라쵸이마스[關ケ原町今須]이다. 12차례 통신사행 가운데 2차, 12차를 제외한 나머지 사행 때마다 조선사신이 낮에 이곳에서 쉬었다. 금수에서 조선사신과 교류한 주요 인물로 전립성(田立成)·시용친(柴庸親)·이동무(伊東懋)·소옥상령(小屋常齡) 등이 있다.

138 대원(大垣) : 오가키. 일본 혼슈 기후현 남서부 세이노[西濃]지방에 있는 도시 중 하나로 일본열도의 거의 한가운데 있는 도시로 유명하다.

이다.

19일 경자(庚子) 흐림.

해가 뜰 때에 대원을 떠나 40리를 가서 주고(洲股)[139]에 도착해 점심을 먹었다. 미장주(尾張州)[140] 소속으로 관백의 장입이다. 만복사(萬福寺)[141]에서 송평단파수(松平丹波守)가 지공하였는데 그의 이름은 등원광중(藤源光重)[142]이고 식읍은 5만 석이며, 인가가 220여 호이다.

---

139 주고(洲股) : 스노마타. 미노노주[美濃州]에 속하고, 현재의 기후현[岐阜縣] 오가키시[大垣市] 스노마타쵸[墨俣町]이다. 주고촌(州股村). 스노마타[墨股] 또는 스노마타[墨俣]에서 사카이가와[境川] 본류(本流)가 나가라가와[長良川]에 합쳐지므로 스노마타[洲股] 또는 스노마타[洲俣]라고 하였다. 12차례 통신사행 가운데 2차, 8차, 12차를 제외한 나머지 사행 때마다 조선사신이 낮에 이곳에서 쉬었다.

140 미장주(尾張州) : 오와리주. 현재의 아이치현[愛知縣] 서부 지역. 오와리국[尾張國], 비주[尾州]라고도 한다. 율령제(律令制) 하에서는 도카이도[東海道]에 속한다. 메이지 4년(1871)에 번(藩)을 폐지하고 현(縣)을 설치함에 따라 나고야현[名古屋縣]이 되었다가 다음해 아이치현으로 개칭하였고, 구(舊) 미카와국[三河國]지역을 통합하였다. 통신사행 때 휴식을 취하거나 묵었던 오코시[起], 나고야[名古屋], 나루미[鳴海], 이나바[稻葉] 등이 이 지방에 속한다.

141 만복사(萬福寺) : 만푸쿠지

142 송평단파수(松平丹波守) : 마쓰다이라 미쓰시게[松平光重, 1622~1668]. 에도시대 전기의 다이묘. 마쓰다이라 단바노카미 미쓰시게[松平丹波守光重]라고도 하고, 사행록에는 송평단파수(松平丹波守), 등원광중(藤原光重)이라고 하였다. 아명 및 통칭은 마고시로[孫四郎], 뒤에 미쓰시게[光重]로 개명. 별명은 도다 미쓰시게[戶田光重], 관위는 주고이노게[從五位下], 단바노카미[丹波守]며, 도다 다다미쓰[戶田忠光, 松平忠光]의 장남이다. 숙부인 도다 야스나오[戶田康直]가 대를 이을 아들이 없이 급사하여 1634년 하리마[播磨] 아카시번[明石藩] 도다 마쓰다이라가[戶田松平家] 제2대 번주가 되었다. 1639년 전봉(轉封)되어 미노[美濃] 가노번[加納藩]의 초대 번주가 되었고, 1656년 오사카조다이[大阪城代]가 되어 1658년까지 근무하였으며, 1660년부터 1661년까지 다시 오사카조다이를 맡았다. 1643년과 1655년 통신사행 때 관반이 되어 미노[美濃] 스노마타[洲股]에서의 조선사신 접대 임무를 맡았다.

주고에서부터 지나가는 지역에 세 개의 큰 부교(浮橋)[143]가 있는데 마지막에 건너는 것이 가장 커서 200여 척의 작은 배가 소용되었다. 다리 위의 좌우에는 큰 쇠사슬을 설치해놓고 쌓아 놓은 것도 매우 많아, 살펴보니 웅장하다. 부교의 이쪽저쪽 언덕에는 새로 지은 판잣집이 많았는데 장관들이 건너기 위해서라고 한다.

70리를 가서 날이 저문 뒤에야 명고옥(名古屋)[144]에 도착하였다. 인가의 번성함이 대판이나 왜경과 다르지 않았다. 이곳은 미장주 소속인데 송평중납언(松平中納言) 원광의(源光義)[145]의 식읍이며, 식록은 80만 석이라고 한다. 그는 관백의 5촌 아저씨인데, 지금 강호에 있다. 이전 관백이 아들이 없을 때 양자로 삼았다가 아들을 낳자 원광의의 딸을 그(현 관백)의 아내로 삼았다고 하니 명성과 위세에 의지하려고 한 것이다. 비록 융통성 있게 일을 처리했으나 가까운 친척 사이에서 숙부와 질녀가 혼인

---

143 부교(浮橋) : 교각을 사용하지 않고 배나 뗏목 따위를 잇대어 매고, 그 위에 널빤지를 깔아서 만든 다리. 하천을 가로질러 작은 배 수십 척을 연결한 교통수단으로 배 위에 널빤지를 깔아 이어붙이고 배 양쪽을 쇠사슬과 굵은 밧줄로 엮어 양쪽 언덕에 나무기둥을 세워 고정하였다.

144 명고옥(名古屋) : 나고야. 오리와주[尾張州]에 속하고, 현재의 아이치현[愛知縣] 나고야시[名古屋市]이다. 명호옥(名護屋)이라고도 했다. 조선사신과 교류한 주요 인물로 원군산(源君山)·원곽산(源霍山)·원남산(源南山)·강전신천(岡田新川)·천촌몽택(千村夢澤) 등이 있다.

145 송평중납언(松平中納言) 원광의(源光義) : 도쿠가와 미츠토모[德川光友, 1625~1700]. 에도시대 전기 집정(執政). 원광의(源光義), 덕천광의(德川光義)라고도 한다. 도쿠가와 이에야스의 손자, 오와리[尾張] 나고야번[名古屋藩] 도쿠가와가(家)의 2대당주(二代當主)이며, 미장중납언(尾張中納言)이다. 서화, 관현, 다도에 조예가 깊었다. 1655년 10월 8일 에도에서 도쿠가와 요리노부[德川賴宣], 도쿠가와 요리후사[德川賴房]와 함께 조선사신을 영접하였다. 남용익(南龍翼)의 『문견별록(聞見別錄)』「인물(人物)」에 '원광의(源光義)는 가강(家康)의 넷째 아들인 의직(義直)의 아들이며, 지금 관백의 당숙(堂叔)으로서 현재 미장중납언(尾張中納言)이다.'라고 적혀있다.

은 했으니 해괴하다. 윗사람이 인도하는 것이 이와 같으니 풍속이 천박해지는 것도 이상할 게 없다. 지응관은 성뢰준인정(成瀨准人正)인데 그릇과 기구를 늘어놓은 것이 좌화(佐和)에 미치지 못했다. 숙박한 절의 이름은 성고원(性高院)[146]이다.

이날 110리를 갔다.

20일 신축(辛丑) 아침엔 맑고 저녁에는 비 옴.

아침 일찍 명옥고를 출발하여 30리를 가서 명해(鳴海)[147]에 도착해 점심을 먹었다. 의성이 관백의 문안사자(問安使者)가 강호에서 왔다는 말을 듣고, 앞장서서 이끌고 갔다.

60리를 가서 초경이 지난 후에야 강기(岡崎)[148]에 도착하였는데 지대

---

146 성고원(性高院) : 쇼코인. 아이치현[愛知縣] 나고야시[名古屋市] 치쿠사쿠[千種區] 고가와정[幸川町]에 위치. 정토종(淨土宗) 진서파(鎭西派)이다. 산호(山號)는 대웅산(大雄山). 1589년에 마쓰다이라 다다요시[松平忠吉]가 모친 호다이인[寶臺院]의 보리(菩提)를 빌기 위해서 미치요 겐도[滿譽玄道]를 창립자로 하여 창건했다. 원래는 쇼쥬인[攝受院] 쇼가쿠지[正覺寺]라고 하였으나, 뒤에 충길의 법명을 따서 쇼쿠인이라고 고쳤다. 미장덕천가(尾張德川家) 관련 위패가 많이 안치되어 있으며, 또한 경내에는 충길 외에 저명한 학자인 마쓰다이라 군잔[松平君山]과 아마노 사다카게[天野信景]의 묘가 있다. 마쓰다이라 군잔은 1764년 제11차 통신사행 때 통신사 일행인 제술관 및 서기와 필담을 나누며 시문을 주고받았던 문사이다. 간에이[寬永] 13년(1636)부터 조선통신사가 나고야에 머물렀는데, 그때마다 이곳은 정사(正使)의 숙관(宿館)이 되었다. 마쓰다이라 다다요시의 화상(畵像), 범종(梵鐘), 쌍체지장석비(雙體地藏石碑) 및 다다요시가 애용하던 쓰시겐[漆膳, 칠선]과 완[椀, 완] 등은 나고야시의 문화재로 지정되었다.

147 명해(鳴海) : 나루미. 오와리주[尾張州]에 속하고, 현재의 아이치현[愛知縣] 나고야시[名古屋市] 미도리구[綠區] 나루미정[鳴海町]이다. 12차례 통신사행 가운데 2차, 12차를 제외한 나머지 사행 때마다 조선사신이 이곳에서 잠시 휴식을 취하였다.

148 강기(岡崎) : 오카자키. 미카와주[三河州]에 속하고, 현재의 아이치현[愛知縣] 오카자키시[岡崎市]이다. 도쿠가와 이에야스가 태어난 곳이다.

관이 불 켜는 기구를 보내지 않았으니 무능함을 알 만하다. 의성과 소백 장로가 사자의 처소에 갔다 와서 알려주었다.

"내일 아침 일찍 저 사람들이 접대하겠다는 뜻을 전하였습니다."

이 지역은 삼하주(三河州)[149] 소속이며, 성주는 수야감물(水野監物) 원충선(源忠善)의 식읍이 5만 석이다. 지응차지는 오산우지조(烏山牛之助)이다.

이날은 90리를 갔다.

21일 임인(壬人) 맑음.

해가 뜰 무렵 사신이 방문하여 부사, 종사관과 더불어 관대를 갖추고 기둥 밖으로 나가 맞이하였다. 들어와 정좌(定坐)한 뒤 사신이 관백의 말을 전하였다.

"여러 달, 먼 길 여정이 어떠하셨는지요? 걱정스러워 차인(差人)을 보내 안부를 살피고자 합니다."

이에 답하였다.

"이와 같이 멀리서 안부를 챙기시니 매우 고맙게 생각합니다. 섬과 육지의 여러 참에서 공억(供億)이 극진하였는데, 관백께서 정성껏 대접하라고 단단히 일러놓으셨다고 하니 더욱 감사드립니다."

사자가 '이러한 뜻을 꼭 관백께 보고하겠다'고 하였다. 사자의 됨됨이가 매우 영악하고 예절에 맞는 몸가짐을 모르니, 왜인 중에 최고로

149 삼하주(三河州) : 미카와주. 현재의 아이치현[愛知縣] 동부 지역. 에도시대에는 미카와국[三河國]이라 하였고, 미키와국[參河國], 삼주[三州], 삼주[參州]라고도 한다. 율령제(律令制) 하에서는 도카이도[東海道]에 속한다. 통신사행 때 조선사신이 휴식을 취하거나 묵었던 오카자키[岡崎], 아카사카[赤坂], 요시다[吉田] 등이 이 지역에 속한다.

무식한 자이다. 착용한 관대는 모두 괴상하게 만들어져 이상해 보인다. 차를 대접하고 파했다. 바로 출발하여 30리를 가서 적판(赤板)[150]에 도착해 점심을 먹었다.

30리를 더 가서 신시 말에 길전(吉田)[151]에 도착하여 숙박하였다. 사자의 이름은 강야권좌아문(崗野權左衙門)인데 식록은 1만 5천 석이고 사행보다 앞서 강호에 갔다고 한다. 이 지역은 삼하주 소속이며, 성주는 소립원일기수(小笠原壹岐守)로 이름은 원충지(源忠智)이다. 지응차지는 식읍이 4만 5천 석인 대관 영목팔우위문(鈴木八右衛門)이다. 인가가 2천여 호이며 관백의 장입이다. 길전에 이르니 원강주(遠江州)[152] 소속이며 성주는 적판과 같다. 지응인은 춘일좌위문(春日左衛門)이다. 인가가 1천 5백여 호이며 다리 이름은 금교(今橋)이다.

이날은 60리를 갔다.

---

150 적판(赤板) : 아카사카. 미카와주[三河州]에 속하고, 현재의 아이치현[愛知縣] 도요카와시[豊川市] 아카사카정[赤坂町]이다. 게이오[慶應] 4년(1868)에 미카와현의 현청(縣廳)이 설치되었던 곳이다. 지금은 도쿄의 번화가이다.

151 길전(吉田) : 요시다. 미카와주에 속하고, 현재의 아이치현[愛知縣] 도요하시시[豊橋市] 이마하시정[今橋町]의 도요하시고엔[豊橋公園] 내에 있는 요시다죠[吉田城]로 추정된다. 이칭은 풍교(豊橋).

152 원강주(遠江州) : 도도우미 혹은 도토미. 현재의 시즈오카현[靜岡縣] 서부 지역. 도도우미국[遠江國], 엔슈[遠州]라고도 하는데, 옛날에는 도호츠아하해[遠淡海]라고도 하였다. 율령제(律令制) 하에서는 도카이도[東海道]에 속한다. 1871년 폐번치현(廢藩置縣)에 의해 하마마츠현[濱松縣]이 되었는데, 1876년 시즈오카현으로 병합되었다. 1417년 조선에 사자를 보내어 토산물을 바치고 대반야경(大般若經)을 구하였다. 통신사행 때 주로 점심을 먹었던 아라이[荒井], 하마마츠[濱松], 미츠케[見付], 가케가와[掛川], 가나야치[金谷] 등이 이 지방에 속하고, 그때마다 도도우미현에서 지공을 담당하였다.

22일 계묘(癸卯) 맑음.

동이 틀 무렵에 길전을 떠나 50리를 가서 황정(荒井)[153]에서 점심을 먹었다. 이곳은 원강주 소속이며 관백의 장입이다. 지응차지인은 판창주수좌(板倉主水佐) 원중구(源重矩)이며, 인가가 수천 여 호이다. 5리쯤 더 가서 금절해(今絶海)[154]에 도착하였다. 마부와 말은 얕은 여울로 먼저 건너가고 배들은 가지런히 정렬하여 동시에 건너려고 기다리고 있었는데 수심이 한두 길도 안 되었다. 도섭차지봉행(渡涉次知奉行)은 좌교심병위(佐橋甚兵衛)이다.

40리를 더 가서 빈송(濱松)[155]에서 숙박하였다. 이곳도 원강주 소속이며, 성주는 태전비중수(太田備中守) 원자종(源資宗)[156]으로 식록이 3만 6천

153 황정(荒井) : 아라이. 도도우미주에 속하고, 현재의 시즈오카현[靜岡縣] 고사이시[湖西市] 아라이쵸아라이[新居町新居]로 추정된다. 아라이[新居], 혹은 신정(新井)이라고도 했다.

154 금절해(今絶海) : 이마기레[今切]를 말하는 것 같다. 1636년 병자사행 때 부사 김세렴(金世濂)이 금(金)을 던져버린 포구로 투금포(投金浦), 투금하(投金河)·금절하(金絶河)라고도 한다. 1636년 통신사절단이 에도에서 사명을 받들고 돌아올 적에 쓰고 남은 일공미 수백 섬을 왜인에게 돌려주자 왜인이 그것을 황금으로 바꾸어 주므로 통신부사 김세렴 등이 다른 나라의 물건은 받을 수 없다고 하여 그것을 강물에 던져버렸다. 그 후 이곳을 투금포라고 하였다. 『증정교린지』 권5 「하정(下程)」에는 통신사가 일본에서 조선으로 돌아오는 여정 중의 지명으로 나올 뿐 정확한 위치는 미상이다. 그러나 역관(譯官) 김지남(金指南)의 『동사일록(東槎日錄)』과 남옥(南玉)의 『일관기(日觀記)』에는 도토미국[遠江國]의 하마마츠[濱松]와 아리이[荒井] 사이에 있는 이마기레[今切] 나루로 기록되어 있다.

155 빈송(濱松) : 하마마츠. 도도우미주[遠江州]에 속하고, 현재의 시즈오카현[靜岡縣] 하마마쓰시[濱松市]이다. 시즈오카현 서부에 있는 정령지정도시(政令指定都市)이며, 시즈오카현에서 최대 인구 및 면적을 가진 도시이다. 12차례 통신사행 가운데 2차, 12차를 제외한 나머지 사행 때마다 조선사신이 이곳에 묵었다.

156 태전비중수(太田備中守) 원자종(源資宗) : 오타 스케스네[太田資宗, 1600~1680]. 에도시대 전기 보대대명(譜代大名). 통칭은 강자(康資), 신육랑(新六郎). 관직은 섭진수(攝津守), 채녀정(采女正), 비중수(備中守)를 지냈고, 정보(正保) 1년(1644)에 하마마츠성[浜

석이다. 그가 강호에 있어서 그 아들 태전협진수(太田狹津守) 원자차(源資次)가 와서 지공하였는데, 이 사람은 대마도주의 셋째 사위이다. 인가는 3천여 호이다. 빈송에서 10리쯤 떨어진 곳에 다옥이 있는데, 의성과 소백 장로가 배에서 내려 앉아 있다가 중로(中路)에 평성부를 보내, '가마를 멈추고 잠시 이곳에서 쉬었다 가시기 바란다'고 했다. 날이 이미 저물어서 잠시 그곳에 들어가 차를 한 순배 돌리고 즉시 출발하였다. 의성이 매우 기뻐했다.

이날은 70리를 갔다.

23일 갑진(甲辰) 맑음.

일찍 빈송을 출발하여 10리쯤 가서 천류하(天流河)를 건넜다. 부교(浮橋)에 소용된 배가 50여 척인데, 쇠사슬과 나무판자가 갖추어진 것이 주고(洲股)의 세 부교에 설치된 것에는 미치지 못하였다. 30리를 가서 견부(見付)[157]에 도착하여 점심을 먹었는데 국기일이라 진무를 베풀지 않았다. 관백의 장입으로 인가가 5백 여 호이다. 지응차지인은 본다월전수(本多越前守)로 이름은 원리장(源利長)이며 식읍은 5만 석이고, 현재 강호에 있다. 대관은 송평평병위(松平淸兵衛)이다.

삼야판현(三野坂峴)을 넘어서 40리를 더 가서 현천(懸川)[158]에 도착해

松城]으로 옮겼다.

157 견부(見付) : 미츠케. 에도시대 때 도토미국[遠江國] 소속이고, 현재의 시즈오카현[靜岡縣] 이와타시[磐田市]이다. 사행록에는 견부촌(見付村), 견부향촌(見付鄕村), 미즉계(未卽界), 미즈계(米乙界)라고도 하였다. 교토에서 올 때 처음으로 후지산[富士山]이 보이는 장소라는 뜻이다. 미쓰케슈쿠[見付宿]가 있었다.

158 현천(懸川) : 가케가와[掛川]의 이칭. 도도우미주[遠江州]에 속하고, 현재의 시즈오카현[靜岡縣] 가케가와시[掛川市]이다. 12차례 통신사행 가운데 2차, 12차를 제외한 나

숙박하였다. 이곳도 원강주 소속으로, 지응차지는 북조출우수(北條出羽守) 평씨중(平氏重)이며 식읍은 4만 석이다. 그의 성이 이곳에 있기 때문에 친히 와서 지공하였다. 인가는 2만 7천여 호이다. 저녁 때도 진무를 받지 않으니 주수가 매우 낙심하였다. 큰 찬합을 바치기에 받아서 그의 마음을 위로하고, 일행의 하인에게 나누어 주도록 하였다.

이날은 80리를 갔다.

24일 을사(乙巳) 맑음.

현천에서 40리를 가서 금곡(金谷)[159]에 도착하여 점심을 먹었다. 원강주 소속으로, 북조출우수가 지공하였다. 아울러 찬합을 바치기에 평성행 등에게 나누어 주었다. 인가는 1천 5백여 호이다. 행차가 대천(大川)에 이르자 봉행 장곡천등우위문(長谷川藤右衛門)이 도섭차지가 되어 천여 명의 사람으로 하여금 물이 흐르는 곳의 좌우에 줄지어 세워놓고 사행이 건너도록 하였다. 고개가 하나 있는데 이름은 금곡(金谷)이다.

30리를 더 가서 등지(藤枝)[160]에서 묵었다. 이곳은 준하주(駿河州)[161]

머지 사행 때마다 조선사신이 이곳에 묵었다.

159 금곡(金谷) : 가나야치. 도도우미주[遠江州]에 속하고, 현재의 시즈오카현[靜岡縣] 시마다시[島田市] 가나야정[金谷町]이다. 시즈오카현의 엔주[遠州] 동부에 위치. 금곡령(金谷嶺), 금곡촌(金谷村)으로도 불렸다. 에도시대에는 도카이도[東海道]의 슈쿠바마치[宿場町]이었으며, 차(茶) 산지로 알려진 도시이다. 2005년에 규시마다시[舊島田市]와 합병하여 시마다시[島田市]가 되었다. 12차례 통신사행 가운데 2차, 12차를 제외한 나머지 사행 때마다 조선사신이 이곳에서 낮에 잠시 휴식을 취하였다.

160 등지(藤枝) : 후지에다. 스루가주[駿河州]에 속하고, 현재의 시즈오카현[靜岡縣] 후지에다시[藤枝市藤枝市]이다.

161 준하주(駿河州) : 스루가주. 율령제(律令制) 하에서는 도카이도[東海道]에 속한다. 메이지 4년(1871)에 폐번치현(廢藩置縣)에 따라 시즈오카현이 되었으며 후지산의 남쪽

소속이며 관백의 장입이다. 성주는 서미우경(西尾右京)이며 식읍이 2만 5천 석이다. 지응인은 정출등우위문(井出藤右衛門)으로 인가가 1천 여 호이다.

이날은 70리를 갔다.

25일 병오(丙午) 맑음.

등지를 떠나 20리를 가서 우진판(宇津坂)을 지났는데 산 이름이 내야(內野)이다. 고개 아래 와자촌(瓦子村)[162]이 형성되어 있는데, 인가가 3백여 호이다.

30리를 가서 준하주 부중에 도착하여 보태사(寶太寺)에서 점심을 먹었다. 성주는 대납언(大納言)으로 강호에 있는데 식읍이 55만 석이며 인가는 7천여 호이다. 지응차지는 서경손육랑(西卿孫六郎)이라 한다. 5리쯤 더 가서 아부천(阿部川)에 도착하였는데 봉행 개팔랑병위(開八郎兵衛)가 물 건너는 것을 담당하였다. 물속에 나란히 늘어선 사람들이 큰 시내 같았고 군인은 5백 명이었다.

30리를 가서 강고(江尻)[163]에서 숙박하였는데, 이곳은 준하주 소속으

기슭, 태평양 쪽에 위치하고 있다. 스루가노카미[駿河守]가 태종 때 사람을 보내어 조선 피로인(被擄人)을 돌려보냈고, 태조부터 세종 연간에 걸쳐 사람을 보내 예물이나 토산물 등을 여러 차례 바쳤다. 통신사행 때 조선사신이 후지에다[藤枝], 스루가후츄[駿河府中], 에지리[江尻], 요시와라[吉原] 등에 머물렀고, 그때마다 이곳에서 지공을 담당하였다.

162 와자촌(瓦子村) : 도시의 사람이 많이 모여드는 곳. 연예장, 약국, 점집, 서화점, 주점 등이 모여 있는 곳.

163 강고(江尻) : 에지리. 스루가주[駿河州]에 속하고, 현재의 시즈오카현[静岡縣] 시즈오카시[静岡市] 시미즈구[清水區] 에지리정[江尻町]이다. 12차례 통신사행 가운데 1차, 2차, 3차, 12차를 제외한 나머지 사행 때마다 조선사신이 이곳에 묵었다.

로, 지응차지는 신보삼랑병위(神保三郎兵衛)이다. 앞에 큰 하천이 있는데 이름이 파천(巴川)이다. 인가는 5백 여 호이다.

이날은 80리를 갔다.

26일 정미(丁未) 맑음.

동이 틀 무렵에 강고를 떠나 50리를 가서 부사천(富士川)에 도착하였다. 부교를 설치하는데 27척의 배가 소용되었다. 봉행 금정길대부(今井吉大夫)가 강 건너는 것을 도왔다. 20리를 더 가서 길원(吉原)[164]에 도착했는데, 준하주 소속으로 관백의 장입이다. 성주는 흑전갑비수(黑田甲斐守) 원장흥(源長興)이며 식읍이 4만 석이다. 정이립번현(井伊笠番顯) 등이 와서 지공하였는데 인가가 4백여 호이다.

50리를 가서 삼도(三島)[165]에서 잤는데 이두주(伊豆州)[166] 소속이다. 관백의 명으로 찬합 2개를 바쳤는데 담긴 찬물이 다른 곳에 비해 훨씬 나았다. 합 하나는 평성행 등에게 나누어 주고, 다른 하나는 일행에게 주었다. 성주는 중천산성수(中川山城守) 원구청(元久淸)인데 식읍이 7만

---

164 길원(吉原) : 요시와라. 스루가주[駿河州]에 속하고, 현재의 시즈오카현[靜岡縣] 후지시[富士市] 요시와라[吉原]이다. 12차례 통신사행 가운데 2차, 12차를 제외한 나머지 사행 때마다 조선사신이 이곳에서 낮에 잠시 휴식을 취하였다.

165 삼도(三島) : 미시마. 이즈주[伊豆州]에 속하고, 현재의 시즈오카현[靜岡縣] 미시마시[三島市]이다.

166 이두주(伊豆州) : 이즈주. 현재의 시즈오카현[靜岡縣] 이즈반도[伊豆半島]와 이즈제도[伊豆諸島] 지역. 이즈국[伊豆國], 즈슈[豆州]라고도 한다. 율령제(律令制) 하에서는 도카이도[東海道]에 속한다. 메이지 1년(1868)에 니라야마현[韮山縣]이 되었는데, 메이지 4년(1871)에 번(藩)을 폐지하고 현(縣)을 설치함에 따라 아시가라현[足柄縣]에 편입되었다. 그 후 메이지 9년(1876)에 아시가라현의 구(舊) 이즈국 지역이 시즈오카현에 편입되었으며, 이즈의 여러 섬은 메이지 11년(1878)에 도쿄부[東京府]로 편입되었다. 통신사행 때 조선사신이 휴식을 취하거나 묵었던 미시마[三島], 하코네[箱根] 등이 이 지방에 속한다.

석이다. 식읍이 2만 석인 상랑일기수(相郎一岐守) 등원뢰관(藤原賴寬)이란 자가 와서 지공하였다.

앞에는 부사산(富士山)[167]이 있는데 워낙 높고 험준하여 며칠 전의 노정에서부터 바라볼 수 있었다. 흰 구름이 산허리에서 일어나더니, 밤에 비가 조금 내렸다. 산꼭대기에는 눈이 쌓여 있고 산기슭부터 꼭대기까지는 90리라고 한다. 중달 장로가 와서 뵙고는 절구를 바쳤으며, 사미승 중일(仲逸)도 사운시를 바쳤다.

이날은 120리를 갔다.

27일 무신(戊申) 맑음. 새벽에 비가 조금 내림.

삼도를 떠나 삼근령(箱根嶺)[168]을 넘었는데 가는 길에 모두 솜대를 엮은 것을 땅을 다져서 길에 깔아놓았다. 인력이 많이 들었을 것이다. 40리를 더 가서 영상(嶺上)에 도착하여 점심을 먹었다. 이곳은 상모주(相模州)[169]

---

167 부사산(富士山) : 후지산. 혼슈[本州] 중부 야마나시현[山梨縣]과 시즈오카현[靜岡縣]의 태평양 연안에 접해 있는 일본을 대표하는 산. 축약하여 부산(富山)이라고도 하고, 비유적 표현으로 부용(芙蓉), 팔엽(八葉), 팔엽봉(八葉峰), 백설(白雪), 부악(富嶽), 용악(蓉嶽), 함담봉(菡萏峯)이라고도 한다. 12차 통신사행 가운데 1617년과 1811년을 제외한 나머지 사행 때마다 조선사신은 이곳을 멀리서 바라보며 기렸고, 그 결과 사행록과 『필담창화집(筆談唱和集)』에 후지산을 두고 읊은 시가 상당수 수록되어 있다. 사시사철 산정상이 흰 눈으로 덮여 있어 선계(仙界)로 인식되기도 하였고, 우리나라 금강산과의 우열 논쟁을 벌이기도 하였다.

168 상근령(箱根嶺) : 하코네레이. 하코네[箱根]은 이두주[伊豆州]에 속하고, 현재의 가나가와현[神奈川縣] 아시가라시모군[足柄下郡] 하코네정[箱根町]이다. 시즈오카현[靜岡縣]에 가까운 가나가와현 남서부의 모서리에 위치하며, 상근칼데라(Caldera) 부근의 일대를 가리킨다. 간레이[函嶺](箱根山의 異稱), 하코네레이[箱根嶺], 하코네도게[箱根峠]. 예로부터 도카이도[東海道]의 요충지이며, '천하의 험지(天下の險)'라고 알려진 험난한 하코네도게의 기슭에는 슈쿠바[宿場]라는 세키쇼[關所]가 있었다. 12차례 통신사행 가운데 2차, 12차를 제외한 나머지 사행 때마다 조선사신이 이곳에서 낮에 잠시 휴식을 취하였다.

소속으로 관백의 장입이다. 도엽미농수(稻葉美濃守) 원정칙(原正則)이 성주이며 식읍은 10만 석이다. 대관 강천태랑우위문(江川太郎尤衛門)이 지대하였고 인가는 2백여 호이다. 앞에는 큰 호수가 있는데 그 둘레가 40리라고 한다.

고개를 넘어 40리를 더 가서 소전원(小田原)[170]에서 숙박하였다. 이곳도 상모주 소속으로, 미농수(美濃守)가 차지(次知)하고 부관 성뢰오우위문(成賴五尤衛門)이 지응하였다. 인가는 3천여호이다.

이날은 80리를 갔다.

28일 기유 맑음. 소전원(小田原)에 머무름.

의성이 사람을 보내 머무르길 청하기에 허락하였다. 마부와 말이 강호에서 와서 삼도에서 교체하였다.

29일 경술(庚戌) 맑음.

소전원을 출발하여 5리쯤 가서 좌하(佐河)의 부교를 건넜다. 그리고서는 35리를 더 가서 대의(大蟻)[171]에서 점심을 먹었다. 이곳은 상모주 소속

---

169 상모주(相模州) : 사가미주. 현재의 가나가와현[神奈川縣] 지역. 사가미국[相模國, 相摸國], 소슈[相州]라고도 한다. 율령제(律令制) 하에서는 도카이도[東海道]에 속한다. 메이지 4년(1871)에 번(藩)을 폐지하고 현(縣)을 설치함에 따라 가나가와현과 아시가라현[足柄縣]이 생겼으며, 메이지 9년(1876)에 두 현이 합병하였고, 메이지 26년(1893)에 다마[多摩] 3군(郡)이 도쿄도[東京都]로 이관되어 현재의 가나가와현으로 되었다. 통신사행 때 조선사신이 휴식을 취하거나 묵었던 오다와라[小田原], 오이소[大磯], 후지사와[藤澤] 등이 이 지방에 속한다.

170 소전원(小田原) : 오다와라. 사가미주[相模州]에 속하고, 현재의 가나가와현[神奈川縣] 오다와라시[小田原市]이다. 가나가와현의 남서단에 위치. 하코네산[箱根山] 동쪽 기슭의 사가미만[相模灣]에 면하고 있다.

으로 관백의 장입이다. 흑전동시정(黑田東市井) 원지승(源之勝)이라는 자가 와서 지공하였는데 식읍이 4만 석이고 인가는 3백여 호라고 한다. 관백의 명이라 칭하면서 찬합을 바치기에, 부득이 받아서 일행의 하인에게 나누어 주었다. 15리를 가서 더 가서 부교를 건넜는데, 하천 이름은 상모(相模)이고 97척의 배를 늘어놓아 부교를 설치했다.

계속 25리를 가서 부사택(富士澤)에 도착하여 숙박하였다. 이곳도 상모주 소속으로 관백의 장입이다. 송평시정(松平市井)의 이름은 원직차(源直次)이며, 대관 성뢰우위문(成瀨右衛門)이란 사람과 함께 와서 지공하였다. 인가가 1천여 호이다.

이날은 80리를 갔다.

10월 큰 달

초1일 신해(辛亥) 맑음.

새벽에 망궐례를 행하였다. 20리를 가서 품야판(品野坂)[172]을 넘고 30리를 더 가서 신내천(神奈川)[173]에서 숙박하였다. 무장주(武藏州)[174] 소속이

---

171 대의(大蟻) : 오이소[大磯, 대기]를 말하는 것 같다. 오이소[大磯]는 사가미주[相模州]에 속하고, 현재의 가나가와현[神奈川縣] 나카군[中郡] 오이소정[大磯町]이다. 이 도시 동부에는 고구려(高句麗)에서 온 도래인이 이주했다는 역사가 있으며, 이곳의 고려산(高麗山)과 고래신사(高來神社)라는 명칭이 여기에서 유래하였다고 한다. 12차례 통신사행 가운데 2차, 12차를 제외한 나머지 사행 때마다 조선사신이 이곳에서 낮에 잠시 휴식을 취하였다.

172 품야판(品野坂) : 시나노사카

173 신내천(神奈川) : 가나가와. 현재의 가나가와현[神奈川縣] 요코하마시[橫濱市] 가나

며 관백의 장입이다. 식읍이 5만 석인 소출태화수(小出泰和守) 등원길영(藤源吉英)과 식읍이 3만 석인 세천단후수(細川丹後守) 원행효(源行孝), 두 사람이 친히 와서 지공하였다. 인가가 1천여 호이다. 관백의 명으로 찬합을 바쳐서 일행의 하인들에게 나누어 주었다.

이날은 50리를 갔다.

초2일 임자(壬子) 맑음.

신내천에서 50리를 가서 품천(品川)[175]에 도착하여 점심을 먹었다. 5리를 못 미친 거리에 큰 절이 있는데 절 이름은 묘국사(妙國寺)[176]라고 한다. 관사는 본광사(本光寺)[177]이다. 식읍이 4만 6천 석인 송평주전두(松平主殿頭) 원충방(源忠房)과 식읍이 5만 석인 구구출운수(溝口出雲守) 원선직(源先直)[178]이라는 두 사람이 지공하였다. 인가는 1천여 호라고 한다.

가와구[神奈川區]이다. 에도시대에는 무사시주[武藏州]에 속했다. 녹천(鹿川)이라고도 한다. 일본의 거의 한가운데에 위치하고 있다.

174 무장주(武藏州) : 무사시주. 현재의 도쿄도[東京都], 사이타마현[埼玉縣] 및 가나가와현[神奈川縣] 가와사키시[川崎市] 요코하마시[橫濱市] 지역. 무사시국[武藏國], 부슈[武州]라고도 한다. 율령제(律令制) 하에서는 처음에는 도산도[東山道]에, 후에 도카이도[東海道]에 속한다. 메이지 4년(1871)에 번(藩)을 폐지하고 현(縣)을 설치함에 따라 도쿄부[東京府]와 가나가와현, 사이타마현, 이루마현[入間縣]의 3현이 되었다가 이루마현은 메이지 6년(1873)에 마가야현[熊谷縣]을 거쳐 메이지 9년(1876)에 이루마현으로 편입되었다. 통신사행 때 조선사신이 휴식을 취하거나 묵었던 가나가와[神奈川], 시나가와[品川], 에도[江戶], 고시가야[越谷], 가스카베[糟壁] 등이 이 지방에 속한다.

175 품천(品川) : 시나가와. 현재의 도쿄도[東京都]의 남동부 시나가와구[品川區]이다. 에도시대에는 무사시주[武藏州]에 속했다. 메구로카와[目黑川], 다치아이카와[立會川] 등이 흐르며, 동쪽으로 도쿄만[東京灣]에 면해 있다.

176 묘국사(妙國寺) : 묘코쿠지

177 본광사(本光寺) : 혼코쿠지

178 구구출운수(溝口出雲守) 원선직(源先直) : 미조구찌노 부나오[溝口宣直, 1605~1676].

세 사신이 관대를 갖추고 원역 이하들도 모두 관대를 갖추고 25리를 갔다. 이곳부터 좌우에 여염집이 잇달아 있고 구경꾼들이 담처럼 늘어서 있었다. 의복의 화려함이나 백성이 많기로는 대판이나 왜경 등의 지역보다 더 했다. 도중에 들으니 지난 달 23일에 강호에서 불이 나서 수 천여 호가 타 버렸는데 관백이 집을 짓는 대책으로 은냥(銀兩)을 주어 사행이 도착하기 전에 서둘러 지붕을 덮어 가리도록 명했다 한다. 과연 새로 지은 집이 거의 5리쯤 되었다.

세 개의 큰 다리를 건너서 관소에 도착하니 이름이 본서사(本誓寺)[179]로, 이전부터 사신이 머물던 곳이다. 대청에 앉아서 진무를 받았다. 도주와 두 장로가 와서 뵌 뒤에 식록이 5만 석인 관반(館伴) 출우수(出羽守) 등원태흥(藤原太興)[180]과 식록이 6만 석인 강부미농수(剛部美濃守)[181]가 뵙

에도시대 전기 다이묘. 구구선승(溝口宣勝)의 장남. 관위(官位)는 종오위하(從五位下)이고, 출운수(出雲守)이다. 1655년 제6차 통신사행 때, 10월 4일 강호에서 역관(洪譯官) 홍희남(洪喜男)을 통해 아악두(雅樂頭) 등과 함께 조선사신으로부터 접대에 대한 감사의 뜻을 받았다. 조선에서는 원우승(源友勝, 미나모토노 도모카츠)이라고도 하였다.

179 본서사(本誓寺) : 혼세이지

180 출우수(出羽守) 등원태흥(藤原太興) : 가토 야스오키[加藤泰興, 1611~1678]. 에도시대 전기 집정(執政). 가등출우수(加藤出羽守). 호는 월창(月窓). 가등정태(加藤貞泰)의 장남. 조선에서는 후지와라 야스미쓰[藤源泰盈]로 잘못 알려져 있다. 1643년 제5차와 1655년 제6차 통신사행 때 관반(館伴)의 자격으로 강부미농수(岡部美濃守) 원선승(源宣勝)과 함께 강호에 있는 본서사(本誓寺)에서 조선사신을 접대하였다.

181 강부미농수(剛部美濃守) : 오카베 노부카츠[岡部宣勝, 1597~1668]. 에도시대 전기 집정(執政). 미나모토노 노부카츠[源宣勝], 강부미농수(岡部美濃守). 통칭은 좌경(左京). 대원번 초대번주 강부장성(岡部長盛)의 장남. 미농대원번(美濃大垣藩)의 제2대 번주, 파마용야번(播磨龍野藩) 번주, 섭진고규번(攝津高槻藩) 번주, 화천안화전번(和泉岸和田藩)의 초대번주 등을 지냈다. 1643년 제5차와 1655년 제6차 통신사행 때 관반(館伴)의 자격으로 출우수(出羽守) 가토 야스오키[加藤泰興]와 함께 에도에 있는 본서사(本誓寺)에서 조선사신을 접대하였다. 남용익(南龍翼)의 『문견별록(聞見別錄)』「인물(人物)」에 "원선승(源宣勝), 현재 미농수(美濃守)로서 사람됨이 우소(迂疎)하여 부녀자의 태도가 있지만

기를 청하여 불러서 접견하였다. 이 두 사람은 계미년(1643)의 사행 때에도 관반이었다고 한다.

이날은 70리를 갔다.

초3일 계축 맑음. 본서사(本誓寺)에 머무름.

조반 후에 관백이 식읍이 16만 석인 집정인 주정아악(酒井雅樂) 원충청(源忠淸)[182]과 식록이 7만 석인 송평이두수(松平伊豆守) 원신강(源信綱)[183]이란 두 사람을 보내어 와서 세 사신이 관대를 갖추고 대청으로 나가 맞이

마음은 자못 양순하다. 이번 사신의 행차에 관반(館伴)이 되어 접대 등의 일에 마음을 다했다."라고 하였다.

182 주정아악(酒井雅樂) 원충청(源忠淸) : 사카이 다다키요[酒井忠淸, 1624~1681]. 에도시대 전기의 후다이 다이묘[譜代大名]. 주정충청(酒井忠淸). 사행록에는 원충청(源忠淸), 아악두 원충청(雅樂頭源忠淸)이라고 하였다. 유명(幼名)은 구마노스케[熊之助], 통칭은 요시로[與四郎], 게바 쇼군[下馬將軍]. 1637년 14세 때 부친 다다유키[忠行]의 남긴 영지 내 우에노국[上野國] 마에바시번[前橋藩]을 계승하였으며 다음해 가와치노카미[河內守]가 되었다. 또한 1651년에 도쿠가와 이에쓰나[德川家綱]의 쇼군 취임 때 우타노카미[雅樂頭]가 되었다. 1655년 10월 3일 에도에서 이즈노카미[伊豆守] 마쓰다이라노부쓰나[松平信綱]와 함께 쇼군의 명을 받들어 조선의 세 사신을 만나 예를 갖추었고, 10월 8일 에도에서 국서(國書)를 전할 때는 히슈노카미[肥後守] 호시나마사유키[保科正之], 가몬노카미[掃部頭] 이이나오타카[井伊直孝], 사누키노카미[讚岐守] 사카이다다카쓰[酒井忠勝] 등과 함께 쇼군을 모시고 앉아 시중을 들었다. 또한 조선사신의 에도까지의 사행과 닛코산 치제[日光山致祭]에 대한 답례 차원에서, '종사위 좌근위소장 겸 아악두 원충청(從四位左近衛少將兼雅樂頭源忠淸)'이라는 직명과 이름으로 예조참판에게 회답서계(回答書契)를 보내기도 하였다.

183 송평이두수(松平伊豆守) 원신강(源信綱) : 마쓰다이라 노부쓰나[松平信綱, 1596~1662]. 에도시대 전기의 다이묘. 송평신강(松平信綱). 사행록과 조선왕조실록에는 원신강(源信綱), 송평이두수신강(松平伊豆守信綱), 송평이두수(松平伊豆守)라고 하였다. 오코치 히사쓰나[大河內久綱]의 장남. 1601년 마쓰다이라 노부쓰나[松平正綱]의 양자가 되었다. 1655년 통신사행 때 조선사신의 에도까지의 사행과 닛코산 치제(日光山致祭)에 대한 답례로 예조참판에게 회답서계(回答書契)를 보냈고 아울러 별폭과 함께 물품도 보냈다.

하였다. 읍례를 행한 후 자리를 잡고 앉았다. 아악(雅樂)이란 자는 겨우 스물 대여섯 정도 되었는데 그 조부(祖父)의 작위를 이어받았다고 한다. 사자가 의성을 시켜 홍(洪) 역관에게 통역하도록 하니, 홍 역관이 우리 사신들에게 전달하였다.

"관백께서 사신이 만 리 먼 길을 오셨으니 사행길이 어떠한지 염려하시어, 지금 저희들을 보내어 문안하는 것입니다."

이에 답하였다.

"섬과 육지의 각 참에서 관백의 명을 받들어 관우와 접대가 극히 정성스러웠습니다. 이에 힘입어 무사히 도착할 수 있었으니 정말 감격스럽습니다."

그러자 사자가 '이러한 뜻을 돌아가서 꼭 대군께 보고하겠다'고 하였다. 차를 돌린 후에 역관을 시켜 말을 전하였다.

"당초에 대마도주에게 보낸 서계에는 8월 상순에 강호에 들어가겠다고 하였습니다. 그래서 4월에 주상의 명을 받들고 바다를 건넜으나, 도처에서 바람이 순조롭지 않아 지금에야 이곳에 도착하였습니다. 앞으로 날씨가 추워질 터라 매우 걱정되니 속히 임금의 국서(國書)를 전해 주시길 부탁드립니다."

사자가 말하였다.

"이런 뜻을 대군께 반드시 전달하겠습니다."

관반 두 사람 역시 관대를 착용하고 들어와서 차당(次堂)에 앉아 있었으나, 감히 한 마디도 하지 못하였다. 사자가 착용한 관대는 검은 색이고 관반이 착용한 것은 붉은 색이며, 머리에 쓰고 있는 관(冠)도 그 법도가 달랐다. 의성의 아들 언만(彦滿)이 와서 뵈었는데, 나이가 17세이다. 눈매에 특별히 영민한 기색이 없으니, 아직 미성년이라 해도 그 아버지에 못 미칠 것 같다. 그 아들이 나간 뒤에 의성도 와서 뵈었는데 차를 돌려 마시고 파하였다. 하정미와 찬품을 바쳤는데 하루치가 매우 풍성하고 쌀도 다른 참의 곱절은 되었다.

초4일 갑인(甲寅) 비 옴. 본서사(本誓寺)에 머무름.

들으니 '8일에는 반드시 전명(傳命)[184]을 할 것이라'고 하였다. 역관으로 하여금 폐물을 점검하게 하고, 돈을 주어 그것을 담을 목물(木物)을 만들도록 하였다. 도주의 아내가 식초 한 그릇과 다시마 한 쟁반을 보내어 왔기에, 바로 하인들에게 나누어 주었다.

---

184 전명(傳命) : 국서(國書), 즉 국왕의 명령이나 뜻을 상대국의 국왕에게 전달하는 것을 말한다. 전명다례(傳命茶禮)는 통신사가 조선국왕의 국서를 일본 관백(關白, 將軍)에게 전하는 의례(儀禮)로, 전명례(傳命禮) 또는 전명의(傳命儀)라고도 한다. 통신사행에게 가장 중요한 임무는 일본 관백에게 국서를 무사히 전달하는 일이었다. 그래서 일행은 에도에 도착하자마자 전명례 날짜와 시간, 영접 절차 등을 논의했다. 하선연(下船宴) 등 연향(宴享)은 저녁 식사를 전후해서 열렸지만 국서 전달은 보통 오전에 이루어졌다. 영접 절차는 통신사행이 에도성[江戶城]에 등성할 때 하마(下馬)하는 위치, 쓰시마도주와 집정(執政)의 영접 위치, 전명례의 자리 배치 등이 양국의 외교 의례에서 중요한 문제였다. 전명례는 관백이 친히 주관하는 외교의례였기 때문에 절차가 매우 복잡했다. 대개는 국서 전달과 공예단(公禮單)을 올리는 1차 전명례와, 관백의 명을 받은 종실이나 아우, 숙부 등이 집전하는 2차 전명례로 나누어진다. 국서는 보통 수역관(首譯官) – 쓰시마도주 – 집정 – 관백의 순서로 전달되었다. 먼저 관백에게 국서와 공예단을 올리면 사신은 중당(中堂)에서 사배례(四拜禮)를 하고, 사예단(私禮單)을 올리면서 하당(下堂)에서 다시 사배례를 하였다. 이어서 관백이 주례(酒禮)를 베푸는데, 관백은 상당(上堂)에 자리하고 사신이 차례로 중당에 올라가서 잔을 받는 의례였다. 3작(三酌)이 보통이지만 5작이 되기도 하였다. 이어서 관백이 2차 연향을 종실(宗室)에게 맡기고 하사주(下賜酒)를 내리면 사신은 다시 하당으로 가서 하직인사로 재배(再拜)하였다. 이어지는 2차 연향은 연회의 성격이 강하며, 정청(政廳, 大廣間)의 중당에서 베풀어지는데 일본의 전통요리인 시치고산(七五三) 본선요리(本膳料理)가 나왔다. 술은 3작 정도로 가볍게 하고 차와 과자가 나오면서 2차 전명례를 마무리하였다.

초5일 을묘(乙卯) 비 옴. 본서사(本誓寺)에 머무름.

도춘(道春)[185]의 아들 춘재(春齋)[186]가 네 사람을 이끌고 와서, 이명빈을 만나 서로 시가(詩歌)를 주고받았다. 도춘 부자가 문장에 능하다고 나라에서 이름이 높다고 하나, 그들이 지은 시와 문장이 이처럼 아름답지 못하니 이 나라의 문장 수준을 알 만하다.

미농수(美濃守)가 사자와 화원을 보내주질 원하여 허락했더니 삼중합과 인동주 한 병을 보냈다. 관반의 사람은 다른 사람과 격이 다르므로 거절하여 물리칠 수가 없으니, 받아 두었다가 바로 일행에게 나누어 주었다.

---

185 도춘(道春) : 하야시 라잔[林羅山, 1583~1657]. 에도시대 전기의 유학자. 임나산(林羅山), 임도춘(林道春). 본성(本姓)은 후지와라[藤原], 이름은 노부가쓰[信勝]. 다다시[忠], 자는 고노부[子信], 승호(僧號)는 도슌[道春], 통칭은 마타사부로[又三郎]. 라잔의 주자학은 중국으로부터 직접 받아들인 것이 아니라, 도요토미 히데요시의 조선 출병을 계기로 유입된 조선의 주자학을 자각적, 선택적으로 받아들였다. 라잔의 호도 조선본 『연평문답(延平問答)』에서 유래한 것이다. 남용익(南龍翼)은 『문견별록(聞見別錄)』에서 "나이 70세가 지났고 벼슬이 민부경(民部卿)에 이르렀다. 법인(法印)이라고도 부른다. 문학으로 온 나라에 명성이 자자하여 문서를 제찬(製撰)하는 일이 모두 그의 손에서 나왔다. 또한 저술(著述)도 많아서 『신사고(神社考)』 등의 글이 있다. 그가 지은 시문을 보니 해박하고 부섬하여 옛 서적을 많이 읽은 듯하였다. 그러나 시는 격조가 전혀 없고 문도 혜경(蹊徑)에 어두웠다. 만일 연마하고 바로잡아 간다면 꽤 볼 만할 것이다."라고 하였다.

186 춘재(春齋) : 하야시 가호[林鵞峰, 1618~1680]. 에도시대 전기의 유학자. 임아봉(林鵞峰), 임춘재(林春齋), 임서(林恕). 이름은 하루가쓰[春勝], 시노부[恕] 자는 시와[子和], 노미치[之道], 별호는 고요켄[向陽軒], 승호(僧號)는 슌사이[春齋]. 하야시 라잔[林羅山]의 3남이며 교토 출신이다. 남용익은 『문견별록(聞見別錄)』에서 '다소 시문을 할 줄 아나 성질이 미련스럽고 행동이 거만하다'고 했고, 이덕무(李德懋)는 『청장관전서(靑莊館全書)』에서 하야시 라잔과 함께 박학한 인물로 꼽았다.

初6일 병진(丙辰) 비 옴. 본서사(本誓寺)에 머무름.

의성이 평성행을 보내 말을 전하길, '오후에 집정(執政)들이 자기 집에 모이니 독축(讀祝)과 사자, 화원들을 보내주시기 바란다'고 하여 허락하였다. 출우수(出羽守)가 큰 찬합 하나를 보냈는데 이도 관반과 마찬가지로 마음대로 받거나 거절할 수 없으므로 받아두었다가 일행에게 나누어 주었다.

初7일 정사(丁巳) 비 옴. 본서사(本誓寺)에 머무름.

각종 폐물을 대청에 벌여놓고 종사관이 검사한 다음, 대마도 사람에게 주어서 먼저 관백의 성으로 보냈다. 밤이 깊은 후에 의성이 와서 뵙기에 대청에 나가 앉아서 대접하였다. 내일 전명할 때의 좌석 순서를 그린 그림은 계미년에 행한 예와 다르지 않은 듯하나, 술잔을 돌릴 때 먼저 재배례(再拜禮)를 행하는 것은 전과 상이한 것 같았다. 의성에게 말해서 다시 구상하여 배정하고 전명하기 전에 통보해주도록 하였다.

初8일 무오(戊午) 잠깐 맑음.

진시 초에 세 사신이 관대를 갖추고 관백의 성으로 출발하였다. 5리쯤 가서 외성(外城)에 도착하였는데, 이슬비가 잠깐 내렸으나 옷이 젖을 정도는 아니었다. 왜인 중 우산을 가지고 온 사람이 많아서 일행이 일제히 우산을 펼쳤다. 외성 안은 모두 장관(將官)의 집인데 매우 크고 사치스러워서 대문, 담벽, 개판(蓋板)[187]에 모두 금을 발랐다. 내성 바깥의 널다리에 이르러 북과 피리 연주를 정지시키고, 군관들은 모두 말에

187 개판(蓋板) : 옷장, 책장, 담 따위의 맨 위에 모양을 내기 위해 덧댄 나무판.

서 내려 걸어서 성안으로 들어갔다.

한 마장(馬場)을 가서 궁의 성벽에 이르러 가마에서 내리니 의성 부자와 두 장로, 관반들이 모두 관대를 착용하고 나와 사신을 영접하였다. 차례로 걸어가서 궁전의 문으로 들어가니, 의성 등이 인도하여 헐청(歇廳)에 앉았다. 수역이 궁전의 문안에서부터 국서를 받들고 와서 헐청의 왼쪽에 안치하였다. 잠시 후 의성의 인도로 좌당(坐堂) 밖으로 가서 동향(東向)을 하고 앉았다. 66개 주의 장관들이 어떤 이는 검은 옷을, 어떤 이는 붉은 옷을 입고서 당 가득히 열을 맞춰 앉아 있었다.

얼마 후에 의성이 와서 관백이 나와 앉았다고 보고하였다. 수역이 국서를 받들고 의성에게 전하니, 의성은 두왜(頭倭)에게 전하고 두왜가 관백의 앞에 올렸다. 사신들이 차례로 상당(上堂)에 나아가 사배례(四拜禮)를 예에 따라 행하고 곧 나왔다. 공식적으로 주는 폐물을 철거한 후에, 개인에게 주는 폐물도 기둥 밖에 늘어놓았다. 사람들이 차당(次堂)에 들어와서 사배례를 의례대로 행하고 곧 나왔다. 관백이 집정인 소부(掃部), 풍후수(豊後守), 아악(雅樂), 찬기수(纘岐守) 네 사람을 시켜 사신에게 말을 전하였다.

"귀국은 평안합니까. 먼 길을 어떻게 오셨습니까."

사신이 답하였다.

"평안합니다. 저희들은 각 참에서 호송해 준 덕분에 무사히 올 수 있었습니다."

말을 마치고 다시 들어오니 의성이 말하였다.

"장차 주례(酒禮)가 행해지겠습니다."

사신이 차당의 동쪽 벽에 들어가 앉으니 진지(進止)를 올리는 왜인이 쟁반을 받들고 와서 먼저 관백의 앞에 바치고, 세 사람이 각각 쟁반을 받들고 사신 앞에 바쳤다. 진지를 올리는 사람이 술잔을 가지고 와서 관백 앞에 올리니, 흙으로 빚은 잔에 술을 받아 마셨다. 정사(正使)가 상당에 나아가자 진지하는 사람이 관백의 잔을 정사에게 전해 주었다. 정사가 일어나서 술을 받아 마신 후 고개를 숙이고 엎드렸다가 일어나서 그 잔을 가지고 다시 앉았다. 부사와 종사관도 모두 의례에 따랐다. 잔을 한 차례 돌린 뒤에 바로 잔을 물리고 사신들이 재배례를 행하고 나갔다. 당상역관(堂上譯官)은 기둥 안쪽에서 예를 행하고, 군관들은 기둥 밖에서 예를 행하였으며, 원역들도 그렇게 하였다. 중관들은 보계(補階)[188]에서, 하관들은 뜰아래에서 예를 행하였다. 소부 등 네 사람이 와서 전하였다.

"관백께서 마땅히 진무를 친히 베풀어야겠지만 사신들을 힘들게 할 것 같아 먼저 들어가시고, 대납언 등으로 하여금 대신 베풀게 하셨으니 조용히 예를 행하십시오."

이에 '마땅히 명을 따르겠다'고 답하고, 들어가서 사배례를 행하였다. 납언 등 세 사람이 서쪽에서 나오고, 사신들은 동쪽에서 나와 서로 읍하고 좌정하였다. 진지인이 각자 진무를 바쳤으며, 술을 세 잔씩 돌렸다. 금대(金臺)와 화상(花床)이 여러 참보다 사치스럽고 화려했으나 찬품은 특별히 가감(加減)이 없었다. 상을 물린 뒤 읍하고 바로 나왔다. 마주 앉아있을 때 멀거니 서로 쳐다보기만 하고 한마디 말도 붙이지 않으니, 손님과 주인이 사귀는 예가 어찌 이와 같을 수 있을까. 무식하다고 하겠다. 집정들은 궁전 밖의 행각(行閣)[189]까지 나와 읍을 행하며

---

188 보계(補階) : 잔치나 초상 등의 모임이 있을 때 사람들을 많이 앉히기 위해 임시로 대청마루 옆에 잇대어 만들어 놓은 자리.

189 행각(行閣) : 궐에서 몸채의 둘레를 둘러싼 줄행랑.

전송하였고, 관반들은 궁전 외문의 가마를 타고 내리는 곳까지 나와 읍하며 전송하였다.

비가 그치지 않아 우산을 펼쳤으나 옷이 모두 젖었다. 걸음을 재촉하여 관우에 돌아왔다. 정이소부(井伊掃部) 등원직효(藤原直孝), 주정찬기수(酒井讚岐守) 원충승(源忠勝)[190]은 집정이고, 보과비후수(保科肥後守) 원정지(源正之)[191], 주정아악(酒井雅樂) 원충청(源忠淸), 송평이두수(松平伊豆

---

190 주정찬기수(酒井讚岐守) 원충승(源忠勝) : 사카이 다다카쓰[酒井忠勝, 1587~1662]. 에도시대 전기의 다이로(大老). 주정충승(酒井忠勝). 사행록에는 원충승(源忠勝), 찬기수 원충승(讚岐守源忠勝)이라고 하였다. 통칭은 나베노스케[鍋之助], 요시치로[與七郎]. 관직명은 사누키노카미[讚岐守]. 가와코에번[川越藩]의 번주였고, 뒤에 와카사오바마번[若狹小浜藩]의 번주였다. 제3대 쇼군 도쿠가와 이에미쓰[德川家光]와 제4대 쇼군 도쿠가와 이에쓰나[德川家綱]를 섬겼다. 1655년 10월 8일 에도에서 국서(國書)를 전할 때, 히슈노카미[肥後守] 호시나마사유키[保科正之]와 우타노카미[雅樂頭] 사카이다다키요[酒井忠淸], 가몬노카미[掃部頭] 이이나오타카[井伊直孝] 등과 함께 쇼군을 모시고 앉아 시중을 들었다. 또한 이때 조선사신의 에도까지의 사행과 닛코산치제에 대한 답례 차원에서, '종사위상 약협소장 겸 찬기수 원충승(從四位上若狹少將兼讚岐守源忠勝)'이라는 직명과 이름으로 예조참판에게 회답서계(回答書契)를 보냈다. 남용익(南龍翼)의 『문견별록(聞見別錄)』에 '원충승(源忠勝), 현재 약협소장(若狹小將)으로 기이수(岐伊守)를 겸하고 있어서 위엄과 권세가 원신강과 서로 비등하나, 사람됨이 경박하고 나이 또한 노쇠한데다가 말이 맞지 않으므로 원신강과 틈이 생겼다고 한다'고 하였다.

191 보과비후수(保科肥後守) 원정지(源正之) : 호시나 마사유키[保科正之, 1611~1673]. 에도시대 전기의 다이묘. 보과정지(保科正之). 사행록에는 원정지(源正之), 비후수원정지(肥後守源正之)라고도 하였다. 도쿠가와 이에미쓰[德川家光]의 배다른 동생. 1617년 시나노노쿠니[信濃國] 다카토오[高遠] 번주 호시나 마사미쓰[保科正光]의 양자가 되었다. 1631년 의부 마사미쓰가 남긴 영지 3만석을 상속했고, 다음해 히고노카미[肥後守]라고 일컬어졌다. 1651년 이에미쓰가 죽은 뒤 어린 이에쓰나[家綱]를 보좌하여 막부정치를 주도하였고, 학문을 좋아하여 유학자인 야마자키 안사이[山崎闇齋]를 중용하였으며, 유학 관계의 서적을 편찬하였다. 조선과의 외교에도 힘써 1655년 10월 8일 에도에서 국서(國書)를 전할 때, 쇼군을 모시고 앉아 시중을 들었고, 조선사신의 에도까지의 사행과 닛코산치제에 대한 답례 차원에서, '정사위하 좌근위중장 겸 비후수 원정지(正四位下左近衛中將兼肥後守源正之)'라는 직명과 이름으로 예조참판에게 회답서계(回答書契)를 보냈다.

守) 원신강(源信綱), 아부풍후수(阿部豊後守) 원충추(源忠秋)[192] 이상 네 사람은 봉행이다.

초9일 기미(己未) 비 옴. 본서사(本誓寺)에 머무름.

수역들로 하여금 집정의 처소에 서계를 전하도록 하였다. 의성의 처가 또 정과(正果)[193] 한 접시와 서뢰(薯籟)[194] 한 합을 바치기에, 일행에게 나누어 주었다.

10일 경신(庚申) 비 옴. 본서사(本誓寺)에 머무름.

수역을 시켜 납언(納言)[195] 세 사람과 집정들의 처소에 사적인 예물을

---

192 아부풍후수(阿部豊後守) 원충추(源忠秋) : 아베 다다아키[阿部忠秋, 1602~1675]. 에도시대 전기의 로주[老中]. 아부충추(阿部忠秋). 사행록에 풍후수아부충추(豊後守阿部忠秋)라고 하였다. 관위는 종사위하(從四位下), 분고노카미[豊後守]. 1633년 마쓰다이라 노부쓰나[松平信綱]및 종형인 아베 시게쓰구[阿部重次] 등과 함께 로쿠닌슈[六人衆]에 임명되어 도쿠가와 이에미쓰[德川家光] 정권 확립에 힘썼으며, 막부정치의 중심인물이 되었다. 1651년 이에미쓰가 사망하자 노부쓰나와 함께 어린 장군 도쿠가와 이에쓰나[德川家綱]을 세웠다. 그러나 사카이 다다쿄[酒井忠清] 등 문벌 후다이층[譜代層]의 막정(幕政) 진출로 인해 견제를 받게 되었으며, 1662년 노부쓰나가 죽자 막부 내각에서 고립되었다. 1666년 로주를 사임하고, 1671년 양자인 아베 마사요시[阿部正能]에게 가독(家督)을 물려주었다. 1655년 통신사행 때 조선사신의 에도까지의 사행과 닛코산치제에 대한 답례 차원에서, '종사위 시종 겸 풍후수 아부충추(從四位侍從兼豊後守阿部忠秋)'라는 직명과 이름으로 예조참판에게 회답서계(回答書契)를 보냈다. 남용익(南龍翼)은 '아부충추(阿部忠秋), 현재 시종으로 풍후수(豊後守)를 겸하고 있으며, 등원직효(藤原直孝) 등과 더불어 나라 정사를 전장하고 있다. 사람됨이 순박하고 후중하며 말이 적고 모든 일을 형편에 따라 한다.'라고 하였다.

193 정과(正果) : 과일, 연근, 인삼 등을 꿀이나 설탕에 절여 만든 과자.

194 서뢰(薯籟) : 감자, 고구마 등의 작물.

195 납언(納言) : 나곤[納言]. 율령제 하에서 태정관(太政官)에 소속되어 왕명 출납을 맡던 관직. 대납언(大納言, 다이나곤)·중납언(中納言, 주나곤)·소납언(小納言, 쇼나곤)

전했다. 미농수가 귤 30개를 바치기에 받아 두었다. 의성이 그 아들을 데리고 와서 뵈었다.

11일 신유(辛酉) 맑음. 본서사(本誓寺)에 머무름.

의성이, '사람과 말이 미처 정비하고 대기하지 못하여 형편상 13일에 일광산(日光山)[196] 행차를 출발하기 어려우니 14일로 미루자'고 말을 전

으로 나누어져 있다. 직무는 대신과 함께 정사와 공무를 심의하고, 대신이 없을 경우 그 직무를 집행하며, 천황의 측근에서 대소사(大小事)를 아뢰거나 조칙을 받는 등 국정참의관(國政參議官) 겸 시봉관(侍奉官)의 중요한 직무를 맡았다. 대조선 외교업무에 있어서는 주로 에도에서 전명일(傳命日)에 관백(關白)이 친히 베푸는 전명다례(傳命茶禮)가 끝나고 이어 행하는 연례(宴禮)에서 삼납언(三納言)이 관백을 대신해서 연향을 주관하였다. 그밖에도 사신 행차를 도와주거나 자신의 다옥(茶屋)을 숙소로 제공해 주기도 하고 혹은 지공을 주관하기도 하며 사신을 직접 접대하기도 하였다. 이 때문에 조선사신은 때로 납언에게 예물을 보내기도 하였다.

196 일광산(日光山) : 닛코산. 시모스케주[下野州]에 속하고, 현재의 도치기현[栃木縣] 닛코시[日光市]에 있는 윤왕사(輪王寺)의 산호(山號)이다. 에도시대에는 닛코지[日光寺] 사군(社群)을 총칭하여 닛코산이라고 불렀다. 닛코산은 일본에서 옛날부터 신앙의 영지로 숭상되어 왔던 지역이다. 나라 시대 승도상인(勝道上人)에 의해 그 산에는 신이 모셔지게 되었고 사찰이 세워졌으며, 가마쿠라시대에는 원씨(源氏)의 장군 원뇌조(源賴朝)와 원실조(源實朝)가 귀의한 곳으로 선승들의 수련장이었으며, 무로마치시대에는 무로마치막부(室町幕府)의 요청으로 고려에서 기증하였던 대장경(大藏經)을 보관한 곳으로 유명하다. 에도시대에는 도쿠가와 이에야스(德川家康)를 봉안한 대권현궁(大權現宮), 즉 동조대권현궁(東照大權現宮)이 창건되어 도쿠가와막부의 정신적인 중심지로서의 역할을 다한 곳이기도 하다. 후에 이 닛코산에는 도쿠가와막부의 3대 장군인 가광(家光)의 묘당인 대유원(大猷院)과 4대 장군 가강(家綱)의 원당인 엄유원(嚴有院)이 창건되었는데, 통신사 일행이 사행 중 실시하였던 닛코산치제라고 하는 것은 위 세 곳에서 제(祭)를 행한 것을 말한다. 1636년(병자) 3차 병자통신사행 때 조선사절단은 12월 7일 목적지인 에도에 도착한 다음날 대마번주 종씨(宗氏, 소시)와 도쿠가와막부의 일광의 도쇼구[東照宮] 참배 요청을 받았다. 처음에는 단호히 거절하였지만 한일 양국의 국교정상화라는 목적을 위하여 결국 승낙하였다. 하지만 도쇼구에 대한 참배나 분향을 두려워하여 눈보라를 핑계로 도중에 도쇼구를 내려왔다. 1643년 4차 계미통신사행 때는 정식으로 도쇼구 치제(致祭) 요청을 받아서 닛코에 도착한 후, 사신단은 도쇼구에서 독축관(讀祝官) 나산(螺山) 박안

했다.

12일 임술(壬戌) 맑음. 본서사(本誓寺)에 머무름.

의성이 평성행 등을 보내어 비단 이불 한 채를 바쳤는데, 세 사신이 '결코 받을 수 없다'고 거절하자 의성이 자못 성난 기색이 있었다고 한다. 그래서 역관의 처소에 잠시 받아 두었다가 때가 되면 돌려주리라 생각했다.

13일 계해(癸亥) 맑음. 본서사(本誓寺)에 머무름.

소백 장로가 십여 폭 되는 종이를 가지고 와서 친필을 받길 원하여, 도중에 지은 시를 베껴서 써 주었다.

14일 갑자(甲子) 맑음.

진시 초에 떠나 60리를 가서 월개곡(越介谷)[197]에서 점심을 들었다. 이곳은 관백의 장입이고 무장주 소속이며 인가는 7백여 호이다. 지응차지는 두 사람인데 이달병부태보(伊達兵部太輔) 등원종승(藤源宗勝)은 오주(奧州)[198] 일관(一關城)[199]의 성주로 식읍이 3만 석이다. 단우식부소보(丹羽

기(朴安期)가 인조의 제문을 읽는 등 치제를 올렸다. 그리고 1655년 을미통신사행 때는 10월 14일 에도에서 닛코로 출발하였다. 닛코에 도착한 사신단은 도쇼구에 분향하고 대유원(大猷院)에 치제를 올린 후 유람하였다.

197 월개곡(越介谷) : 고시가야[越谷]의 이칭. 현재의 사이타마겐현[埼玉縣] 고시가야시[越谷市]이다. 에도시대에는 무사시주[武藏州]에 속했다. 사이타마현의 남동부에 있는 도시. 에도시대에는 닛코카이도[日光街道, 에도에서 닛코로 가는 길]의 슈쿠바[宿場, 여인숙], 즉 고시가야쥬쿠[越ヶ谷宿]로 번창한 도시였다. 1636년의 병자통신사행, 1643년의 계미통신사행, 그리고 1655년의 을미통신사행 때 닛코산[日光山]의 유람과 치제(致祭)를 위해 사신단이 에도와 닛코를 오가는 도중에 휴식을 취한 곳이다.

式部少輔) 원씨정(源氏定)은 미농주 암촌(岩村城)[200]의 성주로 식읍이 2만 석이다. 대관 이내반좌위문(伊奈半佐衛門)이 지응했다. 두 사람이 각각 찬합을 바치기에 하인들에게 나누어 주었다.

또 30리를 가서 조벽(糟壁)[201]에서 숙박하였다. 이곳은 관백의 장입이고, 무장주 소속이며 인가는 5백여 호이다. 지응차지는 두 사람인데 본다비탄수(本多飛驒守) 등원중(藤原重)은 월전주(越前州)[202] 사정(四正)의 성주로 식읍이 5만 석이다. 세천풍전수(細川豊前守) 원흥륭(源興隆)은 하야주(下野州)[203] 무목(茂木)[204]의 성주로 식읍이 2만 석이다. 대관 이내반좌위문이 지응하였다. 차지 두 사람이 각각 찬합을 바쳤기에 평성행 등에게 나누어 주었다.

이날은 90리를 갔다.

---

198 오주(奧州) : 오슈. 무쓰[陸奧]의 이칭. 현재 이와테현[岩手縣]에 남서부에 있는 도시이다.

199 일관(一關) : 이치노세키. 현재 이와테현[岩手縣]에서 면적이 가장 넓은 시이다. 오슈 후지와라[奧州藤原]가 북상해오는 적으로부터 히라이즈미[平泉] 지역을 지키기 위해 관소(關所)를 설치한 것이 지명의 유래이다. 1871년 이치노세키번[一關藩]이 이치노세키현[一關縣]이 되었다.

200 암촌(岩村) : 이와무라. 이와무라성은 에나시[惠那市] 남부에 위치해 있으며, 일본 3대 산성중 하나이다.

201 조벽(糟壁) : 가스카베. 현재의 사이타마현[埼玉縣] 가스카베시[春日部市] 가스카베[粕壁]로 추정된다. 에도시대에는 무사시주[武藏州]에 속했다. 에도시대에는 닛코카이도[日光街道, 에도에서 닛코로 가는 길]의 슈쿠바[宿場, 여인숙] 즉 가스카베쥬쿠[粕壁宿]로 번창한 도시였다. 1636년의 병자통신사행, 1643년의 계미통신사행, 그리고 1655년의 을미통신사행 때 닛코산[日光山]의 유람과 치제(致祭)를 위해 사신단이 에도와 닛코를 오가는 도중에 숙박한 곳이다.

202 월전주(越前州) : 에치젠주. 현재의 후쿠이현[福井縣] 북부에 해당한다.

203 하야주(下野州) : 시모스케주. 현재의 도치기현[栃木縣]에 해당한다.

204 무목(茂木) : 모테기. 일본 간토지방[關東地方]의 도치기현[栃木縣]에 있는 정(町).

15일 을축(乙丑) 맑음.

새벽에 망궐례를 행하였다. 아울러 50리를 가서 신율교(新栗橋)[205]에서 점심을 먹었다. 이곳은 관백의 장입이며 무장주 소속인데 인가는 4백여 호이다. 지응차지는 두 사람이데 정이병부소보(井伊兵部少輔) 등원직지(藤原直之)는 삼하주 서미(西尾)[206]의 성주로 식읍이 3만 5천 석이다. 청목갑비수(青木甲斐守) 평중겸(平重兼)은 섭진주 마전(麻田)의 성주로 식읍이 1만 석이다. 대관 이내반좌위문이 찬합을 바쳤다.

행차가 삼정(三町)에 도착하니 이근천(利根川)[207]에 부교가 있었는데, 37척의 배가 소용되었다. 60리를 더 가서 소산(小山)[208]에서 투숙하였는데 인가가 5백여 호이고 하야주 소속이다. 지방관 토정원강수(土井遠江守) 원정륭(源正隆)은 식읍이 13만 5천 석이다. 지응관 패당(犻當)이 찬

---

205 신율교(新栗橋) : 신쿠리하시. 현재의 사이타마현[埼玉縣]의 동북부와 이바라키현[茨城縣] 사시마군[猿島郡] 고카마치[五霞町]의 일부를 포함한 지역으로 추정된다. 에도시대에는 무사시주[武藏州]에 속했다. 이칭은 구리하시[栗橋]. 에도시대에는 닛코카이도[日光街道, 에도에서 닛코로 가는 길]의 도네가와[利根川]를 건너는 요지(要地)로서 구리하시 세키쇼[栗橋關所, 관문]가 놓인 슈쿠바쵸[宿場町, 여인숙마을] 구리바시슈쿠[栗橋宿]이었다. 1636년의 병자통신사행, 1643년의 계미통신사행, 그리고 1655년의 을미통신사행 때 닛코산의 유람과 치제(致祭)를 위해 사신단이 에도와 닛코를 오가는 도중에 점심을 먹고 휴식을 취한 곳이다.

206 서미(西尾城) : 니시오. 미카와주[三河州], 현재의 아이치현[愛知縣] 소속.

207 이근천(利根川) : 일본 혼슈[本州] 중앙부의 미쿠니[三國]산맥에서 발원하여 간토[關東]평야를 남동류해서 태평양으로 흐르는 강.

208 소산(小山) : 오야마. 시모스케주[下野州]에 속하고, 현재의 도치기현[栃木縣] 오야마시[小山市]이다. 도치기겐 남부에 위치한다. 에도시대에는 닛코카이도[日光街道, 에도에서 닛코로 가는 길]의 슈쿠바쵸[宿場町, 여인숙마을], 즉 오야마쥬쿠[小山宿], 마마다쥬쿠[間々田宿] 및 에도가와[江戶川]로 통하는 오모이가와[思川]의 주운(舟運)에 의해 번창한 도시였다. 1636년의 병자통신사행, 1643년의 계미통신사행, 그리고 1655년의 을미통신사행 때 닛코산[日光山]의 유람과 치제(致祭)를 위해 사신단이 에도와 닛코를 오가는 도중에 숙박한 곳이다.

합을 바치기에 일행의 하인들에게 나누어 주었다.

이날은 110리를 갔다.

16일 병인(丙寅) 맑음.

진시 초에 소산을 출발하여 40리를 가서 석교(石橋)[209]에서 점심을 먹었다. 인가는 70여 호이며, 하야주 소속이다. 지응차지는 삼포지마수(三浦志摩守) 원안차(源安次)로 도하군(都賀郡)[210] 임생(壬生)[211]의 성주이며, 식읍이 2만 5천 석이다. 찬합을 바치기에 받아두었다.

50리를 더 가서 저녁에 우도궁(宇都宮)[212]에 도착하여 숙박하였다. 인가가 2천여 호이며 하야주 소속이다. 지방관 오평미작수(奥平美作守) 평충창(平忠昌)의 식읍은 1만 5천 석인데 그가 찬합을 바쳤다. 안락산(安樂山) 분천사(粉川寺)에서 잤다.

이날은 90리를 갔다.

---

209 석교(石橋) : 이시바시. 시모스케주[下野州] 소속.

210 도하군(都賀郡) : 쓰가군. 시모스케주[下野州]에 속하고, 현재의 도치기현[栃木縣] 시모쓰가군[下都賀郡].

211 임생(壬生) : 미부. 시모스케주[下野州] 소속.

212 우도궁(宇都宮) : 우츠노미야. 시모스케주[下野州]에 속하고, 현재의 도치기현[栃木縣] 우츠노미야시[宇都宮市]이다. 관동지방의 북부이며 도치기현의 중부에 위치하는 도시로서 현청 소재지이다. 이칭은 우도궁오[宇都宮奥]. 에도시대에는 닛코카이도[日光街道, 에도에서 닛코로 가는 길], 오슈카이도[奥州街道]로 통하는 슈쿠바쵸[宿場町, 여인숙 마을], 즉 우츠노미야주쿠[宇都宮宿]로 번창하였으며, 당시의 우츠노미야주쿠는 지방숙(地方宿)으로서는 일본 국내 최대 규모의 슈쿠바쵸였다. 1636년의 병자통신사, 1636년의 병자통신사행, 1643년의 계미통신사행, 그리고 1655년의 을미통신사행 때 닛코산의 유람과 치제(致祭)를 위해 사신단이 에도와 닛코를 오가는 도중에 숙박한 곳이다.

17일 정묘(丁卯) 맑음.

아침 일찍 안락산을 출발하여 30리를 가서 덕차량(德次良)[213]에서 점심을 먹었다. 관백의 장입이며 하야주 소속이다. 인가가 50여 호이며 지응은 앞과 같다. 대관 고실사랑좌위문(高室四郎左衛門)이 찬합을 바쳤다. 계속 40리를 가서 금시(今市)[214]에서 점심을 먹었다. 관백의 장입이며 하야주 소속이다. 인가가 1천여 호이며 지응차지는 내등풍전수(內藤豊前守) 등원신(藤原信)으로 조오주(照奥州)[215] 붕창(棚倉)[216]의 성주이고 식읍은 5만 석이다. 찬합을 바치기에 일행의 하인들에게 나누어 주었다.

강호에서 여기까지 일망무제(一望無際)의 평원으로 밭도 있고 논도 있는데 모두 비옥하다. 다만 강호에서 하루 정도 걸리는 지역의 밖으로는 인가가 드물어, 읍성의 번성함이나 사람과 물산의 풍부함이 강호의 서쪽 지역보다 못하다.

이날은 70리를 갔다.

---

213 덕차량(德次良) : 도쿠지로[德次郎]을 말한다. 시모스케주[下野州]에 속하고, 현재의 도치기현[栃木縣] 우츠노미야시[宇都宮市] 도쿠지로마치[德次郎町]이다. 우츠노미야시의 북서부에 위치. 에도시대에는 닛코카이도[日光街道, 에도에서 닛코로 가는 길]의 슈쿠바[宿場, 여인숙], 즉 도쿠지로주쿠[德次郎宿]로 번창한 도시였다. 1643년 5차 통신사행 때 유람(遊覽)과 치제(致祭)를 위해 닛코산을 가는 도중에 휴식을 취한 곳으로 추정된다.

214 금시(今市) : 이마이치. 시모스케주[下野州]에 속하고, 현재의 도치기주[栃木縣] 닛코시[日光市] 이마이치혼쵸[今市本町]이다. 원래는 관동지방의 북부, 도치기현 북서부에 위치한 도시였으나, 주변 자치체와 병합되어 현재는 닛코시의 일부가 되었다. 에도시대에는 닛코카이도[日光街道], 회진서가도(會津西街道) 일광예폐사가도(日光例幣使街道)의 이마이치주쿠[今市宿]의 슈쿠바쵸[宿場町]로 번창했다. 1636년의 병자통신사행, 1643년의 계미통신사행, 그리고 1655년의 을미통신사행 때 닛코산의 유람과 치제(致祭)를 위해 사신단이 에도와 닛코를 오가는 도중에 숙박한 곳이다.

215 조오주(照奥州) : 무쓰주[陸奥州]로 추정된다.

216 붕창(棚倉) : 다나구라한.

18일 무진(戊辰) 약한 비가 내림.

동이 틀 무렵에 금시를 출발하여 25리를 가서 일광산에 도착하였다. 진무가 베풀어진 뒤에 사신들이 관대를 갖추고 가마를 타고 대권현(大權現)[217]으로 나아갔다. 신문(神門) 밖에 도착하여 가마에서 내려 10여 개의 돌계단을 올라갔다. 문의 좌우에는 진흙으로 빚은 상이 있는데, 우리나라의 관왕묘(關王廟)[218] 문 옆에 세워놓은 것과 비슷하나 몸체의 크기는 관왕묘의 것에 미치지 못한다. 문안의 좌우에는 석등(石燈)과 동등(銅燈)을 배열해 놓았는데 거기 새겨진 문구는 금으로 글자를 메운 것이 수없이 많았다. 수십 걸음을 가서 계단을 또 올라갔다. 문으로 들어가서 수십 걸음을 걸으니 석조(石槽)가 있었는데, 물이 석조 아래에서 솟아나와 넘쳐서 밖으로 흘러나갔다. 세수를 한 후에 도주 부자와 두 장로가 인도하여 수십 보를 가니 또 신문이 나왔다.

십여 개의 층계를 올라가서 문 안으로 들어가니 한 칸짜리 집이 있었는데, 사신이 배례를 할 수 있도록 새로 지은 것이었다. 묘전(廟殿)이 굉장히 크고 깊어서 바라보아도 신좌(神坐)가 보이지 않았다. 문에 들어설 때 악공이 음악을 연주하였는데, 악기인 생황과 큰 종의 소리가 자못 가락에 맞았다. 사신이 열 지어 좌석으로 들어가니, 신마(神馬)는

---

217 대권현(大權現) : 다이곤겐. 에도막부[江戶幕府]의 초대 쇼군[將軍] 도쿠가와 이에야스[德川家康]의 시호(諡號). 일본 각지에 건립된 도쿠가와 이에야스의 신사(神社)를 '동조사(東照社)' 혹은 '동조대권현(東照大權現)'이라 부르다가 1645년에 궁호(宮號)가 선하(宣下)된 이후로 '도슈구[東照宮]'이라 칭하게 되었다.

218 관왕묘(關王廟) : 관우(關羽)를 신앙하기 위하여 건립된 묘당(廟堂)으로 관성묘(關聖廟)라고도 한다. 중국에서는 명나라 초부터 관왕묘를 건립하여 일반 서민에까지도 그 신앙이 전파되었으며, 우리나라에서는 임진·정유의 왜란 때에 명나라 군사들에 의해 관왕묘가 건립되었다.

묘정(廟庭) 안에 놓여 있고 각종 제수와 과일은 기명(器皿)에 담겨져 계단 위에 올려 져 있었다. 먼저 재배례를 한 다음 향을 올리고 또 재배례를 행하였다. 주지승인 비사문당(毗沙門堂)[219]이라는 자가 붉은 비단으로 선을 두른 장삼(長衫)을 입고 일산(日傘)을 펼치고 있고, 그 앞에 두 명의 소동이 기명을 들고서 인도하였다. 사신과 읍하고 다시 전문으로 들어가니 발이 걷힌 뒤에 또 음악이 연주되었다. 신문 안의 좌우에는 새로운 방이 많았는데, 만들어놓은 법도가 이상했으며 모두 단청(丹靑)을 입히고 금을 칠했다. 좌우의 신번(新飜)은 금자수로 만들고 그 끝에는 작은 금방울을 달아 바람이 불면 서로 부딪쳐 소리가 났다. 문묘 밖의 좌우에 흰 관대를 하고 모자를 쓴 사람이 수복(守僕)[220]인 듯하고, 제2문 안에 누런 옷을 입고 화관을 쓰고 좌우에 열 지어 앉아 있는 사람들은 악공인 것 같았다.

외문을 나와서 가마를 타고 한 마장을 가니 이곳이 대유원(大猷院)[221]이

---

219 비사문당(毗沙門堂) : 고카이[公海, 1608~1695]. 에도시대 전기 천태종(天台宗) 화상(和尙). 호는 비사문당(毗沙門堂, 비샤몬도). 비사문(毗沙門, 비샤몬)이라고도 한다. 겐나[元和] 6년(1620) 덴카이[天海], 승정(僧正)의 문하에 들어갔다. 간에이[寬永] 20년(1643)에 덴카이가 죽은 후, 그 법을 이어 도에이잔 간에이지[東叡山寬永寺]에 머무르며, 도쿠가와 이에야스[德川家康]를 신으로 모시는 도쇼구[東照宮]가 있는 닛코산[日光山]을 관리하에 두고 천태종 일종(一宗)을 통괄하는 닛코산 2세 관주(貫主)가 되었다. 쇼호[正保] 4년(1647)에 승정이 되고, 쇼호 5년(1648)에는 대승정에 취임하였다. 그 뒤를 이어 고미즈노오덴노[後水尾天皇]의 여섯째 황자인 슈초뉴도신노[守澄法親王]에게 3세 관주를 넘겨주었다. 덴카이의 유지를 받들어 야마시나 비샤몬도[山科毘沙門堂]를 부흥시켰다. 1643년 7월 27일에 닛코산에서 금으로 수놓은 옷차림에 금관(金冠)을 쓰고 사신들을 맞이했고, 동년 10월 18일에도 역시 닛코산에서 금루의 옷을 입고 동편 계단을 내려가 사신과 읍례(揖禮)를 행하였다. 이때 용모가 풍성하고 진퇴하는 것이 볼만했다고 한다.

220 수복(守僕) : 묘(廟), 사(社), 능(陵), 원(園), 서원(書院) 따위의 청소하는 일을 맡아보던 구실아치.

221 대유원(大猷院) : 다이유인. 도치기현[栃木縣] 닛코산린노지[日光輪王寺]에 있는 묘

다. 묘우(廟宇)의 거대함이나 배설(排設)해 놓은 것의 성대함은 대략 대권현과 같았다. 수역은 어필을 받들고 김(金)역관이 제문을 받들고 앞으로 나아가서 어필을 바치니 집정이 받아서 전 안으로 들어가 신위에 안치하였다. 먼저 축문을 읽은 뒤, 예를 행하기를 한 결 같이 하였다. 악기를 가지고 와서 우선 기둥 밖에 나열해 놓고 제수는 계단 위의 좌우에 배열해 놓았다. 제사를 마치고 하처(下處)로 돌아와 주방에서 밥을 지어 점심을 먹은 뒤 출발하였다. 다시 금시로 돌아왔는데 날이 아직도 일렀다. 비사문당과 문적(門跡)[222] 등이 백금 100매(枚)와 비단 100파(把)를 보내기에 엄준하게 물리쳤다. 문적은 왜 황제의 아들이라고 한다.

19일 기사(己巳) 맑음.

금시(今市)를 떠나서 덕차량(德次良)에서 점심을 들고 우도궁(宇都宮)에서 투숙하였다. 찬합만 받고 진무는 받지 않았더니 왜인들이 매우 서운해 하는 뜻이 있었다. 그래서 여러 번 사양했음에도 바치길 원하기에 부득이하게 받아 두고, 일행의 하인 및 가마꾼에게 나누어 주었다.

(廟). 대유원전(大猷院殿)이라고도 한다. 에도막부 3대 쇼군이었던 도쿠가와 이에미쓰[德川家光]의 사당(廟)이다. 1652년 2월 16일 공사를 시작하여 1년 2개월 후인 1653년 4월 4일 완공한 에도시대 초기의 대표적 건축물이다.

222 문적(門跡) : 슈초뉴도신노[守澄法親王, 1634~1680]. 에도시대 전기 황족(皇族)이자 화상(和尙). 휘(諱)는 행교(幸教), 법휘(法諱)는 존경(尊敬). 고미즈노오덴노[後水尾天皇]의 여섯째 황자(皇子). 간에이[寬永] 15년(1638) 간에이지[寬永寺]의 덴카이[天海]의 주청에 의해 닛코산의 문주로 정해졌다. 문적(門迹, 몬세키) 또는 일광문적(日光門跡)이라고도 한다. 문적은 황족이나 귀족이 주지를 맡고 있는 특정사원 또는 그 주지를 일컫는 말이다. 쇼호[正保] 4년(1647) 9월 14일 덴카이를 계승하기 위해 간에이지에 들어갔고, 쇼오[承應] 3년(1654) 천해의 제자인 고카이[公海]의 뒤를 이어 간에이지 제3세 관주(貫主)가 되었으며, 닛코산주(山主)를 겸하였다. 다음해인 메이레키[明曆] 원년(1655)에 다시 천태좌주(天台座主)를 겸하였다.

20일 경오(庚午) 맑음.

우도를 떠나 석교(石橋)에서 점심을 먹고, 저녁에 소산(小山)에서 숙박하였다. 도주가 그 아들을 데리고 날이 저문 뒤에 와서 뵈었다.

21일 신미(辛未) 맑음.

소산을 떠나 율교(栗橋)에서 점심을 먹고, 저녁에 조벽(糟壁)에서 투숙하였다.

22일 임신(壬申) 맑음.

조벽을 떠나 월개곡(越介谷)에서 점심을 먹고, 신시 말에 본서사(本誓寺)에 돌아와서 도춘(道春)의 처소에 답서와 화답시를 보냈다.

23일 계유(癸酉) 맑음. 본서사에 머무름.

5일치의 하정을 받아서 일행에게 나누어 주었다.

24일 갑술(甲戌). 아침에는 맑다가 밤에 비가 옴. 본서사에 머무름.

의성과 중달 장로가 와서 뵈었다.

25일 을해(乙亥) 흐림. 본서사에 머무름.

왜인 중에 이전직(李全直)[223]이라는 자가 군관을 통해 바친 편지를 보

---

223 이전직(李全直, 1617~1682) : 에도시대 전기 문인(文人)이자 유학자. 통칭은 현번(玄蕃), 자는 형정(衡正), 호는 매계(梅溪), 강서(江西), 일양재(一陽齋), 오송헌(五松軒). 기주(紀州) 출신. 일본에서는 리바이케이[李梅溪] 로 알려져 있다. 임란 때 포로로 잡혀온 부친 이일서(李一恕, 眞榮)로부터 가학(家學)을 배워 역경(易經)에 정통하였다. 번유(藩

니, '그 아비 이진영(李眞榮)[224]이 영산(靈山) 사람으로 23살, 계사년에 기주(紀州)[225] 땅에 포로로 잡혀왔다'고 한다. 이곳의 여자와 혼인하여 이전직과 동생 입탁(立卓)[226]을 낳았으며 63세에 죽었다. 이전직은 본주의 경

儒) 나가타 젠사이[永田善齋]를 좇아 배워 기슈한[紀州藩]의 번유가 되었으며 세자시독(世子侍讀)이 되었다. 에도에서 남용익에게 보낸 '일본국(日本國) 기주(紀州) 화가산(和歌山) 경생(經生) 이전직은 두 번 절하고 머리를 조아리며 조선국 사신의 종자(從者)에게 올리다'로 시작하는 글이 남아 있어 포로가 된 경위나 포로 생활의 단면을 알 수 있다.

224 이진영(李眞榮, 1571~1633) : 임진왜란 때 포로로 잡혀간 유학자로 일본 기슈[紀州] 유학의 창시자. 본관 합천(陝川). 호 일양제(一陽齊). 일명 일노(一怒). 영산(靈山) 출생. 1592년 임진왜란이 일어나자 곽재우(郭再祐)를 따라 의령(宜寧)·합천·창녕(昌寧) 등지에서 의병활동을 하다가 1593년 23세 때 왜장 아사노 유키나가[淺野幸長]의 포로가 되어 오사카[大阪]로 끌려갔다. 오사카와 기슈 등지를 전전하다가 1614년 도쿠가와 막부[德川幕府]의 기초가 확립되었을 때 기슈의 가이센지[海善寺] 부근에 데라고야[寺小屋], 에도시대 서민교육기관을 차려 조선의 유학을 가르쳤다. 그의 학문이 깊다는 소문을 들은 번주 도쿠가와 요리노부[德川賴宣]가 시강으로 초빙하려 하였으나, '나는 조선왕의 신하로 두 임금을 섬길 수 없다'고 거절하고, 번정(藩政)은 민생을 우선하여야 한다고 하였다. 그러나 요리노부는 끝내 그를 시강으로 모셨으며 30석을 주어 예우하였다. 이후 조선의 성리학을 배운 번주는 이를 서정(庶政)의 근간으로 삼음으로써 기슈에 조선의 유학이 뿌리를 내리게 되었다. 그의 묘비에는 '조선국이씨진영지묘(朝鮮國李氏眞榮之墓)'라 씌어 있고, 일가의 묘는 와카야마의 문화재로 지정되었다.

225 기주(紀州) : 기이노주[紀伊州]의 이칭. 현재의 와카야마현[和歌山縣] 전역과 미에현[三重縣]의 남부 지역. 기이노쿠니[紀伊國], 기슈[紀州]라고도 한다. 율령제(律令制) 하에서는 난카이도[南海道]에 속한다. 메이지 4년(1871)에 번(藩)을 폐지하고 현(縣)을 설치함에 따라 와카야마현과 와타라이현[度會縣]이 되었으며, 메이지 9년(1876)에 와타라이현은 미에현에 병합되었다. 1624년 제3차 통신사행 때 기이수(紀伊守) 내등신정(內藤信政)이 관반이 되어 조선사신을 접대하였고, 1636년 제4차 통신사행 때는 당시 관백의 숙부인 기이주의 대납언(大納言)이 좋은 말 수십 필을 보내어 사신 행차에 대령시키고, 또 고을사람을 보내어 조선사신을 문안하며 산돼지와 고래 고기를 바쳤다.

226 이입탁(李立卓) : 리 릿타쿠[李立卓, 1621~1696]. 에도시대 전기 의사(醫師). 이름은 이충(以中), 자는 삼달(三達), 첨덕(瞻德). 기이(紀伊) 화가산(和歌山) 출신. 부친은 임란 포로인 이일서(李一恕, 리 이쓰조)이고, 형은 기슈한[紀州藩]의 번유(藩儒)이며 세자시독(世子侍讀)이 된 이전직(李全直)이다. 이입탁은 이요[伊予] 서조번주(西條藩主)인 마쓰다이라 요리즈미[松平賴純]에게 기용되었다.

생(經生)이고 동생은 의기(醫技)로 활동하고 있다고 했다. 그가 기록한 사대조(四代祖)를 보면 생원(生員), 참봉(參奉), 주부(主簿), 수령(守令)이 있으니, 그 아버지가 생전에 말한 대로 대개 양반이다. 이 지역의 경생은 학자의 임무를 맡고 있다. 그가 쓴 글을 살펴보니 자못 문리(文理)가 있고, 직접 지은 칠언(七言)과 사운시(四韻詩)도 음률을 갖추었다. 그를 불러서 만나보려 했으나, 그가 병을 핑계 댔을 뿐 아니라 이목(耳目)이 번거로워, 할 수 없이 서기(書記)를 시켜 답장을 주었다.

식후에 집정인 아악풍후수(雅樂豊後守) 등이 회답(回答) 국서를 가지고 와서 전하기에, 사신이 관대를 갖추고 대청에 나가 받았다. 열어 보니 특별히 크게 고칠 만한 글자가 없어 다행이었다. 관백의 회례(回禮) 물건 중에 갑옷과 투구, 환도(還刀)[227] 가 이전의 사행에게 준 것 보다 배는 많았고 언월도(偃月刀)[228] 20자루는 이전에는 없던 것이다. 다기(茶器)는 모두 순은으로 만들었는데, 그 새긴 장식도 이전보다 많다고 한다. 사신의 처소에 백금 5백매를 보냈는데, 4량(兩) 3전(錢)이 1매(枚)이다. 비단은 각각 300파를 보냈는데 10냥(兩)이 1파(把)이다. 모두 은화이기 때문에 받을 수가 없어서 수역을 시켜 재삼 사양하였다. 그러나 아악은 미소만 지을 뿐 가타부타 말이 없으니 괴롭다. 당상역관에게 각각 200매, 독축관 30매, 상통사 세 사람에게 각각 50매, 상관 500매, 중관 50매, 하관 500매를 주어서 모두 절을 하고 받자, 집정이 마치고 돌아갔다.

잠시 후에 여러 집정이 예조(禮曺)에 회답하는 서계와 백금 각 1백매,

---

227 환도(還刀) : 조선시대에 사용하던 전통 무기로 고리를 사용하여 패용(佩用)하였던 도검(刀劍)을 말한다.

228 언월도(偃月刀) : 긴 손잡이에 폭이 넓고 긴 초승달 모양의 칼날을 부착한 무기. 그러나 무기라기보다 무술 연습 등에 주로 사용되었다.

비단 각 1백파를 상통사 등의 처소에 맡기고, 두왜를 시켜 사신의 처소에 회례 백금을 각각 1백매씩 전하였다. 서계 중에는 '헌(獻)'자와 같이 조금 적절치 않은 글자가 있어 의성의 처소에 돌려보내 즉시 고치게 하였다. 또한 '사신의 처소에 백금 1백매씩을 보낸 전례가 있다' 하고, 딱히 거절할 핑계도 없어서 받긴 하였으나, '근거가 없으니 회례 물품을 받을 수 없다'는 이유를 가지고 온 사람들에게 누누이 이야기했다. 그러나 끝내 가지고 가지 않았다. 어쩔 수 없이 '은화를 받아서는 안 된다'는 내용으로 글을 써서, 역관을 시켜 그 물건들과 함께 여러 집정의 집으로 돌려보냈다.

집정 가운데 아악은 나이가 어리고 오만하며 본래 교만한 자로, 발끈 성을 내며 사신의 예단을 도주의 집으로 돌려보내고 예단 회례 물건을 물리려고 하였다. 그러고선 불손한 말을 많이 발설하였다. 소부는 사신이 은화를 사양하려는 마음을 가상히 여겨, '하필 아악이 급작스럽게 이런 행동을 할 필요가 있는지, 지금 답장을 써서 사신에게 회례 물건을 돌려보내고 그 하는 바를 살펴본 뒤에 처리해도 늦지 않다'고 했다고 한다. 찬기수(纘岐守)도 소부의 말이 옳다고 하니 아악이 예단을 다시 가져갔다고 한다.

26일 병자(丙子) 맑음. 본서사에 머무름.

비전수(肥前守)는 의성의 사위인데, 전부터 물건을 보내어 안부를 묻는 예가 있어서 전례에 따라 문안하면서 회례 명목으로 빛깔 고운 가죽 200령(令)을 보내왔다. 그 중 3령만 받아서 조현(趙鉉), 이몽량(李夢良), 남득정(南得正)에게 나누어 주었다. 이들은 일찍이 도주의 집에 사후(射帿)[229]하는 일로 갔었기 때문이다. 관반 미농수가 비단 100파와 백금 30매를 보냈기에 사양하고 물리쳤다.

27일 정축(丁丑) 비 옴. 본서사에 머무름.

우경(右京)이 비단 100파를 바쳤으며, 출우수(出羽守)가 비단 100파와 백금 30매를, 그리고 출운수(出雲守)가 비단 100파를 보냈기에 모두 물리쳤다.

28일 무인(戊寅) 맑음. 본서사에 머무름.

회답 별폭(別幅)[230]에 따라 각종 물건을 역관들에게 나누어 주고 대마도 왜인을 증인으로 참석시켜서 함께 봉하여 싸도록 하였다. 오시(午時) 말에 도주의 집으로 가서 연례(宴禮)에 참석하였다. 들으니 '전부터 관백이 연수(宴需)에 쓰일 자금을 넉넉히 주었다'는데, 찬품이 평상시와 별반 다르지 않았다. 술을 세 순배 돌리는 것을 굳게 사양하고 상을 물린 후에 후당(後堂)에 들어가보니, 연못가의 누각과 원림의 경치가 뛰어났다. 도주의 처가 사람을 보내 찬합을 바치기에, 말을 만들어 답하고 하인들에게 나누어 주었다. 간소하게 화상을 차리고 술잔을 권하며 놀이꾼의 여러 놀음을 베풀었는데, 저물녘부터 등불을 켤 때까지 이어졌다.

이미 공무(公務)도 마쳤고 연례도 치렀으니 이제 오래 머물 까닭이 없다. '도주가 정을 베푸는 일이 비록 지극하나 내일 행장을 꾸려 그 다음날 결단코 출발해야 한다'는 뜻을 여러 번 절박하게 말하였다. 의성이, '말씀하시는 바가 진실로 옳으니 삼가 마땅히 따르겠다'고 답하

229 사후(射帿) : 과녁에 활을 쏘는 것.

230 별폭(別幅) : 본래 쪽지나 조각을 뜻하는 말로, 공식 문건의 내용을 보충하는 형식으로 첨부된 문건을 의미한다. 주로 상대의 직위에 따른 선물 목록을 적었다.

였으나, 그의 말과 안색을 살펴보건대 모레 출발할 수 있을지 모르겠다. 만약 며칠을 지체한다면 매우 답답하고 괴로운 상황이 될 것이니 심히 염려스럽다. 술을 두 순배 돌린 후에 마치고 돌아왔다.

29일 기묘(己卯) 비 옴. 본서사에 머무름.

많은 비가 종일 내렸다. 사람과 말을 정비하였으나 출발할 수 없어서 머무르고 있으니 답답하여 견딜 수가 없다.

11월 큰 달

초1일 경진(庚辰) 비가 내림.

새벽에 망궐례를 행하였다. 식후에 강호를 떠나 품천(品川)에서 점심을 먹었다. 지응관이 찬합을 바치기에, 하인 및 왜의 가마꾼들에게 나누어 주었다.

저녁에는 녹천(鹿川)[231]에 도착하여 숙박하였다. 지응관이 찬합을 바쳤다.

초2일 신사(辛巳) 맑음.

진시 초에 녹천을 떠나 저녁에 부사택(富士澤)에 이르러 숙박하였다. 지응관이 찬합을 바쳐서 일행의 하인에게 나누어 주었다.

---

231 녹천(鹿川) : 가나가와[神奈川]의 이칭. 현재의 가나가와현[奈川縣], 요코하마시[橫濱市] 가나가와구[神奈川區].

초3일 임오(壬午) 큰 비가 내림.

종일 비가 내렸다. 행색(行色)이 몹시 바쁘고 지응관도 머무르길 청하지 않기에 비를 무릅쓰고 길을 떠났더니 일행이 모두 젖었다. 사신이 아무리 머무르려 하지 않는다 해도 주인의 도리가 어찌 이와 같아서야 되겠는가. 나중에 들으니 '관백이 일의 연고(緣故)를 알고 죄를 따지는 거조가 있었다'고 한다.

대기(大磯)에서 점심을 먹고, 저녁에는 소전원(小田原)에 도착하여 숙박하였다. 지응관이 배와 감을 바치기에, 군관과 원역 및 하인들에게 나누어 주었다.

초4일 계미(癸未) 맑음.

진시 초에 소전원을 떠나 상근령(箱根嶺)에서 점심을 먹었다. 날이 저문 뒤에는 등불을 밝히고 삼도(三島)에 도착하여 잤다. 지대관이 찬합을 바치기에 하인들에게 나누어 주었다. 이곳은 행차가 왕래할 때 지대하는 여러 가지가 다른 참과 다르다.

초5일 갑신(甲申) 맑음.

묘시(卯時) 초에 삼도를 떠나 길원(吉原)에서 점심을 먹었다. 청견사(淸見寺)[232]에 도착하기 전에 날이 이미 어두워지니 도주가 말을 전하였다.

"전부터 사신이 왕래할 때 모두 들러서 둘러본 곳이니, 수고롭더라도 잠시 올라가 보십시오."

---

232 청견사(淸見寺) : 세이켄지. 시즈오카시[靜岡市] 기요미즈구[淸水區]에 있는 임제종(臨濟宗) 묘신지파[妙心寺派]의 사원으로 산호(山號)는 고고산(巨鼇山). 원명은 세이켄 고코쿠젠지[淸見興國禪寺]이다.

부득이 잠시 들어갔다. 지세가 매우 높고 바다에 임해 있으나 어두운 밤이라 멀리 볼 수가 없으니, 소경이 단청을 감상하는 것과 다름없었다. 주지승이 귤을 바치며 시를 지어 주길 원하기에 각각 써 주어서 그를 위로하였다.

초경에 등불을 밝혀 들고 가서, 강고(江尻)에서 7~8리쯤 떨어진 곳에서 숙박하였다. 절의 중이 사람을 보내 문안하고 아울러 귤 한 쟁반을 보내기에 받아두었다.

초6일 을유(乙酉) 맑음.

동이 틀 무렵에 왜인이 궤를 하나 보내기에 열어보니 '서울이 편안하다'는 편지였는데, 7월 15일에 쓴 것이다. 대마도를 떠난 이후에 처음으로 나라가 평안하다는 소식을 들으니 얼마나 기쁜지 모르겠다. 그러나 뜻밖에 조석윤(趙錫胤)[233] 영공(令公)의 흉계(凶計)를 들으니 매우 놀랍고 슬프다.

진시 말에 강고를 떠나 준하주에서 점심을 먹고 저녁에 등지(藤枝)에서 숙박하였다.

초7일 병술(丙戌) 맑음.

아침 일찍 등지를 떠나 금옥(金屋)[234]에서 점심을 먹고, 저녁에 현천(懸川)에서 숙박하였다.

---

233 조석윤(趙錫胤) : 본관은 백천(白川). 자는 윤지(胤之), 호는 낙정재(樂靜齋). 응두(應斗)의 증손으로, 할아버지는 충(冲)이고, 아버지는 대사간 정호(廷虎), 어머니는 군수 심은(沈訔)의 딸이며 장유(張維) 김상헌(金尙憲)의 문인이다.

234 금옥(金屋) : 가나야치[金谷]로 추정된다.

初8일 정해(丁亥) 맑음.

진시 초에 현천을 출발하여 견부(見付)에서 점심을 먹고, 저녁에 빈송(濱松)에 숙박하였다. 빈송 태수는 도주의 사위인데, '전부터 예단을 보내는 관례가 있다'고 하면서 전례대로 백피(白皮) 1백령을 회례로 보냈기에 물리쳤다.

初9일 무자(戊子) 맑음.

빈송 태수가 사람을 보내 만나 보기를 청하였으나, 진작 오지 않다가 날이 저물어서야 언만과 함께 왔다. 잠깐 불러서 접견하고 바로 출발하여, 황정(荒井)에서 점심을 먹었다. 저녁에 길전(吉田)에서 숙박하였다.

初10일 기축(己丑) 맑음.

진시 초에 길전을 떠나 적판(赤板)에서 점심을 먹었다. 저녁에는 강기(岡崎)에서 숙박하였다.

11일 경인(庚寅) 맑음.

묘시 초에 강기를 출발하여 명해(鳴海)에서 점심을 먹고, 저녁에 명고옥(名古屋)에서 숙박하였다. 평성행 등이 며칠 전부터 행중에 와서, '사신이 보름 동안 길을 가느라 여행의 피로와 괴로움이 많이 쌓였을 것이니 한 곳에 머무르자는 제안에 대해 논의가 있었다. 소부(掃部)는 자신의 식읍인 좌화산(佐和山)을 주장하여 정하였고, 중납언(中納言)은 관백께 청하여 그의 식읍인 명고옥으로 바꾸어 정했다'고 말을 전하였다. 이에, '이것은 사행을 후하게 대접하기 위한 뜻이라 머무르지 않을 수 없으나, 가는 길이 한시가 급하여 걱정되기에 노곤하긴 해도 결코 머무를 수 없다'고 답하였다.

이날 초저녁에 도주 부자가 와서 뵈면서 머무르길 요청하는 말을 끝내 꺼내기에, 이렇게 답하였다.

"임금께 복명(復命)하는 일이 점차 늦어지는 한편, 정을 표하는 일도 매우 고민스럽습니다. 관백께서 우리를 후대(厚待)하는 마음에서 나온 제안임을 잘 알고 있어 대단히 감사드리지만, 형편상 머무를 수가 없습니다."

누차 거절하였더니, 밤이 깊어지자 의성이 불쾌한 얼굴빛을 드러내며 불손한 말을 많이 하고는 하직인사도 하지 않고 일어나 가 버렸다. 그리하여 부득이 머무르는 것을 허락하였다. 관백의 후대를 핑계 삼지만 그의 말과 얼굴빛을 살펴보건대, 납언과 소부가 머무르길 청하는 일로 서로 다투었고, 그도 명령을 듣고 왔는데 사행이 끝내 머무르지 않으면 납언과 소부가 반드시 낙담할 것이며, 도주 또한 무색해질 것이다. 그래서 이처럼 강경하게 요청하는 것이니 그들이야 무슨 손해가 있겠는가. 마침내는 역관들의 죄가 되고 말 것이니 실로 가소롭다.

원래 사행 중에 왜경에서 하루만 머물고 23일 하현(下弦) 전에 배를 탈 계획이었으니, 만약 이곳에서 하루를 더 지체한다면 이 계획과 맞지 않을까 걱정된다. 일을 빨리 처리하지 않고 질질 끌면서 왜경에 머물거나 대판에 머물거나, 서두르고 늦추는 것이 모두 의성에게 달려 있으니, 사행은 마음대로 할 수가 없다. 수륙(水陸)의 먼 길을 익히 잘 알고 있으면서도 의견이 맞지 않아 이처럼 욕(辱)을 당하고 마니 개탄스럽다.

12일 신묘(辛卯) 약한 비가 옴. 명고옥(名古屋)에 머무름.

13일 임진(壬辰) 비가 조금 내림.

아침 일찍 명고옥을 떠나 주고(洲股)에서 점심을 먹고, 저녁에 대원(大垣)에 도착하여 숙박하였다. 마부와 말을 교체하였다.

14일 계사(癸巳) 맑음.

진시 초에 대원을 떠나 금차(今次)에서 점심을 먹고, 좌화산(佐和山)에 도착하여 숙박하였다. 10리쯤 가니 등불과 횃불을 가지고 나와 기다리는 사람이 3백여 명이었다. 20리쯤에는 다옥이 설치되어 있어 잠시 가마를 멈추고 차를 마시면서 위로하였다. 그릇과 도구들을 펼쳐 각별히 갖추어 놓고서 문후하고 응접하는 것이 갈 때보다 곱절은 많았으며, 양식과 찬물도 매우 풍성하여 여러 날이 지나도 다 먹을 수가 없었다. 또 중, 하관들이 입는 비단 옷 3백여 벌을 주면서 말하였다.

"소부가 사신이 가시는 길에 각별히 정성을 다하려 했으나 그러질 못하였고, 상관 또한 우대하고자 했으나 사신이 꼭 허락하지 않으시니, 달리 정을 표할 길이 없습니다. 감히 의령(衣領)을 준비하였으니, 중관과 하관들이 배 위에서 추위를 막는 것으로 삼으십시오."

역관을 보내, '그 뜻이 정성스러워 대단히 감사하나, 3백 여벌의 왜옷을 어찌 받아 갈 도리가 있겠느냐'는 말을 전하고, 다음날 아침 출발할 때에 모두 수를 세어서 돌려주었다.

15일 갑오(甲午) 맑음.

새벽에 망궐례를 행하였다. 묘시 말에 길을 떠나 30리쯤 가니 특별히 다옥 수십여 칸을 설치해놓았는데 다수의 장관이 나와서 기다리고 있었다. 도주도 먼저 가서 미리 준비하고 기다리고 있었다. 가마를 멈추고 들어가서 각자 차 몇 잔을 마시니 도주가 부채를 바치면서, 각별한 정성을 쏟은 소부에게 시를 써 주어 위로해 주길 부탁하였다. 그 말을 따라 각각 써서 주고 봉행을 불러 즉시 전하도록 하였다. 대개 사신이 갈 때 그 대접하는 일이 다른 참에 비해 특별하기에, 전명(傳命)하는 날에 역관에게 통역을 시켜 감사를 표하도록 하였다. 소부가 사신이 돌아가는 길에 베푸는 것이 이 정도이니 사신에게 있어서 영광스러운 일이 아닐 수 없으나, 집정으로서 권력을 마음대로 휘두르고도 거리낌이 없다는 것을 이를 근거로 알 수 있겠다. 찬물 외에 별도로 생 사슴다리 2대를 바치기에 받아 두었다.

16일 을미(乙未) 비 옴.

진시 초에 삼산(森山)을 떠나 대진(大津)에서 점심을 먹었다. 지응관이 큰 찬합 하나와 생 꿩을 바쳐서 일행에게 나누어 주었다. 신시 말에 대불사(大佛寺)[235]에 도착하니 도주 부자와 두 장로가 먼저 가서 기다리고 있다가 각자 술과 찬합을 바쳤다. 하총수도 찬합을 바치고 술을 올려서 몇 순배 돈 후에 음식을 일행에게 물려주었으나 다 못 먹지 못하였다.

수십 칸의 넓은 방에 금불(金佛)을 안치해놓았는데 여러 칸에 가득 찰 정도로 컸다. 또 긴 회랑을 별도로 설치하여 작은 불상을 나열해 놓았는데 그 수가 너무 많아 미처 다 세지 못했지만 거의 3천 3백 개에 가까울 것이다. 날이 저문 후에 성안의 본국사(本國寺)에 도착하여 투숙하였다. 이날 밤에 설사를 하고 오한이 들어 밤새 고통스러웠다.

---

235 대불사(大佛寺) : 다이부쓰지. 승려 도겐[道元]에 의해 1244년에 건립, 1247년에 에이헤이지[永平寺]로 개칭하였다.

17일 병신(丙申) 맑음. 본국사에 머무름.

지응관이 하루치의 하정물을 바쳤다. 마침내 약을 복용하였다.

18일 정유(丁酉) 맑음. 본국사에 머무름.

하총수(下總守)가 사람을 보내 문안하면서 귤 한 쟁반과 남초(南草)[236] 한 궤짝을 바치기에 받아두었다.

19일 무술(戊戌) 맑음. 본국사에 머무름.

예조의 서계를 집정인 주방수와 좌도수(佐渡守)[237]의 처소에 전하였다. 식후에 좌도수와 하총수가 와서 뵈기에 부사와 종사관은 나가서 접대하였으나, 나는 병 때문에 나가지 못하였다.

20일 기해(己亥) 맑음. 본국사에 머무름.

좌도수와 하총수가 사람을 보내 문안하였다.

21일 경자(庚子) 맑음.

두 집정이 회례로 각각 은자(銀子)를 1백매씩을 보냈으나, 사양하고 받지 않았다. 강호의 예에 따라 글을 써서 역관을 보내어 감사의 뜻을

---

236 남초(南草) : 담뱃잎을 말려서 만든 살담배, 잎담배, 엽권련, 지궐련 따위의 통틀어 일컫는 말.

237 좌도수(佐渡守) : 마키노 치카사게[牧野親成, 1607~1677]. 에도시대 전기 디이묘. 원친성(源親成). 호는 철산(哲山), 통칭은 반우위문(半右衛門), 목야신성(牧野信成)의 차남. 에도막부의 서원번두(書院番頭)와 경도소사대(京都所司代)를 지냈다. 종오위 시종 겸 좌도수(佐渡守)이며, 하총(下總) 관숙번주(關宿藩主)와 단후(丹後) 전변번주(田邊藩主)이다. 1655년 11월 19일에 주방수(周防守) 이타쿠라 시게무네[板倉重宗]와 함께 조선사신으로부터 예조(禮曹)의 서계(書契)를 받았다.

표했다. 하총수가 또 비단 100파를 보냈는데 물리치고 받지 않았다.

22일 신축(辛丑) 맑음.

조반(朝飯) 후에 왜경(倭警)을 출발하여 정포(淀浦)에서 점심을 먹고, 배를 타고서 운행하여 평방(平方)에 도착하였다. 그대로 숙박하였다.

23일 임인(壬寅) 맑음.

첫닭이 운 뒤에 평방을 떠나 물살을 타고 노를 저어 사시 초에 대판성(大坂城)에 도착하여 안국사(安國寺)[238]에 들어갔다. 왜인이 와서 일행에게 서신을 전달하였는데, 8월 18일에 보낸 집안의 안부 편지였다. '부녀자들은 탈이 없으나 감목(監牧)의 노비가 염병(染病)으로 죽고, 네다섯 명이 전염되어 병막(病幕)[239]으로 내보냈다'고 했다. 하지만 집안에서 그들과 가까이 있는 것을 꺼려 현재 큰집에 모여 있으며, 그 중 한 집은 멀리 피난 갔다고 한다. 그 후의 소식이 어떠한지 모르니 정말 걱정된다. 부사의 군관 박지용(朴之墉)은 그 형과 아내가 상을 당했다는 소식을 듣고 놀라움과 슬픔을 이기지 못하였다.

24일 계묘(癸卯) 맑음. 안국사(安國寺)에 머무름.

도주 부자가 와서 뵈었다. 26일에 배를 타자면서 조금도 어려운 기색

---

238 안국사(安國寺) : 안코쿠지. 에케이[惠瓊]가 주지로 있었던 절로, 안코쿠지 에케이[安國寺惠瓊]는 일본 전국시대의 승려이자 다이묘이며 우리 식으로 말하자면 '안국사의 혜경 주지스님'이다. 승려의 신분으로 모리가의 외교승과 토요토미 히데요시의 측근을 담당하였으며, 최종적으로는 다이묘의 지위까지 올랐으나 세키가하라 전투의 패배로 인해 목숨을 잃었다.

239 병막(病幕) : 못된 돌림병을 앓는 사람을 격리시켜 두는 집.

없이 물 흐르듯 말을 하니 사행들이 다행스럽게 여겼지만, 한편으론 이상하게 생각했다. 평성행 등이 와서 관백이 준 은자를 전해서, 현장(現場)에 각 행중의 상통사와 군관을 증인으로 참석하게 하여 일행에게 나누어 주었다. 기이대납언(記伊大納言)[240]이 지대관 약협수(若狹守)를 통해 사슴다리 20개, 돼지다리 8개, 고래 고기 53덩이를 보냈기에 세 사신이 주방에 나누어 주고, 제일선(第一船: 정사의 배)에 나눠 준 고래 고기는 도주의 처소에 보냈다.

25일 갑진(甲辰) 맑음. 안국사에 머무름.

장계를 만들고 집에 보내는 편지를 덧붙여, 별도로 왜선(倭船)을 정해 그로 하여금 내보내게 하였다.

26일 을사(乙巳) 맑음.

종사관 일행의 복물 중 몇 가지를 무작위로 추첨하여 구석구석 살펴 검사한 후 출발하였다. 어제 도주가 사람을 보내어 말을 전하였다.

"관백께서 사신을 위해 포구 가에 특별히 다옥을 설치해 진무를 베풀고 전송하라 하셨으나 참관이 며칠 내에 별도로 설치하기 어려우니,

---

240 기이대납언(記伊大納言) : 도쿠가와 요리노부[德川賴宣, 1602~1671]. 에도시대 전기 집정(執政). 원뇌선(源賴宣), 송평뇌선(松平賴宣), 기주뇌선(紀州賴宣)이라고도 한다. 유명(幼名)은 장복환(長福丸)이며, 뒤에 뇌장(賴將), 뇌신(賴信), 뇌선(賴宣)으로 개명하였다. 조대 기주덕천번주(紀州德川藩主)로 기이대납언(紀伊大納言)이며 관백의 종조(從祖)이다. 조선에서는 원뇌의(源賴宜)로 잘못 알려져 있다. 1655년 10월 8일 에도에서 도쿠가와 미츠토모[德川光友, 원광의]와 도쿠가와 요리후사[德川賴房, 원뇌방]와 함께 조선사신을 영접하였다. 남용익의 『문견별록(聞見別錄)』에 '원뇌의(源賴宜)는 가강(家康)의 아들이며, 지금 관백의 종조(從祖)로서 현재 기이대납언(紀伊大納言)이다.'라고 하였다.

지나는 길에 잠깐 참관의 집에 들러서 진무를 받는 것이 어떻겠습니까?"

만약 그 말대로라면 전에 없던 후대(厚待)의 의미이므로, 그 말을 따라 지나는 길에 들러 진무를 받았다. 술이 몇 순배 돌고서 파하였다. 그러고 나서 배를 타고 10여리 쯤 간 뒤 도해선(渡海船)이 정박하고 있는 곳에 배를 멈추고 그대로 배 위에서 잤다.

27일 병오(丙午) 저녁에 비 옴.

동이 틀 무렵에 출항하였다. 선장으로 하여금 조수가 있을 때 서둘러 배에서 내리자고 했으나, 미처 하선(下船)하기 전에 조수가 물러가 버렸다. 그러나 부사의 배는 해류(海流)를 타고 하선하였기에, 선장의 무능함에 화가 나 잡아 와서 곤장 20대를 쳤다. 도주는 이전의 일을 경계삼아 어젯밤에 미리 배를 탔다. 그러나 하류(下流)에 막혀 일행 모두가 어쩔 줄을 모르고 있는데 부사의 배가 그 배를 지나쳐서 하구(河口)를 향해 갔다. 도주가 부사의 배가 지나가는 것을 보고 분노하여 변란(變亂)을 일으켰다. 하인 다수를 시켜 부사의 배를 쫓아가 올라타서 선장을 잡아 오게 한 것이다. 도주가 말할 수 없을 정도로 놀라고 분통이 터지는 상황이라도, 그것은 스스로가 자초한 일이다. 부사는 도주의 행동에 화가 났으나 달리 분풀이 할 곳이 없으니, 역관들에게 불똥이 튀었다. 심지어 그들이 도주에게 빌붙어서 이런 치욕을 당하였다고 여기고, 홍(洪)역관을 죄주려고 잡아다가 견책(見責)하였다. 부사와 종사관이 배의 한 곳에 모인 뒤, 각각 군관을 보내어 내게 말을 전하였다.

"뜻밖의 봉변을 당해 이 지경에 이른 것이 비록 역관의 죄는 아니나, 삼통사 세 사람을 형신하여 분을 풀고자 합니다."

이에 답하였다.

“도주의 이런 행동이 극히 분통하고 해괴하지만, 역관의 죄는 머리카락 한 올을 움직이기에도 부족하다. 우선은 사정을 헤아려 보는 것이 옳다.”

종사관의 배는 가볍고 민첩하여 어제 도주의 배가 정박하고 있는 곳 가까이 먼저 갔는데, 부사의 배 때문에 쫓기고 선장까지 잡혀가 구류되는 일이 벌어졌으니 종사관이 이 때문에 분노한 것이다. 도처에서 치욕을 당하고는 꼭 그 죄를 역관에게 돌리기를 부드러운 땅에 나무를 꽂듯 쉽게 하니, 역관의 곤욕스러움은 이루 다 말할 수 없다. 아침에 배를 타서 만약 여울에 배가 좌초되는 폐해 없이 부사의 배와 동시에 내렸다면 반드시 도주에게 쫓기는 변(變)을 면치 못했을 테니, 이렇게 보면 선장의 무능함이 다행스럽다.

28일 정미(丁未) 비 옴.

종일 역풍이 불어서 배를 출발할 수 없었다. 비록 순풍이 있어 배를 출항시키더라도 어제와 같은 변이 없을 수 없으니 고민스럽다. 일찍 복명(復命)하지 못해 장차 해를 넘길 수도 있으니 일행의 누군들 골몰하지 않겠는가. 하지만 물과 육지의 먼 길을 충분히 아는 건 왜인의 일인데도 도처에서 헛되이 병폐를 일으켜 상심하고 한탄할 행동만 하니, 앞으로 가는 길의 어디에서 변고가 생길지 알 수 없다. 근심스럽고 또 근심스럽다.

29일 무신(戊申) 흐림.

종일 역풍이 불어 배를 출발할 수 없어서 배에 머물렀다.

30일 경술(庚戌) 흐림. 약한 비가 내림.

저녁 식사 후, 도해선에 옮겨 타고 그대로 배에서 잤다. 김근행(金謹行)을 의성의 처소에 보내어, '바닷물이 이미 가득 찼으니 조수를 기다려 배를 출발시키자'고 타일렀다.

12월 작은 달

초1일 신해(辛亥) 흐림.

새벽에 배에서 망궐례를 행하였다. 홍(洪)역관이 아파서 움직일 수가 없기에 김근행을 보내, '오늘은 조수가 많이 들어오고 바람이 약하니 배를 출발할 수 있을 것 같다'고 타이르자, 의성이, '조수가 많더라도 벗어나면 반드시 서풍이 불 것이니 내일 형세를 보고 출발하자'고 답하였다. 그가 거느리는 왜선 모두가 이미 포구 안으로 들어와 있으니, 형세상 오늘 내일 사이에 떠날 것이다. 그대로 배에서 잤다.

초2일 임자(壬子) 맑음.

동이 틀 무렵, 여러 배가 일시에 조수를 타고 노를 저으며 출발하였다. 포구를 겨우 3리 쯤 벗어났는데 언만이 탄 배가 잠깐 좌초되었다가 곧 빠져나왔다. 정사가 탄 배는 형체가 크기 때문에 얕은 곳에 걸려 조금씩 나아가는 사이, 부사와 종사관의 배, 그리고 복선(卜船)들이 차례차례 좇아와서 읍을 하고 지나갔다. 부사의 배가 잠시 멈추었다가 정사의 배를 지나며 서로 읍하는 사이에 정사의 배가 얕은 여울에 더욱 걸렸을 뿐 아니라 조수도 빠져 버렸다. 배에 실은 복물(卜物)을 모두 내리고 작은 배들이 여러 방법으로 힘을 합쳐 배를 끌었으나 끝내 움직이지 않았다. 형편상 머무르다 저녁 조수를 기다려야 하니 낭패가 심하다. 부득이 선장에게 '조수를 기다렸다가 곧바로 오라'고 분부하고, 왜의 누선에 옮겨 타서 노질하면서 갔다.

부선(副船)과 삼선(三船)이 이미 큰 바다 가운데 도달하여, 부사가 김근행을 보내 자신의 배에 함께 타자고 하였다. 그러나 이미 왜선을 탔을 뿐 아니라 바다 한가운데서 옮겨 타기가 어렵고, 또한 타고 있는 배도 넓고 깔끔해서 그대로 타고 갔다. 더구나 왜선은 격군이 많고 노질을 잘하므로 부선과 삼선의 여러 배들이 모두 뒤쳐졌다.

날이 저물 즈음에 이미 병고에 도착하였다. 의성이 사람을 보내 문안하였다. 여러 배가 출발했을 때 의성의 배는 이미 멀리 있었지만 멀리서나마 상선(上船)이 여울에 걸린 모습을 분명히 봤을 것이고 소식이라도 들었을 텐데, 도중에 일절 문안이 없다가 배가 정박한 후에야 문안을 한 것이다. 그는 늘 사신이 움직이면 반드시 배행한다고 말하면서도 지금 이와 같이 행동하니, 그의 무상(無狀)함을 이루 다 말할 수 없다.

불을 밝히고 배에서 내려 숙소로 들어가니, 부사와 종사관의 배가 뒤따라 도착했다. 부사와 종사관 모두 배에서 내려 곧장 숙소로 와서 한 방에서 함께 잤으니, 서로의 노고를 치하하고 위로하며 대화를 나누기 위해서이다.

초3일 계축(癸丑) 맑음.

진시 말에 뱃사람이 와서. '동북풍이 부니 출발할 만하다.'고 해서 의성의 처소에 말을 전하는 한편, 즉시 배를 타고 돛을 펼쳐 운행하였다. 겨우 30리쯤 갔는데 바람의 형세가 바뀌고 앞길은 아직 멀기에 노를 저어서 명석포(明石浦)에 도착하였다.

날이 저물려하고 전진할 수가 없으니 나루터에 닻을 내렸으나, 이곳은 본래 배를 댈 수 있는 포구가 아니어서 바람이 일어나는 환난(患難)이 생기면 상황이 매우 위급해진다. 다행히 하늘이 도와 밤새 바람이 불지 않았다. 그러나 밤이 칠흑같이 어두워 지척도 분간할 수 없으니, 미풍이 조금만 불어도 놀라고 가슴이 두근거려 밤새 편히 잘 수가 없었다. 도주의 배들도 모두 닻을 달고 앞서거니 뒤서거니 하며 오다가 바람이 변하자 즉시 돌아갔고, 평성부만 뒤늦게 도착하였다.

산성수(山城守)[241]는 강호에 갔고, 그의 부관이 사람을 보내 문안하면서 귤 두 쟁반, 생 꿩[生雉] 열 마리, 말린 생선 한 쟁반, 술 한통을 바쳤는데, 사양하고 받지 않았다. 그러나 가지고 온 자가 누차 말을 하며 굳이 부탁하기에, 받아서 하인들에게 나누어 주었다.

밤이 깊은 후에 또 수십 가지의 식량과 찬물을 보냈으나 땔감만 받아두고, 나머지는 '전후 사행에게도 바친 전례가 없다'고 하면서 물리쳤다.

---

241 산성수(山城守) : 마쓰다이라 다다쿠니[松平忠國, 1597~1659]. 에도시대 전기의 다이묘. 송평충국(松平忠國). 마쓰다이라야마시로노카미 다다쿠니[松平山城守忠國]라고도 하고, 사행록에는 산성수(山城守) 원기성(源紀成)이라고 하였다. 초명(初名)은 다다카쓰[忠勝], 통칭은 간시로[勘四郎]. 관위는 주고이노게[從五位下], 야마시로노카미[山城守]. 마쓰다이라노부요시[松平信吉]의 장남. 1620년 부친의 뒤를 이어 단바[丹波] 사사야마번[篠山藩] 번주가 되었으며, 1649년 하리마[播磨] 아카시번[明石藩]으로 전봉되었다. 시가지를 정비하고, 신전(新田)을 개발하였다. 와카[和歌]를 잘하였다. 1643년 통신사행 때 관반이 되어 야마시로쿄[山城京]에서의 조선사신 접대 임무를 맡았다. 1655년 12월 3일 조선사신이 아카시 포구에 닻을 내리고 밤을 지낼 때, 꿩·생선·감자와 함께 양식과 찬(饌)을 보내기도 하였다. 그러나 이때는 접대하는 관원이 아니라는 이유로 조선사신이 양식과 찬은 받지 않았다.

초4일 갑인(甲寅) 흐리고 비 옴.

새벽부터 순풍이 불어 날이 밝기를 기다렸다가 즉시 출발하였다. 여러 배가 일제히 돛을 달았는데, 바람이 매우 급해 배가 화살처럼 빨리 움직였다. 미시에 이미 실진(室津)에 도착했는데, 돛을 내리기도 전에 비바람이 거세게 불었다. 이 포구는 일본에서 배를 대기가 제일 좋은 곳이라, 풍랑이 이는데도 배 위에서 편하기가 평지와 같았다. 어젯밤 명석포에 정박했을 때 이런 비바람을 만났다면 어떤 상황이 벌어졌을는지, 생각만 해도 몸과 마음이 오싹해진다.

태수 식부(式部)는 강호에 갔기 때문에, 부관이 찬물과 양식을 바쳤다.

초5일 을묘(乙卯) 아침엔 흐리고 저녁엔 비 옴. 배에서 머물러 잠.

병고(兵庫)의 포구는 넓고 크지만 배를 대기에 적합하지 않으니 어젯밤 동풍에 분명 결딴이 났을 것 같은데, 의성의 소식이 묘연하고 왕래도 끊겼다. 답답한 마음을 견딜 수가 없다. 평성행, 평성부도 '도주의 소식을 몰라 갑갑하고 걱정된다'고 하였다.

초6일 병진(丙辰) 흐림. 그대로 배에 머무름.

서풍이 크게 불어 여러 배가 각자 출발하기로 상의하였다. 왜의 역관 한 사람에게 서신을 써 주고, 의성의 처소에 보내서 그의 안부를 살폈다.

초7일 정사(丁巳) 흐림. 머무름.

서풍이 잇달아 불고 눈이 조금 내렸다. 배에서 그대로 잤다.

초8일 무오(戊午) 흐림. 배에서 머물러 잠.

초9일 기미(己未) 눈보라가 침. 머무름.

왜역(倭譯)들이 병고에서 돌아와 답서를 바쳤다. 그날 밤 도주 부자가 탄 배는 간신히 무사했으나, 소백 장로가 탄 배와 짐을 실은 배들은 풍랑에 파손되었다고 한다. 배의 널판자가 부서져서 지금 고치고 있으며, 심지어 물을 공급해 주는 작은 배 10여 척도 부서져 침몰했다고 한다. 의성은 '편지를 보내 안부를 물어 준 일에 대해 크게 감사하며, 그날 사행이 이 포구에 무사히 도착한 것이 기쁘다'고 했다. 그대로 배에서 잤다.

초10일 경신(庚申) 맑음. 머무름.

역풍이 잇달아 불어올 뿐 아니라 형편상 의성이 오기를 반드시 기다려야 하기 때문에, 여러 날 체류하게 되니 답답한 심정을 말로 다 할 수 있겠는가. 배에서 잤다.

11일 신유(辛酉) 눈이 내림. 머무름.

우리가 이곳에 여러 날 머물게 되면서 사행을 접대하는 것이 본참(本站)에 편중되어 허비(虛費)의 폐해가 클 터이니 심히 미안하다. 여러 배가 상의하여 '하루치의 양식과 찬물을 감(減)하여 받지 않겠다'고 말했다. 그들은 입이 아프도록 받아주길 원했으나 끝내 허락하지 않았다. 그대로 배에서 잤다.

12일 임술(壬戌) 맑음. 머무름.

계속 역풍이 불었다. 이곳 사람들이 말하길, '산 위에 신당(神堂)이 있는데 뱃사람들이 바람을 만나면 으레 기도하며 빈다'고 한다. 여러 배에서 각자 선장을 보내 쌀과 종이를 가지고 그곳에 가서 신께 기도하도록 하였다. 배에서 잤다.

13일 계미(癸未) 맑음. 머무름.

종사관 배의 중방(中房) 도신덕(都愼德)이라는 자가 배의 군관들과 불화가 있어 종사관에게 문서를 써서 군관들을 고소(告訴)하였다. 비록 같은 패 안에서 다투고 고(告)하는 일이긴 하나, 불미스러운 말이 많이 들리니 해괴하다. 종사관이 장차 어떻게 처리할지 모르겠다. 여러 날 배 위에 있으니 만날 수가 없어서 매우 울적하다.

종사관이 말을 전하길, '식후에 정사의 배에서 만나자' 하였으나, 부사가 몸이 좀 좋지 않아 오려 하지 않으니 모여서 이야기를 할 수 없었다. 종사관이 선장을 시켜서 그물을 치고 고기를 잡아, 물통에 담아 여러 배에 나누어 보냈다. 울적한 가운데 괴로운 상황이 조금이나마 위로가 된다. 그대로 배에서 잤다.

14일 갑자(甲子) 비 옴. 머무름.

맞바람이 또 불었다. 배에서 잤다.

15일 을축(乙丑) 맑음. 머무름.

새벽에 망궐례를 행하였다. 아침에 동풍이 있어 선장을 보내 높은 곳에 올라가서 멀리 살펴보게 하니, '여러 척이 왜선이 돛을 달고 병고에서 오다가 여기서 80여 리쯤 떨어진 곳에서 또 역풍이 불어 전진할 수가 없게 되니 바람을 타고 배를 돌렸다'고 한다. 날은 저물어 가고 바람은 거센데 100여 리를 되돌아가서 정박해야 하니 심히 걱정된다.

그 후의 소식을 들을 인연이 없다. 하늘이 돕지 않아 이런 지경에 이르렀으니 매우 근심스럽고 울적하다.

또 들으니, '의성의 배에 식량이 이미 바닥났다'고 한다. 그러니 반드시 빨리 오려고 할 텐데 바람의 기세가 장난을 치고 있다. 우리 사행은 바람 없는 날에 노질을 하여 우창(牛窓)으로 출발하고 싶지만, '이곳에 머물면서 기다린다'는 뜻을 의성에게 통보해야 했다. 더구나 우창도 배를 대기에 적합한 곳이 아니다. 그곳에 가서 의성을 기다리자니 이미 시기를 놓쳤을 뿐 아니라, 풍랑의 환란이 있을까 걱정된다.

이곳에 오랫동안 체류하고 있어 본 참의 폐해가 극심하기에, 여러 배와 상의하여 하루치의 양식과 찬물을 감하고 받지 않았다. 그대로 배 위에서 잤다.

16일 병인(丙寅) 맑음. 머무름.

맞바람이 또 불었다. 배에서 잤다.

17일 정묘(丁卯) 맑음. 배에서 머무름.

18일 무진(戊辰) 비가 조금 내림. 배에서 머무름.

19일 기사(己巳) 맑음. 그대로 배에 머무름.

20일 경오(庚午) 잠시 흐렸다가 맑음. 배에서 잠.

도주 부자와 소백 장로가 탄 작은 배가 드디어 병고에 도착하였다. 참관이 배를 항구에 보내 그들의 배를 끌고 왔다. 의성이 평성행 등을 보내어 재삼 배에서 내릴 것을 청하였다.

21일 신미(辛未) 맑음. 배에 머무름.

의성이 또 배에서 내리기를 부탁하면서, 아울러 '뵙고 싶다'는 뜻을 전하였다. 보름 동안 배에서 세 사신이 서로 만나질 못하였다. 한 번 만나려 했으나 그러지 못했고, 지금 의성의 간곡한 청이 있기에 그의 바람에 부응할 겸 오후에 배에서 내려 조용히 이야기를 나누었다. 그러나 의성은 목욕을 한다면서 저녁까지 오지 않았으니 정말 이상하다. 기다릴 수가 없어서 곧장 배로 돌아왔다.

나중에 들으니 '의성이 이곳에 왔기 때문에 참관이 조촐한 술자리를 베풀고자 하여, 이 때문에 늦어졌다'고 한다. 과연 이런 일이 있었다면 의성은 마땅히 미리 은미(隱微)하게 통보했어야 했다. 혹 참관이 만류했더라도 이런 뜻을 전달했다면, 우리가 고민스럽더라도 그의 처사에 마지못해 따르지 않았겠는가. 그의 처사가 매양 이와 같으면서도 걸핏하면 원망하는 마음을 품고 불손한 말을 일삼으니 괴롭다.

22일 임신(壬申) 맑음.

묘시에 여러 배들이 일시에 출발하였는데, 바람의 기세가 매우 순하였다. 그대로 우창(牛窓)을 지났는데 비가 내렸다. 도주의 배는 중간에 멈춰 정박하였으나 바람의 형세가 그치지 않고, 수십일 묶여 있던 터라 바람을 타고 계속 운항해야한다는 뜻을 도주에게 일렀다. 우리 배가 들어오지 않는 것을 보면 반드시 뒤쫓아 올 것이라 생각하여, 계속 가서 하진(下津)에 도착하였다. 비가 그치지 않고 날이 저물어 가는데도 도주는 그림자도 비치질 않으니 부득이하게 정박하기로 했다. 그러나 조수가 빠져서 물이 얕아져 여러 배들이 여울에 걸리기에, 조수가 들어올 때를 기다렸다가 옮겨서 정박하였다.

23일 계유(癸酉) 맑음. 배에서 머무름.

맞바람이 크게 불었다. 도주가 오지 않았기 때문에 계속 하진에 머물렀다. 우창의 지대관이 100리 정도 떨어진 곳에서 식량과 찬물을 보내왔기 때문에 받아 두었다. 아울러 찬합과 술통을 바치니, 그 수고로움을 알 만하다. 받아서 일행에게 나누어 주었다.

24일 갑술(甲戌) 맑음.

순풍이 있어서 장차 출발하려는 사이, 도주가 진시 말에 정박한 곳에서부터 돛을 달고 와서 지나쳐가기에 여러 배들도 출발하였다. 미시 말에 도포(韜浦)에 도착하여 정박하였다. 중관과 하관이 뭍에 내려 진무를 받았는데, '찬품이 다른 곳에 비해 풍부했다'고 한다. 의성이 사람을 보내 말하였다.

"여러 참에서 서둘러 배를 내어 진상품을 실은 배를 끌고 가지 않으니, 행차선의 하인을 데려가 그 배에 싣고 갔으면 합니다."

비록 전례가 없는 일이지만 그 청을 따라주는 게 어렵지 않을 것 같아, 여러 배와 상의하여 이정달(李廷達) 등 두 사람을 보내 주었다. 다른 사행들의 배에서는 이를 의성의 간사한 계략으로 여겨서 전례가 없는 일이라며 보내지 않으려고 했으나, 그의 말이 전혀 근거 없지 않아서 내가 억지로 허락하였다.

참관이 식량과 찬물을 바치고 아울러 찬합과 술통도 바치기에, 하인들에게 나누어 주었다. 각 참에서 상관에게 진무를 베풀지 않았지만,

이들은 '이미 거쳐 온 곳에서 진무를 받았다'고 듣고서 미리 준비해 놓았다. 받지 않으면 크게 무안할 것 같아서 어쩔 수 없이 받긴 했으나, 같은 상황이 반복되니 넌더리가 난다.

25일 을해(乙亥) 맑음.

바람세가 순한 것 같아 묘시 초에 일행이 도포를 떠나 돛을 달기도 하고 노를 젓기도 하면서 초경 즈음에 불을 밝히고 겸예(鎌刈)에 정박하였다. 이날은 200리를 갔으니 매우 다행스럽다. 중관과 하관이 뭍에 내려 진무를 받았다. 지대관이 하정 양식과 찬물을 바치고 아울러 찬합과 술통을 바치기에, 받아서 일행에게 나누어 주었다.

26일 병자(丙子) 비 옴. 그대로 배에서 머무름.

27일 정축(丁丑) 맑음. 머무름.

오후에 부사가, '닷새 분의 식량을 담당하는 고지기가 선실에 양식과 찬거리를 바쳐야 할 시각에 뭍에 내려가 일본 여자를 잡고 희롱하였기에, 17대를 형신하였다'고 보고하였다. 그대로 배에서 잤다.

28일 무인(戊寅) 맑음.

사시 초에 겸예를 떠나 노질을 하고 돛도 달면서 80리를 가서 진화(津和)에 도착하였다. 정박하고 그대로 배에서 잤다.

29일 기묘(己卯) 흐림.

바람세가 매우 순하여 진시에 대마도의 여러 배와 일행이 출항하였다. 바람의 기세가 매우 급해 배의 주행도 빨랐다. 오시에 상관(上關)을 지났는데 그대로 돛을 달고 저녁까지 운행하였으며, 밤새 돛을 펼쳐 이튿날 아침 적간관(赤間關) 항구에 도착하였다.

이날 밤은 배로 470리를 갔다.

병신년(1656년, 효종 7년)

1월

초1일 경진(庚辰) 맑음.

새벽에 배에서 망궐례를 행하였다. 이역(異域)에서 해를 넘겨 새롭게 정월(正月)을 맞으니 마음이 좋지 않다.

식후에 도주가 사람을 보내 문안하면서 육지에 내릴 것을 청하기에, 상의하여 오후에 안덕사(安德寺)에 갔다. 부사, 종사관과 만나 조용히 대화하고 나서 작은 술자리를 가졌는데, 오늘은 종사관의 생일이다. 번마수(幡摩守)가 사람을 보내어 술 두 통, 산 꿩 세 마리, 방어 한 마리를 바쳤다. 소창태수(小倉太守) 소립원우근대부(小笠原右近大夫)가 사람을 보내 술 두 통, 오징어 한 상자, 다시마 한 상자를 바쳤으며, 참관도 술 두통과 찬합 하나, 오리 세 마리를 바쳤는데 대개 세찬(歲饌)[242]이라 했다. 강호로 갈 때에도 보내 준 물건이 있었으나 받지 않았는데, 지금 보내 준 것까지 물리치면 매몰차다 할 것 같아 상의하여 받아 두었다.

---

242 세찬(歲饌) : 세배를 하러 온 사람에게 대접하는 음식. 또는 설날 어른들에게 선물로 보내는 음식.

초2일 신사(辛巳) 맑음. 안덕사(安德寺)에 머무름.

도주가 사람을 보내 문안하면서 찬합과 술통, 방어 등을 바쳤다. 본참의 지대관도 술통과 다시마, 조어(雕魚) 등을 바치기에, 받아 두었다가 주방에 내려주었다. 오후에 부사와 종사관이 머물고 있는 관소에 갔다가 저물녘에 돌아왔다.

초3일 임오(壬午) 약한 비가 내림. 안덕사(安德寺)에 머무름.

저녁식사 후에 도주 부자와 소백 장로가 와서 뵈었다. 세 사신이 한 곳에 모여 그들을 맞이하여 접견하고 조촐한 술자리를 베풀었다.

초4일 계미(癸未) 맑음.

진시 말에 배를 탔다. 전에 정박했던 곳에 닻을 내리고, 그대로 배에서 잤다.

초5일 갑신(甲申) 맑음. 배에 머무름.

초6일 을유(乙酉) 맑음.

바람이 순조롭지 않아 그대로 배에 머물렀다.

초7일 병술(丙戌) 맑음. 그대로 배에 머무름.

초8일 정해(丁亥) 흐림. 배에 머무름.

동이 틀 무렵부터 바람의 기세가 순조로운 것 같았는데, 도주가 출발하지 않아 출행할 수 없으니 우울하다.

초9일 무자(戊子) 흐림. 머무름.

진시에 순풍이 불어 적간관(赤間關)을 떠나, 신시 말에 남도(藍島)에 도착하였다. 중관과 하관이 뭍에 내려 진무를 받았다. 그대로 배에서 잤다.

초10일 기축(己丑) 비가 내림.

첫 닭이 울 때 도주가 말을 전하였다.

"바람세가 지극히 순조로우니 마땅히 출발해야 합니다."

여러 배가 일시에 돛을 달고 바로 대마도로 향하였다. 그러나 바람이 매우 거세고 물결이 하늘까지 닿을 듯 높게 일어, 배 안에서 몸을 지탱하기가 어려웠다. 곧장 일기도(一岐島)로 들어갔는데, 도주 부자가 탄 배는 이미 일기도를 지나가 버렸다. 배를 돌릴 수가 없어 곧바로 부중(府中)으로 갔다.

대마도의 왜인이 와서 동래부사의 편지를 전하였으나, 본가의 안부 편지는 오지 않았다. 서너 달 동안의 소식을 이번에도 듣지 못하였으니 우울하다.

11일 경인(庚寅) 비 옴. 머무름.

바람의 기세가 어제와 같아 떠날 수가 없다. 그대로 배 위에서 잤다. 도주가 어제의 비바람에도 무사히 대마도에 도착했다는 소식을 들었다.

12일 신묘(辛卯) 비가 조금 내림.

오시에 비로소 일기도를 출발하여 돛을 달고 운항하였다. 바람세는 순조로웠으나 성난 파도가 하늘에 닿을 듯하여 배가 위험한 적이 여러 번이었으니, 그 고생스럽고 힘든 상황을 말로 표현하기 어려울 정도다.

날이 저문 뒤에 대마도에 도착했는데, 도주가 사람을 보내 문안하면서 뭍에 내릴 것을 청하였다. 그러나 밤이 이미 깊었으므로 배에서 그냥 잤다.

13일 임진(壬辰) 비가 내림.

식후에 뭍에 내렸다. 장수원(長壽院)에 도착하여 상관 이하가 모두 진무를 받았다.

14일 계사(癸巳) 흐림. 장수원에 머무름.

15일 갑오(甲午) 흐림. 장수원에 머무름.

새벽에 망궐례를 행하였다. 장계를 만들어 군관 한상, 박지용, 역관 홍여우 등에게 주어 본국으로 출송하고, 아울러 집에 보내는 편지도 부쳤다. 도주 부자와 소백 장로가 와서 뵈었다.

16일 을미(乙未) 맑음. 장수원에 머무름.

오후에 종사관이 대청에 앉아서 중방 도신덕과 역관 정시심(鄭時諶) 등의 죄를 다스려 벌을 주었다.

17일 병신(丙申) 맑음. 장수원에 머무름.

종사관이 망언을 지껄인 군관 이동로(李東老)의 죄를 다스렸다. 또 중방 도신덕은 상대를 혐오하여 터무니없는 일을 꾸며 모함한 죄를 저질렀기에 7대의 형신을 가하였다.

18일 정유(丁酉) 맑음. 장수원에 머무름.

도주가 평성부 등을 보내어 권현당(權現堂)[243]에 분향하는 일을 고하였다. 사신은 결코 참배할 수 없음을 준엄한 말로 거절하며, 청을 받아들이지 않았다. 그러자 날마다 찾아와 공갈(恐喝)하는 말을 계속 한다. 도주는 우리 배를 보수한다는 명목으로 금도왜(禁徒倭)[244]를 많이 배정하여, 여러 배에 올라타서 감시하고 지키도록 하였다. 이 또한 우리를 두렵게 하고 겁주려는 것이니 더욱 분통하다.

19일 무술(戊戌) 맑음. 장수원에 머무름.

20일 을해(乙亥) 맑음. 장수원에 머무름.

21일 경자(庚子) 맑음. 장수원에 머무름.

권현당의 일로 엿새나 서로 버티고 있지만 허락하지 않았다. 본국으로 돌아가는 데 기약이 없으니, 부득이하게 우리 조정에 품신(稟申)하여 그 회답이 오기를 기다렸다가 처리하려 한다는 뜻을 왜인들에게 전했다. 장계를 만들어 역관 오인량(吳仁亮)에게 주어서 급히 비선 편으로 보냈다.

---

243 권현당(權現堂) : 곤겐도. 곤겐즈꾸리[權現造]로 지은 신사(神社). '권현조(權現造)'는 일본 신사를 짓는 양식의 하나이다. 전국에 산재한 도쿠가와 이에야스[德川家康]의 신사를 '토쇼구[東照宮]'이라 하는데, 그 중 구노잔[久能山]에 있는 쿠노잔토쇼구[久能山東照宮]와 닛코산[日光山]에 있는 닛코산토쇼구[日光東照宮]가 대표적인 곤겐도이다.

244 금도왜(禁徒倭) : 사신의 행차가 있을 때 감찰, 단속의 일을 담당했던 일본측 경비병.

22일 신축(辛丑) 맑음. 장수원에 머무름.

23일 임인(壬寅) 맑음. 장수원에 머무름.

육지에 내린 뒤부터 언만이 사람을 보내 문안을 하고 있는데, 이것도 그 아버지가 지시한 일이라 하니 가소롭다.

24일 계묘(癸卯). 바람이 거세고 맑음. 장수원에 머무름.

부산에서 온 서울의 편지에, 여러 집이 모두 편안하다고 적혀 있다. 그리고 진사(進士)가 동짓달 보름이 지난 후에 서울을 떠나 현재 웅천(熊川)에 있다고 했다.

25일 갑진(甲辰) 비 옴. 장수원에 머무름.

26일 을사(乙巳) 맑음. 장수원에 머무름.

이날은 도주의 집에서 연향(宴享)[245]을 베푼다면서 우리에게 일찍 내방해 주기를 청하였다. 식후에 세 사신이 관대를 갖추고 도주의 성으로 갔다. 연례를 행하는 것은 지난 번과 같았지만, 연회에 쓰인 제수와 그릇들은 매우 신경을 썼는지 전보다 좋았다. 또한 후당(後堂)에 들어가는 것도 전과 같았지만 뜰에서 여러 놀음을 벌인 건 이전 사행 때 없었던 일이라고 한다. 종일 얼굴을 맞대고 이야기를 나눴지만 권현당의 일은 일절 제기하지 않고 즐거운 얼굴로 우리를 대하기에 사신들도 그 일을 언급하지 않았으며, 억지로 즐거운 마음을 더해 밤을 새우고서야 돌아왔다.

---

245 연향(宴享) : 국빈을 대접하는 잔치, 궁중 잔치.

27일 병오(丙午) 흐림. 장수원에 머무름.

도주 부자가 사람을 보내 문안하면서, 어제 연회에 와 준 것에 대한 감사의 뜻을 전하였다.

28일 정미(丁未) 맑음. 장수원에 머무름.

역관 오인량이 장계를 가지고 갔다. 조정의 회답이 내려지기 전까진 떠날 수 있는 상황이 아니므로, 이런 내용을 담아 장계를 만들었다. 앞서 간 사람이 현재 바람에 막혀 여전히 악포(鰐浦)에서 지체하고 있기 때문에, 그가 가는 편에 부쳐서 비선(飛船)에 나누어 싣고 출송할 수 있도록 왜인들에게 말하여 즉시 출송토록 하였다.

29일 무신(戊申) 저녁에 눈이 내림. 장수원에 머무름.

관백이 사신의 처소에 보낸 회례 비단과 도주의 사위인 비전수(備前守)가 보낸 피장(皮張)[246] 중 약간을 떼어서 원역 이하에게 등급을 매겨 지급하였다.

30일 기유(己酉) 맑음. 장수원에 머무름.

도주 부자가 세 사신에게 각각 병풍을 4좌(坐)씩 보내어 손수 쓴 글씨를 얻길 원하기에 써 주었다.

---

246 피장(皮張) : 가죽이 붙은 채로 있는 사냥감을 이르는 말.

2월

초1일 경술(庚戌) 맑음. 장수원에 머무름.

부산에서 진사의 편지가 도착하였는데, '지난 달 24일에 웅천현에서 떠나 이미 동래에 도착하였다'고 한다.

이마니시 기마타[今西龜滿太]의 일본어 부기(附記) 번역문

원본(原本)은 미농판(美濃判) 조선지(朝鮮紙)로 세로 곡척(曲尺) 8치8푼(약 26.4cm), 가로 6치2푼(약 18.6cm)이며, 10행 20자씩 필사하였다. 본문(本文) 86쪽, 조태억(趙泰億)의 추서(追書) 4쪽, 합하여 90장이고, 짙은 갈색 마름모 문양의 표지(表紙)를 덧붙였다. 이마니시[今西] 씨는 그 외에도 1쪽마다 조선(朝鮮) 백지(白紙)를 감입(嵌入)하고, 거기에다 짙은 녹색(綠色) 보화(寶畫) 당운(唐雲) 문양(文樣) 단자(緞子)로 표지를 첨부하였으며, 그가 심혈을 기울여 연구한 설명서를 19장의 미농지(美濃紙)에 써서 덧붙였다. (즉 註記하였다)[1]

다이쇼[大正] 2년(1913) 계축(癸丑)에 본서(本書) 『부상일기(扶桑日記)』를 조선 경성(京城)의 한인(韓人)에게서 찾아, 이를 표장(表裝)하고, 다음과 같은 내용을 주기(注記)한다.

게이안[慶安] 4년(1651) 신묘(辛卯) 4월에 장군 이에미쓰[家光]가 세상

1 이 단락은 본문이 아니라, 본문을 쓴 괘선지 바깥 오른쪽에 고이즈미 데이조가 덧붙인 소주(小注)이다.

을 떠나고 아들 이에쓰나[家綱]가 계승하였다. 효종(孝宗) 6년 을미(乙未, 明曆元年이며 256년 전)에 조선 정사(正使) 조형(趙珩, 號 翠屛), 부사(副使) 유창(兪瑒, 號 楸潭), 종사관(從事官) 남용익(南龍翼, 號 壺谷) 등이 내조(來朝)하여 국서(國書)와 방물(方物)을 이에쓰나에게 바치고 어필(御筆) 편액(遍額)을 일광묘(日光廟)에 바쳤다. –이때는 바로 히데요시[秀吉]의 정선(征鮮) 후 52년에 해당한다.

그리하여 이 일행이 4월에 한성(漢城)을 떠나 10월에 에도[江戶]에 도착하였다가, 이듬해 2월에 한성으로 귀환하였다. 그 경과한 여정이 11개월이니, 조형 스스로 이 시찰일기(視察日記)를 적었다. 『부상일기』가 바로 이것이다.

당시의 여행이 얼마나 어려웠는지 추상하기 어렵지 않을 정도로 『부상일기』는 이 긴 일월간(日月間)에 걸친 사건들을 꼼꼼하고도 상세하게 기재(記載)하였다. 지금 이를 통람(通覽)하다 보면, 당시 조선사신(朝鮮使臣)들의 눈에 우리나라 메이레키[明曆] 연간(年間)의 문물(文物)이 어떻게 비쳤는지; 혹은 하야시 라잔[林羅山: 도슌[道春]]과 슌제[春齊] 부자(父子)가 수창(酬唱)한 시(詩)를 가지고 또한 문(文)도 아름답지 못하다고[若文不佳] 함으로 그 나라의 문지(文知)를 알 만하다고 썼던 것; 혹은 분로쿠의 역[文祿之役, 1597~1598]에서 아군(我軍)에게 잡혀 귀화(歸化)한 자들에 관하여 기록한 것; 혹은 쇼군[將軍]에게 알현한 광경, 일광묘에 봉헌케 된 전말; 혹은 〈이이 가몬노카미 나오타카[井伊 掃部守 直孝]〉, 다이로 사카이 우카노카미[大老 酒井 雅樂守], 아베 분고노카미[安[阿]部 豊後守], 이타쿠라 수오노카미[板倉 周防守] 등에 관한 기사(記事) 혹은 기타 당시 특종의 풍속(風俗), 인정(人情), 식물(植物), 지리(地理), 역사(歷史) 등에 대해 두루 이해할 수 있다. 이러한 기사들은 아무리 반복하여 숙독(熟讀)하여도 싫증이 나지 않는다. 더욱이 금석지감(今昔之感)을 깊이 느낄 만한 데가 있다.

그리고 그 권말(卷末) 여백(餘白)에 적은 글은 그때부터 57년을 지난 숙종(肅宗) 37년 신묘(辛卯) 쇼토쿠[正德] 원년(元年 199년 전)에 한사(韓使) 조태억(趙泰億, 아라이 하쿠세키[新井白石]가 그를 접대하였다)이 일본(日本)에 사행(使行)왔을 때 (이 책을 일본으로 가지고 가서) 스스로 전사(前使) 조형의 유편(遺篇)에 관하여 발견(發見)한 것들을 빗추[備中] 우시마도[牛窓] 배 속에서 기입(記入)한 것이니, 이 또한 매우 귀중한 것이라고 할 만하다.

생각건대 후사(後使) 조태억은 출발하기에 앞서 미리 조형의 이 『부상일기』를 그 증손(曾孫) 경명(景命) 군석(君錫)에게 차용(借用)하여 그 책을 일본으로 가지고 감으로 스스로 하나의 여행안내서(旅行案內書)를 대신케 한 것이리라. 또한 (그 뿐만 아니라 정사라는 임무를 맡아서 전례를 임무 수행의 나침반으로 삼았다) 이에 근거하여 조형 등이 남긴 부편(賦篇)을 일본 각지(各地)에서 발견하고, 스스로 이를 이 책에 손수 옮겨서 (귀환한) 후에 이를 군석에게 반환(返還)한 것이다. 요건대 이 『부상일기』는 조형이 이를 기록하고, (후에 빌려갔던) 조태억이 그 유편을 추서(追書)한 것이다.

나는 메이지[明治] 39년(1906)에 정로군(征露軍)을 따라 이 곳에 온 이후 조선(朝鮮)에 유우(流寓)하였는데 오늘날 256년 전 당시의 서책 한성(漢城)에서 손에 넣게 되어 더욱더 추회(追懷)할 정(情)을 느끼는 바가 있다.

양사(兩使) 내조(來朝)의 역사(歷史)에 관하여 제서(諸書)를 섭람(涉覽)하여 발췌(拔萃)한 사항은 다음과 같다.

1. 구보 도쿠지[久保得二]의 『조선사(朝鮮史)』, 모리 준자부로[森潤三郎]의 『조선연표(朝鮮年表)』, 아오야기 쓰나타로[青柳綱太郎]의 『이조오백년사(李朝五百年史)』로부터

쇼토쿠[正德] 원년(1711) 신묘(辛卯, 乙未로부터 57년) 10월에 쇼군 이에노부[家宣]를 승계하여 10월 11일 아라이 긴미[新井君美: 하쿠세키[白石]]를 조선사(朝鮮使)와 대화할 수 있도록 종오위하(從五位下)에 서임하고 치쿠고노카미[筑後守]라고 지칭하여 금박을 입힌 칼과 5위(位)의 관(冠)과 예복을 하사하였다.

17일에 조선정사(朝鮮正使) 조태억(趙泰億), 부사(副使) 임수간(任守幹), 종사(從事) 이방언(李邦彦) 등이 소 요시미치[宗義方]의 인도를 받아 내빙(來聘)하였다. 긴미[君美]는 이들을 가와사키[川崎]에서 맞이하였다. 18일에 조선사가 입부(入府)하여 히가시혼간지[東本願寺]에서 숙박하였다. 21일에 조선사를 여관에서 향응(饗應)하였다. 11월에 조선사를 인견(引見)하여 3일에 또 다시 등성(입궐)하였다. 사향(賜饗)의 의례가 있었는데, 사자(使者)는 새 의례에 대해 기꺼이 받아들이지 않았다. 아라이 긴미가 이를 전상(殿上)에서 변석(辨折)하였다.

[먼저 쇼군 이에노부[家宜]가 조선 빙문(聘問)의 예식을 고치려고 하였다. 아리이 긴미를 불러서 의견을 물었다. 긴미가 "가나쿠라[鎌倉] 건부(建府) 이래 외국인이 서(書)를 우리나라에 제출할 때에는 천자(天子)를 가리켜 일본천황(日本天皇)이라고 표기하도록 하였고, 막부(幕府)를 가리켜서 일본국왕(日本國王)이라고 하였다. 겐나[寬永] 원년(1748, 英祖24年) 이래 서로가 변서(辨書)에 이론(異論)을 주장하여 결국 우리 쇼균을 가리켜 일본국대군(日本國大君)으로 표기하였다. 생각건대 대군의 자의(字義)는 이를 『설문(說文)』 등에 비춰보고 또한 고래(古來)의 글을 참고해보니 천자(天子)라 하는 것과 큰 차이가 없다. 그렇

다면 이에 참월(僭越)할 뜻이 있고 게다가 그 나라(조선)에서 서손(庶孫)을 가리켜서 대군(大君)이라 하는 것이 그 구래(旧來)의 관습이다. 이 칭호로 표기하면, 그들은 마음 속에서 '잘된 일'이라 생각할 것이나, 이를 고쳐 일본국왕이라 칭하는 것이 낫다"고 하였다. 기타 조선 사빙(使聘)의 대우가 지나치게 후대한다는 것을 논하여 모두 이를 수정하였다. 당시 긴미의 의견 가운데 일본국왕이라고 가리키는 것에 대해 여러 유생들 중에 이론이 있었으나 막부는 결국 긴미의 논의를 받아들여 조선에 명하여 막부를 가리켜서는 일본국왕이라 부르도록 하였다. 조태억이 내빙하기에 이르러 긴미는 답서(答書) 초안을 썼다. 글 속에 한주(韓主)의 휘자(諱字)를 잘못 써서 사자(使者)는 굳이 수용하지 않았으며, 간절히 개작(改作)을 청하였다. 긴미는 오히려 이를 훈계하여 이르기를, "내서(來書)에서 이미 우리 휘자를 잘못 썼다. 족하(足下)가 먼저 이를 고친 후에 청하라"고 하였다. 사자는 대답할 수 없어서 떠나갔다.][2]

막부는 소 요시미치가 빙례(聘礼)에 힘썼던 공적을 칭찬하여 비젠코쿠[肥前國] 소노베군[園部郡: 다시로군[田代郡]]의 땅 천 석(千石)을 하사하였다.

(이상 조선사(朝鮮史) 제8장 223末~224頁)

부기(付記)

모리준자부로[森潤三郎] 저(著)『조선연표(朝鮮年表)』「종가계도(宗家系圖)」에서 메이레키[明曆] 원년 내빙사(來聘使) 조형 등을 에도로 인도한 사람이 소가[宗家] 21세 요시자네[義眞: 히코미치[彦滿] 아명]인 듯이 잘못 기재되었는데, 이『부상일기』에 의거해 보면 이는 잘못이며, 그 부친 요시나리[義成]임을 알게 된다.

---

2 [ ] 안의 글이『조선사』에서 인용한 부분이다.

2. 스기하라 이잔[杉原夷山] 저 『일본서화인명사서(日本書画人名辞書)』로부터

기일(其一)

『부상일기』 10월 25일의 기사에 나오는 분로쿠의 역에 우리 군(軍)에 잡혀 귀화(歸化)한 이진영(李眞榮) 및 그의 아들 전직(全直)의 전(傳)

이진영(李眞榮)

이 씨(李氏). 자는 진영(眞榮), 호는 일서(一恕), 조선 경상도(慶尙道) 사람. 분로쿠의 역 때에 나이 23세. 우리 병사에게 잡혀서 기이(紀伊)에 와서 귀화하고 교수(教授)를 하였다. 박문강기(博聞强記)하고 역학(易學)에 정통하였으며, 서(書)에도 뛰어났다. 번주(藩主) 도쿠가와 요리노부[德川頼宣]가 그를 객례(客禮)로 대우하였다. 간에이[寛永] 10년(1633) 몰(沒). 향년 63세.

이전직(李全直)

이 씨(李氏). 이름은 전직(全直), 자는 형정(衡正), 호는 매계(梅溪) 또는 잠와(潛窩). 부친의 호는 일서, 자는 진영, 조선 영산(靈山) 사람. 분로쿠의 역에 나이 23세로 우리 군(軍)에 잡혀서 기슈[紀州]에 와서 거주하였다. 교수(教授)를 생업으로 하였다. 매계는 부친에게서 배웠다. 부친이 돌아가시기에 이르러 나가타 젠사이[永田善齋]에게서 수업하였다. 학업이 이미 성취하여 기슈 영주[紀州侯]를 섬겼다. 텐나[天和] 2년(1682)에 몰(沒). 향년 66세.[3]

기이(其二)

한사(韓使) 조태억 일행을 응접(應接)하여 창수(唱酬)한 구노 호슈[久野鳳洲], 야마가타 슈난[山縣周南], 이토 조에[伊藤長英], 도히 가슈[土肥霞洲], 무로 규소[室鳩巢], 아라이 하쿠세키[新井白石]의 전(傳)

구노 호슈[久野鳳洲]

구노[久野, 俊明]의 자는 언원(彦遠), 봉삭(鳳溯). 주(洲)를 추(湫)로 쓰기도 한다. 만년에 노찬생(老餐生)이라는 호를 썼다. 부친은 엔호[圓法], 모친은 나카이[中井] 씨로 겐로쿠[元祿] 9년(1696) 동도(東都, 江戶)에서 도시아키[俊明]를 낳았다. 도시아키는 어려서 시(詩)와 서(書)에 뛰어났다. 새해가 되어 12살 때, 엔호를 따라 미토영주[水戶侯]를 알현하였다. 영주가 시를 지어보라고 하자, 순식간에 지어서 바쳤다. 영주가 그 등을 쓰다듬으며 크게 감탄하였고, 즉시 손수 책 몇 권을 하사하였다. 이에 엔호는 사유(師儒)를 청하여 그가 학업을 마치는데 도움을 주고자 하였다.

쇼토쿠[正德] 원년(1711) 16세에 제자원(弟子員)으로 한사(韓使)를 접대하여 창화(唱和)할 때에 그는 민첩(敏捷)하고 신속(迅速)하게 여러 사람들을 앞질러 창화하였다. 그때 한객(韓客)의 청에 응하여 경자(敬字)를 대서(大書)하였다. 그 한객이 거듭 그 옆에 글자 쓰기를 청하였다. 한객이 붓을 놓고 의의(擬議)하자, 도시아키가 순식간에 붓을 들고 "주일무적(主一無適)" 네 글자를 써서 보여주었다. 앉은 자들이 모두 경탄하였다. 명성이 알려져 널리 교제하였으며, 아메노모리 호슈[雨森芳洲], 기온 난카이[祇園南海], 야나다 제간[梁田蛻巖], 오구라 야에[小倉八江] 등과 가장 가까

3 이진영과 이전직의 이름은 위의 『일본서화인명사서(日本書画人名辞書)』에는 없다.

이 지냈다. 이 네 명은 당시의 석유(碩儒)이다. 하지만 모두 그를 따라가지 못했다고 한다.

교호[享保] 원년(1717)에 오와리영주[尾張侯]를 옆에서 섬겼다. 이때부터 서원랑(書院[直]郎)에 보충되었고, 발탁되어 고문(顧問)에 임명되었다. 간포[寬保, 1741~1744] 연간에 명을 받들어 동도(東都) 도야마[外山, 戶山] 별관에서 글을 교정(校正)하였다. 모두 3천여 권을 교정하고, 이어서 또 다시 오와리성[尾張城] 비부(秘府)에 가서 경전(経傳), 사자(史子), 찬소(纂疏)로부터 백가(百家), 중류(衆流), 의복(医卜), 역법(曆法), 여지(輿地), 수예(樹藝), 부언(浮言)에 이르기까지 전달받았다. 무려 2만 권을 모두 다 교수(校讎)하고 소장하였다. 메이와[明和] 2년(1766) 몰(沒). 향년 70세.

야마가타 슈난[山縣周南]

야마가타[山縣] 씨. 명(名)은 고주[孝孺], 자는 지코[次公], 쇼스케[少助]라고 칭한다. 슈난[周南]은 호, 수오[周防] 사람. 19세 때에 부친을 따라 에도에 와서 붓소라이[物徂徠]에게 가르침을 받았다. 소라이가 그때 처음으로 고문사학(古文辭學)을 주장하였다. 따르는 자가 아직 적어 안도 도야[安藤東野] 혼자만 따르고 있었다. 슈난이 도야와 서로 절차(切磋)하였다. 소라이 또한 슈난을 학생으로 둔 것을 기뻐하였다.

슈난, 도야, 소라이의 학문이 나날이 번성하여 따라서 배우는 자들이 더욱 많아졌다. 드디어 해내(海內)를 풍미(風靡)하기에 이르렀다. 이에 겐엔[護園, 소라이학파]의 고족(高足)을 말하자면 우선 슈난과 도야를 꼽을 수 있다. 이 두 제자에 대한 소라이의 기대는 다른 많은 제자들과 남달랐다. 에도에 3년 머물며 학업을 다 이룬 후 돌아갔다.

쇼토쿠[正德] 원년(1712)에 한사(韓使)가 내빙하자, 막부는 그들이 지나가는 군국(郡國)에 명하여 향응(饗應)하도록 하였다. 한사가 탄 배가 아카마가세키[赤間關]에 이르자, 나가토영주[長門侯]가 즉시 여러 군국의 학자들을 파견하여 접대케 하였다. 슈난 또한 이에 참여했는데, 나이는 어려도 결코 얕잡아 볼 수 없었다. 한객(韓客)과 응수(應酬)하기가 민첩(敏捷)하여, 한객의 남다른 칭찬을 받았다. 다이슈[對州] 학사(學士) 아메노모리 호슈[雨森芳洲] 또한 그를 가리켜 해서(海西, 西國)에서 무쌍(無雙)이라 하였다. 이에 명성과 영예가 일시에 퍼졌다. 그 후에 영주가 조근(朝覲)하면 그도 따라 세이쿄[西京: 조정]에 가서 항상 그 옆을 지켰다.

영주는 일찍이 학교를 창립하여 사도(師導) 직을 설치하여 여러 학생을 키웠다. 석전제(釋奠祭)나 양노례(養老禮)를 제때에 행하고, 육예(六藝)와 무기(武技)를 모두 다 그 안에서 익혔다. 이름을 메이린칸[明倫館]이라 하였다. 그래서 슈난은 계획을 더 크게 세웠다.

겐분[元文] 2년(1738)에 메이린칸의 좨주[祭酒: 大學頭] 오구라 쇼사이[小倉尙齋]가 죽자, 슈난이 이를 대신하여 좨주가 되었다. 슈난은 학사(學事) 외에도 예전부터 시사(時事)를 잘 알았다. 영주(侯)와 강연(講莛)에 배석하거나 혹은 연회(宴會) 동안 옆을 지켰다. 계옥(啓沃)과 풍유(諷諭)를 아끼지 않았으며, 내부에서 광제(匡濟)의 일을 주도하였다. 혹은 가로(家老)와 유사(有司)를 위해 꾀하여 비익(裨益)될 바가 적지 않았다. 또 대의(大義)를 판단함에 있어 독견지명(獨見之明)이 있었다. 성격이 강직해 누구도 그 뜻을 바꿀 수 없었으며, 경복(敬服)하였다.

일찍이 영주의 명을 받들어 「공실보첩(公室譜牒)」과 「제신계보(諸臣系譜)」를 편집하였다. 호레키[寶曆] 2년(1752) 8월 12일 몰(沒). 향년 66세.

이토 조에[伊藤長英]

이토[伊藤] 씨. 자는 주조[重藏], 이를 또한 통칭으로 사용하였다. 호는 바이우[梅宇], 이토 진사이[伊藤仁齋]의 차남. 장남 (이토)도가이[伊藤東涯]의 이복(異腹) 동생. 호에이[寶永, 1624~1645] 연간에 도쿠야마[德山]에서 벼슬살이를 하였다

쇼토쿠[正德] 원년(1712)에 한사(韓使)가 내빙(來聘)하자, 도쿠야마영주[德山侯]가 그때 접대원(接待員)이 되어 조에[長英]로 하여금 주로 문한(文翰) 일을 담당케 하였다. 조에가 한사와 창수(唱酬)나 설론(說論)을 하여 사봉(詞鋒)이 꺾이지 않자, 한사가 그를 칭찬하였다.

교호[享保] 2년(1717)에 사직하여 경사[京師: 교토]에 돌아가서 학생에게 교수(教授)하였다. 교호 3년(1718)에 후쿠야마영주[福山侯]에게 나아가 벼슬을 맡게 되면서 일가를 이끌고 이사하였다. 그 이전 후쿠야마 지역에 모두 야마자키 안사이[山崎闇齋] 씨의 학파였으나, 조에가 이 곳에 온 후로 학풍이 전국적으로 퍼져 문학(文學)이 한시에 변해 예전 풍습(風習)의 흔적이 사라졌다고 한다. 사시(私諡)는 소효(紹孝), 혹은 고켄[康獻]이라고 한다.

조에는 사람됨이 괴오(魁梧)하고 건담(健談)하였다. 글은 한가(韓歌)를 주로 하여 시(詩)는 이두(李杜)에서 본원을 찾았다. 항상 『육무관집(陸務觀集)』을 칭찬하길 "이 노인의 광대함과 우아함은 노두(老杜)에 뒤지지 않는다. 연찬(硏鑽)하고 널리 통괄하여, 늙어가면서 더욱더 두터워졌다"라고 하였다. 우리나라에는 여태껏 진정으로 방옹(放翁, 육무관의 호)의 시를 아는 자가 없었다. 이를 안 것은 조에로부터 시작된다고 한다. 그는 자제(子弟)를 훈도(訓導)함에 있어 관후(寬厚)하고 지칠 줄 몰랐으며 연참(鉛槧)을 스스로 즐겼다. 엔쿄[延享] 2년(1745) 10월 28일 몰(歿). 향

년 62세.

도히 가슈[土肥霞洲]

도희[土肥] 씨. 명(名)은 모토시게[元成], 자는 마사나카[允仲], 가슈[霞洲]는 그의 호이다. 또한 신카와[新川], 마쯔가[松霞]라는 호도 썼다. 통칭은 겐시로[源四郎]. 에도[江戶] 사람. 도시 모쿠오[土肥默翁]의 아들. 천자(天資)가 총명하여 6세에 서(書)를 잘하고 시(詩)를 지었다. 미토[水戶, 水府] 기코[義公: 도구가와 미쓰쿠니[德川光圀]]가 일찍 그의 이름을 듣고 불러서 보고 신동(神童)이라고 칭찬하였다.

쇼군[將軍] 도쿠가와 이에노부[德川家宣]의 잠저(潛邸) 시절에 아라이 하쿠세키[新井白石]가 그를 추천하여 시험 삼아 경적(經籍)을 강의하도록 하였는데, 논변(論辨)이 상명(爽明)하였으며, 그가 지은 시를 적어놓았는데 필력(筆力)이 강하여 마치 노성(老成)된 것 같았다. 쇼군이 즉시 발탁하여 시독(侍讀)으로 삼았을 때가 겐로쿠[元祿] 16년(1703) 추팔월(秋八月)이었으니, 가슈의 나이 11세였다. 이에노부가 하쿠세키로 하여금 그를 교육하도록 하였다.

가슈가 이때부터 하쿠세키의 집에 우거(寓居)하여 수학한 지가 오래되자, 학술과 조행(操行)이 하쿠세키를 방불(髣髴)케 했을 뿐만 아니라 그 행초서(行草書)에 있어서도 또한 붓 솜씨와 기품이 진수에 접근하였다. 이미 당시에 사람들이 (그가 지은 글을) 하쿠세키의 글과 식별하지 못하였다.

이에노부가 입성(入城)하여 대통(大統)을 계승하기에 이르러 유원(儒員)이 되었다. 쇼토쿠[正德] 원년(1711)에 한사(韓使)가 내빙(來聘)하자, 가슈가 아라이 하쿠세키, 미야케 칸란[三宅觀瀾], 무로 규소[室鳩巢] 등과 함께 한사를 응접하였다. 역관(譯官) 이언방(李邦彦)이 오사카성[大阪城]에서 지은 시 50운(韻)에 창화(唱和)할 때의 나이가 19세였다. 선물을 가지고 방문한 젊은이들이 창화(唱和)한 것은 율시(律詩)와 절구시(絶句詩)에 불과하였으니, 이 일로 성가(聲價)를 일시에 높였다.

가슈는 20여년 동안 직(職)에 있다가, 병을 핑계로 사임하였다. 호레키[寶曆] 7년(1757) 8월 14일 몰(歿). 향년 65세.

무로 규소[室鳩巢]

무로[室] 씨. 명(名)은 나오키요[直淸], 자는 시레이[師禮], 호는 규소[鳩巢], 별호는 소로[滄浪齋], 또한 정검(靜儉)이라고도 하였다. 통칭은 신스케[信助]. 그 선조는 구마가야 나오자네[熊谷直實]에서 살았다. 규소는 어릴 적부터 총명하여 자진해서 책을 읽고 새해가 되어 15세에 가가영주(加賀侯)에게 나아가 벼슬살이를 하였다. 영주가 그 재주의 뛰어남을 보고, 명하여 교토에 들어가 기노시타 준안[木下順菴]의 문하에서 학업을 받도록 하였다.

쇼토쿠[正德] 원년(1711)에 막부의 유원(儒員)에 올라 봉록 2백 석을 받았다. 쇼토쿠 3년(1713)에 스르가다이[駿河臺]에 저택을 받았다. 세상 사람들이 그를 슨다이선생[駿臺先生]이라고 불렀다. 유덕(有德)하다고 인정받아 공직(公職)을 승계한 후, 특별히 발탁되어 전중(殿中) 시강(侍講)을 맡았으며, 여러 차례 정사(政事)의 득실을 상의하였다. 이 직(職)은 사실상 규소로부터 시작되었다. 논의를 하거나 간언(諫言)할 바가 적지 않았지만, 입을 다물고 남에게 말하지 않았다. 그러나 그의 장순(將順)한 우점을 사람들은 대부분 알아봐주질 않았다.

교호[享保] 10년(1725)에 사이조[西城, 에도성 서쪽에 있는 건물들. 니시노마루[西ノ丸]라고도 함] 시강(侍講)으로 옮기고, 따로 직봉(職俸) 2백 포(苞)를 받았다. 구소의 학문은 정주(程朱)를 종(宗)으로 삼아 노경에 이르러서도 가르침에 있어 전혀 지칠 줄 몰랐다. 흥이 나면 때로는 그림을 그렸다. 교호 19년(1734) 8월(아마도 8월 12일) 몰(沒). 향년 77세. 메이지[明治] 42년 9월에 종4위(從四位)를 추증(追贈)받았다.

하쿠세키[白石]

아라이[新井] 씨, 초명(初名)은 여(璵), 후에 긴미[君美]로 고쳤다. 자는 재중(在中), 다른 자는 나리미[濟美]. 통칭은 가게유[勘解由]. 하쿠세키[白石]는 그의 호. 또한 시요[紫陽], 금병산인[錦屛山人], 덴사쿠도[天爵堂], 못사이[勿齋] 등의 호들도 있다. 그의 조상은 닛타[新田] 씨에서 나왔으며, 부친은 마사나리[正濟]라고 한다. 히타치[常陸] 사람으로, 나중에 에도에 가서 기노시타 준안[木下順庵] 문하에 들어가 학업을 성취하였고, 사람들은 그를 이르러 청출어람이라고 하였다. 처음에 후루카와영주[古河侯] 홋타 마사토시[堀田正俊]에게 나아가 벼슬을 한 후에 까닭이 있어 사임하고 아사쿠사[淺草]에서 살았다. 겐로쿠[元祿] 6년(1693)에 막부의 유관(儒官)에 등용되었을 때에 나이 37세였다. 대우가 후하고 우악(優渥)하여, 결국 종오위하(從五位下) 치쿠고노카미[筑後守]를 수임(受任)하였다.

주로 저술에 몰두하였으며, 그 저서는 대부분 경제(經濟)에 관한 것들이다. 세상 사람들은 그의 유용(有用)함을 칭찬하였다. 시(詩)를 가장 잘 지었다. 재력(才力)이 절륜(絶倫)하여 채지(采地) 천 석(千石)을 받았다. 교호 10년(1925) 5월 19일 몰(沒).

3. 하나와 호기이치[塙 保己一]의 『속々군서류종(続々群書類従)』 「제3 사전부(史傳部)」 하야시 라잔[林羅山]에 관한 구절

메이레키[明曆] 원년 을미(乙未) 10월에 조선 빙개(聘价) 조형(趙珩), 유창(兪瑒), 남용익(南龍翼)이 내공(來貢)차 이미 도착하였다. 오사카(大阪)에서 라잔선생이 오화당(五花堂)이라고 쓰신 것을 보고 이를 모두 칭찬하였다. 입부(入府)한 후에 배례(拜禮)를 마치고 삼사(三使)는 토의(土宜) 수품(數品)을 선생에게 보냈다. 이 또한 병자(丙子), 계미(癸未)부터의 관례이다. 선생이 시장(詩章)을 좋아하기에 이를 보냈고 창수(唱酬)도 하였다. 얼마 지나지 않아 답서를 처리하는 일도 예전 규정과 같이 하였다.

에도를 출발하고자 할 때에 이르러 유창(兪瑒, 號 秋潭)이 부상장유(扶桑壯遊) 150운(百五十韻)을 보내면서, 이를 잇기를 바랐다. 라잔선생이 즉시 등불 아래서 이를 창화하였고, 야스시[靖][4]가 구술하는 것을 받아 적었다. 곁에 있다가 몇 수 완성된 후에 손을 보았으며, 다음날 일찍 다 마치고 이어 빠른 편으로 오다와라[小田原]에 보냈다. 추담(秋潭)이 몹시 놀라며 이 일을 크게 칭찬하였다. 라잔선생이 시를 지어준 것에 대한 사의(謝意)를 서문에 적어서, 보내온 150운에 대해 재차 화운시를 지어 통사 일행에게 중도에서 전달하게 했다. 세인(世人)들이 모두 전례가 없는 대단한 일이라고 했으니, 일본에서의 쾌담(快談)이다.

---

4 야스시[靖]는 하야시 라잔의 넷째 아들이다.

4. 한국인 원영의(元泳義[安鍾和])의 『국조인물지(国朝人物志)』 로부터

조형전(趙珩傳)

자는 군헌(君獻), 호는 취병(翠屛)으로 풍양인(豊壤人)이다. 인조(仁祖) 병인년(丙寅年) 문과(文科)에 급제하였으나, 시관(試官) 목대흠(睦大欽)의 질녀서(姪女婿)라는 이유로 파방(罷傍)되었다가, 경오년(庚午年)에 다시 발탁되어 명경(明經)으로 급제하였다. 처음에 한림(翰苑)에 오를 적에 잠야(潛冶) 박지계(朴知誡)가 '추숭(追崇)론'을 제창하자, 허목(許穆)은 박지계에게 유벌을 가하였다. 연평(延平) 이귀(李貴)가 이를 상에게 아뢰오니, 상은 사관(四館)의 죄를 묻지 아니하고, 허목에게 벌을 주라고 하였다. 조형이 상의 명을 받들지 아니하자 상은 아전의 죄를 묻지 아니하고 조형을 부여(扶餘)로 배향시켰으며 이듬해에야 비로서 풀렸다. 을미(乙未)년에 동쪽으로 일본에 통신사(通信使)로 사행하였다. 의정부판사에 올랐다. 시호는 충정(忠貞)이다.

유창전(兪瑒傳)

자는 백규(伯圭), 호는 추담(楸潭), 창원인(昌原人), 서윤(庶尹) 여해(汝諧)의 아들이다. 을해년(乙亥年) 생원(生員)에 합격하고, 효종(孝宗) 경인년(庚寅年) 문과(文科)에 급제하여 설서(說書)가 되었다. 을미통신사(乙未通信使)로 동쪽 일본(日本)에 갔다가 돌아와서 참판(參判)에 이르렀다.

아들 신일(信一)의 자는 도숙(道叔), 기사년(己巳年) 생원에 합격하고, 문과에 급제하여 필선(弼善)에 임명되었다. 회양부사(淮陽府使)에 임명되어 부임하던 길에 함흥(咸興) 과유(科儒)를 죽여서[5], 체포되어 신문받다가 옥에서 죽었다.

신일의 아우 득일(得一)의 자는 영숙(寧叔), 호는 귀와(歸窩)이다. 을묘년(乙卯年) 생원에 합격하고, 숙종(肅宗) 정사년(丁巳年) 문과에 급제하였으며, 병조판서(兵曹判書)에 이르렀다.

조태억전(趙泰億傳)

자는 대년(大年), 호는 겸재(謙齋), 양주인(楊州人), 가석(嘉錫)의 아들이다. 숙종(肅宗) 계유년(癸酉年) 진사(進士)에 합격하고, 임오년(壬午年) 문과에 급제하였으며, 정해년(丁亥年) 중시(重試)에 합격하였다. 부제학(副提學)을 거쳐 신묘년(辛卯年)에 통신사(通信使)로 동쪽 일본에 다녀왔다. 신축년(辛丑年, 1721) 9월에 호조참판(戶曹參判)이 되어 임금께 뵙기를 청하여 아뢰기를, "조성복(趙聖復)이 시측(侍側)으로 참청(參聽)하고자 청하였으니, 비록 곧바로 청정(聽政)이라고 말하지는 않았지만 신하로서 어찌 감히 할 말이겠는가. 또 삼사(三司)에서도 쟁론(爭論)하는 사람이 없었으니, 윤상(倫常)이 끊어진 것이다. (조성복과 삼사에) 견벌(譴罰)을 내린 뒤에야 비로소 나라답게 될 수 있을 것이다"라고 하였다.

갑진년(甲辰年, 1724)에 대제학(大提學)이 되어 영조(英祖)의 즉위반교문(卽位頒敎文)을 지었는데 그중에, "반야(半夜) 사이에 갑자기 빙궤(憑几)의 유명(遺命)을 받게 될 줄 누가 알았겠는가? 불행하게도 5년 내에 두 번이나 승하(昇遐)의 슬픔을 품게 되었다"라는 구절이 있었다.

10월에 우상(右相)에 제수되고, 좌의정(左議政)에 이르렀다. 을사년(乙

5 『숙종실록』 25년(1699) 4월 19일 기사에 이 사건이 처음 보이며, 윤 7월 8일 기사에 유신일이 형신(刑訊)을 받다가 옥사(獄死)한 기사가 실려 있다.

巳年, 1725) 정월에 삼사(三司)가 합계(合啓)하여, 태억이 주문(主文, 대제학)으로 있으면서 역적 김일경(金一鏡)이 지은 교문(敎文)을 예사로운 일로 여겼다고 삭직(削職)하기를 청하였다.

3월에 재상에서 교체되자, 좌상(左相) 민진원(閔鎭遠)이 백관을 이끌고 삼사십 차례 청하여 (영의정 이)광좌(光佐)와 (좌의정 조)태억을 삭탈문출(削奪門黜)하였다.

정미년(丁未年) 7월에 다시 좌상(左相)에 제수되었다가, 무신년(戊申年) 6월에 면직되고, 10월에 졸(卒)하였다. 시호는 문충(文忠)이다. 을해년(乙亥年)에 삭탈되었다가, 임진년(壬辰年)에 특명(特命)으로 복관(復官)되었다. 을미년(乙未年) 2월 정시(庭試)에 최석항(崔錫恒)의 손자 원수(元守), 조태억의 증손 우달(羽達), 종손(從孫) 영의(榮毅)가 과거에 급제하자, 서유녕(徐有寧)이 상소하여 또 추탈(追奪)하였다.

남용익전(南龍翼傳)

자는 운경(雲卿)이고, 호는 호곡(壺谷)이며, 의령인(宜寧人)으로, 부사(府使) 득붕(得朋)의 아들이다. 나이 19세에 인조(仁祖) 병술년(丙戌年) 진사에 합격하고, 20세에 인일제(人日製)에 장원하였으며, 21세에 정시(庭試) 문과에 급제하였다. 호당(湖堂)에 들어갔으며, 병신년(丙申年) 중시(重試)에 장원하고 통신사 수행원이 되었다. 쓰시도 도주[馬島主]가 관백(關白)의 원당(願堂)에 절하라고 강요하자 용익이 의리(義理)를 내세워 거절하였다. 도주가 일공(日供)을 열흘 남짓 끊으며 협박하자, 용익이 배를 감추고 객관(客館)을 닫아걸고서 돌아가지 않을 뜻을 보였다. 도주(島主)가 그의 뜻을 굽힐 수 없음을 알고 비로소 돌려보냈다.

숙종(肅宗) 기사년(己巳, 1689)에 원자(元子)의 위호(位號)를 정하기 위해 공경(公卿)들을 불러들여 의논하기를, "감히 두 마음을 지닌 자는 관직을 내려놓고 물러가는 것이 옳다"라고 하였다. 용익이 "중궁(中宮)의 춘추(春秋)가 한창이십니다. 왕자(王子)가 태어난 지 두어 달 밖에 되지 않았는데, 어찌 그리 급하십니까? 신하들은 물러가라고 했으니 물러날 뿐입니다"라고 하였다. 상(上)이 여러 차례 의견을 물었지만, 더욱 강경하게 아뢰니, 듣는 자들이 목을 움추렸다. 인현왕후(仁顯王后)가 폐위(廢位)되자 용익 또한 북방 명천(明川)으로 유배되었다가 그곳에서 졸(卒)하였다. 벼슬은 이조판서(吏曹判書), 대제학(大提學)에 이르렀으며, 시호는 문헌(文憲)이다. (인물고(人物考))

나이 24세가 되기 전에 정언(正言)이 되었는데, 병이 심해지자 꿈속에서 시를 지었다.

머나먼 변방이라 행인도 적은데,	絶塞行人少
나그네 시름빛이 얼굴에 올랐네.	羈愁上客顔
쓸쓸하게 십리에 비가 내리는데,	蕭蕭十里雨
한밤 중에 귀문관을 지나가네.	夜渡鬼門關

뒷날 과연 유배지에서 죽어 결국 시참(詩讖)이 이루어졌으니, 몹시 기이한 일이다.(조야집요(朝野輯要))

5. 아오야나기 츠나타로[青柳綱太郎] 저(著) 『이조오백년사(李朝五百年史)』 조태억(趙泰億)에 관한 역사

경종(景宗) 4년(교호[享保] 9년, 갑진년, 1724)에 왕이 훙서(薨逝)하고 왕

세제(王世弟)가 왕위(王位)에 올랐다. 즉위 초에 특별히 유봉휘(柳鳳輝)를 발탁하여 좌의정(左議政)으로 삼았고, 조태억을 우의정(右議政)으로 삼았다. 유학(幼學) 이의연(李義淵)이 소론(少論)을 배척하려고 상소(上疏)하여 아뢰었다.

"지금 전하(殿下)의 책무(責務) 중 속히 군흉(群凶)이 저지른 언론을 막아놓고 혼탁케 하여 어지럽힌(壅閉濁亂) 죄를 광정(匡正)하는 것보다 급한 일이 없습니다. 따라서 신축(辛丑) 이후의 일들은 모두 경종(景宗)의 뜻이 아님을 명백히 하고, 또한 군소(群小)의 음흉(陰凶)하고 잠독(潛毒)한 죄를 바로잡음으로 일 년 안에 반드시 토벌하고자 하는 뜻을 밝혀야만 합니다."

왕이 말하였다. "붕당(朋党)이 심하여 시비(是非)가 밝혀지지 않으니, 금후(今後) 만약 당쟁(黨爭)으로 서로 공격할 일이 있으면 어찌 지극히 한심(寒心)하지 않겠느냐?"하고 이의연(李義淵)의 원소(原疏)를 (승정원으로) 환부(還付)하였다.

대사헌(大司憲) 권관(權寬)이 상소하여 의연의 소(疏)를 탓하기를, "왕장(王章)에 관한 죄는 받아들이기 어렵다"라고 하였으며, 조태억이 상언(上言)하여 이르기를, "의연이 선왕(先王)을 무고(誣告)한 죄는 형(刑)으로 바로잡아야 한다"라고 하였다. 왕이 이를 당연하다고 여겨 절도(絶島)에 유배보냈다. 이 해에 김일경(金一鏡), 목호룡(睦虎龍), 이의연 등이 죄로 처형당했다. 이때부터 왕이 바로 이 일을 친국(親鞫)코자 하여 교지를 내려서, "신축년(辛丑年, 1721) 일경의 소(疏)와 임인년(壬寅年, 1722) 호룡의 고변서(告變書)를 살펴보니 실로 사신(死臣)을 동정(同情)할 바가 있다"라고 하였다. 일경을 잡아오게 하여 그를 국문(鞫問)하였다. 왕이 "마땅히 그를 재궁(梓宮) 앞에서 참(斬)하여 대행(大行)의 영(靈)을 위로해야 한다"라고 하자, 일경도 이르기를, "저도 또한 대행(大行) 옆에 죽고자 합니다"라고 하였다. 호룡을 잡아오게 하여 이를 국문하자, 호룡은 얼굴빛이 바뀌면서 말문을 닫고 고신(拷訊)을 네 번 하여도 복종하지 않고 끝내 죽었다. 의연 또한 형장(刑杖)을 맞아 죽었다. 왕이 명하여 일경을 참형(斬刑)에 처하고, 의연과 호룡 또한 전형(典刑)을 추시(追施)하였다. 그리고 그들의 당(黨: 소론)인 이천해(李天海), 윤취상(尹就尙), 이사상(李師尙)을 죽이고 유봉휘, 이광좌(李光佐), 조태억을 찬출(竄黜)하였으며, 김창집(金昌集), 이이명(李頤命), 이건명(李健命), 조태채(趙泰采)의 관직을 회복하고, 기타 임인옥사(壬寅獄事)에서 억울하게 죽은 자들의 작질(爵秩)을 추증(追贈)하였다.

영조(英祖) 원년(교호 10년, 을사년)에 고(故)영의정 김창집, 좌의정 이건명, 우의정 조태채의 관작(官爵)을 회복하고, 관원을 파견하여 제사를 치르게 하였다. 정호(鄭澔), 민진원(閔鎭遠), 이관명(李觀命)에게 관직을 수여하고, 다시 노론파(老論派)를 중용(重用)하였으며, 소론(少論)의 권세는 거의 땅에 떨어졌다. 이어 이광좌와 조태억 등도 차례로 세상을 떠났다.

6. 권말(卷末)에 조태억(趙泰億)이 적은 하야시 도슌[林道春], 하야시 슌사이[同春齋], 하야시 야스시[同靖, 春德], 하야시 노부야스[同信篤, 鳳岡]에 관한 전기(傳記)를 이하에 게재하여 참고로 이바지하겠다.

하야시 라잔[林羅山, 도슌[道春]전[6]

하야시[林] 씨, 명은 다다시[忠], 또는 노부가쓰[信勝], 자는 고노부[子信]. 라잔[羅山]은 그의 호이다. 또한 라후잔[羅浮山], 후잔[浮山], 세키간

코[夕顔巷], 운보캐[雲母溪], 손케도[尊経堂], 바이카손[梅花村], 자민[麝眠] 등의 호들이 있다. 그 외에 사부로[三郎]라고도 칭했으며 유명(幼名)은 기쿠미가쿠[菊磨, 따로 기쿠마쓰마루[菊松丸]라고도 씀]이다. 그 조상은 가가[加賀] 사람인데, 나중에 기슈[紀州]로 옮겼다. 부친 노부아키라[信明, 信時]에 이르러 헤이안[平安, 京都]에서 살았다.

라잔은 태어날 때부터 신채(神彩)가 수철(秀徹)하고 대충 문자(文字)에 통하였다. 13세에 이미 국학(國學)을 이해하고 연사소설(演史小說)을 외웠으며, 나아가 중화(中華)의 기록을 살펴 한 번 보면 잊지 않았다. 세인이 칭찬하기를, "이 아이의 귀는 주머니와 같다"라고 하였다. 나이 14세에 겐닌지[建仁寺]에 들어가 책을 읽을 때가 병란 직후라서 서적(書籍)이 몹시 모자랐다. 라잔이 백방으로 찾고 빌려서 외우고 가르치기를 새벽까지 하였다. 치류(緇流) 학자들이 시험삼아 의의(疑義)를 물으면 즉시 낭랑하게 변석(辨析)하였다. 모두 다 신동(神童)이라고 칭찬하였다. 장성함에 이르러 영매(英邁)스럽고 절륜(絶倫)하며 광세지재(曠世之才)가 있다 하여 더욱더 백가(百家)에 불려 다녔다.

무릇 글로 쓰여진 것 가운데 살펴보지 않은 책이 없었다. 그 가운데 육경(六經)을 가장 소중히 여겼다. 일찍 말하기를 "한당(漢唐) 이후의 문자(文字)는 모두 근원이 있다. 그 대요(大要)는 육경으로 돌아간다. 단지 육경의 문자는 근원이 없다. 길은 원래 여기에 있다. 후세에 능히 육경의 뜻을 터득한 것은 단지 정주학(程朱學) 뿐이다. 오늘날 이단(異端)과 외설(外說) 또한 이를 막아놓는다. 이를 힘 써 열어젖혀야 한다"라고 하였다.

---

6 이 아래는 2번에 소개된 스기하라 이잔(杉原夷山) 저 『일본서화인명사서(日本書畵人名辭書)』에서 인용한 글이다.

그는 결국 낙민지학(洛閩之學)을 일으키기를 결심하고, 스스로 도맡아 문호를 열었으며 따르는 자를 모아서 사서신주(四書新註)를 강설(講說)하였다. 따라서 듣는 이들이 몹시 많았다. 이해에 겨우 약관(弱冠)을 넘어섰다.

이때 학문(學問)이 인멸(湮滅)된 지 오래 되어, 민간에서 책자(冊子)를 옆에 끼고 다니는 자가 없었다. 그러므로 주위에서 놀라고 의아해하며 기이한 일이라고 서로 말을 주고받았다. 그때 마침 후지와라 세이카[藤原惺窩]가 있어 라쿠호쿠[洛北, 京都 北部]에 은둔하여 지내면서 이미 이학(理學)을 주장하였다. 라잔이 그를 경모(景慕)하여 제자의 예를 갖추었다. 세이카 또한 인물을 얻었음을 기뻐하고 나아가 고족(高足)으로 여겼다.

이에야스[家康]가 일찍이 라잔의 이름을 듣고 어느 날 불러서 자순(諮詢)해보고, 게이초[慶長] 11년(1606)에 조빙(朝聘)하여 박사(博士)로 삼았다. 그리하여 철저히 대비(對備)하여 고문(顧問)하였으므로 (이에야스가) 그 박식(博識)함을 칭찬하였다. 나중에 치발(薙髮)하여 도슌이라고 칭했으며 민부쿄호인[民部卿法印]에 서임(敍任)하였다. 라잔은 국가창업(國家創業)하는 시기에 크게 총임(寵任)을 받아 조의(朝議)를 창안하거나 율령(律令)을 정하는 막부의 문서를 거의 도맡아 작성했다. 4세(四世, 네 명의 쇼군)에 걸쳐 임명되었으며 직위(卽位), 개원(改元), 순행(巡幸), 입조(入朝)의 예(禮)부터 종묘(宗廟) 제사(祭祀)의 의식 및 외국(外國) 만이(蠻夷)의 일에 이르기까지 참여하여 논의하지 않는 것이 없었다. 메이레키[明曆] 3년(1657) 정월 23일 몰(沒). 향년 75세. 시호는 분빈(文敏)이다.

하야시 슌사이[林春齋]전

하야시[林] 씨, 명은 시노부[恕], 또는 하루가쓰[春勝], 자는 시와[子和], 후에 노미치[之道]로 고쳤다. 슌사이[春齋]는 그의 호, 또한 가호[鵝峰]라는 호도 있다. 그 외에 고요켄[向陽軒], 기켄[葵軒], 지쿠요[竹牖], 하하이시[爬背子], 기간사이[晞顔齋], 야로사이[也魯齋], 가쿠부쓰[格物菴], 온코치신사이[溫故知新齋], 도세쓰간게쓰안[頭雪眼月菴], 보카즈이류도[傍花隨柳堂], 신이우[辛夷塢], 주린[仲林], 난소[南牕], 고우[恒宇], 난톤[南墩], 오호[櫻峰], 세키카[碩果] 등의 칭호가 있다. 라잔의 셋째 아들로 모친은 아라카와[荒川] 씨이다. 겐나[元和] 무오년(戊午年, 1618)에 슌사이를 교토에서 낳았다. 천성(天性)이 지효(志孝)하고 온유하며 정고(貞固)하였다.

문사(文詞)에서는 나바 캇쇼[那波活所]를 스승으로 섬겼고, 마쓰나가 테토쿠[松永貞德]에게서 배웠다. 차츰 장성하기에 이르러 박람강기(博學强記)하여 경사(經史)와 자집(子集) 모두 궁구(窮究)하지 않은 것이 없었다. 게다가 본조(本朝)의 역사에 정통하여 제가(諸家)의 본문을 암송하고, 항상 물어보는 자가 있으면 응대하기가 물 흐르는 듯하였다.

간에이[寬永] 갑술년(甲戌年, 1634)에 부친을 따라 동래(東來)하여 에후[江府, 江戸]로 거주하였을 때에 나이가 17세였다. 그 해에 쇼군 이에미쓰[家光]를 알현하고 그 후에 다른 나라의 글을 초서(草書)하거나, 혹은 정사(政事)를 자순(咨詢)하였는데 능히 그 일을 감당하였다. 계미년(癸未年, 1643)에 명을 받들어 간에이계도[寬永系圖] 300권을 수집하였다. 쇼호[正保] 갑신년(甲申年, 1644)에 녹봉(祿俸)과 택지(宅地)를 하사받았다. 이듬해에 식록(食祿)이 가배(加倍)되었다. 만지[萬治, 1658~1661] 연간에 관금(官金)을 받아 진적(珍籍)을 소장(所藏), 비축하였다. 간에이[寬永] 신축년(辛丑年, 1661)에 호인(法印)에 서임(叙任)되었다.

계묘년(癸卯年, 1663) 겨울에 오경(五經) 강연을 종료하고, 사고(私考)를 만들어 온오(蘊奧)를 개시(開示)하였다. 그 일이 쇼군에게 전달되어 홍문원학사(弘文院學士)라는 칭호를 받았다. 나아가 마음을 사서(四書)에 깊이 두고 정주(程朱)를 독신(篤信)하였으며 국자해(國字解, 일어해석서)를 저술하였다. 그 외에도 편집한 책들이 매우 많았다. 경술년(庚戌年, 1670)에 국사(國史)를 편찬하였는데, 모두 310권이다. 관가에서 명하여 이름을 『본조통감(本朝通鑑)』이라고 지어주었다. 식록(食祿)이 가증(加增)되었는데 월봉(月俸)과 일당을 하사하여 제생(諸生)을 교육하는데 쓰도록 하였다. 또한 관청의 제목을 하사하여 학료(學寮)를 만들었다. 찾아와서 배우는 자가 날로 늘어났다. 온 나라가 그를 유종(儒宗)으로 여겼다.

엔포[延寶] 갑인년(甲寅年, 1674)에 명을 받들어 또다시 시노부노오카[忍岡] 성당(聖堂)을 개수(改修)하였으며 해마다 제사(祭祀)를 끊이지 않고 지냈다. 예전(禮典)이 점차 갖추어서 귀개(貴介, 고위자), 후백(侯伯, 여러 지방영주), 국로(國老, 지방의 가로직(家老職)), 집정(執政, 막부와 각 번의 최고 직위)들이 와서 제의(祭儀)를 보았다. 한가한 날에는 저술(著述)하는 것을 즐겼으며, 한사(韓使)가 찾아올 때마다 증수(贈酬)를 빈번(頻繁)히 하였다. 대략 시(詩)는 1만 수, 산문은 2천 편이 집에 보관되어 있다. 8년 동안 앓다가 몰(沒)하였다. 사시(私諡)는 문목(文穆)이라 한다. 향년 63세.

하야시 슌토쿠[林春德]전

하야시[林] 씨, 초명은 모리카쓰[守勝], 자는 시분[子文], 우콘[右近]이라고 칭함. 나중에 명(名)을 야스시[靖], 자를 히코후쿠[彦復]로 고침. 슌토쿠[春德]는 그의 호, 또한 간산시[函三子], 고반마이[考槃邁], 도쿠코사이[讀耕齋], 고톳시[剛訥子], 긴사이테이[欽哉亭], 세로[靜盧], 진사이[甚齋]

등의 호가 있다. 나중에 주로 도쿠코사이라는 호를 사용하였다. 라잔의 넷째 아들이다. 슌사이[春齋]의 동생이다. 가정(家庭)에서 글을 배웠다. 박람강기(博學强記)한 것으로 당시에 이름을 떨쳐 쇼호[正保] 3년(1646)에 처음으로 쇼군 이에미쓰[家光]를 알현하고 택지(宅地) 및 연봉(年俸) 200 포(苞)를 받았다.

축발(祝髮)한 후 슌토쿠라는 호를 사용했으며 제2린케[第二林家]라고도 칭하였다. 메이레키[明曆] 2년(1656)에 호겐[法眼]에 서임되었으며, 3년(1657)에 식록(食祿)을 더해주었다. 예전 것과 합하여 5백 석(石)이 되었다. 만지[萬治] 4년(1661) 3월 12일에 몰(沒)하니 그때 나이가 38세였다. 사시(私諡)는 정의선생(貞毅先生)이라고 한다.

하야시 호코[林鳳岡]전

하야시[林] 씨, 명(名)은 토오[戇], 또는 노부아쓰[信篤], 자는 지키민[直民], 하루쓰네[春常]라고 칭하였다. 호코[鳳岡]는 그의 호, 또는 세우[整宇]라는 호도 썼다. 슌사이[春齋]의 둘째 아들, 바이도[梅洞]의 동생이다. 어려서부터 총명하여 경서(經書)에 통효(通曉)하고 시율(詩律)에 탐닉하였으며, 형 바이도를 따라서 배웠다. 간분[寬文] 병오년(丙午年, 1666) 봄에 바이도가 죽자 호코가 26세 되던 새해부터 부친을 대신하여 제생(諸生)을 다스리고 시례(詩禮)를 도맡았다.

엔포[延寶] 경신년(庚申年, 1680)에 슌사이가 죽자, 호코가 직록(職祿)을 이어받아 오쿠라[大藏[卿]] 호인(法印)에 임명되었고, 홍문원학사(弘文院學士)라는 관직을 맡았다. 덴와(天和, 1681~1683) 신정(新政) 때라 밤낮으로 공석을 채우느라 바빴으며, 일이 없는 날이 거의 없었다. 처음에 사적(私的)으로 라잔의 서원(書院)을 시노부료[忍陵: 시노부노오카[忍岡]]에 짓고 고분칸[弘文館]이라 칭하였다. 공자(孔子) 및 십철상(十哲像)을 안치(安置)하고 봉사(奉祀)하였다. 겐로쿠[元祿] 4년(1691)에 호코의 뜻을 받들어 이를 유시마다이[湯島臺]로 옮겨 관사(官祀)로 삼았다. 경영(經營)하는 규획(規畫)에 더욱더 장려(壯麗)함을 더하여 쇼군 쓰나요시[綱吉]가 친히 대성전(大成殿)이라는 세 글자를 써서 이를 하사하였다. 사전(祀田) 천 석(千石)을 붙이고 관(館)을 설치하여 학사(學士)를 모았다. 아울러 택지(宅地)를 이 곳에 하사하여 조회하는데 편리함을 더해주었다.

생각건대 호겐[保元, 1156~1159] 이후 천하(天下)가 어지럽게 되자 사대부(士大夫)는 모두 금혁(金革)에 종사하여 문예(文藝)는 사찰에 떨어지고, 그 일은 오로지 오산(五山, 교토에 있는 임제종(臨濟宗)의 다섯 사찰)으로 돌아갔다. 국가가 융성하여 평화를 이루게 되자 유자(儒者)가 따로 일가를 이루었다. 그러나 여전히 제외(制外)의 무리로 보았다. 승려(僧侶)로 보고, 사대부 반열에 올리지 않았다. 이는 전국시대(戰國時代)의 퇴폐한 풍속이 아직 고쳐지지 않았기 때문이다.

호코의 사람됨은 호준(豪俊), 웅매(雄邁)하고 개연(慨然)하였다. 그가 생각하기를, "유학(儒)의 길은 즉 사람의 길, 사람을 제외한 유학의 길은 존재하지 않는다. 그런데 이를 배척하여 제외의 사람으로 보고 있으니, 이는 불가한 일이다"라고 하였다. 이때 쓰나요시[綱吉]가 크게 유도(儒道)를 숭상하였다. 드디어 명을 받아 머리를 기르고 다이가쿠노카미[大學頭] 노부아쓰[信篤]라고 칭하였으며 종오위하(從五位下)에 서임(叙任)되었다. 이로서 세인 모두 유교가 세상에 도움이 되는 것임을 알게 되었다.

호코가 역대 다섯 군주를 대략 60년 동안 섬겼는데, 겐로쿠[元祿, 1688~1703] 연간에 가장 신임을 받았다. 쇼토쿠[正德, 1711~1715] 연간에는 아라이 하쿠세키[新井白石]를 등용하여 논의가 서로 맞지 않아 누차 사임하기를 바랐으나 사면되지 않았다. 그의 명망은 날로 융성함에 이르렀다. 그가 주로 관장하는 바가 세 가지 있었으니, 관작(官爵), 계보(系譜), 상복(喪服)이었다. 이는 그가 맡았던 일들에서 가장 큰 것에 속한다. 그 이외의 기무(機務)도 맡지 않은 것이 없었으므로 호코의 문전(門前)에는 객인(客人)들이 항상 가득 차있고, 그 기세가 조야(朝野)에 떨쳤다고 한다. 덴와[天和] 임술년(壬戌年, 1682)에 명을 내려 아들 노부미쓰[信充]로 하여금 공묘(孔廟)를 관장케 하고 다이가쿠노카미[大學頭]로 임명하였으며 호코로 하여금 다이나이키[大內記]의 관직을 맡게 하였다. 이듬해인 교호[享保] 9년(1724)에 사임하고, 호코 스스로 세쓰세쓰오우시[拙々翁于子]라는 호를 지어 사용하였다. 그 후 8년이 지나서 졸(卒)하였으니, 교호 17년(1732) 6월 삭일(朔日), 향년 89세였으며, 사시(私諡)는 정헌(正獻)이라 한다.

다이쇼[大正] 2년(1913) 계축(癸丑) 겨울 조선 용산(龍山)에서 이마니시키만타[今西龜滿太]

【원문】

扶桑日記

[乙未四月日 東槎日記]

四月小

二十日 甲戌 晴。

辭朝後，仍渡漢津。申汝萬、李子範、李咸卿、洪大而、金仲文、洪遠伯、陸行之、謚平尉、南明瑞、金君玉、洪仲一、尹汝玉兄弟、朴汝道、金久之、李長卿、李一卿、李幼能、李季夏、洪君實、崔逸、金萬均、金迲諸人，同來敍別。臨夕，行到良才投宿。羅于天、金久之、朴世杜持酒，乘夜來訪，察訪趙丕顯亦開酌。

二十一日 乙亥 晴。

早發良才，板橋秣馬，龍仁中火。聞光牧洪子晦到葛川，邀與暫敍。夕投陽智止宿。站官水原府使金壽仁、本縣倅愼熹來見。察訪落後。

二十二日 丙子 雨。

發陽智，新里中火，竹山投宿。本州府使許邃、安城郡守金弘錫、陽城縣監，以站官入謁。從事以軍威覲親事先往。

二十三日 丁丑 晴。

發竹山，無極中火。呂州牧使邊復一出站，趙見素、韓昫、趙國賓子弟三人來見。夕投崇善止宿。本州牧使朴安悌出站，木川倅李喜年來謁。

二十四日 戊寅 晴。

朝發崇善，夕投忠州止宿。直往朴仲久所寓處，從容打話，臨夕乃還。

二十五日 已卯 晝晴夜雨。

朝發忠州，歷路見仲久，更與敍別。兒輩落後。夕投安保驛止宿。

二十六日 庚辰 晴。

早發安保，直到延豐縣境龍湫，與副使、淸州倅沈文伯、淸風倅金建中、槐山倅李道基、連源督郵尹誼之，往見瀑布，暫談小飮。仍踰鳥嶺，替馬龍湫。夕投聞慶止宿。尙州牧使林瑞出站。

二十七日 辛巳 晴。

早發聞慶，狗灘中火。星州牧使金宗一出站，權軍威以亮、南陽川昌祖來見。夕投龍宮止宿。主倅鄭彦說夜設小酌，與副使、李監察苾、朴參奉重輝同飮。

二十八日 壬午 雨。

朝發龍宮，夕投醴泉止宿。主倅金寅亮設酌于快賓樓。副使及李監察、一行軍官員役皆參，夜深乃罷。

二十九日 癸未 晴。

朝發醴泉，豐山中火。榮川郡守李河岳出站，前持平南天澤來見。夕投安東止宿。夜與副使及主倅敍話小酌，夜深而罷。

五月

初一日 甲申 晴。留安東。

會望湖樓，主倅李俊耉及寧海倅成伯瞻、本府判官、安奇·金井·昌樂三督郵，皆參設酌。一行軍官員役等，皆得與宴。

初二日 乙酉 晴。

食後發程，到前江，乘舡敘別後，馳到日直。安東倅李子喬亦追至，與站官寧海倅暫敘話，卽發。夕投義城止宿。

初三日 丙戌 雨，留。

主倅尹惟謹、站官仁同府使李廷楫開酌，終夕而罷。

初四日 丁亥 晴。

早發義城，青路中火。盈德縣令朴烶出站，軍威縣監南得雨來見。夕投義興止宿。柒谷府使李俊漢來謁。

初五日 戊子 晴。

早發義興，新寧中火。大丘府使李淀出站，主倅金埥入謁。林川奴里金來候多日矣。夕投永川止宿。本道監司南翧來候，與之開酌敘話，夜深乃罷。站官清道倅沈長世、高靈倅朴世基、主倅李呴入見，長水察訪黃澤陪行。

初六日 己丑 晴。

食後發永川，毛良中火。慶山縣監李徽祚出站。夕投慶州止宿。主牧鄭良弼、興海倅李汝澤，乘夜來見開酌，而困憊特甚，固辭卽罷。

初七日 庚寅 晴。

朝發慶州，仇於驛中火。延日縣監李弘祚出站。夕投蔚山止宿。直到金濟州寓處敘話。

初八日 辛卯 晴。

早發蔚山，數里許有亭舍，與金濟州、府使尹世任敘別。夕投龍堂里止宿。密陽府使尹得說出站,邀與相見。

初九日 壬辰 晴。

早發龍堂，秣馬立石，夕投東萊止宿。府使韓震琦邀與相見。得見京家平書，仍作答書，付狀啓便。

初十日 癸巳 陰。

午後發東萊，夕投釜山止宿。金海府支應。

十一日 甲午 晴。留釜山。

東萊府使以差倭平成連接待事來。乘駕轎，到門外，由正門入來，不識事體甚矣。捉致公兄推問而不杖。府使接倭後更來，而內外正門閉之，不爲入來，直還其府。左水使李文偉來見。

十二日 乙未 晴。留。

與副使乘月賦詩，仍聽琴歌，夜深乃罷。

十三日 丙申 晴。留。

熊川來，與之同宿。理馬持禮單馬來到。

十四日 丁酉 晴。留。

昌原府支應，比金海甚薄，不可堪。理馬朴弘遠到萊府，有徵捧人情之事，刑訊，而本府吏亦有趑不喂馬之罪，治罪。

十五日 戊戌 晴。留。

曉頭行望闕禮。府使設宴東軒，大張妓樂。熊川還去。

十六日 己亥 晴。留。

禁軍兩人相繼而至，盖以國書樻、改備樂器等物，賫來也。得見京書，仍作答書，付其歸。

十七日 庚子 晴。留。

十八日 辛丑 晴。留。

點心後晉州支應。長水督郵辭歸本驛。

十九日 壬寅 晴。留。

譯官金時聖等，自軍威徑來。

二十日 癸卯 晴。留。

倭人處禮軍馬入給。蔚山府使以接倭官來。

二十一日 甲辰 晴。留。

金時聖等聞從事官先文，中路近候事，下直。

二十二日 乙巳 晴。留。

鷹連入給於倭人處。

二十三日 丙午 晴。留。

從事官來會。譯官韓時說來，傳京書，得平安報。趙興源自栗浦來。

二十四日 丁未 晴。留。

笛人張一春自忠州來現。 慶州通引得芳、尙州通引應發、義興通引鐵龜、慶山通引德雄等，陪行事來現。

二十五日 戊申 晴。留。

左水使主辦，大張于賓日軒，衆樂具奏。七酌乃罷。此是使行時例設之宴也。一行員役皆入參，至於理馬、樂工等亦與焉，皆受排床，於渠榮矣。此日朝前，軍官羅得聖、醫員韓亨國、譯官張偉敏等，笞罰。

二十六日 己酉 陰。留。

將設祈風祭於永嘉臺，以李明彬兼典祀、讀祝等事，從事官製祭文，而鄭琛正書，金義信書位牌大海之神四字，安于卓子上。是夜自初昏下雨，達夜不止。梁山倅金迲委訪卽還。熊川支供。

二十七日 庚戌 雨。留。

曉與副使、從事冒雨，往會於臺上。時尙早矣，暫憩于歇所，待丑時，入庭獻酌，一依五禮儀儀註。行禮後卽還。此日乃乘舡涓吉，而大雨之餘，風勢大作。午後暫出浦口，乘舡卽下。還寓東軒，萊伯設餞杯。譯官朴亨元持倭人禮單下來，行中譯舌不足，成送公事于該曹，仍爲帶去。後事嫌其舡員役之小，請帶卞譯，故許以朴譯代察掌務之任。

二十八日 辛亥 陰。留。

以乘舡，待賜筆事狀啓，仍付京書。

二十九日 壬子 晴。留。

與副使、從事，會于東軒。熊川設酌，仍餉軍官員役於別廳。酒饌頗精。三房妓生處，各給食物云。熊雖小邑，官力亦不偶然矣。

三十日 癸丑 晴。留。

聞承文正字李亨千賚御筆，來到東萊。

六月

初一日 甲寅 晴。留。

曉頭行望闕禮。食後一行上下具冠帶迎候五里程。御筆到幕次，使臣及員役前遵，到館門內，祗迎。正字持御筆，直上大廳，奉安於床上。後與水使及守令邊將等，分東西庭，行四拜禮。訖三使臣盥手，就床下，跪拆見，還爲封裹，安于國書奉安之傍。罷後正字行四拜禮，爲國書也。此便得見京家平安書。以御筆祗受，及平成連書契回答趁未下來、方爲待候發舡之意，狀啓成送。仍付答書於京家，得見閔寅甫、金一正書問。興源還去。

初二日 乙卯 陰。留。

執政等處，御筆賜送事，添入書契，改書下來，換而納諸樻子，前來書契，還送該曹。

初三日 丙辰 雨。留。

身到地盡頭，過此忌辰，心事倍惡。

初四日 丁巳 雨。留。

山陰相去四日之程，冒雨來訪，辛勤多矣。因與同宿。

初五日 戊午 雨。留。

三使臣會於中大廳，改拆御�，精加封裹，奉安。與山陰小飮，副使、從事來會。山陰逃醉而還。自如察訪李奎岭來訪。平成扶送言于譯官處所，授鷹子五十五連內，十五連已爲致斃，其餘亦背退食云云。一邊移文於本道監司，道內鷹子分定各邑，急急輸送，而行次雖或發舡，追給館倭，使之入送之意，馳啓。而霾雨浹旬，海霧籠山，遠近莫辨，順風無期。累日載舡，趂不得渡，時當改羽，傷斃固無足怪，而趂卽充數無弊入送，亦未可必，極爲可慮。

初六日 已未 雨。留。

禁軍持回答書契來，得見京家平安書。

初七日 庚申 陰。留。

禁軍持平成連禮單來，連得京報，仍付答書。

初八日 辛酉 晴。留。

萊伯以明日定爲乘舡，故乘夕開酌敍別。蔚倅亦來會。

初九日 壬戌 晴。

辰初三行一時乘舡，出浦張帆。風勢甚緊，日未午，越海無事，而雲暗不得入鰐浦。徑泊佐次奈，下碇宿於舡上。而從事所乘之舡，中路舡尾折破，不得前進，狼狽極矣。吾舡無事渡涉，而舟中之人盡皆昏倒，面無人色，其舡之景色可想。日沒之後，邈無消息，殊甚可慮。自釜山，抵佐次奈,水路四百八十里。平成連追到，問三舡消息，答以不知，尤爲悶慮。

平成幸方留鰐浦，聞行次舡向佐次奈，卽來問安。令譯官措辭答之。懸燈後來，呈三重饌盒、酒一桶，分給行中下人。與副舡下碇一處，舡上相對，暫與敍行舡艱苦之狀，而相距稍遠，不能盡吐可鬱。副舡亦未免水入舟中，員役衣服雜物並皆掛於舡上，洗灑爛熳。所載色紙皮物亦皆沉水，水之入舡多少，據此可知。上舡所載禮單，慮有沾濕之患，使朴亨元點檢則白苧布所入之樻，一隅暫濕，卽爲拆見，幸免漸汙。還爲結裹，封標還授。日沒後，頗有雨徵，初二更中，雲捲月出。

初十日 癸亥 晴。

平明副使送言曰："倭人來傳'從事昨日夜深後，始泊志志見'"云。疑慮之際，始得此報，不覺喜抃。而此報亦非信的，卽與相議，言於護倭，發飛舡，載送朴之墉、丁之碩，使之哨探。一邊送三舡員役、吳仁亮、卞爾標等亦令轉向志志見，而差倭等來言'今日差晩則似有風氣，趙早發行'云。卽爲回舡，行出浦口，風逆浪起，舟行甚遲。倭舡六七隻前導挽引，盡發舡格另加櫓役。自佐次奈至鰐浦僅三十里，而午後始泊於浦中。浦內人家數十戶豐崎縣所屬也。幸倭送言于舡上，'館宇涼薄猶愈於舡上，願下止宿。' 依其言，與副使乘轎同抵館舍，則所排等物殊甚薄略。少頃島主委送小倭問安，卽招見面答。仍招平成幸、平成連，暫致議行勢勞苦之意。昨日平成扶晩後自釜館難發，中路見從事舡危急，調其舡格數十人，多般救護，夜分後始泊志志見云，始知其朝前所聞之不靈矣。丁之碩入夜乃還，傳納從事手書，始得隔世消息，其喜可掬? 仍聞其舡尾木並預差而俱折，以橋板揷之而又折云，極可怪也。急據間能作祭文酹神祈祝云，聞來差强人意。此日與副使聯枕。

十一日 甲子 晴。留鰐浦。

平成幸來獻饌盒於兩行，卽並其酒器分給于軍官員役等。令首譯措辭答之。平成連以不敢退在，往迎從事之意來告，使譯官鄭時諶、李承賢同乘其舡，仍爲候問。差晩又發，舡將黃生以小舡四隻曳送第一舡預備尾木，蓋爲從事陪行之地也。終日昏昏如醉，枕藉以過，苦況多矣。居處湫隘鬱鬱，不可堪。令小童輩分邊投壺，其無聊可想。

十二日 乙丑 晴。留鰐浦。

洪譯來呈下程記，辭以未到府中之前，不可徑受。只留中官下官等饌物，使之分給。下程記所錄則

米醬酒醋雞豬魚采芥子等物，而洪汝雨言內，所納之物不實，至於豬肉魴魚，全不來納。若於朝前，使卽依錄棒納，則未知何以爲辭。其間虛張情狀，殊涉可惡。食後倭人來傳從事昨日所封書，槩以舡隻幾盡脩補，欲於今日來會，風勢不順，方爲悶慮之意。與副使相議以渡海日危急實狀，具由搆出狀啓草，而待從事官來會，使之正寫。一邊作家書以付此便。朴之墉初更回自志志見村。

十三日 丙寅 晴。留鰐浦。

午後從事始得來會，相與慰賀，仍爲同宿。平成扶偕從事來，呈納餠盒於各行，領受卽分給員役及下人處，令譯官措辭答之。從事舡糧餠沉失小遺云，石魚甘醬等物分移於其舡。

十四日 丁卯 晴。

平明發鰐浦作行。南風逆吹，諸舡以櫓役次第而進。島主送頭倭問安，仍呈魚采三種領受，招見使倭，答辭以還。食後島主又送平成政問安，招見卽還。夕泊佐賀浦，宿於舡上。是日行一百二十里。

十五日 戊辰 晴。

曉頭行望門闕禮於舡上，仍爲作行。行過住吉灘，數十里長峽摠是佳山美水，行忙不得停舟縱觀浦。行未半，岩上有數間板屋，問之則住吉

寺云。島人以爲靈驗，過此必爲之祈禱云。海水之灣回爲浦者，羅絡左右，峰巒奇秀，層岩殊狀，草木亦不尋常，可謂別區。言其形勝，則武夷九曲必不踰此。第是蠻人所居之地，不得比而論之。行可五十里，島主送頭倭問安，仍呈餠果。潮退風逆，舟行甚遲，督櫓而進。望見浦口，大舡設帳幕，小舡羅列而來，問於倭人，則島主請行揖禮，下交倚答之。大槩夷人不閑禮貌，鞠躬作揖，不成模樣，但洪譯言內島主舡上別設堅板，此異於前而中路問安之數，比前有加云。接待之事姑未知勤慢之如何。島主先遵而行，下舡入府，三使臣亦鱗次而前中流下碇。島主送言'願下舡'，一行具冠帶，奉國書祭文御筆，分盛于各龍亭彩輿下陸。先陳軍衛，次設儀仗，入府中行五里餘，始抵館宇。安國書御筆於廳中，三使會坐於東邊小廳，卽設振舞。倭奚進止，退床後，旋呈果器。方其入府之時，左右觀光者如堵牆，問之則本島所屬八郡男女來會云。人戶幾至數千餘戶，而太半依構於山麓。將官家舍、僧人寺刹，挾道兩邊，連亘彌漫，園林極盛。島主家則距浦口一里許矣。觀光女人首無結髻，只束髮如未髻者然。或張小傘，或著如羅兀竹簑，或以扇障面，或以長衣蒙頭，只出面目，而但開口則齒皆涅黑，看來可駭。其俗作夫卽涅齒云。所寓館舍甚僻，院名長壽，新造極精。雜卉脩竹自成園林，亦一淨界。成扶、成連並來問安，招見以致護行無事之意。自前使行下陸，則威儀前遵，軍官等乘馬前驅，使臣乘轎，以次而行，今番處有無前之擧，島人皆以爲駭云。是日行一百二十里。府中聲勢三面阻山，而諸山峭峻，無一平行可耕之地，島中之常患貧窶蓋以此也。屋宇依山，蚊虻甚多，達夜不能安枕。

十六日 巳巳 晴。大風。留長壽院。

島主送人問安，副使軍官鄭斯翰及一行格軍數十人乘小舟欲移樓舡之際，舟沒傾覆。倭人沉水者僅得極出，雖免死己之患，而不幸甚矣。可作前路不謹者之戒愼哉！平成扶問安，不爲招見。平成幸以病爲辭，終日不來。島主及達長老送呈饌盒，無辭以卻，依例留之。進呈下程米及各種饌物，而員役以下則不能准數，隨所備捧納，未知此島物力或不能如前而島主之威令不行之致耶？折或輕視今番使行，有此擧耶？甚可駭慢。使譯官言于倭人，中下官所給之物減負其數，卑不得更是。從事臨夕來見。

十七日 庚午 雨灑。留長壽院。

島主送人問安。栢長老送言，仍呈饌盒。禮單雜物自舡所移運院內，看檢沒除，出島主處所禮單，以爲明月傳給之地。洪喜男以別書契賚來之意，言及于平成幸，使之轉通於島主，答以'此事當爲周旋而長老等亦不可不知，明月傳書契時，並皆傳之'云。終日昏昏，移時午睡，氣甚備矣。

十八日 辛未 雨。留長壽院。

洪喜男、金謹行等朝前先送禮單，食後持書契，往于義成處傳給。回報曰："雨勢若晴，則義成、長老等當於今日內來謁。"差晩平成幸、平成扶、平成傳等來言"島主今將來矣，俺等先來於此待候"云。俄而五六倭人入來，以竹箒淨掃庭內而出。盛陳一行軍儀於庭之左右，成幸等序立於門內之左。三使臣具冠帶，出大廳西壁以待。義成到門外，下轎卽開門。使臣出楹外，義成及達、栢兩長老以次而進。至層堦，脫履上楹，使臣以手推引。至堂中相楫後，分東西平坐。義成使洪喜男傳言曰："行次無事入來，俺等深以爲喜幸。"答以'頃於舡上，望見不得接話，今日幸蒙來訪可幸。曾見書契，必於八月上旬期以江戶，故俺等四月辭朝下來釜山，風勢不順，今始渡海。前頭則風勢漸高，舟可慮不可不趙，卽整治前進矣。'義成答曰："此意俺亦知之，敢不唯命？"使洪喜男言于義成曰："從事官舡海中遭風勢甚危迫，適宜平成扶追至救護，且賴小舡多數曳遵，僅得止泊。島主之前期申飭可知，多謝。"義成答云："莫非兩國德蔭。俺何力之有?" 行茶禮後, 義成等辭退, 使臣行揖禮以送。平成幸等及恕首座請謁, 暫招見。昏後義成送饌盒, 留之。軍官韓相及李夢良等入告曰: "館中候倭一人扇子寫三使臣職姓名, 看來可駭。欲爲奪取則倭人裂破, 故不得取來矣。" 三使不勝驚愕, 出坐大廳, 令洪、金兩譯推問, 其倭人言內, "從事書記朴文源房中冊子所記, 俺自勝書"云。其冊子眼前推納則果爲特書。行中下人敢於渠書冊書出使臣姓名事, 甚可駭, 所記中不無可諱之事, 而切不秘藏, 掛諸倭人之眼, 使渠任意謄出, 尤爲可駭。且聞前行軍官中有愚濫者, 至於盜謄使臣詩句, 打圖書捧價於倭人以賣云。若於此事不爲痛懲, 則行中無所畏戢, 未免有前日之患。不得已施文源刑訊一次, 嚴敎于行人, 使不得私記。

十九日 壬申 雨。留長壽院。

義成送人問安。午後送李尙漢、金時聖兩譯于義成處, 以謝昨日來見之意。

二十日 癸酉 雨。留長壽院。

義成送人問安。平成傳送呈沙糖正果。義成點見樂器後, 欲爲封裹, 請送譯官樂工, 遣卞爾標、薛義立。

二十一日 甲戌 陰。留長壽院。

義成送人問安。送使臣禮單于義成及諸處, 而島主處則吳仁亮賫去。

二十二日 乙亥 晴。留長壽院。

義成送人問安, 仍致諸宴之意。先後再三送言要臨, 三使以次作行, 行四里許始到島主家。路傍觀光不如前日之騈闐, 而男女挾道觀光者亦不知幾百人。到中門外下轎, 奉行二人前導引至廳上。義成出楹外相迎, 入大廳行再揖禮。達、栢兩長老亦依此爲之。行中軍官員役以下拜禮於楹外, 使令吹手等行庭見禮。畢後主客皆交倚坐, 預設四行高排于高足床。行九酌而味數則逐盞而進。罷後各入廳後, 移時休憩仍出。與平坐進花床, 行杯數巡之後, 長老等作詩以呈, 卽席酬酢, 此是前例云。交歡之際不可使落莫, 故許之。日已昏矣, 張燈罷歸。是日極熱苦不可堪。茂眞患病甚重, 不得陪行。

二十三日 丙子 晴。留長壽院。

義成送人問安, 仍謝昨日宴會之行。

二十四日 丁丑 晴。留長壽院。

義成送人問安。茂眞所患極熱可疑。使倭人覓家以爲出置之計。

二十五日 戊寅 晴。留長壽院。

禮單馬二匹樂器等物載送倭舡。義成送人問安。與副使、從事會話。出送茂眞, 心甚矜惻。

二十六日 已卯 晴。留長壽院。

義成送人問安。恕首座送呈實果。與兩使會話。

二十七日 庚辰 晴。留長壽院。

義成送人問。在鱷浦所送飛舡尙未回還, 未知其由。初二日將向一岐島狀啓、成貼鴟木催送事, 移文水使發送飛舡, 仍寄家書。達長老、平成連、平成扶等各送實果粘飯饌盒, 極涉支離, 辭而卻之, 渠必無聊, 不得已留之, 卽爲分給一行。粘飯則以蒿草精包粘米, 三處束結, 重蒸盛以足床上置, 太末雜以雪糖, 數合裹紙, 蓋爲塗飯而喫也。一床所盛幾至六七十束矣。送軍官于舡所卸, 置舡中卜物于水邊, 以爲明月舡底煙燻之地。與兩使會話。茂眞發表快愈, 似非染疾, 而旣出之後, 事難卽還, 仍令在其處調理。

二十八日 辛巳 晴。留長壽院。

義成送人問安。以下程剩米三十餘斗, 分給館中使喚倭數十餘人處。平成傳送呈西果。鵰木自釜山來到。

二十九日 壬午 晴。留長壽院。

義成送人問安見。東萊倅書得聞朝家無事之報。送來三介鵰木皆不合坐舡之用, 以府中所斫二年木新造。平成幸等四人來傳請宴之意。三使會大廳, 招見諭之曰: "一往一來禮無不答, 念二日宴會之後, 島主所當卽爲回謝。其間雖有使行忌故, 且有國忌, 不得出接, 爲主人之道 翌朝卽當來謝, 仍爲懇邀, 而爾等今以不得不赴宴之意, 敦迫至此, 此何道理? 極爲未安。" 成幸等曰: "下敎之意誠然矣, 島主之事果爲未盡。但前頭各站之人皆來探候, 至於薩摩州人, 方來於此。若知以島主人事未盡之故, 終不爲赴宴行禮, 則其在聽聞爲如何哉? 願赦前愆以責來效。俺等今請受罪。"三使相議, 蛇蠍之事不得相較, 今姑許之, 以觀他時所爲, 可矣。仍說與不得已强赴之意, 成幸等再三叩謝而去。午後以平服往于義成家。新構別院不施丹碧, 極其精潔。文房奇翫屛簇之物, 多設座右, 無非誇張之事, 看來可笑。設振舞, 三酌而止。久坐極苦, 欲爲徑起, 而剛被苦挽, 起而還坐。進花床, 三酌而罷。洪譯言內自前有此禮, 而今番則一依關白接時所設之花云。各設各樣花木而以木入染造成極其奇巧。中設一大花床, 而松木龜鶴雜彩聘耀, 床皆塗金矣。恕首座送枝三太多食, 狀如拳舞者一介, 裹以竹皮矣。

七月

初一日 癸未 晴。留長壽院。

曉頭行望闕禮。義成送人問安。平成扶來言島主回謝之意。差晩島主來見，兩長老進後入來，略設茶果，卽爲辭去。令譯官留長壽院主僧、平成幸、成扶、成傅等四人饋果子果實燒酒二杯而送。成幸之子各呈桃實一器，成扶又各呈西果二箇。

初二日 甲申 小雨。留長壽院。

義成送人問安。昨日達僧願送金義信、韓時覺，以此意言于義成，則義成以爲不可，勿爲許送。依其言措辭不送，未知義成之意如何也。

初三日 乙酉 陰。留長壽院。

義成送人問安，願送寫字畵員等，許之。調各舡格軍，擔運禮單卜物於舡所。是夕小通事金春男與行中下人十七，名同謀以所食剩米貿銀，發覺。

初四日 丙戌 晴。留長壽院。

義成送人問安。是日必欲乘舡，而逆風連日大作。義成累次送人風勢如此，勢難發舡云，不得已停行。留滯此處將至二十日之久，前路杳然，歸期漸此差池，鬱悶不可堪，而一歧此諸海最距，不得長風則渡涉極爲可慮，不得不愼處也，奈何？與副使從事官同坐貿銀發覺人推覈後，輕重各加刑訊。首唱人金春男、同謀人慶州官奴敬民罪係潛商，刑訊一次，不之以懲其罪，且無以礪日後，故著枷出送，自朝廷處置之意，狀啓中添入。所貿銀等九兩則招平成扶，使之分給于物主處。義成又送人願送寫字畵員，許之。

初五日 丁亥 晴。留長壽院。
義成送人問安。

初六日 戊子 晴。留長壽院。
義成送人，兩倭逐日相替以來傳言云，各給扇子油墨等物。平成連送呈眞果，島主送海魚家豬酒盆，以明日乃七夕而來呈云。茂眞先送禮單馬所載舡。

初七日 己丑 晴。留長壽院。
義成送人問安，送生銀魚，此地不産，而池中所養者，爲行次沒數取來云。留滯此以無聊特甚，聽笛及瑟。一行以敬民首謀冤枉事齊訴，且觀其供辭似涉軟聲揷木，相議削其名於狀啓中。

初八日 庚寅 晴。留長壽院。
義成送人問安。

初九日 辛卯 晴。留長壽院。
義成送人問安。令李明彬領祈風牲幣，往於祭所。

初十日 壬辰 晴。留長壽院。
曉頭行祈風祭。義成送人問安，送西果各三箇。卜船格軍巨濟 知是浦 金命立患耳腫極重，送韓醫看審，則回言內不但濃汁自內外流出，元氣澌盡，言語艱涉，似不能救云。且昆陽格軍文蘭養患脇痛苦重，固城格軍朴苍伊病勢極重出鼻血，似是染疾。卽令並皆出置於浦邊人家，各給米七斗，令倭人救護，待差病以爲出去時裹糧之地。

十一日 癸巳 晴。

日出後舡將黃生告目內，東北風起吹若不止，則可以作行云。俄而舡將等皆來言"風順可發。" 令一行整束，一邊通於島主，而此風於倭舡，不但正順，且不整待，故成幸等以不可行之意防塞。論以風作之後，始爲發行，則難發之際自爾遲遲，日勢且晩，大海難涉，今日雖不得渡，固當乘舡以待順風云，則成幸等歸告義成。義成亦以爲然，還報俺當先出乘舡，行次追後以發云。依其言停行，暑退後出來。留院二十六日喫苦之餘，登舡望海，雖未卽涉，覊懷甚豁。初昏新月滿天，數十舡頭各明燈燭，景致令人發興。第舡上夜氣蒸鬱，開窓以宿，蚊蟲多侵，不能安寢。聞夜間病人命立，不能救懷矣。言于平成連處，以薄板造棺，送歸於出去之舡。

十二日 甲午 晴。留舡上。

義成送人問安，仍達風發則相通作行意。洪譯言內，"癸未年則使行悶其以留，徑出乘舡，而義成恬不動念，不爲出來，今番渠自先出以待使行，事異於前。此出於關白優待之故"云云。

十三日 乙未 雨。仍留舡上。

義成送納鰱魚一尾、昆布十八把、酒大一桶，曰人自大阪持來之物云。分送各舡。去夜平成扶及長壽院小持紙來視洪譯曰："十三、十六、十七日本拘忌之日也。雖有順風，決不可發舡。" 勢將累日留滯，洪譯亦以爲悶，拒辭防之，入夜之後，兩長老來，要與洪譯相見，卞詰而去。今日下雨不得發，誰謂倭人善占風雨也？若知雨，俟一夜之間，諸倭何勤勞至此？可笑。今日島中觀燈薦香之日也。島主以此意送言曰下陸。初昏島中家懸燈，似是我國四月八日。自此日至十五日，連夜如此云。夕間義成送三重盒酒一桶，分給員後等處。

十四日 丙申 晴。

雨後風勢似順而甚猛，不敢發舡。義成送言固請下舡，三行乘夕上海岸寺宿。

十五日 丁酉 晴。

曉頭行望闕禮。食後行中齊言風順。相議乘舡，出浦口親自占風，則與浦內風有異，決不可行，卽還下碇，仍宿舡上。成扶不知行中本意，來在舡上多發不好之言，其痛甚可言？義成初乃聞知極以爲訝，使成幸諭以行中鬱悶，强爲此擧之意，則義成亦爲解惑云矣。

十六日 戊戌 晴。留舡上。

義成送人問安，仍請下舡，而舡上亦不至苦甚，且旋上旋下有同兒事，諭以好意，不爲下陸。今日風勢似順，而義成以拘忌爲辭，無意護行，痛甚奈何？分給扇柄於舡中上下人處。

十七日 已亥 晴。留舡上。

飛舡自釜山入來。平成扶來傳文書一封、樻子二隻，拆見則備局公事一道、慶尚監司東萊府使移文各一道。樻子所盛則白綿紬五十疋、五色紙六十卷、白紙百卷，以渡海時沾濕狀啓之故，改備付館倭入來者也。此便不得見家書可鬱。以此事自朝廷送書契于島主處云。送納五日下程島主乘舡。

十八日 庚子 晴。

義成送人問安。在舡上等風而風勢不順，苦不可言。義成又請下舡，乘夕上海岸寺宿。送呈梨芉西果等物。

十九日 辛丑 晴。仍留海岸寺。

夜來下雨，日曙後卽晴。義成送人問安。

二十日 壬寅 晴。仍留海岸寺。

義成送人問安。村閭連夜懸燈，其誇耀之狀有同兒事，可笑。義成來西山寺，願送李明彬、金義信、韓時覺，只許金韓兩人送之。舡將等來言明日當有順風，送言于義成處，期以趁早乘舡，令員役等曉頭炊飯蓐食。

二十一日 癸卯 晴。

平明乘舡，封狀啓給與倭人，使卽出送。義成來言俺已發矣。諸舡一齊出浦，則初日射紅，掛席開洋。日將卯時，西南有風。倭舡二十八隻、行次舡六隻，或先或後。午後西風正順，而風力似微，舟行未疾。申時始近一歧島，倭小艘多數出來，各引舡而去。到泊浦口則浦內人家僅百餘戶，而皆蓋以草，蓋瓦尾者只數家。義成送平成幸等請下舡，卽依禦下。日已向昏，設振舞，饌品與馬島相似，而臭變不可近。撤去後，又進飯，中官以上則例呈振舞，而下官則以乾物計給云。屋宇爲此行新構，而精麤相雜，且土壁未乾濕，氣重人苦況多矣。達僧無端入來，不坐而還，蓋其意爲問起居，而方設振舞，趁未起敬故也。令洪譯喩以好言而送之。與副使從事官一處伴宿。自馬島來此水路五百里。倭人來候者甚多，而平湖太守來在二十里許，只送言問候矣。太守名鎭信之食邑。

二十二日 甲辰 晴。仍留。

送譯官鄭時諶問于義成處，竝問達僧。食後有順風，送言于義成，卽將發舡，而義成托逆風，日勢已晩竟，未果行。願送寫字畫員，許之。

二十三日 乙巳 晴。

平明義成告以當有順風，趁早作行，行中卽乘舡，齊發出浦，行僅數十里許，逆風大吹，舟不得進。倭舡先回，我舡亦卽次第回棹，還泊下館，苦況甚矣。

二十四日 丙午 晴。仍留。

逆風終日連吹，不得發。義成以本島太守之意，來呈饌盒。栢僧來謁，達僧辭以疾，送沙彌問安，並招見饋茶果。副使從事以所制五言律各贈兩僧，達僧願送寫字畫員，許之。平成扶入謁，責以每於舡上高聲無忌，此何擧措？極爲未妥。今後切勿如前。成扶答曰："敢不依命？" 其爲人本來妄毒，加以年老，倭人中甚不善者。此後恪謹何可望也？島中雖乏人，豈無差優者，而必令此倭護行，義成之昏妄，於此可知。

二十五日 丁未 晴。

逆風又吹，仍留。

二十六日戊申晴

平明發一歧，行三百五十里，始到藍島，日纔申矣。下陸則館舍敞豁，供帳器具，視歧島倍優。卽設振舞，饌品亦精。此浦口甚爲闊大，而越邊有一帶遠山連亘，白沙平鋪。傳言新羅忠臣朴堤上死節之地。夜分後驟雨，移時在舡員役等皆沾濕。此境屬築前，而太守名源光之食祿五十七萬石。夜半以微服來覘，如癸未年云矣。

二十七日 己酉 晴。

日出後始發向赤間關，纔出浦口，逆風大吹，不得行舡。在舡終夕，昏後下宿。

二十八日 庚戌 晴。仍留。

達僧持酒及詩來謁，次其韻以贈。義成願送讀祝官寫字畫員，許之。

二十九日 辛亥 微雨。仍留。

逆風連吹，不得發。與副使從事會話，仍招李明彬，與之聯句，以寓無聊之懷，夜深乃罷。

八月

初一日 壬子 乍雨。仍留。

曉頭行望闕禮。平成扶以島主言來，呈忍冬酒一壺、覆盆子酒二壺、餠一盒、麵二盒。與兩行各飮二杯，招各舡軍官及員役輩各饋一杯。

初二日 癸丑 雨。仍留。

午後雨止，南風大吹。浦口不宜藏舡，逆浪連天，迫舡甚急，諸舡甚危。筑前倅多送倭碇，分給各舡，猶不能定。舟人達夜相喚，濤聲撼枕，客懷尤惡，不得安寢。自馬島乘舡待風之後至藍島，各日下程米剩餘，多至三十余斛，使洪譯諭於成幸等曰："此米食餘無用，舡具負重，各舡護行倭人及通事等處欲爲分給之意。"成幸等亦以爲然。卽令給與米斛及酒桶醬醋桶三行所給幾至六十余石。聞義成發行之後，到處阻風久滯，多有窘乏之患，此米收納云矣。李明彬卒患腹痛，因爲氣塞，多施針藥，僅穌。

初三日 甲寅 晴。仍留。

風勢不順。格軍中有戶房庫直者來訴，看其面則左腮有血痕。怪而問之，格軍以爲渠手，斫手斗，以拳打腮，兄弟並力共搏云。聞來極駭，令兵房各打臀十五棍。

初四日 乙卯 晴。

義成送人問安，仍報風順可發之意。卽爲乘舡，時已辰矣。纔出浦口，潮逆風猛，舟不能安，雖不至渡馬島之危，驚波如屋，拍之則舡體大掀，自爾昏倒，不能進食。午後始得小喫，氣甚不平矣。未初始到赤間關，下舡投于安德天皇寺。與兩行坐大廳，俄設振舞。罷後移於宿所，寺前新造精舍頗敞豁矣。下程饌物不如築前州之豐侈，而亦不下於歧島云。而振舞則似無太減於築前矣。是夜秋氣倍多，夜且漫漫，曉來眠覺，仍不得寢。是日行舡二百四十里。主守年僅十五歲云，名松平大饍，守綱廣，地屬長門州食邑。

初五日 丙辰 晴。

義成送人問安，仍報潮順舡發之意。卽爲乘舡，行到二十里許，潮逆不得行，下碇留泊。日暮之後風逆且有雨徵，港口不宜藏舡，諸舡明燈櫓役，倭舡多數牽挽，還泊赤間關。夜已深矣，仍宿舡上。

初六日 丁巳 晴。仍宿舡上。

義成送人問安，仍請下陸，而下舡亦苦，仍留宿舟中。呈下程糧饌。

初七日 戊午 晴。仍宿舡上。

風逆不得行。粧房蒸鬱，寢不得安，設帳于房上，宿于平床，別無大段不平之候矣。

初八日 已未 夕小雨。仍宿舡上。

自江戶有往馬島之舡，問之則義成在馬島時，聞其子彦滿患痘疾，探其平否而來，仍爲出去云。成送狀啓以達今始到此，趁未前進之意，因付家書。

初九日 庚申 大雨終夕。仍留舡上。

日昏後東風狂急，波浪大起，舟中甚不安。夜深乃寢。平成扶多持渠碇而來，分給各舡，蓋爲風大舟動，慮有意外之患也。

初十日 辛酉 晴。仍留舡上。

雨則開霽，又有西北風，可以發舡，而風勢甚緊，不得行，鬱莫甚焉。而聞義成只持二十日糧，且聞將盡，而遲留六箇日，其意所在未可知矣。義成送人諸送寫字畫員等，副使不肯許。義成送平成扶驅迫鄭琛，扶曳戴舡而去，且多發不遜之言，看來不勝驚駭。初不許送，致有此變，亦涉自取，雖極痛惡亦昏，奈何?

十一日 壬戌 晴。仍留舡上。

送洪金兩譯於島主處，詳言昨日成扶作變之擧，則島主佯不知，似有駭色，而別無成扶治罪之事云，可痛。旣成扶以此後各舡往來之際，似爲推挫，不爲如前咆勃，似是受責而然也。

十二日 癸亥 晴。

義成送人問安，且連累日舡上，氣必未寧，願下陸待風，卽爲乘舡之意。三舡相議許之。未後下舡，授宿阿彌寺。是夕義成與兩僧來謁，仍爲饋酒而，渠不辭退，不得徑止。五杯燒酒，大醉不省，至於難席喧嘩，有傷體例，所見可駭。第醉裡所發，別無侵辱使臣之言。其說皆渠已年老，彦滿年少，島中且無任事之人，以是爲悶，願使臣歸報朝廷云云。醉人之事不乏深責，而至於嘔吐，與僧唱歌，切不起去，甚是苦境。使譯輩開諭挽出。

十三日 甲子 晴。

朝送下爾標於島主處，探其夜來安否，則答以"昨夜醉酒無禮，心甚未安，卽刻似有風勢，願卽下舡"云。催行登舟發行，纔發風變，乘潮櫓役，夜深後始到向伊浦。是日行一百八十里，宿船上。

十四日 乙丑 晴。

辰初乘潮發船。終日風逆，催督櫓役，而進寸退尺，舡行甚遲。日昏後始泊室隅。是日行一百二十里，宿於舡上。義成送問安，仍呈酒一壺、雀五箇。

十五日 丙寅 晴。

曉頭行望闕禮於舡上。巳初乘潮始發，張帆櫓役，申時到泊上關。此亦長門州所屬之地。館宇敞豁，傍有高樓，幾十餘丈。與諸行振舞後共登樓，而梯高甚危，僅得攀躋。初昏陰翳，初更後皓月滿空，令人神爽。以危樓望宸四字，分韻各賦詩，開小酌，仍與同宿。客裡暢懷，始於此日此樓得也。站官與赤間關同，地方周防州所屬。是日舟行入八十里。

十六日 丁卯 小雨。仍留上關。

終日灑雨，風且不順，留宿樓上。兩僧呈詩，卽爲和贈。

十七日 戊辰 晴。

平明義成送人請乘舡。卽發舡，櫓役掛帆，到津和。島主諸舡落後，暫泊留待之際，狂風大作，驟雨忽至，不得已留宿舡上。日暮島主送人問安，而渠則不得前進，在二十里之地留宿云。所徑之地島嶼重重，水勢盤渦，舟行危險，瞿塘灩澦亦不過此。是日舟行一百二十里。

十八日 己巳 晴。

風潮皆逆，終日櫓役。辰時發舡，二更量始泊鎌刈。驟雨急至，强請下舡，夜深之後，上下甚苦而夜間風作可畏，依副其願亦且無妨，相議下舡。館舍比他處頗爲敞豁。屛障鮮明，中下官所接處亦設金屛，而振舞則甚爲虛踈矣。地屬安藝州，太守松平安藝守源光晟，食邑四十二萬石。是舟行八十里。

十九日 庚午 雨。仍留鎌刈。

風雨終夕，不得發行。卜舡格軍二人患可疑病日數已多，卽送言于義成處，義成令本站覓空舡，具格載去云。優給糧饌及藥物以送，將往大阪，觀其病勢而處之。自馬島作行之後，各舡切無患病之人，今有此患，極可慮也。

二十日 辛未 仍留。

監牧官自昨日得虛損症勢，可慮。令韓醫諦審，命藥連服數貼，似有差效。副官等呈納梨柹及忍冬酒，又於夜間連呈霜花餠忍冬酒，辭以卻之，願給軍官輩，許之。

二十一日 壬申 請。

辰時離發，以櫓役，申末到泊忠海，仍宿舡上。是日舟行一日十里。

二十二日 癸酉 晴。

辰初發舡而無風，終日櫓役以行。距韜浦十里許有小刹，依山頂。看來縹緲往來舡隻皆由寺前而行，舡過之際，寺僧必鳴鐘，人皆給糧，以此資生云。諸舡各給米石，僧人乘小舟，報謝而去。申末到韜浦下舡。投福禪寺房舍，不至寬敞，而供帳鮮明，振舞花盃之數，比他有加矣。地勢最高，眼界極濶，小島或遠或近，羅列前後。西南則伊藝州等四郡。

自上關至大阪城，大山撐天，此山之外必有大海而考稽無路矣。閭閻櫛比，幾千余家，而景致殊絶。岳陽、洞庭雖未目睹，而以發於詩句者見之，未知熟高而孰下也。前有小山，古稱猿山，而得此名不可知矣。夜間大雨如注，朝來始霽。食後則風浪不起，可以櫓役而行，倭人多般飾辭而不發。行止必偕，勢未獨行，痛鬱奈何？地屬備後州，太守水野備有守源勝貞。食邑十萬三千石。副官來待。是日行一百里。

二十三日 甲戌 晴。仍留韜浦。

貞顯王后忌辰。副官願呈餠盒及梨柹，留之。日昏後義成送平倭等曰：“今日雞鳴時，似有風勢，潮水且順，請下舡。”三行相議，明燈乘舡。寺前庭除有怪草而曾所未睹者。其狀如掌樣而小狹且厚。問之則來自南蠻，而種一葉，則葉端生葉，連生五六葉，則不能支持，因風摧折云。色則深青，而葉之內外有微刺多矣。

二十四日 乙亥 晴。

雞鳴後離發，果有微風。張帆行三十里餘，日初曙矣。行到下津，無風潮逆，落碇停舟。倭人並男女多乘小舟，乘來觀光，不知其數。食之頃有順風，掛帆發行，而風力甚微，日暮後到鹽俵。宿於舡上，是日舟行八十里。

二十五日 丙子 晴。

日出時行舟櫓役，申初始到牛窓。投本蓮寺，設振舞。自舡所至寺幾二三里許，鋪席路上，閭家皆布帳。內窺見劫不喧嘩。寺僧納詩軸，有前後使臣所題者，次中君澤韻以贈。副官呈梨柹。軍官韓相患脾胃症，不能食，濟藥給之，使之調治。此地屬備前州，太守松平新太郎源光正與關白有叔姪之分云。食邑三十五萬石。達僧來謁，義成使兩輪回者審各站振舞優劣云。是日舟行七十里。

二十六日 丁丑 自曉至食後大雨。

午時義成送人，有順風，請下舡。卽乘舡掛帆而行。副官乘舟來呈塗金一大盒、酒二桶曰："行次不意離發，午間欲爲呈納而不得，願領進。太守雖在江戶，分付如此，故敢爲來納"云。旣發之後，事涉不便，而卻之無辭，留之。金盒所盛雜餠數三種，間以魚與腹不關之物，俗所謂餠次而盒優者也。西南風快吹，諸舡一時破浪而行。但潮逆不疾，日昏後始到室津。館宇距船倉甚近，步入宿所。夜深於各房，令小童呈振舞。成幸來言"使者來自江戶，其言內，'關白已聞使行來到藍島之奇，招彥滿見之，授以幡摩守之職，仍令申飭一路，各別疑待'"云。栢僧暫來謁。此地屬幡摩州而太守松平式部源忠次親自支待。食邑十五萬石。是日舟行一百里。

二十七日 晴。仍留舡上。

昨日順風朝來連次，日出時乘舡，而義辭以此風未知終夕，一百八十里之地，中路風變，則勢甚狼狽，不肯離發，其意所在實未可測，極可痛鬱。義成爲主守請得寫字畫員讀祝，及鄭琛、韓時覺皆赴而金義信病不得偕往。

二十八日 己卯 晴。仍留。

今日又無風，不得發行。太守元忠次職乃式部卿我，國則爲吏曹也。雖在外地，倭皇所授職名例帶云。午間來呈餠盒酒二桶盒，則大如行果園盤，塗以金銀內外如一，高之尺餘。雜餠雜魚頗爲豐備，非如牛窓之比。不受則渠甚落莫，且以爲孰供，留之，卽分給舡人等。下程糧饌極其精備，未知太守親來，誇張而然耶？行次陪行樓舡十五餘隻整待，舡帳舡格亦極鮮明，凡事優於他站矣。

二十九日 庚辰 晴。夕間灑雨。仍留舡上。

無風不得行，仍宿舡上。招洪譯，申飭公貿之事。

三十日 辛巳 晴。

辰末有風勢，諸舡一時擧帆發行，風力似微，令倭舡曳而櫓役。望見東北邊，有太守城，城蝶繚繞，層樓屹起。閭閻多少遠，不得詳矣。午後風逆，雖督櫓役，舟不得進。日已昏黑，無舡泊處，因明燈而行，舡掛淺灘，勢甚危急。僅得脫險，若於此時有惡風，則其危可言？此實天佑也。平明始到兵庫。是日舟行一百八十里。初昏明石浦，太守追送酒桶及餠盒柿子等物，只留餠柿，卽分給櫓役人等。

九月小

初一日 壬午 晴。

舡上行望闕禮。投閭閻精舍休憩，逆風終日，不得行，仍宿。兵庫 攝津州所屬，關白庄入。代官靑山大饍，食邑四萬石者。支供而振舞，比他處別無加焉。義成來謁，蓋爲俺行前夜掛灘而來問也。

初二日 癸未 晴。仍留。

東風大吹，波濤洶湧，諸舡甚危。代官親往津頭，多發渠碇，十分看護矣。

初三日 甲申 雨。仍留。

大雨連夜不止，不得發。

初四日 乙酉 晴。仍留。

今日則無風，可以發舡，而倭人等慮或雨後有逆風之患，超趄之間，日勢已晚。義成送人傳示來自江戶書，執政等以關白之意送書于義成。蓋爲使行中路阻風，趁不得行，必多困苦，慮念底說話也。義成要得致謝書，措辭作書以給。

初五日 丙戌 晴。

雞鳴時作行，到河口，日纔巳初。樓舡三隻整齊以候，粧以金碧，燦爛眩目。屋上塗漆，今番海行時所未觀者。三使各乘一隻。又有樓舡三四隻，一到則奉安御筆國書等徐行，其餘則首譯等分乘以行。河口左右，閭閻樸地，觀光男女列坐洲邊，或乘小舟。至於五六日程，人齊浪以來云。河邊兩岸邊，翠竹蒼松，掩映高樓，傑閣羅絡橫亘。所居之盛，生齒之繁，看來令人奪魂。五層高樓起於城內，而數層之樓多設城上。外城內城之間，垓字廣可四五十步。乘舟往來內城，則僅如慶福宮牆云。登高望之，四面人家幾數十里周回矣。未末行二十里許，卸舟登陸，夫馬整齊。有層轎子，極其精妙。以次乘轎，行五里許，左右市廛相連，觀光者如堵。到本願寺，卽設振舞，而副使病未添焉。饌品比他站甚爲薄略，癸未之行，此站亦如是，關白聞之治罪云。大處供億之凍闊，略與我國無異。支待官松平若狹守卽送人問安。茂眞來謁於河口，休憩四十餘日，肥白勝前矣。是日舟行一百三十里。

初六日 丁亥 晴。留。

曾我丹波守、松平準人正則此處留守，而若狹守則關白差送支待者。三人各送酒桶梨柿生乾魚等物，只留梨柱子。午後三人來見，出接行茶一巡而罷。義成亦來而不敢入坐，三人退去後，與兩長老暫入敘話，饋茶以送。

初七日 戊子 晴。留。

給米石以肋禮單及廚房抬杠木物。倭沙工等處給六名兩朔所食糧。各行造勿禁牌，館門出入時持以往來，禁其雜亂也。留別破陣尹介同於舡上，使造火箭十五箇。

初八日 己丑 留。

城守保科彈正、內藤帶刀等各送酒桶生乾魚等物，並卻之。午後兩人來謁，出接行茶一巡而罷。義成長老等來謁如前言于義成。以今始到此事狀啓成貼，並付家書，使之卽送飛舡以傳，而義成亦送書契云。

初九日 庚寅 晴。留。

客裡又逢佳節，懷思自不能禁。三使稱以禮單馬看檢，出坐外大廳，數刻而罷。令廚房略設餠果等物，以爲償節之資。若狹守願得寫字畫員，送之。

初十日 辛卯 晴。留。

從事行刀尺南海官奴仁吉因病致死。給米石買棺殮屍。待行次回還前站出送事狀啓末端亦及之。我國南原人崔加外來謁，招問之，丁酉年被虜，年今七十三。得接晉州被虜女人，居生產子女，妻則先死。無以資生，渠自織屨，買食米貴，不得喫飯，以粥連命云。多發憐惻之言，各行優給米斗以送。

十一日 壬辰 晴。

日出時離館舍，到河邊，乘舟作行。十里許閭閻稀踈，左右多有田畓，禾穀茂盛。作農之時，以水車引河水灌漑，故年年不至失農云。觀光者不至大阪之多，而水邊處處列立，不可殫記。曳舡之軍每一隻數百名多，定監官督令曳去，而舡過左邊，其邊待令，一時替曳，過右邊，則亦如是。副使以入來時所乘之舡無屋，換從事所乘舡。首譯等初不致察而然，可憎。若狹守送酒二桶餠大盒，義成送葡萄柿子饌盒等物。申末到平方，暫下船坐茶屋，設振舞。

十二日 癸巳 晴。

振舞後卽還乘船，連夜曳船，未明已到淀浦矣。一邊整齊夫馬，催進朝飯，行半馬場，投一舍，前後之行過此地，例爲停車之處。家舍精且敬豁，滿庭花卉。觸目皆新，樹樹交柯，極其奇巧，曾所未觀。我國養花之家何可執鞭？設振舞後卽發，支供則信陵守爲之，而信陵守養女卽關白之母，故待之以外祖。平方亦此守所設，頗爲勤疑矣。行二十里許，涉倭京境，左右閭閻市厘及觀光之盛，優於大阪。投本國寺，此亦關白莊入，而下總守以關白令支待于此云。達、栢兩僧卽來謁。各於房次設振舞。

十三日 甲午 陰。留。

義成來謁，以數日內發行之意。言之當於十六日，若不雨則依敎陪行云。

十四日 乙未 雨。留。

下總守來謁，出大廳迎接，設茶禮而罷。爲人極爲良善。僧人玄倫來謁，將於來年，代達長老之任，往島文書次知者，又設茶禮。義成及兩僧亦來，使使之坐，行茶而罷。達夜大雨。支待官本多下總守藤原俊次，食邑十萬石。

十五日 丙申 晴。留。

曉行望闕禮。周防守方以執政在倭京，前行則來見云。而今番則無來見之事，而因義成送呈乾魚等物，辭以卻之。五日所呈，優於諸站。呈納酒桶鯉魚竹葉所裹餠一器留之, 蓋爲其致疑之意也。

十六日 丁酉 晴。

日出時將發之際, 洪譯來傳, 明日朝站所過之地長橋, 拆頹於昨日之雨, 勢未及造, 方與周防守相

議, 暫爲停行云。以此踟躕, 日已晩矣。不待回報, 亟令作行, 平成幸等闋知所爲。旣發之, 停轎街上, 趁未作行, 問其所由, 則義成不卽親往於周防守處, 使成扶送言, 故周防怒而不答。義成以此惶悶, 欲爲停留, 極爲痛駭。招首譯, 使之論以此擧無前不可不前進之意, 呵叱轎夫作行。到大津, 此乃下摠守城邑云。設振舞後卽發, 前臨大湖, 湖上有大野有路。摴堤兩岸, 松樹成行, 封盡則有家, 家盡則有松, 五十里之程皆如許矣。申末到森山, 此地則近江守周殿所供之處。振舞花床之設最多矣。是日行八十里。支供次知者名源昌勝, 食邑五萬石。伊藝州所屬, 關白莊入。且聞周防守定其人二名, 撿飭一路, 或云伺察義成中路弊端云。

十七日 戊戌 晴。

日出後離森山, 行五十里, 到八幡山中火。此地近江州所屬, 關白莊八, 支供次知則代官將監。人家四千餘戶。初更量始到佐和山, 美濃州所屬, 而太守井伊掃部卽令第一執政也。館宇極其敝豁, 大小器皿皆以金銀。房中所鋪登每縇皆以彩段。凡諸支供之物頗爲豐備, 道路間多設水桶, 爲設茶屋。饌品及金銀茶器者數三處, 此是大處物力殊大, 主守之令不然則必不如是。似出款待而近於鋪張矣。聞掃部之父以倭將出獵, 山村沐浴, 有一女奉水器, 仍押之, 有娠生掃部。九歲時其母以罪被殺於太守, 掃部心懷報仇之計。一日太守解所佩刀晝寢, 掃部以其刀刺殺。州人欲殺之, 掃部曰: “吾父某也。必報知而後處之可也。” 州人問於倭將, 倭將本來無子者, 仍令率來, 養而成長, 因襲其爵云。卽今以第一執改擅權能, 亨大州, 年踰七十, 且有子孫, 可謂福祿俱全者也。人家二

萬餘戶，食祿三十萬石。其名亦云佐和浦。是日行一百十里。日昏時燈燭，多候於中路矣。

十八日 己亥 晴。

發佐和山，行三十里，到今次。中火後仍行四十里，昏後始到大垣止宿。美濃州所屬，太守則戶田但馬守食，邑五萬石。

十九日 庚子 陰。

日出時發大垣，行四十里，到洲股中火。尾張州所屬，關白莊入，而寺名萬福，松平丹波守支供，而其名藤源光重，食邑五萬石，人家二百二十餘戶。自洲股所經之地有三大浮橋，而終渡之處最大，小船二百餘隻。橋上左右設大鐵索而餘積者甚多，看來壯矣。浮橋彼此之岸，新設板屋多有，將官爲其渡也。行七十里，昏後始到名古屋。人家之盛與大阪倭京無異，此地則尾張州所屬，而松平中納言源光義食邑，而所食之祿八十萬石云。以關白五寸叔，方在江戶，而前關白無子時，養爲己子及其生子，以其女妻之，欲其聲勢相依。雖出處變而至親之間叔姪成婚，看來可駭。爲上者遵率如此，習俗之偸無乏怪也。支應官則成瀨准人正，而鋪陳器皿不及於佐和矣。所宿寺名性高院。是日行一百十里。

二十日 辛丑 朝晴夕雨。

早發名古屋，行三十里，至鳴海中火。義成聞問安使者自江戶出來，先遵作行。行六十里，初更後始到岡崎而支待官不送火具其，無能可知。義成與栢僧自使者處來，報知明早彼人接待之意。此地三河州所屬，城主水野監物源忠善，食邑五萬石。支應次知鳥山牛之助。是日行九十里。

二十一日 壬寅 晴。

日出時使者來，與副使從事具冠帶，出楹外遵入。定坐後使者傳關白之言曰:“累朔長路, 何以行李? 不勝慮念, 委送差人, 欲探安否。”答曰:“如是遠問, 感荷至矣。水陸諸站, 供億極盡, 出於關白申飭款待云, 尤感。”使者曰:“當以此意報知關白。”其爲人極其獰惡, 不知禮貌, 倭人中最無識者也。所著冠帶, 俱是詭制, 看來可怪。設茶而罷。卽發行三十里, 到赤板中火。仍行三十里申, 末到吉田止宿。使者名崗野權左衛門, 食祿一萬五千石, 先使行往江戶云。此地三河州所屬, 城主小笠原壹歧守名源忠智。支應次知食邑四萬五千石, 代官鈴木八右衛門。人家二千餘戶, 關白莊入。至於吉田, 遠江州所屬, 城主與赤板同。支應人春日左衛門, 人家一千五百餘戶, 橋名今橋。是日行六十。

二十二日 癸卯 晴。

平明發吉田, 行五十里, 到荒井中火。遠江州所屬, 關白莊入。支應次知人則板倉主水佐名源重矩, 人家數千餘戶。行五里許, 到今絶海。夫馬由淺灘先渡, 而舡隻整齊以待一時過涉, 其水之深不滿一二丈。渡涉次知奉行佐橋甚兵衛。行四十里, 宿濱松。此亦遠江州所屬, 城主太田備中守源資宗, 食邑三萬六千石。時在江戶, 其子太田狹津守名源資次來供。此人島主之第三女婿。人家三千餘戶。距濱松十里許有茶屋, 義成與栢僧下坐, 送平成傳要於中路曰:“願停轎少憩於此。”日勢已暝, 暫入其處, 行茶一巡而卽發, 義成深以爲幸。是日行七十里。

二十三日 甲辰 晴。

早發濱松, 行十里, 渡天流河。浮橋舡五十餘隻, 而鐵索及橋板之具, 不及洲股三處之排設矣。行三十里, 到見付中火。以國忌不設振舞, 關白莊入, 人家五百餘戶。支應次知人則本多越前守名源利長, 食邑五萬石, 時在江戶, 代官松平淸兵衛。踰三野阪峴, 行四十里, 到懸川止宿。此亦遠江州所屬, 支應次知北條出羽守名平氏重, 食邑四萬石, 其城在此, 故親自來供。人家二千七百餘戶。夕時又不設振舞, 主守頗甚無聊。

願呈一大饌盒，留之以慰其意，仍令分給一行下人。是日行八十里。

二十四日 乙巳 晴。

自懸川行四十里，到金谷中火。遠江州所屬，北條出羽守支待。仍呈饌盒，分給平成幸等。人家一千五百餘戶，行到大川，奉行長谷川藤右衛門者次知渡涉，而令一千人列立於川流左右渡涉矣。有一嶺名曰金谷，行三十里，宿藤枝，駿河州所屬，關白莊入。城主則西尾右京，而食邑二萬五千石。支應則井出藤右衛門，人家一千餘戶矣。是日行七十里。

二十五日 丙午 晴。

離藤枝，行二十里，踰宇津阪，山名內野。嶺下有瓦子村，人家三百餘戶。仍行三十里，到駿河州府中寶太寺中火。城主大納言，在江戶，食邑五十五萬石，人家七千餘戶。支應次知則西卿孫六郎云。行五里許，到阿部川，奉行並八郎兵衛者渡涉，而水中列立者與大川同，而軍人五百名。行三十里，宿江尻，駿河州所屬，支應次知神保三郎兵衛。前有大川，名曰巴川，人家五百餘戶。是日行八十里。

二十六日 丁未 晴。

平明離江尻，行五十里，到富士川。設浮橋而舡隻則二十七隻。奉行今井吉大夫護涉，行二十里，到吉原，駿河州所屬而關白莊入。城主則黑田甲斐守源長興，食色四萬石。井伊立番顯等來供，人家四百餘戶。行五十里，宿三島，伊豆州所屬。以關白之令，呈饌盒二件而所盛之饌，比他處頗優。一盒則分給成幸等，一盒則分給一行等。地主則中川山城守元久淸，食邑七萬石。相郎一歧守藤原賴寬食邑二萬石者來供。前有富士山，極其高峻，數日程前，已得望見，而白雲起自山腰，夜來小雨。山頂則雪積，自山足至峰頂九十里云。達僧來謁，仍呈絶句，其沙彌仲逸又呈四韻詩。是日行一百二十里。

二十七日 戊申 晴曉小雨。

離三島行, 踰箱根嶺, 路皆編綿竹等土塗道, 多用人力矣。行四十里, 到嶺上中火。相模州所屬, 關白庄入。稻葉美濃守原正則爲城主, 而食邑十萬石。代官江川太郎尤衛門支待, 人家二百餘戶。前有大湖, 周回四十里云。踰嶺行四十里, 到小田原上宿。此亦相模州所屬, 美濃守次知而副官成賴五龍衛門支應。人家三千餘戶矣。是日行八十里。

二十八日 已酉 晴。留小田原。

義成送人請留許。夫馬自江戶來, 替代於三島。

二十九日 庚戌 晴。

發自小田原, 行五里許, 渡佐河浮橋。仍行三十五里, 大蟻中火。相模州所屬, 關白庄八。黑里田東市井名源之勝者來供, 食邑四萬石, 人家三百餘戶云。稱以關白之令, 呈饌盒, 不得已受之, 分給一行下人矣。仍行二十五里, 到富士澤止宿。此亦相模州所屬, 關白庄八。松平市井名源直次者, 與代官成瀨右衛門者來供。人家一千餘戶。是日行八十里。

十月大

初一日 辛亥 晴。

曉行望闕禮。行二十里, 踰品野坂, 仍行三十里, 宿神奈川。武藏州所屬, 關白莊入。小出拳和守名藤源吉英食邑五萬石者及細川丹後守名源行孝食邑三萬石者兩人親自來供。人家一千餘戶。以關白之令, 又呈饌盒, 卽給一行下人, 是日行五十里。

初二日 壬子 晴。

自神奈川行五十里，到呂川中火。未及五里有一寺刹名妙國寺。館舍則名本光寺。松平主殿頭名源忠房食邑四萬六千石者、溝口出雲守名源先直食邑五萬石者兩人支供。人家一千餘戶云。三使臣具冠帶，員役以下亦皆帶行二十五里。自此左右閭閻連絡，觀者始堵，衣服之盛、人齒之衆倍於大阪倭京等處。中路聞前月二十三日，江戶失火，迎燒數千餘戶，關白以簡架計，給銀兩，使行未到之前，趁期障蔽云。果爲新構者幾五里許矣。渡三大橋，到館所，卽本誓寺，自前使臣所寓處。坐大廳，受振舞。島主與兩長老來謁後，所謂館伴出羽守名藤原太興食邑五萬石者剛部美濃守食邑六萬石者請謁，招見。此兩人皆癸未使行時館伴云。是日行七十里。

初三日 癸丑 晴。留本誓寺。

朝食後，關白遣執改酒井雅樂名源忠青食邑十六萬石者、松不伊豆守名源信綱食邑七萬石者兩人來，三使臣具冠帶，出迎大廳，行揖禮坐定。所謂雅樂者年終二十五六歲而承襲其祖父之職云。使者令義成傳語于洪譯，洪傳於使臣曰："關白慮使臣遠涉萬里，何以作行，玆遣俺等委問矣。" 答曰："水陸各站以關白之令，館宇支待極其誠敬，賴此無事得達，多用感激。" 使者曰："當以此意歸報大君。" 行茶後，使譯舌傳言曰："當初封馬島書契有趁八月上旬入來江戶之語，故四月奉命渡海而到處風勢不順，今始到此。前頭日氣寒凍，極爲悶慮。惟望傳命之速也。" 使者曰："亦當以此意報於大君"云。館伴兩人亦著冠帶而入坐次堂之內，不敢措一辭。使者所著冠帶黑色而館伴所著則紅色，所著之冠亦異其制。義成之子彦滿來謁，今年十七歲，眉目殊不英敏，雖未成人，似不及其父矣。其子出去後，義成亦謁，行茶而罷。呈下程米饌一，日所供極其豐備米，斗則倍於他站矣。

初四日 甲寅 雨。留本誓寺。

聞初八日當爲傳命。令譯官等點撿弊物，所盛木物，使之給價造成。島主妻送食酸一器昆布一器，卽分給下人。

初五日 乙卯 雨。留本誓寺。

道春之子春齊率四人來，邀李明彬酬唱。道春父子以能文，名於此國，而其所作詩若文如是不佳，其國之文可知。美濃守願得鳴字畫員，許之，送呈三重盒及忍冬酒一壺。館伴之人與他有異，故無辭卻，留之，卽分結一行。

初六日 丙辰 雨。留本誓寺。

義成送成幸來言曰："午後執改等來會吾家，願送讀祝及寫字畫員等"，許之。出羽守送呈一大饌盒，同是館伴，不可取捨，故留之，卽分給一行。

初七日 丁巳 留本誓寺。

弊物各種列於大廳，從事官點視後，給與馬島人，先送于關白城中。夜深後義成來謁，出坐大廳待

之。明日傳命時座次圖形，與癸未年行禮似無異同，而行酒時先行再拜禮，似爲殊常。言于義成，使之更爲講定，卽通于傳命之前。

初八日 戊午 乍晴。

辰初三使臣具冠帶，發向關白城。行五里許，到外城，微雨乍點，而不至沾濕。倭人持傘雨來集者甚衆，一行一齊張傘。外城之內盡是將官之家，而極其宏侈，大門及牆壁蓋板皆着柒塗金矣。到內城外板橋，停皷吹，軍官等皆下馬步入城內。行一馬場，到宮牆外下轎，義成父子及兩長老館伴等皆著冠帶，出迎使臣。以次步入殿門，義成等引坐於歇廳，首詳自殿門內，奉國書，安於歇廳之左。少頃義成引入於坐堂之外，東

向以坐。六十六州將官, 或著黑衣, 或著紅衣, 滿堂列坐。須更義成來, 報關白出坐。首譯奉國書, 傳于義成, 義成奉傳頭倭, 頭倭奉進于關白前。使臣次進上堂, 行四拜禮如儀卽出來。公幣撤去後, 私幣又排于楹外。人入次堂, 行四拜如儀卽出來。關白使執政掃部、豐後守、雅樂、纘歧守四人傳言於使臣曰: "貴國平安否? 長路何以得達?" 使臣答曰: "平安、俺等賴各站護送, 無事入來矣。" 言訖卽還入, 義成曰: "將行酒禮。" 使臣入坐於次堂東壁, 進止倭人奉盤, 先呈于關白前, 三人各奉盤, 呈於使臣前。進止人持酒, 先進于關白前, 關白以土盃受酒飮之, 正使進上堂, 進止人傳其盃於正使, 正使起受酒飮訖, 俯伏而起, 持其杯還坐。副使從事亦皆如儀。一巡淩卽撤盤, 使臣行舟拜禮而出。堂上譯官行禮於楹外, 員役等亦如之。中官等行禮於補階, 下官等行禮于庭下。掃部等四人來傳曰: "當爲親設振舞, 而恐勞使臣, 先爲入去, 使大納言等代行, 願處容敍禮"云。使臣答曰: "當惟命", 入行四拜禮。納言等三人自西挾出來, 使臣自東狹而入, 與之相揖坐定。進止人各呈振舞, 行酒三盃, 金台花床之奢麗, 倍于諸站, 而食品別無加減矣。撤床後, 相揖卽爲出來, 方其對坐之際, 脈脈相看, 不接一話, 賓主相交之禮豈容如是? 可謂無識矣。執政等出來於殿外行閣, 相楫以送, 送館件等揖送於殿之外門乘轎于下轎之處, 而兩勢不止, 雖張雨傘, 衣皆沾濕。促行還館。井伊掃部藤原直孝、酒井讚歧守源忠勝已上執政, 保科肥後守源正之、酒井雅樂源忠淸、松平伊豆守源信綱、阿部豐淩守源忠秋已上奉行四人。

初九日 已未 雨。留本誓寺。

使首譯等傳書契于執政處。義成妻又送正果一哭、薯頼一盒, 分給一行。

初十日 庚申 雨。留本誓寺。

使首譯傳私贈於納言三人執政等處。美濃守呈納橘三十餘箇，留之。義成率具子來謁。

十一日 辛酉 晴。留本誓寺。

義成送言曰:“人馬未及整待，十三日一光之行，勢難發程，退定於十四日”云。

十二日 壬戌 晴。留本誓寺。

義成使平成幸等送納錦衣褥一襲，三行以決不可受之意拒之，則義成頗有慢色云，故留譯官處，以爲臨時還給之地。

十三日 癸亥 晴。留本誓寺。

栢僧持十餘幅紙來，願得親筆寫，途中所作贈之。

十四日 甲子 晴。

辰初離發，行六十里，越介谷中火。關白莊入，武藏州所屬，人家七百餘戶。支應次知二人，伊達兵部太輔藤源宗勝 粵州 一關城主食邑三萬石，丹羽二部少輔源氏定 美濃州 岩村城主食邑二萬石。代官伊奈半佐衛門支應。兩人各呈饌盒，分給下人。又行三十里，糟壁止宿。關白莊入，武藏州所屬，人家五百餘戶。支應次知二人，本多飛彈守藤原重 越前州 四正城主食邑五萬石，細川豐前守源興隆 下野州 茂木城主食邑二萬石。代官伊奈半佐衛門支應。次知兩人各呈饌盒，分給成幸等。是日行九十里。

十五日 乙丑 晴。

曉行望闕禮。乃行五十里，新栗橋中火。關白莊入，武藏州所屬，人家四百餘戶。支應次知二人，井伊兵部少輔藤原直之 三河州 西尾城主食邑三萬五千石，靑木甲斐守平重兼 攝津州 痲田城主食邑一萬石。呈饌盒代官伊奈半佐衛門。行到三町，有利根川浮橋，舡三十七隻。行六十里，小山投宿，人家五百餘戶，下野州所屬，地方官土井遠江守源正隆食邑十三萬五千石，支應狆當呈饌盒，分給一行下人。是日行一百十里。

十六日 丙寅 晴。

辰初發小山，行四十里，石橋中火。人家七十餘戶，下野州所屬。支待次知，三浦志摩守源安次 都賀郡 壬生之城主食邑二萬五千石。呈饌盒留之。仍行五十里，夕到宇都宮止宿。人家二千餘戶，下野州所屬。地方官粵平義作守平忠昌食邑一萬五千石，呈饌盒。宿安樂山 粉川寺。是日行九十里。

十七日 丁卯 陰。

早發安樂山，行三十里，德次良中火。關白莊入，下野州所屬，人家五十餘戶，支應上同。呈饌盒代官高室四郞左衛門。仍行四十里，今市中火。關白莊入，下野州所屬，人家一千餘戶。支應次知，內藤豐前守藤原信 照粵州 棚倉城主食邑五萬石。呈饌盒，分給一行下人。自江戶到此，一望無涯平原之地，或田或畓，皆是沃饒。但距江戶一日程外，人家稀少，邑居之盛、人物之繁，不如江戶以西矣。是日行七十里。

十八日 戊辰 小雨。

平明發今市，行二十五里，到日光山。設振舞後，使臣具冠帶乘轎，進往大權現。到神門外，下轎陞十餘級石堦。門之左右有泥塑像，與我國之關王廟門狹所立者，而不至體大矣。門內左右石燈銅燈羅左右所書之銘，或以金塡字者無數。行數十餘步，又陞階，入門，行數十步，有石槽，水自槽下湧出，溢流而出外。盥洗後，島主父子及兩長老，導行數十步, 又有神門。陞十餘級, 入門內, 卽一間屋, 爲使臣拜禮而新構矣。廟殿宏大深邃, 望之而不見神座。入門時, 伶官奏樂, 其樂器笙鏞之聲, 頗有節奏。使臣列入坐席, 神馬則置于廟庭之內, 祭需實果, 各種盛器, 排于階上矣。先行再拜禮, 以次捻香。又行再拜禮, 而出主僧毗沙門堂云者, 着紅錦線長衫, 張盖前有二小童持器前導, 而出與使臣行揖而還。入殿門, 掇簾之後, 又有奏樂之擧矣。神門內, 左右多有新室, 而制度異常, 皆着丹靑塗金矣。左右神幡以錦繡爲之, 而其端懸以小金鈴, 風動, 相戛有聲。廟門之外, 左右着白冠帶着帽者, 似是守僕。第二門之內, 着黃衣華冠者, 列坐于左右, 似是樂工矣。出外門, 乘轎行一馬場, 乃是大猷院。廟宇之大, 排設之盛, 略與權現同。首譯奉御筆, 金譯奉祭文。前行以進御筆, 則執政受以入。殿內安、神位, 前讀祝, 後行禮, 一樣爲之。而賫來樂器, 則預先羅置于楹外, 祭需則排于階上左右矣。罷還下處, 自廚房炊飯, 中火後發行, 還到今市, 日尙早矣。毗沙門堂及門跡等, 送白金百枚、綿子百把, 峻郤之。門跡則倭皇之子云。

發今市, 德次良中火, 宇都宮投宿, 呈饌盒, 而以不設振舞, 心甚缺然之意費辭, 願納。不得已留之, 分給一行下人及轎軍等。

二十日庚午晴。

發宇都, 石橋中火, 夕投小山止宿。島主率其子, 日暮後來謁。

二十一日 辛未 晴。

發小山, 栗橋中火, 夕到槽壁止宿。

二十二日 壬中 晴。

發槽壁, 越介谷中火, 申末還到本誓寺, 送答書及和詩于道春處。

二十三日 癸酉 晴。留本誓寺。

受五日下程，卽分給一行。

二十四日 甲戌 朝晴夜雨。留本誓寺。

義成及達僧來謁。

二十五日 乙亥 陰。留本誓寺。

倭人李全直者，因軍官等呈書曰：其父眞榮以靈山人，年二十三，癸巳年，被擄來于紀州地，娶此國女，生渠及弟立卓。而厥父則六十三而死，渠則以本州經生時在，其弟以醫技行。其所記四祖，則或有生員、參奉、主簿、守令者，厥父生時所稱道者，而槩是兩班也。此地經生爲學者之任，觀其書辭，頗有文理，且賦七言四韻，音律亦具。欲爲招見，而渠不但稱病，且煩耳目，不得爲之，使書記答書以給。食後，執政雅樂、豐後守等，持回答國書來傳，使臣具冠帶，出大廳，受之。拆見，則別無大段可改字。可幸，關白回禮物件中，甲胄、環刀倍於前數，偃月刀二十柄，前行所未有者。茶器具皆以純銀爲之，其彫鏤之飾，亦倍於前云。使臣處所送白金各五百枚，四兩三錢爲一枚。綿子各三百把，十兩爲一把。係是銀貨，不可領受，使首譯再三固辭。雅樂微笑而已，少無可否，可痛。堂上譯官各二百枚，讀祝官三十枚，上通事三人各五十枚，上官五百枚，中官五百枚，下官五百枚，皆領拜受。後執政罷還，俄而諸執政等回答禮曹書契，及白金各一百枚、綿子各一百把，逢授于上通事等處，使其頭倭來傳使臣處。回禮白金各百枚，書契中有獻字若干處未安，故還授于義成處，卽令改之。且使臣處回禮白金各一百枚矣，雖有前例，無辭以留，極爲無據。不可留置之意，縷縷言說于持來人處，而終不持去。不得已，以"銀貨不可取"之意作書，使譯官幷其物還送于著執政家。其中，雅樂年少氣傲，本來驕妄者。發怒，還送使臣禮單于島主家，欲推其禮單回禮之物，多發不遜之言。掃部以爲："使臣之欲辭銀貨，其意可尙，何必遽作如此之擧？今可答書還送，以觀其所爲而處之，亦爲未晩"云。讚岐守亦以爲然。雅樂還未持去云。聞義成還爲持來云云。

二十六日 丙子 晴。留本誓寺。

肥前守卽義成女婿，從前送物問訊，有例，依前爲之，以回禮爲名，送納彩皮二百。令只留三，令分給于趙鉉、李夢良、南得正等處。此人等以射帿事，曾往島主家故也。館伴美濃守，送納綿子百把、白金三十枚，辭卻之。

二十七日 丁丑 雨。留本誓寺。

右京納綿子百把，出羽守送綿子百把、白金三十枚，出雲守送綿子百把，皆卻之。

二十八日 戊寅 晴。留本誓寺。

回答別幅付物種，分授譯官等，與馬島倭人眼同封裹。午末，往參于島主家宴禮。聞自前關白優給宴需之資，而其饌品，別無異於常時。酒三巡，固辭。撤床後，因入後堂，有池閣園林之勝。島主妻送言，仍呈饌盒。措辭答之，分給下人。略設花床，又勸酒盃，設戲子雜戲。日已向昏，自至張燈，旣已竣事，且經宴會，今無久留之計。島主情事，雖極切迫，明日裝束，再明決發之意，費辭敦迫。則義成答以所敎，誠然，謹當依爲之，而觀其辭色，再明發還亦未可知。

二丨八日 戊寅 晴。留本誓寺。

回答別幅付物種，分授譯官等，與馬島倭人眼同封裹。午末，往參于島主家宴禮。聞自前關白優給宴需之資，而其饌品，別無異於常時。酒三巡，固辭，撤床後，因入後堂，有池閣園林之勝。島主妻送言，仍呈饌盒，措辭答之，分給下人。略設花床，又勸酒盃，設戲子雜戲。日已向昏，自至張燈。既已竣事，且徑宴禮，今無久留之計。島主情事，雖極切迫，明日裝束，再明決發之意，費辭敦迫，則義成答以所教，誠然，謹當依爲之，而觀其辭色，再明發還亦未可知。若遲數日則事極悶苦可慮。行拜兩巡而罷還。

二十九日 己卯 雨。留本誓寺。

大雨終日，人馬整齊，不得發行，仍留，鬱不可堪。

十一月大

初一日 庚辰。洒雨。

曉行望闕禮。食後發江戶，品川中火。支應官呈饌盒，分給下人及倭轎軍等處。夕投鹿川止宿。支應官呈饌盒。

初二日 辛巳 晴。

辰初發鹿川，夕投富士澤止宿。支應官呈饌盒，分給一行下人。

初三日 壬午 大雨。

終日下雨。行色甚忙，支應者且不請留，冒雨作行，一行盡爲沾濕。使臣雖不肯留，爲主之道，豈容加是。追聞關白知其事由，有論罪之擧云。大磯中火，夕投小田原止宿。支應官呈梨柿，分給軍官員役及下人等處。

初四日 癸未 晴。

辰初發小田原，箱根嶺中火。日昏後，明燭到三馬止宿。支待官呈饌盒，分給下人。此處往來時，凡于支待之事，與他站有別矣。

初五日 甲申 晴。

卯初, 發三島, 吉原中火。行到淸見寺前, 日已昏黑, 島主送言曰: "目前使臣往來時皆歷見, 願暫忘勞登臨。" 不得已暫入, 而地勢最高臨海, 而昏夜不得遠望, 有同盲者, 丹靑賞翫。主僧呈橘且願題詩以留, 各書贈以慰之。初更明燈, 到江尻, 僅七八里許止宿。寺僧送人問安, 仍呈柑子一器, 留之。

初六日 乙酉 晴。

平明, 倭人來傳樻子, 拆見則乃京中平書, 而七月十五日所脩者也。馬島以後始得國家平安否, 喜可知, 而意外聞趙錫胤 令公凶計, 驚慘極矣。辰末, 發江尻, 駿河州中火, 夕投藤枝止宿。

初七日 丙戌日 晴。

早發藤枝, 金屋中火, 夕投懸川止宿。

初八日 丁亥 晴。

辰初, 發懸川, 見付中火, 夕投濱松止宿。濱松太守島主之女婿, 自前有送禮單之規云, 依前送之, 以白皮百令回禮卻之。

初九日 戊子 晴。

濱松太守送人請現, 而趑不來, 日勢已晚, 與彦滿偕來。暫爲招見, 卽發荒井中火, 夕投吉田止宿。

初十日 己丑 晴。

辰初發吉田, 赤板中火, 夕投岡崎止宿。

十一日 庚寅 晴。

卯初發岡崎, 鳴海中火, 夕投名古屋止宿。平成幸等目, 數日前來言于行中, 曰使臣半朔行役之際, 必多困勞, 有一處請留之議。掃部以其食邑佐和山講定矣, 中納言請于關白, 以其食邑名古屋改定。此是爲使行厚待之意, 不可不留, 以行色匆忙, 一刻爲悶, 雖或路困, 決不可留之意答之矣。是夕初昏, 島主父子來謁, 果發請留之事, "以復命漸遲, 情事悶迫。關白此於出於厚待, 固知多感, 而勢不得留之意, 費辭牢拒。" 至于夜深, 義成作色, 多發不恭之言, 不爲下直, 猝然起去。不得已許留, 而一行以假托關白致疑, 而觀其辭色, 果有納言與掃部相爭請留之事。渠且聽令而來, 則使行終若不留, 渠必無聊, 島主亦無光。故有如是强請之擧, 於渠有何增損? 竟爲譯輩之一罪案, 可笑。大概行中欲於倭京留一日, 趂二十三日下弦前乘舡爲計, 而苦於此處稽遲一日, 則此計慮或不諧。故以此持難, 而倭京之留、大阪之留, 其遲速皆在義成, 而行中則不得自擅。水陸長路曾已慣知, 而議論携貳, 如是逢辱, 而後已可慨也已。

十二日 辛卯 小雨。留名古屋。

十三日 壬辰 小雨。

早發名古屋, 洲股中火, 夕投大垣止宿。人馬替待。

十四日 癸巳 晴。

辰初發大垣, 今次中火, 夕投佐和山止宿。十里許, 持燈燭來待者三百餘名。二十里許, 設茶屋暫停轎, 呼茶以慰。鋪陳器具, 各別整待, 伺候應接, 有倍往時。糇粮饌物極爲豐備, 雖累日不可盡食。且備給中下官等所著綿衣三百餘 領, 曰: "掃部以爲欲於使臣前各別致誠而不敬, 上官亦欲優待, 而使臣亦必不許, 他無暴情之地, 敬備衣領以爲中下官舡上禦寒之具"云云。使譯官諭以其意，誠爲感極。雖謝而三百餘領倭衣，豈有受去之理。翌朝離發時，皆計數還給。

十五日 甲午 晴。

曉行望闕禮。卯末發程，距三十里許，別設茶屋數十餘間，將官等多數出。待島主先往。等候轎停，歷入，各飮數盃，島主請呈扇柄題詩以慰掃部，別致誠款之意。依其言各書給，招其奉行，使之卽傳。槪使臣入去時，其待候之事，與他站自別，傳命之日使譯官措辭，改謝矣。歸時，凡事之鋪張，至於如此，其在使臣，不無生光，而方以執政專權自恣無忌憚，據此可知。饌物之外，別呈生鹿二脚，留之。

十六日 乙未 洒雨。

辰初發森山，大津中火。支應官呈一大饌盒及生雉、酒桶，分給一行。申末到大佛寺，島主父子及兩長老先往待候，各呈酒饌。下惣守亦呈饌盒，進酒數巡之後，退給一行，而不可勝食矣。廣廈累十間，安金佛，其長其廣，彌滿累間矣。別設長廊而小佛羅列，其數甚多，雖未計之三千三百之數，庶幾近之。日暮後行到城中本國寺止宿。是夜患水痢，又感寒疾，達夜苦痛。

十七日丙申 晴。留本國寺。

支應官呈一日下程，始服藥。

十八日 丁酉 晴。留本國寺。

下揚守送人問安，且呈柑子一器，南草一樻，留之。

十九日 戊戌 晴。留本國寺。

使禮曹書契于執政周防守、佐渡守等處。食後佐渡守及下揚守等來謁，而副使從事出待，俺以病不得出接。

二十日 己亥 晴。留本國寺。
佐渡守及下揚守送人問安。

二十一日 庚子 晴。留本國寺。
兩執政回禮，各送百枚銀子，辭而不受。依江戶例作書，送譯官謝之。下揚守又呈綿子百把，卻而不受。

二十二日 辛丑 晴。
早食後，離發倭京，淀浦中火，乘舡作行到平方，仍宿舡上。

二十三日 壬寅 晴。
鷄鳴後發平方，乘流櫓役，巳初到大阪城，入安國寺。倭人來傳一行書信，八月十八日所出平安書也。"諸家姑得無恙，而監牧家家奴以染病致斃，四五人傳染，出幕家中。悶其逼近，方會大家，且其一家遠避"云。未知厥後消息之如何，極可悶慮。副使軍官朴之墉，聞其兄、其妻之喪，不勝驚慘。

二十四日 癸卯 晴。留安國寺。
島主父子來謁，以二十六日乘舡之意言及，少無難色，應對如流，行中雖以爲幸，而亦涉怪訝矣。平成幸等來傳關白所給銀子，使各行上通事及軍官眼同分給一行。記伊大納言因支待官、若狹守送呈鹿脚二十、豬脚八、鯨肉五十三塊，三行分于廚房，而一舡所分鯨肉則送于島主處。

二十五日 甲辰 晴。留安國寺。
狀啓成貼仍付家書，別定倭舡使之出送。

二十六日 乙巳 晴。

從事官一行卜物抽往搜撿後發行。昨日島主送言曰：“關白爲使臣浦上別設茶屋、振舞以餞，而不多日內，站官以別設爲難，願歷路轸入其家以設如何？”云。果如其言，則此亦無前厚待之意也。依其言，歷入設振舞，酒數巡而罷。仍爲乘舡行，十餘里許，停渡海舡止泊處，宿于舡上。

二十七日 丙午 夕雨。

平明發舡，而令舡將趂潮水下舡，而趂未下舡，潮水已退。副舡則順流而下，憤其舡將之不能，捉來棍打二十。度島主黴於前行，去夜乘舡前。期遮截于下流，行中墜其數中，副舡過其舡，向往河口。島主見其舡之過，發怒作變，使其下人多數乘其舡，驅而挐來。其痛駭，雖不可言，亦其自取。副使忿島主之事，而無他可究處，移怒于譯輩。至以囑于島主，故令致辱爲罪，洪譯則捉去譴責。立于舡中，與從事會于一處，各使軍官送言于俺曰：“意外逢變，至於此極，雖非譯官之罪，上通事三人欲爲刑訊，以雪其忿”云。答以，“島主此擧，雖極痛駭，譯官受罪不足動，其一髮姑爲斟酌可也。”三舡昨日以輕捷之故而先往，島主舡止泊近處，以副舡之故，而亦被其驅逐。至於舡將捉去拘留，從事之忿，亦以此也。到處逢辱，必歸罪於譯輩，可謂軟地插木，爲譯之厄，不可說也。朝者上舡，若無膠灘之弊，而與副舡同時下來，則必未免驅逐之患，以此觀之，舡將之不能，亦涉幸矣。

二十八日 丁未 雨。

終日送風，不得發舡。雖有順風，欲爲發舡，則不無昨日之變，可悶。趂未復命，將有徑年之患，一行孰不渴悶。而水陸長路，飽知倭人之事，而到處生梗，徒有失歡迎之擧，未知前路，幾處生變。可慮可慮。

二十九日 戊申 陰。

終日送風，不得發舡，留宿舡上。

三十日 庚戌 陰。小雨。

夕食後，移乘渡海舡，仍宿舡上。送金謹行于義成處，諭以海水今已漲滿，待潮發舡之意。

十二月小

初一日 辛亥 陰。

曉行望闕禮于舡上。洪譯病，不能運動，又送金謹行，諭以今日潮多風微可以舡之意，則義成答以潮水雖多，晩則必有西風，明日觀勢離發云。渠之所率倭舡，今已齊到浦內，其勢今明離發矣。仍宿舡上。

初二日 壬子 晴。

平明齊舡，一時離發，乘潮櫓役繞出。浦口數三里，彦滿所乘舡，暫膠卽發。上舡體大，掛淺寸進之際，副三舡及卜舡等，以次逐來，相楫而過。副使則轉闍而僅過，上舡則相□之際，不但加掛於淺邊，潮水且退。舡中所餘卜物，盡爲卸下，小舡多般齊力，終不能動。勢將留待夕潮，狼狽甚矣。不得已分付舡將處，待潮卽來之意，移乘倭舡，櫓役而行。副三舡已到洋中，副使送金謹行，報以同乘其舡，而旣乘倭舡，不但海中移徙重難，所乘之舡敞且精好，故仍乘以行。且倭格數多善櫓，副三諸舡皆落後。日沒時，已到兵庫。義成送人問安。諸舡出港之際，義成之舡雖已遠矣，上舡掛淺之狀，想必遠望且必有聞，而中路切無相問之事，到泊之後，始乃有問。動必陪行，渠之常談，今乃如此，其無狀不可言。明燈下舡，入于宿所，副三舡追後來到。副使、從事亦皆下舡，直到下處，同宿一房，概爲致慰，而打話也。

初三日 癸丑 晴。

辰末，舡人來言有東北風，可以發舡，一邊送言于義成處，卽發乘舡張帆作行。僅行三十餘里，風勢已變，前路尙遠，以櫓役到明石浦。日且向暮，不得前進，落碇津邊，而此地本非藏舡之津，若有風作之患，事甚危急。天乃助順，終夜不風，但夜黑如染，咫尺不辨，微風暫動，則心中驚悸，達夜不能安寢。島主請舡亦皆張帆，或先或後而來，風變卽還，只平成扶追到。山城守則往江戶，其副官送人問安呈納柑子二器、生雉十首、幹魚一器、酒一桶，辭以不受。持來者費辭固請留之，分給下人。夜深後又送粮饌數十種，只留柴炭，其餘則以前後之行，無進呈之例，卻之。

初四日 甲寅 陰。雨。

自曉頭有順風，待始明卽發。諸舡一齊掛帆，風勢甚緊，舡往如箭。未時已到室津，未及下碇風雨大作。此浦藏舡最好，爲日本第一處，雖有風浪，舡上安如平地。去夜依泊明石，時若値此風雨，則當作何如狀也，思之心骨亦寒。太守式部，則往江戶，其副官呈饌粮。

初五日 乙卯 朝陰夕雨。留宿舡上。

兵庫浦口闊大，不合藏舡。去夜東風，必有致敗之患，而義成消息邈然無聞，往來亦絶，不堪鬱鬱。成幸、成扶等不知島主聲息渴悶云云。

初六日 丙辰 陰。仍宿舡上。

西風大吹，諸舡相議。各發倭譯一人，作書付送于義成處，探問其平否。

初七日 丁巳 陰。留。
西風連吹且小雪。仍宿舡上。

初八日 戊午 陰。仍宿舡上。

初九日 己未 洒風雪。留。
倭譯等回自兵庫，呈答書。其夜，島主父子所乘舡，僅得無事。栢僧所乘舡及卜物舡隻等爲風浪所傷，舡板破折時方改脩，至於汲水小舡十餘隻，亦爲敗沒云。義成大感送書相問之事，且喜行次其日，得違此津云云。仍宿舡上。

初十日 庚申 晴。留。
不但送風連吹，勢將必待義成之來，留滯多日，鬱悶可言？仍宿舡上。

十一日 辛酉 洒雪。留。
此站偏受虛費之弊，未安亦深。與諸舡相議，一日粮饌措辭言之，減而不納。渠等苦口願納，而竟不許之。仍宿舡上。

十二日 壬戌 晴。留。
連有送風。此處人言，嶺上有神堂，舡人遭風，則例有祈祝之事云。諸舡各送舡將齎米斗及紙，地禱于神。仍宿舡上。

十三日 癸亥 晴。留。
三舡中房都愼德稱名者，與舡中軍官等有隙，呈狀告訴于從事。雖有自中鬩詰之事，多有不美之說，聞來可駭。未知從事將何以處。累日舡上不能相會，亦甚鬱紆。從事送言，食後約會此舡，而副使有微恙，不肯來，亦不得會話。從事使舡將張網捉魚，盛于水桶，分送諸舡。滯鬱中稍慰苦況。仍宿舡上。

十四日 甲子 雨。留。
送風又吹。仍宿舡上。

十五日 乙丑 晴。留。
曉行望闕禮。朝有東風送，舡將等候望高處，則倭舡多數張帆來自兵庫，距此八十餘里之地，逆風又吹，其舡不能前進，乘風回舡云。日已向晚，風勢且緊，百餘里，回泊亦甚可慮。厥後消息，無緣得聞。天不助順，至於如此，極悶極鬱。且聞義成舡中所在之粮已乏，必欲速來，而風勢作戲。吾行雖欲於無風之日以櫓役發向牛窗，而非但以留此相待之意通于義成，而牛窗亦非藏舡之地。往其處待義成，旣涉失期，且慮有風浪之患。滯留此久，本站之弊極矣。與諸舡相議，一日粮饌減而不捧。仍宿舡上。

十六日 丙寅 晴。留。
送風又吹。仍宿舡上。

十七日 丁卯 晴。留舡上。

十八日 戊辰 小雨。仍留舡上。

十九日 己巳 晴。仍留舡上。

二十日 庚午 乍陰乍晴。留舡上。
島主父子及栢僧乘小舡，始自兵庫來到。站官送舡港口挽來。義成送成幸等,再三請下舡。

二十一日 辛未 晴。留舡上。

義成又請下舡，仍達欲謁之意。半朔，舡上三行不得相會。曾欲一會而未果，今有固請，兼副其願，午後下舡，從容打話。義成托以沐浴，終夕不來，極其怪訝。不得等待，徑還舡上。聞之則站官因義成之來欲設小酌，以此遲遲云。果有此擧，則義成所當前期微通，且或來坐挽留，以達此意，則雖涉苦悶，豈不强從？渠之處事，每每類此，而動輒挾憾，多發不遜之言，苦哉。

二十二日 壬申 晴。

卯時諸舡一時發舡，風勢極順。仍過牛窗，而洒雨。島主舡止泊於中路，而風勢不止，數十日留縶之餘，乘風作行意謂島主。見我舡之不入，則渠必追來，而行到下津。雨且未歇，日勢向暮，島主亦無影形，不得已止泊，而潮落水淺，諸舡掛灘，待潮移泊。

二十三日 癸酉 晴。留舡上。

逆風大吹。島主不來，故仍留下津。牛窗支待官去此百餘里，委賫粮饌、領納。仍呈饌盒、酒桶，其辛勤可知。留之分給一行。

二十四日 甲戌 晴。

有順風，將欲發行之際，島主辰末始自所泊處，掛帆來過，諸舡作行，未末到韜浦止泊。中下官下陸，設振舞，饌品比它豐備云。義成送人曰：“進上所載舡，諸站趁不出舡，挽曳願得行次下人載其舡。”雖無前規，似非難，從之請，與諸舡相議，許送李廷達等二人。諸舡以爲義成之詭計，且事無前例，不欲送之，渠之所言，亦不無撊强以許之。站官呈納粮饌，仍呈饌盒、酒桶，分給下人。各站不設上官振舞，且聞所徑已受，預先措備。却之則渠必無聊，不得已留之，亦涉支離。

二十五日 乙亥 晴。

風勢似順，卯初一行發韜浦，或帆或櫓，初更量明燈到泊鎌刈。是日，行二百里，可幸。中下官下陸設振舞。支待官呈納下程粮，仍呈饌盒、酒桶，留之，分給一行。

二十六日 丙子 雨。仍留船上。

二十七日 丁丑 晴。留。

午後，副使以爲五日庫直者在室捧粮饌時，下陸扶執倭女作戲，刑訊十七度。仍宿舡上。

二十八日 戊寅 晴。

已初離發鎌刈，或櫓或帆，行八十里之地到津和止泊。仍宿舡上。

二十九日 己卯 陰。

風勢極順，辰時馬島諸舡及一行發舡。風勢甚緊，舟行亦疾。午時過上關，仍爲掛帆，終夕行舡，達夜張帆，翌朝到赤間關港口。是日夜，舟行四百七十里。

丙申正月

初一日 庚辰 晴。

曉行望闕禮于舡上。異域徑年，逢此新正，心事甚惡。食後島主送人問安，仍請下陸相議，午後投安德寺。與副使、從事相會，從容打話，仍設小酌。是日乃從事生日也，幡摩守送呈酒二桶、生雉三首、魴魚一尾, 小倉太守小笠原右近大夫送人呈酒二桶、五鯽魚一箱、昆布一箱, 站官酒二桶、饌盒一、鴨三首送呈, 蓋爲歲饌云云。去時亦有送物而不捧, 今有此送, 卻之亦涉埋沒, 故相議留之。

初二日 辛巳 晴。留安德寺。

島主送人問安, 仍呈饌盒、酒桶、魴魚等物。本站支待官呈納酒桶及昆布、雕魚等物, 留之下廚房。午後往副使及從事所館處, 乘昏乃還。

初三日 壬午 小雨。留安德寺。

夕食後, 島主父子及栢僧來謁。三使會于一處, 延接仍設小酌。

初四日 癸未 晴。

辰末乘舡, 下碇前泊處, 仍宿船上。

初五日 甲申 晴。仍留舡。

初六日 乙酉 晴。

不得順風, 留宿舡上。

初七日 丙戌 晴。仍留舡上。

初八日 丁亥 陰。仍留舡上。

自平明, 風勢似順, 而島主不發, 不得行舡, 可鬱。

初九日戊子 陰。留。

辰時始得順風, 發赤間關, 申末到藍島。中下官下陸, 設振舞。仍宿舡上。

初十日 己丑 洒雨。

鷄鳴時島主送言曰: "風勢極順, 卽當發舡"云。諸舡一時擧帆, 直向馬島, 而風勢甚緊, 波浪拍天, 舟中苦不能支。徑入一歧島, 島主父子所乘之舡, 已過一歧。不得回棹, 直往府中。馬島倭人來傳東萊伯書簡, 而本家平書不來。三四朔消息, 今便又未得聞, 可鬱。

十一日 庚寅 雨。留。

風勢如昨, 不得發行。仍宿舡上。聞島主昨日風雨無事, 得達於馬島云。

十二日 辛卯 小雨。

午時始發一歧島, 掛帆行舡。風勢卽順, 而怒浪拍天, 舟危者數, 艱苦之狀, 有難形言。日昏後到泊馬島, 島主送人問安, 仍請下陸。夜已深矣, 仍宿舡上。

十三日 壬辰 洒雨。

食後下陸, 到長壽院, 上官以下皆設振舞。

十四日 癸巳 陰 留長壽院。

十五日 甲午 陰。留長壽院。

曉行望闕禮。狀啓成貼, 軍官韓相、朴之墉, 譯官洪汝雨等準授出送, 仍付家書。島主父子及栢僧來謁。

十六日 乙未 晴。留長壽院。

午後從事坐于大廳, 中房都愼德及譯官鄭時諶等治罪。

十七日 丙申 晴。留長壽院。

從事以治軍官李東老妄言之罪, 且以中房都愼德因嫌構誣, 刑訊七度。

十八日 丁酉 晴。留長壽院。

島主使平成扶等, 來告權現堂焚香之擧。使臣以決不可行之意, 峻詞防塞, 而逐日來到, 多發恐喝之說, 無所不止。島主稱以我國舡脩補云, 多定禁徒倭上諸舡看守, 此亦出於恐惕也。尤可痛憤。

十九日 戊戌 晴。留長壽院。

二十日 己亥 晴。留長壽院。

二十一日 庚子 晴。留長壽院。

以權現堂事六日相持, 不得回聽。出去無期, 不得已以稟于朝廷, 待其回下後處置之意, 言于倭人等處。狀啓成貼, 譯官吳仁亮急送飛舡。

二十二日 辛丑 晴。留長壽院。

二十三日 壬寅 晴。留長壽院。

自下陸以後, 只彦滿連日送人問安, 此亦厥父指教之事也, 可笑。

二十四日 癸卯 大風, 晴。留長壽院。

自釜山來傳京家書信, 諸家俱得平安, 而進士至月望後離京, 方在熊川云。

二十五日 甲辰 雨。留長壽院。

二十六日 乙巳 晴。留長壽院。

是日，島主家設宴享請早臨。食後，三使且冠帶往島主城中。行宴禮，如入往時，而宴需及器具頗極倍前。又入後堂，一如前日，而設逰戲，前行所未有之事云。終日相對，權現之事切不提起，以歡色待之，行中亦不言及，强加歡意，終夕乃還。

二十七日 丙午 陰。留長壽院。

島主父子送人問安，仍謝昨日宴禮之赴。

二十八日 丁未 晴。留長壽院。

吳譯賫去狀啓。未回下前，似有離發形勢，故以此辭意狀啓成貼。先來方爲阻風，尙滯鰐浦，故付其行以送，而以飛舡分載出送事言于倭人，俾卽出送。

二十九日 戊申 夕 洒雪。留長壽院。

關白所送使臣處回禮綿子，及島主女婿備前守所送皮張若干，除出員役以下，分等以給。

三十日 己酉 晴。留長壽院。

島主父子送呈屛風各四坐于三使，願得筆跡，書以贈之。

二月

初一日 庚戌 晴。留長壽院。

自釜山進士書來到，去月二十四日自熊縣已到萊山云。

이마니시 기마타[今西龜滿太]의 일본어 부기(附記)

右余白 : 原本美濃判朝鮮紙縦曲尺八寸八分横六寸二分ニシテ十行二十字詰本文八十六葉趙泰億ノ追書四葉總紙數九十枚也而黃褐(コゲチャ)色菱方紋〔菱形紋〕表紙ヲ附ス、今西氏更ニ一葉毎ニ朝鮮白紙ヲ嵌入シ更ニ深綠色寶儘唐雲紋紙ノ表紙ヲ添付シ美濃紙(十九枚)ノ氏ノ苦心研究ニ成ル說明書ヲ附ス〈卽チ以註記〉

本文 :

大正二年癸丑本書扶桑日記ヲ朝鮮京城ノ韓人ニ求メ得テ之ヲ表裝シ左ニ注記ス、

慶安四年(1651)辛卯四月將軍家光卒シ子家綱継ク孝宗王六年乙未(明暦元年ニシテ二百五拾六年前)朝鮮正使趙珩(号翠屛)副使兪暢〔瑒〕(号楸潭) 從事南龍翼(号壺谷)等來朝シ國書方物ヲ家綱ニ捧シ御筆遍額ヲ日光廟ニ獻ス<之正ニ秀吉ノ征鮮後五十ニ年ニ該当ス>而シテ此一行四月漢城ヲ發シ十月江戶ニ着シ翌年二月漢城ニ歸還ス其閱スル所ノ旅程十有一介月趙珩自ラ之カ視察日記ヲ書ス扶桑日記卽之ナリ当時ノ旅行如何ニ困難ナリシカ追想スルニ難カラザルモノアリ扶桑日記は此長日月間に亘レル出來事ヲ諄々記載スルコト詳カニシテ今之ヲ通覽スル時ハ時ノ朝鮮使臣等ノ眼ニ我國明暦年間ノ文物ガ如何ニ映セシカ或ハ林羅山(道春)同春齊父子酬唱ノ詩ヲ以テ若文不佳ナリトナシ以テ其國ノ文知ルヘシト書セルガ如キ或ハ文祿ノ役我軍ニ虜ヘラレテ歸化セルモノニ關シテ記載セルカ如キ、或ハ將軍ニ謁スルノ光景日光廟ニ奉獻スルノ次第或ハ<井伊 掃部守 直孝>大老 酒井 雅樂守 安部 豊後守 板倉 周防守等ニ關スルノ記事其他當時特種ノ風俗人情植物地理歷史等ニ關シ幾多掬スヘキノ記事ハ反復熟讀倦ム所ヲ知ラザラシム轉タ今昔ノ感ニ勝エザルモノアリ而シテ其巻末ノ餘白ニ識セル書ハ之ヨリ五十七年ヲ経タル粛宗三十七年辛卯(正德元年ニシテ百九十九年前)韓使趙泰億(新井白石之ニ応對ス)ガ日本ニ使セル際<之ヲ日本ニ携行シテ>自ラ前使趙珩ノ遺篇ニ關シテ發見セル所ノモノヲ備中牛窓ノ舟中ニ於テ記入セル所ノモノニシテ之亦頗ル珍トスルニ足ルモノナリ想フニ後使趙泰億ハ其出發ニ先チ豫メ前使趙珩ノ此扶桑日記ヲ其曾孫景命君錫ニ借用シ之ヲ日本ニ携行シ以テ自ラ一ノ旅行案內ニ代ヘタルモノナルベシ又<ノミナラズ、之ニ處シテ前例遂行ノ羅針盤トセル>之ニ據リ前使趙珩等ノ遺セル賦篇ヲ日本各地ニ發見シ自ラ之ヲ此冊ニ手寫シテ<歸還ノ>後チ之ヲ君錫ニ返還セシ處ノモノナリ要スルニ扶桑日記ハ趙珩之ヲ書シ趙泰億其遺篇ヲ追書セルモノ也

余明治39年征露軍ニ從フテ以來朝鮮ニ流寓シ今256年後ノ今日ニ於テ當時ノ書冊ヲ漢城ニ得テ轉タ追懷ノ情ニ堪ヘザルモノアリ

今此兩使來朝ノ歷史ニ關シテ諸書ヲ涉覽シ拔萃スル事左ノ如シ

一、久保得二の朝鮮史、森潤三郎の朝鮮年表、青柳綱太郎ノ李朝五百年史ヨリ

正德元年(1711)辛卯(乙未ヨリ57年)10月將軍家宣嗣ク10月11日新井君美朝鮮使ト對話セシガ爲從五位下ニ叙セラレ筑後守ト称シ金作ノ太刀五位ノ冠服狩衣ヲ賜フ17日朝鮮正使趙泰億、副使任守幹、從事李邦彦等宋義方ニ導カレ來聘ス君美之ヲ川崎ニ迎フ18日朝鮮使入府東本願寺ニ宿ス21日朝鮮使ヲ旅館ニ饗応ス11月朝鮮使ヲ引見シ3日又登城ス賜饗ノ儀アリ使者新儀に甘セス新井君美之ヲ殿上ニ辨折ス初メ〔將軍家宜朝鮮聘問ノ禮ヲ革メント欲シ新井君美ヲ召シテ意見ヲ問フ君美曰ク鎌倉建府以來外國ノ書ヲ我國ニ奉スルヤ天子ヲ称シテ日本天皇ト云ヒ幕府ヲ称シテ日本國王ト云フ寛永以來彼

我ガ報書ニ異論ヲ唱ヘ遂ニ我ガ將軍ヲ奉シテ日本國大君ヲ以テス思フニ〔オモフニ〕大君ノ字義ハ之ヲ說文等ニ徵シ又古來ノ書ヲ參驗スルニ天子ト云フト大差ナシ然レバ之〔是れ〕上僭ノ嫌アリ且ツ彼其國ノ庶孫ヲ称シテ大君ト云フコト其旧來ノ習ナリ此号ヲ以テスルハ彼ガ潛ニ得タリトスル所ナルベシ改メテ日本國王ト呼ノ勝レルニ如カズト其他朝鮮使聘待遇ノ厚キニ過クルヲ論シ〔テ〕皆之を改ム當時君美ノ意見中日本國王ト称スルコトニ就テ諸儒異論アリシガ幕府遂ニ君美ノ議ヲ容レ朝鮮ニ命ジ幕府ヲ称シテハ日本國王ト云シム〔正德元年朝鮮正使〕趙泰億〔・副使任守幹・從事李邦彦の 〕來聘スルニ及ビ〔するや〕君美答書ヲ草ス書中韓主ノ諱字ヲ犯スニテ〔すに因り〕使者肯テ受ケズ切ニ改作ヲ請フ君美反テ之ヲ詰責シテ曰ク來書既ニ我諱字ヲ犯ス足下先ツ之ヲ改メテ後請フコトヲ爲セト使者答フル能ハスシテ去ル〕幕府宋義方ノ聘礼ニ力メタル功ヲ賞シ肥前國園部〔田代〕郡千石ノ地ヲ賜フ[1]

付記

森潤三郎著朝鮮年表宗家系図ニ明曆元年來聘使趙珩等ヲ江戶ニ導キシタル宗家二十一世義眞(彦満)ナル如ク誤載シアルヲ本扶桑日記ニ據ル時之ハ誤ニシテ其父義成ナリシコトヲ知ルヘシ

二、杉原夷山著日本書畵人名辭書ヨリ

其一.

扶桑日記10月25日ノ記事ニ於ケル文祿ノ役我軍ニ捕ヘラレテ歸化セル李眞榮及其子全直ノ傳

1 以上 朝鮮史 第8章 223末~224頁. [ ] 안의 글이 인용문이다.

李眞榮

李氏字眞榮、号ハ一恕朝鮮慶尙道ノ人文祿ノ役時ニ年23我カ兵ニ捕ヘラレ紀伊ニ來リテ歸化し教授ヲナス博聞强記尤モ易ニ精通シ且ツ書ニ巧ミナリ藩主德川賴宣之ヲ遇スルニ客禮ヲ以テス寛永10年沒ス年63

李全直

李氏名全直、字衡正、梅溪ト號ス又潛窩と号ス父一恕字眞榮朝鮮靈山ノ人文祿ノ役年23我軍ニ捕ヘラレ紀州ニ來り住シ教授ヲ以テ業トス梅溪父ニ從ヒテ學ブ父沒スルニ及ヒテ業ヲ永田善齋ニ受ル學已ニ成リテ紀州侯ニ仕フ天和2年沒ス年六十六

其二、

韓使趙泰億一行ニ応接シ唱酬セル久野鳳洲、山縣周南、伊藤長英、土肥霞洲、室鳩巢、新井白石ノ傳

久野鳳洲

久野俊明、字彦遠、鳳湖、洲一ニ湫ト作シ晩ニ老餮生ト号ス父ハ圓法母ハ中井氏元祿9年東都ニ於テ俊明ヲ生ム俊明幼ニシテ詩及ヒ書ニ巧ミナリ年甫メテ12圓法ニ從テ水戸侯ニ謁ス侯因テ詩ヲ試ム立ロニ賦シテ獻ス侯其背ヲ撫デテ大ニ嗟賞シ卽チ自ラ書若干卷ヲ賜フ圓法爲メニ益々師儒ヲ澤ヒ業ヲ卒ヘシム世德元年年16弟子員ヲ以テ韓使ニ接シ唱和ノ際敏捷迅速ヲ以テ特リ諸子ニ先チテ成ル時ニ韓客ノ請ニ應シテ敬ノ字ヲ大書ス其人重ネテ其傍ニ書セラレルコトヲ請フ韓客筆ヲ閣シテ擬議ス俊明輒チ筆ヲ採リテ主一無適ノ4字ヲ寫シ以テ示ス坐皆驚嘆ス名聲噪ギ交通ヒロク最モ雨森芳洲、祇園南海、梁田蛻巖、小倉八江ト善シ4子ハ當時ノ碩儒而シテ皆推シテ及ブ可

カラスト爲ス享保元年尾侯ニ筮仕ス此ヨリ書院〔直〕郎ニ補セラレ擢デラレテ顧問ニ充ツ寛保中命ヲ奉ジテ書ヲ東都外山別館ニ校ス凡テ三千余卷尋ギテ又モ尾城ノ秘府ニ至リテ経傳史子纂疏ヨリ以下百家、衆流、医卜、暦法、輿地、樹藝、浮言ニ至ルマデ傳フ此無慮2萬卷悉ク校讎シテ以テ藏ス明和2年沒ス年70

山縣周南

山縣氏名孝孺字次公少助ト称ス周南は其号周防ノ人年十九父ニ從ヒテ江戸ニ來リ物徂徠ニ師事ス徂徠時ニ初メテ古文辭ヲ唱ヘ和スルモノ尙寡シ獨リ安藤東野從フ周南東野ト互ニ硏究切磋ス徂徠亦其人ヲ得テ喜フ南東徂徠ノ學日々興リ從ヒ學フ者益々盛ナリ遂ニ海內ヲ風靡スルニ至ル是ニ於テ其徒護園ノ高足ヲ語レハ先ツ指ヲ周南東野ニ屈ス徂徠二子ヲ待ツコト郡弟子ト異ナリ江戸ニ居ルコト3年業成リテ歸ル正德元年韓使來聘ス幕府其通ル所ノ郡國ニ命シテ饗応セシム使舟赤間關ニ至リ長門侯乃チ諸國士ヲ遣ワシテ接待セシム周南亦之ニ預ル時ニ年苟不弱シ而レドモ韓客ト応酬敏捷韓客大ニ奇異ス對州ノ學士雨森芳洲亦称シテ海西無雙トナス是ニ於テ聲譽藉然一時ニ著ハル其後チ侯朝覲スレハ輒チ從テ西シ常ニ其側ヲ勤メレハ侯嘗テ學校ヲ興シ師導ヲ設ケ諸生ヲ養フ釋尊養老ノ禮時ヲ以テ行フ六藝武技皆其中ニ肆習ス名ケテ明倫館ト云フ而シテ周南ノ計畫多キニ居ルト云フ元文2年館ノ祭酒小倉尙齋死ス周南代リテ祭酒トナル學事ノ外兼ネテ時事ニ通ス侯ト講莚ニ陪シ或ハ間宴ニ侍ス啓沃諷諭陰ニ匡濟ノ功ヲ盡セリ或ハ家老有司ノ爲ニ謀リテ裨益スル所少ナカラス、又大義を斷スルニ臨ミテ獨見ノ明ニ據ル侃々奪フベカラス人皆ナ能ク敬服ス嘗テ侯命ヲ奉シテ公室譜牒諸臣系譜ヲ撰ス寶暦2年8月12日沒ス年66

伊藤長英

伊藤氏字重藏又タ以テ通称トス梅宇ト號ス仁齋ノ二子東涯ノ異母弟寶永中褐ヲ德山ニ釋ク正德元年韓使來聘ス德山侯時二其接待員トナリ長英ヲシテ專ラ文翰ノ事ヲ當ラシム長英韓使ト唱酬說論詞鋒挫ケズ韓使之ヲ賞ス享保二年到仕シテ京師ニ退キ生徒ニ教授ス三年福山侯ニ仕ヘ家ヲ携ヘテ移居ス其ヨリ曩福山ノ地皆山崎氏ノ學流ナリ長英此ニ至リシヨリ闔國風ニ向ヒ文學一変シテ往時ノ風習跡ヲ絶ツト云フ私ニ諡シテ紹孝(一ニ康獻ト作ル)ト云フ長英人ト爲リ魁梧健談文ハ韓歌ヲ主トシ詩ニ李杜ニ原ツク常ニ陸務觀集ヲ賞シテ曰ク老蒼宏雅老杜ニ讓ラズト鑽研博綜老ジテ弥々篤シ本邦未ダ眞ニ放翁ノ詩ヲ知ル者ナシ之ヲ知ランハ長英ヨリ始マルト其子弟ヲ訓導スルニ寬厚ニシテ倦マス鉛槧自ラ娯シム延享2年10月28日歿ス年62

土肥霞洲

土肥氏名元成字ハ允仲霞洲ハ其ノ號又タ新川、松霞トイ號ス通称ハ源四郎江都ノ人默翁ノ子天資穎悟6歳ニシテ書ヲ善クシ詩ヲ賦ス水戶(水府)義公嘗テ之ヲ聞キ召シ見テ称シテ神童トス將軍德川家宣潛邸ノ時新井白石之ヲ薦メ試シニ経籍ヲ講ヒシムルニ論辨爽明ナリ其作ル所ノ詩ヲ書スルニ筆力勁遒老成ノ如シ乃チ擢テテ侍讀トス時元祿16年ノ秋八月霞洲年11ナリ家宣白石ヲシテ之ヲ教育セシム霞洲因テ白石ノ家ニ寓居シテ學修既ニ久シ學術操行啻々白石ヲ髣髴スルノミナラス其ノ行草ニ於テモ亦タ筆意氣韻眞ニ遍ル既ニ當時ニアリテ人白石ノ書ト識別スル能ハス家宣入リテ大統ヲ継クニ及デ儒員トナル正德元年韓使來聘ス霞洲新井白石三宅觀瀾室鳩巣等ト韓使ニ応接シ譯官李邦彦ガ大阪城ノ五十韻ニ和ス時ニ年19聘問アリテヨリ妙齡の唱和スル者律絶ニ過キス是ヲ以テ聲價一時に著ハル霞洲職ニ在ル20余年病ヲ称シテ致任ス寶曆7年8月14日歿ス年65

室鳩巣

室氏名は直清字師禮鳩巣ト號ス別號ハ滄浪齋ト命シテ靜儉ト曰フ通称信助其先ハ熊谷直實ニ出フ鳩巣幼ニシテ穎悟好ミテ書ヲ讀ミ年甫メテ15出デテ加賀侯ニ仕フ侯其才ヲ奇トシ命シテ京師ニ入リ業ヲ木下順菴ノ門ニ受ケシム正德元年幕府ノ儒員ニ列シ錄2百石ヲ賜ハル3年邸ヲ駿河臺ニ賜ハル世呼テ駿臺先生ト云フ有德公職ヲ襲グノ後特ニ擢シテ殿中侍講ト爲シ累々政事ノ得喪〔失〕ヲ詢フ此ノ職實ニ鳩巣ヨリ始マル論諫スル所少カラズト雖モ口ヲ甘シテ〔人ニ〕語ラス故ニ其將順ノ美人或ハ多ク知ラス享保十年西城(=西ノ丸)侍講ニ遷ル別ニ職俸二百苞ヲ賜ハル鳩巣學程朱ヲ宗トシ老ニ至リテモ徒ニ誨ヘテ倦マス興ニ乘スレハ時ニ畫作ル享年19年8月 <思フニ8月12日> 沒ス年77明治42年9月從四位ヲ追贈ス

白石

新井氏初名璵後君美ト更ム字ハ在中一ノ字ハ濟美通称勘解由、白石ハ其號又紫陽、錦屛山人、天爵堂、勿齋等ノ號アリ其先ハ新田氏ニ出ツ父ヲ正濟ト云フ常陸ノ人、後チ江戸ニ出ツ木下順庵ノ門ニ入リテ業ヲ修メ出藍ノ称アリ初メ古河侯堀田正俊ニ仕フ後故アリテ仕ヲ致シ淺草ニ住ス元祿6年幕府ノ儒官ニ登庸セラン時ニ年37待遇厚渥遂ニ從五位下〔・〕筑後守ニ受任ス專ラ著述ヲナシ其書多クハ経濟ニ係ル世其ノ有用ヲ称ス尤モ詩ニ長シオ力絶倫ナリ采地千石ヲ給ハル享保10年5月19日沒ス

三、塙保己一ノ續々群書類從第三史傳部林羅山ニ關スル一節

明曆元年乙未十月朝鮮聘价趙珩、兪瑒、南龍翼來貢、旣到大阪、見先生所裁五花堂記、同感賞之、入府之後、拜禮畢而三使送土宜數品于先生、又是丙子癸未此旧例也、先生寄詩章嗜而唱酬焉、旣而御

回簡執事之復書如前規、至將發府、而兪瑒(號秋潭)投示扶桑壯遊百五十韻、以求賡響、先生卽辰燈下和之、靖隨其口占而筆之、一人在側、就數句成而繕之、翌日早竣、乃速馳達于小田原、秋潭愕然大称譽之、作詩幷序以謝之、先生復次來韻追及於中途、世皆以爲曠古之偉事、日域之快談也、

四、韓者元泳義〔安鍾和〕ノ國朝人物志ヨリ

趙珩之傳

字君獻，號翠屛，豊壤人。仁祖丙寅文科，以試官睦大欽姪女婿，罷傍，庚午再擢，明経及第，入翰苑時，濳冶朴知誡，力追崇議，許穆罰知誡。延平李貴以聞，上命恕四館，罰許穆。珩不奉行，上恕下吏，配扶餘。踰年放還。乙未以通信使，東赴日本，官至判府事。謚忠貞。

兪瑒之傳

字伯圭，號楸潭，昌原人，庶尹汝諧子，乙亥生員，孝宗庚寅文科，說書，乙未通信使東渡日本還，官至參判，子信一，字道叔，己巳生員，文科，弼善，出補淮陽府使，路殺咸興科儒，逮獄拷死，信一弟得一，字寧叔，號歸窩，乙卯生員，肅宗丁巳文科，兵曹判書。

趙泰億之傳

字大年，號謙齋，楊州人，嘉錫子，肅宗癸酉進士，壬午文科，丁亥重試，副提學，辛卯以通信使，東赴日本，辛丑九月，以戶曹參判，請對克趙聖復以侍側參聽爲言，雖不直請聽政，人臣豈敢發此言，三司無人爭論，倫常絶矣。宜加譴罪然後，可以爲國。甲辰爲大提學，製英祖卽位領敎文，有曰，誰知半夜之間，遽承凭几命，不幸五年之內，再抱遺弓之哀，十月拜右相，至左議政，乙巳正月，三司合啓，泰億爲主文而逆鏡敎文看作尋常，請削職，三月遞相，左相閔鎭遠率百官庭請，三十四啓，光

佐泰億削奪門黜，丁未七月復拜左相，戊申六月免，十月卒，諡文忠，乙亥削奪，壬辰特命復官，乙未二月庭試時，崔錫恒孫元守，泰億曾孫羽達，從孫榮毅擢科，徐有寧上疏，劾以罪人之孫，請削科，正祖丙申，以金若行上疏，又追奪。

南龍翼之傳

字雲卿，號壺谷，宜寧人，府使得朋子，年十九，仁祖丙戌進士，二十魁人日製，二十一庭試文科，入湖堂，丙申重試壯元，爲通信使從事，馬島主迫令拜關白願堂，龍翼以義折之，島主絶日供旬餘以脅之，龍翼藏舟閉館者，若不欲歸，島主知不可屈，始遣歸。肅宗己巳，定元子位號，召公卿議曰，敢有貳者，納官退去可也，龍翼曰，"中宮春秋鼎盛，王子生數月，何汲々？爲臣則有退而已。" 上屢問言，益勁直，聞者縮頸。仁顯王后遜位，龍翼亦北竄明川，卒于謫官。止吏曹判書、大提學，諡文憲。(人物考) 年二十四以前正言，疾劇夢中作詩曰："絶塞行人少，羈愁上客顔。蕭蕭十里兩，夜度鬼門關。" 後果謫卒，竟成詩讖，甚異哉。(朝野輯要)

五、李朝五百年史(青柳綱太郎著)趙泰億ニ關スル歷史

景宗朝四年(享保九年甲辰)王〈公〉薨シ王世弟位ニ卽ク卽位ノ初特ニ柳鳳輝ヲ擢テ左議政トナシ趙泰德ヲ右議政ニ爲ス幼學李義淵少論ヲ排斥セントシ上疏シテ言フ今殿下ノ責ハ速ニ群凶ノ壅閉濁亂ノ罪ヲ正スヨリ先ナルハナシ以テ辛丑以後の事皆景宗ノ意ニ非サルヲ明ニシ且ツ群小陰凶潛毒ノ罪ヲ正シ以テ春秋必討ノ義ヲ明カニセント王朋党甚ダシクシテ是非明カナラズ今後若シ黨爭ヲ以テ相擊ツアラハ豈寒心ノ極ニ非スヤト李義淵ノ原疏ヲ還付ス大司憲權寬上疏シテ義淵ノ疏ヲ咎メテ曰ク王章ニカンスル罪容レ難シト趙泰億上言シテ曰ク義淵先王ヲ誣ユスルノ罪刑ニ正サザル可カラズト王之ヲ然リト

シ絶島ニ竄ス

此歳金一鏡、睦虎龍、李義淵等誅ニ伏ス是ヨリ先王將にこれを親鞠セントシ教ヲ下シテ曰ク辛丑一鏡ノ疏、壬寅虎龍ノ告變書参看スレハ實ニ死臣ニ同情ノ迹アリト一鏡ヲ捕ヘ來ラシメ之ヲ鞠問ス王曰ク當ニ池ヲ梓宮ノ前ニ斬リ以テ大行ノ靈ヲ慰ム可シト一鏡曰ク吾モ亦大行ノ側ニ死セント欲スト虎龍ヲ捕ヘ來ラシメ之ヲ鞠ス虎龍色變シ語窮リ拷訊四回ニシテ服セス遂ニ斃ル、義淵モ亦杖下ニ斃ル命シテ一鏡を斬ニ處シ義淵虎龍モ亦典刑ニ追施ス、尚其黨李天海、尹就尙、李師尙ヲ殺シ柳鳳輝、李光佐、趙泰億を竄黜シ、命シテ金昌集、李頤命、李健命、趙泰采ノ官ヲ復シ其他壬寅ノ獄冤死セル者ノ爵秩ヲ追贈ス

英祖朝元年(享保10年乙巳)故領議政金昌集、左議政李健命、右議政趙泰采の官爵ヲ復シ官ヲ遣ハシ祭ヲ致サシテ鄭澔、閔鎭遠、李觀命ニ官職ヲ授ク玆ニ於テ復タ老論派ヲ重用シ少論ノ權勢殆ント地ニ落チタリ次テ李光佐、趙泰億等相ヲ拝セリ

六、卷末趙泰億の書セラル林道春、同春齋、同靖(春德)、同信篤(鳳岡)ニ關スル傳記ヲ次ニ掲ケテ參考ニ資ス

林羅山(道春)ノ傳

林氏名ハ忠、一ノ名ハ信勝字ハ子信羅山ハ其號又羅浮山、浮山、羅洞、羅長胡、蝶洞、瓢菴、夕顔巷、雲母溪、尊経堂、梅花村、麝眠等ノ號アリ又三郎ト称ス幼名菊磨(一二菊松丸ニ作ル)其先ハ加賀ノ人後紀州ニ縱ル父信明〔信時〕ニ及ビテ平安ニ住ス羅山生レテ神彩秀徹粗々文字ニ通ス13歳既ニ國學ヲ解シ演史小説ヲ誦シ且ツ中華ノ記錄ヲ窺ヒ見聞シテ忘レス世称ス此童耳ハ嚢ノ如シト年14建仁寺ニ入

リテ書ヲ讀ム時喪亂ニ屬シ書籍甚タ乏シ羅山百方索借シテ諷誦毎ニ旦ニ達ス緇流學者ノ輩試ニ疑義ヲ問ヘバ卽チ琅々辨析ス皆称シテ神童トス長スルニ及ビテ英邁絶倫曠世ノオアリ益々百家ニ馳聘ス凡ソ字ノ冊ヲ成スモノ閱ハザル所ナシ而シテ最モ六経を尊ブ嘗テ言フ漢唐以來ノ文字ハ皆ナ原ク所アリテ其大要ハ六経ニ歸ス唯六経ノ文字ハ原ク所ナシ道固ヨリ此ニ在リト亦言フ後世能ク六経ノ旨ヲ得ルモノハ唯程朱ノ學ナリ今日異端外說又之ヲ壅塞ス是レ力メテ闢カザル可カラスト遂ニ鋭意洛閩ノ學ヲ興スヲ以テ自ラ任ス門を開キ従ヲ聚メテ四書新註ヲ講說ス從ヒ聽クモノ甚多シ是年僅ニ弱冠ヲ踰ユ是時學問湮滅スル久シ民間冊子ヲ挾ムモノナシ故ニ遠近駭異傳ヘテ以テ奇事トス時ニ藤原惺窩アリ洛北ニ隱ル既ニ理學ヲ唱ウ羅山景慕シテ弟子ノ禮ヲ執ル惺窩亦以テ人ヲ得タリトシテ之ヲ愛シ推シテ高足トスル家康雅ニ羅山ノ名ヲ聞キ時ニ邀テ諮詢ス慶長11年召シテ博士トナシ以テ顧問ニ備ヘ深ク其ノ博識ヲ嘉ミス後チ薙髮シテ道春ト称シ民部卿法印ニ叙任セラル羅山國家創業ノ時ニ際シテ大ニ寵任ヲ受ケ朝議ヲ創シ律令ヲ定ム幕府ノ文書率ネ其ノ手ニ成ル四世ニ歴任シ卽位改元行幸入朝ノ禮ヨリ宗廟祭祀ノ典及ビ外國蠻夷ノ事ニ至ル迄預リ議セザルハナシ明暦3年正月23日沒ス年75諡シテ文敏ト云フ

林春齋ノ傳

林氏名ハ恕、一ノ名ハ春勝、字は子林後チ之道ト改ム春齋ハ其ノ號又鵝峰ト號ス別ニ向陽軒、葵軒、竹牖、爬背子、顔齋、他魯齋、物菴、溫故知新齋、頭雪眼月菴、傍花隨柳堂、辛夷塢、仲林、南牕、恒宇、南墩、櫻峰、碩果等ノ称號アリ羅山ノ第三子母ハ荒川氏元和戊午ヲ以テ春齋ヲ京師ニ生ム天性志孝ニシテ溫柔貞固文詞ハ那波活所ヲ師トシ松永貞德ニ學ブ稍々長スルニ及ビテ博學强記経史子集悉ク之ヲ究メザルナシ且ツ本朝ノ歴史ニ通シ諸家ノ本文ヲ諳ンシ毎ネニ問フ者アレハ応對流ルルカ如シ寛永甲戌父ニ従ヒテ東來シ江府ニ住居ス時ニ年其ノ年將軍家光ニ謁シ其後或ハ異國ノ書ヲ草シ或ハ政事ヲ咨詢セラル而シテ能ク其事ニ堪フ癸未ノ歳命ニヨリテ寛永系図300巻ヲ蒐集ス正保甲申俸支宅地ヲ賜フ明年食祿ヲ加倍ス萬治中官金ヲ賜ヒテ珍籍ヲ藏蓄ス寛永辛丑法印を叙セラル癸卯ノ冬五経ヲ講了シ私考ヲ作リテ蘊奧ヲ開示ス事台聽ニ達シ弘文院學士ノ號ヲ賜フ且ツ心ヲ四書ニ覃シ程朱ヲ篤信シテ國字解ヲ作ル其ノ餘編輯ノ書甚タ多シ庚戌ノ歳國史ヲ編ス總テ310巻官命シテ名ヲ本朝通鑑ト賜ヒ食祿ヲ加增シ俸支ヲ賜ヒテ諸生ヲ教育セシム又官材ヲ賜ヒテ學寮ヲ造ル來リテ學ブ者日々ニ多シ闔國推テ儒宗ト爲ス延寶甲寅命アリテ再ヒ忍岡ノ聖堂ヲ修シ年々祭祀シテ絶ヘス禮典漸ク備ハリ貴介侯伯國老執政來リテ祭儀ヲ觀ル暇日ニハ著述ヲ愛シ韓使ノ至ル毎トニ贈酬頻繁凡ソ詩ハ一萬首文ハ2千編家ニ存ス8年病ミテ沒ス私諡シテ文穆トイフ年63

林春德ノ傳

林氏初名ハ守勝字ハ子文、右近ト称ス後チ名ヲ靖、字ヲ彦復ト改ム、春德ハ其號、又函三子考槃窩、讀耕齋、剛訥子、欽哉亭、靜盧、甚齋等ノ號アリ後チ專ラ讀耕齋ノ號ヲ用フ羅山ノ第4子春齋ノ弟ナリ家庭ニ學ヒテ博學强記當時2名アリ正保3年始メテ將軍家光ニ謁シ宅地並ニ年俸2百苞ヲ賜ヒ祝髮シテ春德ト號シ第二ノ林家ト称ス明暦2年法眼ニ叙セラレ3年食祿ヲ加賜セラレ前ニ通シテ5百石トナリ萬治4年3月12日沒ス時ニ年38私諡シテ貞毅先生ト云フ

林鳳岡ノ傳

林氏、名ハ戇、一ノ名ハ信篤、字ハ直民、春常ト称ス、鳳岡ハ其號又整宇ト號ス、春齋ノ第2子、梅洞ノ弟ナリ幼ニシテ聰明経書ニ通曉

シ詩律ニ耽嗜シ兄梅洞ニ從ヒテ學フ寛文丙午春梅洞沒ス鳳岡年甫メテ26父ニ代リテ諸生ヲ統ヘ詩禮ヲ以テ任トナス延寶庚申春齋沒ス鳳岡職祿ヲ襲キ大藏〔卿〕法印ニ任セラレ弘文院學士ノ號ヲ賜ハル天和新政ノ時ニ當リテ夙夜公ニ在リテ殆ント虛日ナシ初メ羅山私ニ書院ヲ忍陵ニ建テ弘文館ト號ス孔子及十哲ノ像ヲ安置シテ之ヲ奉祀ス元祿 4 年鳳岡旨ヲ奉シテ之ヲ湯島臺ニ移シテ官祀トス其経營規畫更ラニ壯麗ヲ加フ將軍綱吉親カラ大成殿ノ三字ヲ書シテ之ヲ授ケ祀田千石ヲ附シ館ヲ設ケテ學士ヲ延キ併セテ宅地ヲ此ニ賜ヒ以テ朝ニ便ニス蓋シ保元以降天下擾亂士大夫皆ナ金革ニ從事シ文藝浮屠ニ落チ其事一ニ五山ニ歸ス國家隆平ヲ致スニ及ヒテ儒者別ニ家ヲ立ツ然レドモ尙〔猶ホ〕目シテ制外ノ徒トス其顧ヲ禿シテ士品ニ列セザル此レ戰國ノ頹俗未タ革ムルニ及ハサルナリ鳳岡人トナリ〔爲リ〕豪俊雄邁慨然以爲ラク儒ノ道ハ卽チ人ノ道、人の外儒ノ道アルニアラス然ルニ之ヲ斥ケテ制外ノモノトナスハ不可ンリト是ノ時綱吉大ニ儒道ヲ崇ム遂ニ命ヲ受ケテ髮ヲ蓄ヘ大學頭信篤ト称シ從五位下ニ叙セラル是ニ於テ世皆ナ儒敎ノ世用ヲ主トスルヲ知ル鳳岡五君ニ曆事ス凡ソ60年元祿中最モ信任セラル正德中新井白石專ラ事ヲ用ヒ議頗ル合ハス數々致仕ヲ乞フ免ルサレス其名望ノ隆ヲ以テナリ其專ラ掌ル所ノモノ三アリ曰ク官爵、曰ク系譜、曰ク喪服此レ事體ノ最モ大ナルモノニ屬ス其餘ノ機務預リ聞カザルナシ故ニ鳳岡ノ門ニハ客常ニ塡チ勢朝野ニ振フト云フ天和壬戌命アリ子信充ヲシテ孔廟ヲ掌ラシメ大學頭ニ任シ鳳岡ヲ以テ大內記トナス翌年致任ス時ニ享保9年ナリ鳳岡自ラ拙々翁于子ト號ス後チ8年ニシテ卒ス時ニ享保17年6月朔日ナリ年89私諡シテ正獻ト曰フ

時大正2年癸丑冬於朝鮮龍山　今西龜滿太

【영인자료】

扶桑日記

부상일기

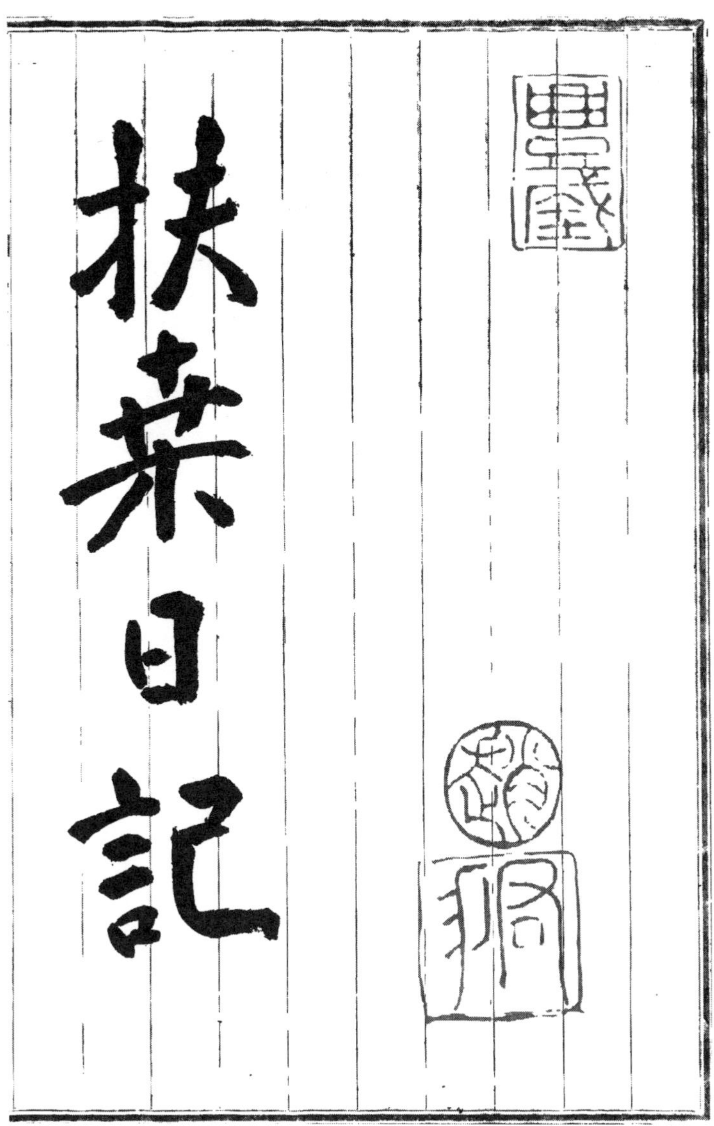

扶桑日記

月 日東槎日記

四月小

二十日甲戌晴辞 朝後仍渡漢津申汝萬李子範李咸卿洪大而金仲文洪遠伯睦行之益平尉南明瑞金君玉洪仲一尹汝玉兄弟朴汝道金久之李長卿李一卿李务能李季夏洪君實崔逸金萬均金達諸人同来叙別臨夕行到良才投宿羅于天金久之朴世桂持酒来夜来訪察訪趙丕顯亦開酌

二十一日乙亥晴

早發良才板橋秣馬龍仁中火聞光牧洪子晦到
葛川邀與暫敘夕投陽智止宿站官水原府使金
壽仁本縣倅愼憙來見察訪落後
二十二日丙子雨
發陽智新里中火竹山投宿本州府使許遂安城
郡守金弘錫陽城縣監柳爘然以站官入謁從事
以軍威覲親事先往
二十三日丁丑晴
發竹山無極中火忠州牧使邊復一出站趙見素
韓眗趙國賓子弟三人來見夕投崇善止宿本州

牧使朴安悌出站木川倅李喜年来謁
二十四日戊寅晴
朝發崇善夕投忠州止宿直往朴仲久所寓慶從
容打話臨夕乃還
二十五日己卯晝晴夜雨
朝發忠州歷路見仲久更與叙別児輩落後夕投安保驛止宿
二十六日庚辰晴
早發安保直到延豐縣境龍湫與副使清州倅沈
文伯清風倅金建中槐山倅李道基連源督郵尹
誼之往見瀑布暫設小飮仍踰鳥嶺歇馬龍湫夕

投聞慶止宿尙州牧使林端出站

二十七日辛巳晴

早發聞慶狗灘中火星州牧使金宗一出站權單咸以亮南陽川昌祖來見夕投龍宮止宿主倅鄭彥說夜設小酌與副使李監察從朴叅奉重輝同飲

二十八日壬午雨

朝發龍宮夕投醴泉止宿主倅金寅亮設酌于快賓樓副使及李監察一行軍官員役皆叅夜深乃罷

二十九日癸未晴
朝發醴泉豐山中火榮川郡守李河岳出站前持
平南天澤來見夕投安東止宿夜與副使及主倅
叙話小酌夜深而罷
五月初一日甲申晴留安東
會望湖樓主倅李俊耇及寧海倅成伯瞻本府判
官安奇金井昌樂三督郵皆叅設酌一行軍官員
役等皆得與宴
初二日乙酉晴
食後發程到前江乘舡叙別後馳到日直安東倅

李子喬亦追至興站官廖海倅暫叙話卽發夕投
義城止宿
初三日丙戌雨留
主倅尹惟謹站官仁同府使李廷楫開酌終夕而
罷
初四日丁亥晴
早發義城青路中火盈德縣令朴煐 出站軍威
縣監南得朋來見夕投義興止宿漆谷府使李俊
漢來謁
初五日戊子晴

早發義興新寧中火大丘府使李漩出站主倅金
埥入謁林川奴里金来候多日矣夕投永川止宿
本道監司南鎬来候與之開酌叙話夜深乃罷站
官清道倅沈長世高靈倅朴世基主倅李眴入見
長水察訪黄澤陪行
初六日己丑晴
食後發永川毛良中火慶山縣監李徽祚出站夕
投慶州止宿主牧鄭良弼興海倅李汝澤乗夜来
見開酌而困備恐特甚固辞即罷
初七日庚寅晴

朝發慶州仇於驛中火延日縣監李弘祚出站夕
投蔚山止宿直到金濟州寓處叙話

初八日辛卯晴

早發蔚山數里許有亭舍與金濟州府使尹世任
叙別夕投龍堂里止宿密陽府使尹得說出站邀
與相見

初九日壬辰晴

早發龍堂秣馬立石夕投東萊止宿府使韓震琦
邀與相見得見京家平書仍作答書付 狀啓便

初十日癸巳陰

午後發東萊夕投釜山止宿金海府支應

十一日甲午晴留釜山

東萊府使以差倭平成連接待事來乘駕轎到門
外由正門入來不識事体甚矣極致台兄推問而
不杖府使接倭後更來而內外正門閉之不為入
來直還其府左水使李文偉來見

十二日乙未晴留

與副使乘月賦詩仍聽琴歌夜深乃罷

十三日丙申晴留

熊川來與之同宿理馬持禮單馬來到

十四日丁酉晴留
昌原府文應比金海甚薄不可堪理馬朴弘遠到
萊府有徵捧人情之事刑訊而本府吏亦有趑不
喂馬之罪治罪
十五日戊戌晴留
晩頭行望 朔禮府使設宴東軒大張妓樂燕川
還去
十六日己亥晴留
禁軍兩人相繼而至盖以 國書精改備樂器等
物賫來也得見惠書仍作答書付其歸

十七日庚子晴留
十八日辛丑晴留
點心後晋州支應長水督郵辭歸本驛
十九日壬寅晴留
譯官金時聖等自軍威徑来
二十日癸卯晴留
倭人慶禮單馬入給蔚山府使以接倭官来
二十一日甲辰晴留
金時聖等閑從事官先文中路迎候事下直
二十二日乙巳晴留

鷹連入給于倭人處

二十三日丙午晴留

從事官來會譯官韓時說來傳京書得平安報趙

興源自栗浦來

二十四日丁未晴留

留人張一春自忠州來現慶州通引得芳尚州通

引應發義興通引鐵龜慶山通引德雄等陪行事

來現

二十五日戊申晴留

左水使主辦大張于賓日軒衆樂具奏七酌乃罷

此是使行時例設之宴也一行員役皆入參至於
理馬樂工等亦與焉皆受排床於県榮矣此日朝
前軍官羅得聖醫員韓亨國譯官張偉敏等皆罰
二十六日己酉陰留
將設祈風祭于永嘉臺以李明彬兼典祀讀祝等
事從事官製祭文而鄭琛正書金義信書 位牌
大海之神四字安于卓子上是夜自初昏下雨達
夜不止梁山倅金逵委訪卽還熊川支供
二十七日庚戌雨留
曉與副使從事冒雨往會于臺上時尚早矣暫憩

于歇所待丑時入庭獻酌一依五禮儀ㆍ註行禮
後即還此日乃乘舡涓吉而大雨之餘風勢大作
午後暫出浦口乘舡即下還寓東軒萊伯設餞杯
譯官朴亨元持倭人禮單下来行中譯舌不足成
送公事于該曹仍為帶去從事嫌其舡員役之小
請帶卞譯故許以朴譯代察掌務之任
二十八日辛亥陰留
以乘舡待 賜筆事狀 啓仍付京書
二十九日壬子晴留
與副使從事會于東軒熊川設酌仍餉軍官員役

于別廳酒饌頗精三房妓生處各給食物云熊雖
小邑官力亦不偶然矣
三十日癸丑晴留
聞承文正字李亨千賷 御筆來到東萊
六月初一日甲寅晴留
曉頭行望 闕禮食後一行上下具冠帶迎候五
里程 御筆到幕次使臣及員役前導到館門內
祗迎正字持 御筆直上大廳奉安于床上後與
水使及守令邊將等分東西庭行四拜禮訖三使
臣盥手就床下跪拆見還爲封裹安于 國書奉

安之傍羅後正字行四拜禮爲　國書也此便得
見京家平安書以　御筆祗受及平成連書契回
答趁未下來方爲待候發舡之意狀　啓成送仍
付答書于京家得見閔寅甫金一正書尚與源還
去
初二日乙卯陰留
執政等處　御筆賜送事添入書契改書下來換
而納諸櫝子前來書契還送該曹
初三日丙辰雨留
身到地盡頭過此　忌辰心事倍悉

初四日丁巳雨留
山陰相去四日之程冒雨来訪辛勤多矣因與同
宿
初五日戊午雨留
三使臣會于中大廳設折 御筆精加封裹奉安
與山陰小歛副使從事来會山陰盡醉而還自加
察訪李奎齡来訪平成扶送言于譯官處所授鷹
子五十五連内十五連已為致斃其餘亦皆退食
去去一邉移文于本道監司道内鷹子分定各邑
急急輸送而行次雖或發舡追給館倭使之入送

之意馳 啓而霾雨浹旬海霧籠山遠近莫辨順
風無期累日載舡趂不得渡時當改朔傷鬱固無
足恠而趂即充數無弊入送亦未可必極為可慮
初六日己未雨留
禁軍持回答書契來得見京家平安書
初七日庚申陰留
禁軍持平成連禮單來連得京報仍付答書
初八日辛酉晴留
萊伯以明日定為乘舡故乘夕開酌叙別尉倅亦
來會

初九日壬戌晴
辰初三行一時乘舡出浦張帆風勢甚緊日未午
越海無事而雲暗不得入鰐浦徑泊佐次奈下碇
宿於舡上而從事所乘之舡中路舡尾折破不得
前進狼狽極矣吾舡無事渡涉而舟中之人盡皆
昏倒面無人色其舡之景色可想日沒之後邈無
消息殊甚可慮自釜山抵佐次奈水路四百八十
里平成連追到問三舡消息答以不知尤爲悶慮
平成幸方留鰐浦聞行次舡向佐次奈即來問安
令譯官措辭荅之懸燈後來呈三重饌盒酒一桶

分給行中下人與副舡下碇一處舡上相對暫與
敘行舡艱苦之狀而相距稍遠不能盡吐可鬱副
舡亦未免水入舟中員役衣服雜物并皆掛於舡
上洗洒爛熳所載色紙皮物亦皆沉水〻之入舡
多少據此可知上舡所載禮單處有沾濕之患使
朴亨元點檢則白苧布所入之樻一隅暫濕即為
拆見幸免漸污還為結裹封標還授日沒後頗有
雨徵初二更中雲捲月出
初十日癸亥晴
平明副使送言曰倭人來傳從事昨日夜深後始

泊志〻見云疑處之際始得此報不覺喜抃而此報亦非信的即與相議言于護倭莅飛舡載送朴之墉丁之碩使之哨探一邊送三舡員役吳仁亮卞甬標等亦令轉向志〻見而差倭等來言今日差晩則似有風氣趂早發行云即爲回舡行出浦口風送浪起舟行甚遲倭舡六七隻前導挽引盡發舡格另加櫓役自佑次奈至鰐浦僅三十里而午後始泊于浦中浦內人家數十户豊崎縣所屬也章倭送言于舡上舘宇凉薄猶愈於舡上願下止宿依其言與副使乘轎同抵舘舍則所排等物

殊甚薄略少頃島主委送小倭問安即招見面答
仍招平成幸平成連暫致護行勞苦之意昨日平
成扶睨後自釜鍇雖發中路見從事舡危急謂其
舡格數十人多般救護夜分後始泊志〻見云始
知其朝前所聞之不虛矣丁之碩入夜乃還傳納
從事手書如得隔世消息其喜可掬仍聞其舡尾
木并頭差而俱折以橋板押之而又折云極可惴
也急擾間能作祭文酹神祈祝云聞来差強人意
此日與副使聯枕
十一日甲子晴留鰐浦

平成章来獻餅盒于兩行即并其酒器分給于軍
官員役等令首譯措辭答之平成連以不敢退在
往返從事之意来告使譯官鄭時諶李承賢同来
其舡仍為候問差晚又發舡將薫生以小舡四隻
曳送第一舡頗備尾木盖為從事陪行之奄也終
日昏昏如醉枕籍以過苦況多矣居處湫隘鬱鬱
不可堪令小童輩分還投壺其無聊可想
十二日乙丑晴留鰐浦
洪譯来呈下程記辭以未到府中之前不可徑受
只留中官下官等餼物使之分給下程記所錄則

米醬酒醋鷄猪魚采芥子等物而洪汝雨言內所
納之物不宗至於猪肉魴魚全不來納若於朝前
使即依錄捧納則未知何以為辭其間虛張情狀
殊涉可惡食後倭人來傳從事昨日所封書緊以
舡隻幾盡修補欲於今日來會風勢不順方為悶
慮之意與副使相議以渡海日危懸寀狀具由搆
出狀 啓草而待從事官來會使之正寫一邊作
家書以付此便朴之墉初更回自志ゝ見村
十三日丙寅晴留鰐浦
午後從事始得來會相與慰賀仍為同宿平成扶

偕從事來呈納饌盒于各行領受即分給員役及
下人處令譯官措辭答之從事舡粮饌沉失小遺
云石魚甘醬等物分移于其舡
十四日丁卯晴
平明發鰐浦作行南風送吹諸舡以櫓役次第而
進島主送頭倭問安仍呈魚采三種領受招見使
倭答辭以還食後島主又送平成政問安招見即
還夕泊佐賀浦宿于舡上是日行一百二十里
十五日戊辰晴
曉頭行望闕禮于舡上仍為作行丶過住吉灘

數十里長峽揔是佳山美水行忙不得停舟從觀
浦行未半岩上有數間板屋問之則住吉寺云島
人以為靈驗過此必為之祈禱云海水之灣回為
浦者羅絡左右峰巒奇秀層岩殊狀草木亦不尋
常可謂別區言其形勝則武夷九曲必不踰此蔀
是蠻人所居之邑不得比而論之行可五十里島
主送頭倭問安仍呈餅果潮退風逆舟行甚遲昏
櫓而進望見浦口大舡設帳幕小舡羅列而來問
于倭人則島主為迎使行云去府中十里許彼此
之舡相値島主請行揖禮下交倚答之大槩貴人

不關禮貌鞠躬作揖不成模樣但洪譯言內島主
舡上別設坐板此異於前而中路問安之數比前
有加云接待之事姑未知勤慢之如何島主先導
而行下舡入府三使臣亦鱗次而前中流下碇島
主送言願下舡一行具冠帶奉 國書祭文 御
筆分盛于各龍亭數輿下陸先陳軍衛次設儀仗
入府中行五里餘始抵館宇安 國書御筆于廳
中三使會坐于東邊小廳即設振舞傳奠進止退
床後旋呈果器方其入府之時左右觀光者如堵墻
問之則本島所屬八郡男女來會云人戶幾至數

千餘户而太半依構于山麓將官家舍僧人寺刹
狹道兩邊連亘彌漫園林極盛島主家則距浦口
一里許矣觀光女人首無結髻只束髮如未髻者
然或張小傘或着如羅兀竹笠或以扇障面或以
長衣蒙頭只出面目而但開口則齒皆涅黑看來
可駭其俗作夫即涅齒云所寓雖舍甚僻院名長
壽新造極精雜卉脩竹自成園林亦一淨界成扶
成連並來問安指見以致謹行無事之意自前使
行下陸則威儀前導軍官等乘馬前驅使臣乘轎
以次而行今番邊有無前之擧島人皆以爲駭云

是日行一百二十里府中邑勢三面阻山而諸山峭峻無一平衍可耕之地島中之常患貧窶蓋以此也屋宇依山蚊蚤甚多達夜不能安枕

十六日己巳晴大風留長壽院

島主送人問安副使軍官鄭斯翰及一行格軍數十人乘小舟欲移樓舡之際舟沒傾覆倭人沉水者僅得拯出雖免死亡之患而不幸甚矣可作前路不謹者之戒慎哉平成扶問安不為相見平成章以病為辭終日不來島主及達長老送呈饌盒無辭以却依例留之追呈下程米及各種饌物而

員役以下則不能准數隨所備捧納未知此島物力或不能如前而島主之威令不行之致耶抑或輕視今番使行有此弊耶甚可駭愕使譯官言于倭人中下官所給之物減損其數俾不得更呈從事臨夕來見

十七日庚午雨洒留長壽院

島主送人問安栢長老送言仍呈饌盒禮單雜物自船所移運院內看檢後除出島主處所送禮單以為明日傳給之意洪喜男以別書契賫來之意言及于平成幸使之轉通于島主 島主答以此事

當爲周旋而長老等亦不可不知明日傳書契時

並皆傳之去終日昏昏移時午睡氣甚憊矣

十八日辛未雨留長壽院

洪喜男金謹行等朝前先送禮單食後持書契往

于義成處傳給回報曰雨勢若晴則義成長老等

當於今日内來謁差晩平成幸平成扶平成傳等

來言島主今將來矣俺等先來于此待候云俄而

五六倭人入來以竹箒淨掃庭内而出盛陳一行

軍儀于庭之左右成幸等序立于門内迎左三使

臣具冠帶出大廳西壁以待義成到門外下轎即

開門使臣出楹外義成及達栢西長老以次而進
至層堦脫履上楹使臣以手推引至堂中相揖後
分東西平坐義成使洪喜男傳言曰行次無事入
来俺等深以為喜幸答以頃於舡上望見不得接
話今日幸蒙来訪可幸曾見書契必於八月上旬
期以江户故俺等四月辭朝下来釜山風勢不順
今始渡海前頭則風勢漸高舟行可慮不可不趂
即整治前進矣義成答曰此意俺亦知之敢不唯
命使洪喜男言于義成曰從事官舡洋中遭風勢
甚危迫適值平成扶追至救護且賴小舡多數曳

導僅得止泊島主之前期申飭可知多謝義成荅
云莫非兩國德蔭俺何力之有行茶禮後義成等
辭退使臣行揖禮以送平成幸等及怨首座請謁
暫怡見昏後義成送饌盒留之軍官韓相及李夢
良等入告曰館中候倭一人扇子寫三使臣職姓
名看來可驗欲爲奪取則倭人裂破故不得取來
矣三使不勝驚愕出坐大廳令洪金兩譯推問其
倭〻人言內從事書記朴文源房中冊子所記俺
自謄書云其冊子眼前推納則果爲特書行中下
人敢於縣書冊書出使臣姓名事甚可駭所記中不

無可諱之事而功不秘藏掛諸倭人之眼使渠任意謄出尤爲可駭且聞前行軍官中有愚濫者至於盜謄使臣詩句打畵書捧價于倭人以賣云若於此事不爲痛懲則行中無所畏戢未免有前日之患不得已施文源刑訊一次嚴教于行人使不得私記

十九日壬申雨留長壽院

義成送人問安午後送李尚漢金時聖兩譯于義成處以謝昨日來見之意

二十日癸酉雨留長壽院

義成送人問安平成傳送呈沙糖正果義成點見
樂兒後欲爲封晨請送譯官及樂工遣下甬標辭
義立
二十一日甲戌陰留長壽院
義成送人問安送使臣禮單于義成及諸處而島
主處則吳仁亮賫去
二十二日乙亥晴留長壽院
義成送人問安仍致請宴之意午後再三送言要
臨三使以次作行〻四里許始到島主家路傍觀
光不如前日之駢闐而男女挾道觀光者亦不知

幾百人到中門外下轎奉行二人前導引至廳上
義成出楹外相迎入大廳行再揖禮達栢而長老
亦依此為之行中軍官員役以下拜禮于楹外使
令吹手等行庭見禮畢後主客皆交倚坐預設四
行高排于高足床行九酌而味數則逐盞而進罷
後各入廳後移時休憩仍出與平坐進花床行杯
数巡之後長老等作詩以呈即席酬酢此是前例
去交歡之際不可使落莫故許之日已昏矣張燈
罷歸是日極熱苦不可堪茂真患病甚重不得陪
行

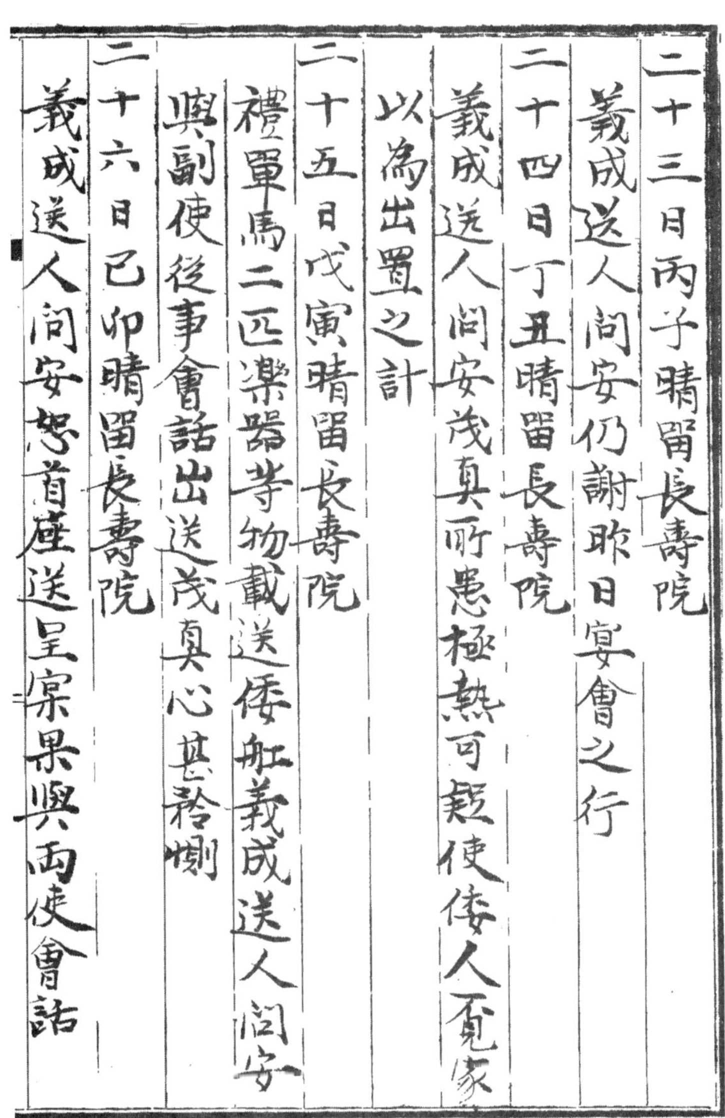
二十三日丙子晴留長壽院
義成送人問安仍謝昨日宴會之行
二十四日丁丑晴留長壽院
義成送人問安茂眞所患極熱可慮使倭人覔家
以爲出置之計
二十五日戊寅晴留長壽院
禮單馬二匹樂器等物載送倭船義成送人問安
與副使從事會話出送茂眞心甚矜惻
二十六日己卯晴留長壽院
義成送人問安怨首座送呈宗果與兩使會話

二十七日庚辰晴留長壽院
義成送人問在鰐浦所送飛船尚未回還未知其
由初二日將向一岐島狀　啓成貼鵰木催送事
移文水使發送飛船仍寄家書達長老平成連平
成扶等各送宗果粘飯餅盒極涉支雜辭而却之
渠必無聊不得已留之即為分給一行粘飯則以
蒿草精包粘米三處束結重蒸盛以足床上置太
末雜以雪糖殺合累紙盖為塗飯而喫也一床所
盛幾至六七十束矣送軍官于船所卸置船中卜
物于水邊以為明日船底烟燻之地與兩使會話

茂眞發表狀愈似非染疾而旣出之後事難卽送
仍令在其處調理
二十八日辛巳晴留長壽院
義成送人問安以下程剩米三十餘斗分給舘中
使喚倭數十餘人處平成傳送呈西果鷂木自釜
山來到
二十九日壬午晴留長壽院
義成送人問安見東萊倅書得聞　朝家無事之
報送來三介鷂木皆不合坐舡之用以府中所斫
二年木新造平成幸等四人來傳請宴之意三使

會大廳招見諭之曰一往一來禮無不答念二日
宴會之後島主所當即為回謝其間雖有使行忌
故且有 國忌不得出接為主人之道翌朝即當
來謝仍為忌避而爾等令以不得不赴宴之意數
道至此、何道理極為未妥成幸等曰下教之意
誠然矣島主之事果為未盡但前頭各站之人皆
來探候至於薩摩州人方來于此者知以島主人
事未盡之故終不為赴宴行禮則其在聽聞為如
何哉願赦前過以責來效俺等今請受罪三使相
議蛇蝎之事不得相較今姑許之以觀他時所為

可笑仍說與不得已强赴之意成章等再三叩謝
而去午後以平服往于義成家新搆別院不施丹
碧極其精潔文房奇翫屛簇之物多設座右無非
誇張之事看來可笑設振舞三酌而止久坐極苦
欲爲徑起而剛被苦挽起而還坐進花床三酌而
罷洪詳言內自前有此禮而今番則一依闕白接
待時所設之花云各設各樣花木而以木入染造
成極其奇巧中設一大花床而松木龜鶴雜彩睹
耀床皆塗金矣惣首座送枝三太多食狀如拳舞
者一个最以竹皮矣

七月初一日癸未晴留長壽院
曉頭行望 闕禮義成送人問安平成扶来言島
主回謝之意差晚島主来見兩長老追後入来畧
設茶果即為辭去令譯官留長壽院主僧平成幸
成扶成傳等四人饋果子果宗燒酒二杯而送成
幸之子各呈桃宗一器成扶又各呈西果二箇
初二日甲申小雨留長壽院
義成送人問安昨日達僧顔送金義信韓時覺以
此意言于義成則義成以為不可勿為許送依其
言措辭不送未知義成之意如何也

初三日乙酉陰留長壽院
義成送人問安願送寫字畫員等許之謂各船格
軍擔運禮單卜物于船所是夕小通事金春男與
行中下人十七名同謀以所食剩米貿銀發覺
初四日丙戌晴留長壽院
義成送人問安是日定欲乘船而送風連日大作
義成累次送人風勢如此勢難發船云不得已停
行留滯此處將至二十日之久前路杳然歸期漸
此差池欝悶不可堪而一岐比諸海最鉅不得長
風則渡涉極為可慮不得不慎處也奈何與副使

從事官同坐貿銀發覺人推覈後輕重各加刑訊
首唱人金春男同謀人慶州官奴敬民罪係潛商
刑訊一次不足以懲其罪且無以礪日後故着枷
出送自 朝廷處置之意狀 啓中添入所貿銀
子九両則招平成扶使之分給于物主處義成又
送人願送寫字畫員許之
初五日丁亥晴留長壽院
義成送人問安
初六日戊子晴留長壽院
義成送人両倭逐日相替以来傳言云各給扇子

油墨等物平成連送呈眞果島主送海魚家猪酒
盃以明日乃七夕而来呈云茂眞先送禮單馬所
載舡
初七日己丑晴留長壽院
義成送人問安送生銀魚此邑不産而池中所養
者爲行次汲採取来云留滯此久無聊特甚聽笛
及琵一行以敬民首謀究枉事齊訴且觀其供辭
似涉款邑棹木相議削其名于狀　啓中
初八日庚寅晴留長壽院
義成送人問安

初九日辛卯晴留長壽院

義成送人問安令李明彬領祈風牲幣往于祭所

初十日壬辰晴留長壽院

曉頭行祈風祭義成送人問安送西果各三箇卜舡格軍巨齊知是浦金命立患耳腫極重送韓醫省審則回言內不但濃汁自內外流出元氣漸盡言語艱澁似不能救云且昆陽格軍文蘭養患脇痛苦重固城格軍朴芿伊病勢極重出鼻血似是染疾即令並皆出置于浦邊人家各給米七斗令倭人救護待差病以爲出去時裹粮之地

十一日癸巳晴
日出後舡將黃生告目內東北風起吹若不止則
可以作行云俄而舡將等皆來言風順可發令一
行整束一邊通于島主而此風於倭舡不但正順
且不整待政華成等以不可行之意防塞諭以風
作之後始爲發行則難發之際自爾遲遲日勢且
晩大海難渡今日雖不得渡固當乘舡以待順風
云則成華等歸告義成義成亦爲然還報俺當
先出乘舡行次追後以發云依其言停行晷退後
出來留院二十六日喫苦之餘登舡望海雖未即

洗羈懷甚豁初昏新月滿天數十舡頭各明燈燭
景致令人發興第舡上夜氣蒸鬱開窓以宿蚊蚷
多侵不能安寢聞夜間病人命立不能救憐矣言
于平成連處以薄板造棺送歸于出去之舡
十二日甲午晴留舡上
義成送人問安仍達風發則相通作行之意洪譯
言內癸未年則使行閱其久留徑出乘舡而義成
恬不動念不為出來今番渠自先出以待使行事
異於前此出於關白優待之故云云
十三日乙未雨仍留舡上

義成送納鰱魚一尾昆布十八把酒大一桶曰人
自大坂持来之物去分送各船去夜平成扶及長
壽院小持緘来視洪譯曰十三十六十七日、本
拘忌之日也雖有順風决不可發船勢將累日留
滯洪譯亦以爲悶拒辭防之入夜之後兩長老來
要與洪譯相見卞詰而去今日下雨不得發誰謂
倭人善占風雨也若知雨候一夜之間諸倭何勤
勞至此可笑今日島中觀燈薦香之日也島主以
此意送言曰下陸初昏島中家家懸燈似是我 國
四月八日自此日至十五日連夜如此云夕聞義

成送三重盒酒一桶分給員役等處

十四日丙申晴

雨後風勢似順而甚猛不敢發舡義成送言固請下舡三行乘夕上海岸寺宿

十五日丁酉晴

曉頭行望闕禮食後行中齊言風順相議乘舡出浦口親自占風則與浦內風有異決不可行即還下碇仍宿舡上成扶不知行中本意來在舡上多發不好之言其痛甚可言義成初乃聞知極以為訝使成幸諭以行中鬱悶强為此擧之意則義

成亦爲解惑云矣
十六日戊戌晴留舡上
義成送人問安仍請下舡而舡上亦不至苦甚且
旋上旋下有同兒事諭以好意不爲下陸今日風
勢似順而義成以拘忌爲辭無意護行痛甚奈何
分給扇柄于舡中上下人處
十七日己亥晴留舡上
飛舡自釜山入來平成扶來傳文書一封樻子二
隻折見則備局公事一道慶尙監司東萊府使移
文各一道樻子所盛則白綿紬五十疋五色紙六

十卷白紙百卷以渡海時沾濕狀 啓之故改備
付館倭八来着也此使不得見家書可欝以此事
自 朝廷送書契于島主處云送納五日下程島
主乗舡
十八日庚子晴
義成送人問安在舡上待風而風勢不順苦不可
言義成又請下舡乗夕上海岸寺宿送呈梨子西
果等物
十九日辛丑晴仍留海岸寺
夜来下雨曙後即晴義成送人問安

二十日壬寅晴留海岸寺

義成送人問安村閭連夜懸燈其誇耀之狀有同兒事可笑義成來西山寺顧送李明彬金義信韓時覺只許金韓兩人送之舡將等來言明日當有順風送言于義成處期以趁早乘舡令員役等曉頭炊飯蓐食

二十一日癸卯晴

平明乘舡封狀 啓給與倭人使即出送義成來言俺已發矣諸舡一齊出浦則初日射紅掛席開洋日將卯時西南有風倭舡二十八隻行次舡六

使亥先亥後午後西風正順而風力似微舟行未
疾申時始近一岐島倭小艘多數出來各引舡而
去到泊浦口則浦內人家僅百餘户而皆蓋以草
蓋尾者只數家義成送平成幸等請下舡即依御
下日已向昏設振舞饌品與馬島相似而臭變不
可近撤去後又進飯中官以上則例呈振舞而下
官則以乾物計給云屋宇為此行新搆而精麗相
兼且土壁未乾濕氣熏人苦況多矣達僧無端入
來不坐而還蓋其意為問起居而方設振舞整未
起敬故也令洪譯喩以好言而送之與副使從事

官一處伴宿自馬島来此水路五百里倭人来候者甚多而平湖太守来在二十里許只送言問候矣太守名鎮信之食邑

二十二日甲辰晴仍留

送譯官鄭時謂問于義成處兼問達僧食後有順風送言于義成即將發舡而義成托以逆風日勢已晩竟未果行願送寫字畫員許之

二十三日乙巳晴

平明義成告以當有順風趂早作行、中即乘舡齊發出浦行僅數十里許逆風大吹舟不得進倭

舡先回我舡亦即次第回棹還泊下舘苦況甚矣

二十四日丙午晴仍留

送風終日連吹不得發義成以本島太守之意来呈饌盒栢僧来謁達僧辭以疾送沙彌問安並招見饋茶果副使從事以所製五言律各贈兩僧達僧願送寫字畫員許之平成扶入謁責以每於舡上高聲無忌此何舉措極為未妥今後切勿如前成扶荅曰敢不唯命其為人本来妄毒加以年老倭人中甚不善者此後恪謹何可望也島中雖乏人豈無差優者而必令此倭護行義成之昏妄於

此可知

二十五日丁未晴

送風又吹仍留

二十六日戊申晴

平明發一歧行三百五十里始到藍島日幾申矣下陸則舘舍敞豁供帳器具視歧島倍優即設振舞饌品亦精此浦口甚爲濶大而越邊有一帶遠山連亘白沙平鋪傳言新羅忠臣朴堤上死節之處夜分後驟雨移時在舡員役等皆沾濕此境屬筑前而太守名源光之食祿五十七萬石夜半以

微眼來見如癸未年云矣

二十七日己酉晴

日出後始發向赤間關纔出浦口逆風大吹不得

行舡在舡終夕昏後下宿

二十八日庚戌晴仍留

達僧持酒及詩來謁次其韻以贈義成願送讀祝

官寫字畫員許之

二十九日辛亥微雨仍留

逆風連吹不得發與副使從事會話仍招李明彬

與之聯句以寫無聊之懷夜深乃罷

八月初一日壬子乍雨仍留

晩頭行望 闕禮罷成扶以島主言来呈忍冬酒一壷饅盆子酒二壷餠一盒糆二盒與兩行各飮二杯格各舡軍官及員役輩各饋一杯

初二日癸丑雨仍留

午後雨止南風大吹浦口不宜藏舡送浪連天拍舡甚急諸舡甚危銃前倅多送倭碇分給各舡猶不能定舟人達夜相嚷濤聲撼枕客懷尤悪不得安寢自馬島乘舡待風之後至藍島各日下程米剩餘多至三十餘斛使洪譯諭於成幸等曰此米

食餘無用舡只負重各舡護行倭人及通事等處
欲爲分給之意成章等亦以爲然即令給與米斛
及酒桶醬桶醋桶三行所給幾至六十餘石聞義
成發行之後到處阻風久滞多有窘乏之患此米
收納公矣李明彬卒患腹痛因爲氣塞多施針藥
僅蘇

初三日甲寅晴仍留
風勢不順格軍中有戶房庫直者來訴看其面則
左腮有血痕怪而問之格軍以爲渠手斫手斗以
拳打腮兄弟并力共博云聞來極駭令兵房各打

艚十五棍

初四日乙卯晴

義成送人問安仍報風順可發之意卽爲乘船時已辰矣纔出浦口潮逆風猛舟不能安雖不至渡馬島之危驚波如屋拍之則船体大掀自爾昏倒不能進食午後始得小喫氣甚不平矣未初始到赤間關下船投于安德天皇寺與西行坐大廳俄設振舞罷後移于宿所寺前新造精舍頗潔豁矣下程饌物不如筑前州之豐侈而亦不下於岐島云而振舞則似無太減於筑前矣是夜秋氣倍多夜

且漫〻曉來眠覺仍不得發是日行舡二百四十
里主守年僅十五歲云名松平大膳守綱廣邑屬
長門州食邑
初五日丙辰晴
義成送人問安仍報潮順舡發之意即為乘舡行
到二十里許潮退不得行下碇留泊日暮之後風
逆且有雨微港口不宜藏舡諸舡明燈櫓後倭舡
多數牽挽還泊亦閒關夜已深矣仍宿舡上
初六日丁巳晴仍宿舡上
義成送人問安仍請下陸而下舡亦苦仍留宿舟

中呈下程粮饌

初七日戊午晴仍留舡上

風逆不得行粧房蒸鬱寢不得安設帳于房上宿于平床別無大段不平之候矣

初八日己未夕小雨仍留舡上

自江戶有往馬島之舡聞之則義成在馬島時聞其子彦滿患痘疫探其平否而來仍為出去云成送狀 略以達今始到此趂未前進之意因付家書

初九日庚申大雨終夕仍留舡上

日昏後東風狂急波浪大起舟中甚不安夜深乃寢平成扶多持渠碇而来分給各舡盖為風大舟動處有意外之患也

初十日辛酉晴仍留舡上

雨則開霽又有西北風可以發舡而風勢甚緊不得行鬱莫甚焉聞義成只持二十日粮且聞將盡而逢留六箇日其意所在未可知矣義成送人請邀寫字畫員等副使不肯許義成送平成扶驅迫鄭琛扶戟舡而去且多發不遜之言着来不勝驚駭初不許送致有此變亦該自取雖極痛悪亦

無奈何
十一日壬戌晴仍留舡上
送洪金兩譯于島主處詳言昨日成扶作變之擧
則島主佯若不知似有駭色而別無成扶治罪之
事云可痛第成扶以此言各舡往来之際似為摧挫
不為如前咆勃似是受責而然也
十二日癸亥晴
義成送人問安且達累日舡上氣必未寧願下陸
待風卽為棄舡之意三舡相議許之未後下舡接
宿阿彌寺是夕義成與兩僧来謁仍為饋酒而渠

不辞退不得徑止五杯燒酒大醉不省至於雜席
喧譁有傷体例所見可駭苐醉裡所發别無侵辱
使臣之言其說皆渠已年老彦滿年少島中且無
任事之人以是爲悶願使臣歸報　朝廷云〻醉
人之事不足深責而至於嘔吐與僧唱歌坊不起
去甚是苦境使譯輩開諭挽出
十三日甲子晴
朝送卞甬標于島主處探其夜来安否則荅以昨
夜醉酒無禮心甚未安即刻似有風勢願即下舡
云催行登舟發行纔發風變乘潮櫓役夜深後始

到向伊浦是日行一百八十里宿于舡上
十四日乙丑晴
辰初乘潮發船終日風逆催督櫓役而進寸退尺
舡行甚遲日昏後始泊室隅是日行一百二十里
宿于舡上義成送人問安仍呈酒一壺雀五箇
十五日丙寅晴
曉頭行望 闕禮于舡上巳初乘潮始發張帆櫓
役申時到泊 上關此亦長門州所屬之地館宇敞
豁傍有高樓幾十餘丈與諸行振舞後共登樓而
梯高甚危僅得攀躋初昏陰翳初更後皓月滿空

令人神爽以危樓望宸四字分韻各賦詩開小酌
仍與同宿客裡暢懷始於此日此樓得也站官與
赤間關同志方周防州所屬是日舟行八十里
十六日丁卯小雨仍留上關
終日洒雨風且不順留宿樓上兩僧呈詩即爲和
贈
十七日戊辰晴
平明義成送人請乘舡即發舡櫓役掛帆到津和
島主諸舡落後暫泊留待之際狂風大作驟雨忽
至不得已留宿舡上日暮島主送人問安而渠則

不得前進在二十里之地留宿云所往之地島嶼
重ノ水勢盤渦舟行危險臞塘灩澦亦不過此是
日舟行一百二十里
十八日己巳晴
風潮皆逆終日櫓役辰時發船二更量始泊鎌刈
驟雨忽至强請下船夜深之後上下甚苦而夜間
風作可畏依副其願亦且無妨相議下船舘舍比
他處頗為敞豁屛障鮮明中下官所接處亦設金
屛而振舞則甚為虛踈矣地屬安藝州太守松平
安藝守源光晟食邑四十二萬石是日舟行八十

呈

十九日庚午雨仍留鎌刈

風雨終夕不得發行卜船格軍二人患可疑病日數已多即送言于義成處義成令本站覔空船與格載去云優給粮饌及藥物以送將往大坂觀其病勢而處之自馬島作行之後各船坊無患病之人今有此患極可慮也

二十日辛未雨仍留

監牧官自昨日得虛損症、勢可慮令韓醫諦審命藥連服數貼似有差效副官等呈納梨柿及忍

冬酒又於夜間連呈霜花餅忍冬酒辭以却之願
給軍官輩許之
二十一日壬申晴
辰時離發以櫓役申末到泊忠海仍宿舡上是日
舟行一百十里
二十二日癸酉晴
辰初發舡而無風終日櫓役以行距韜浦十里許
有小刹依山頂看來縹緲往來舡隻皆由寺前而
行舡過之際寺僧必鳴鍾人皆給粮以此資生云
諸舡各給米石僧人乘小舟報謝而去申末到韜

浦下舡投福禪寺房舍不至寬敞而供帳鮮明振
舞花盃之數比他有加矣地勢最高眼界極濶小
島或遠或近羅列前後西南則伊藝州等四郡自
上關至大坂城大山撑天此山之外必有大海而
考稽無路矣閭閻櫛比幾千餘家而景致殊絶岳
陽洞庭雖未目覩而以詩句者見之未知孰
高而孰下也前有小山古稱猿山無猿而得此名
不可知矣夜間大雨如注朝來始霽食後則風浪
不起可以櫓役而行倭人多般餙辭而不發行止
必偕勢未獨行痛鬱柰何邑屬備後州太守水野

備前守源勝貞食邑十萬三千石副官來待是日
行一百里
二十三日甲戌晴仍留韜浦
貞顯王后忌辰副官願呈餠盒及梨柿留之日昏後
義成送平倭等問今日鷄鳴時似有風勢潮水且
順請下舡三行相議明燈乘舡寺前庭除有恠草
而曾所未覩者其狀如掌樣而小狹且孕閤之則
來自南蠻而種一葉則葉端生葉連生五六葉則
不能支持因風摧折云色則深靑而葉之內外有
微刺多矣

二十四日乙亥晴

鷄鳴後離發果有微風張帆行三十里餘日初曙矣行到下津無風潮逆落碇停舟倭人并男女多乘小舟爭來觀光不知其數〻食之頃有順風掛帆發行而風力甚微日暮後到塩俵宿于舡上是日舟行八十里

二十五日丙子晴

日出時行舟櫓役申初始到牛窓投本蓮寺設振舞自舡所至寺幾二三里許鋪席路上閭家皆布帳〻內窺見𭃂不喧譁寺僧納詩軸有前後使臣

所題者次申君澤韻以贈副官呈梨柿軍官韓相
患脾胃痞不能食劑藥給之使之調治此邑屬備
前州太守松平新太郎源光正與叔侄之
分云食邑三十五萬石達僧來謁義成使兩僧輪
回看審各站振舞優劣云是日舟行七十里
二十六日丁丑自曉至食後大雨
午時義成送人有順風請下舡即乘舡掛帆而行
副官乘舟來呈塗金一大盒酒二桶曰行次不意
難發午間欲為呈納而不得親領進太守雖在江
户分付如此故敢為來納云既發之後事涉不便

而刼之無辞留之金盒所盛雜餅数三種間以魚與鰒不関之物俗所謂餅次而盒優者也西南風快吹諸舡一時破浪而行但潮送不疾日昏後始到室津館宇距舡滄甚近步入宿所夜深於各房令小童呈振舞成牽来言使者未自江戸其言内闕付已聞使行来到藍島之奇枱彥蒲見之椵以幡摩守之戢仍令申飭一路各别欵待云栖僧暫来謁此邑屬幡摩州而太守松平式部源忠次觀自支待食邑十五萬石是日舟行一百里

二十七日晴仍留舡上

昨日順風朝來連吹日出時棄舡而義成辭以此
風未知終夕一百八十里之去中路風變則勢甚
狼狽不肯雖發其意所在宗未可測極可痛鬱義
成爲主守請得寫字畫員讀祝及鄭琛韓時覺皆
赴而金義信病不得偕往

二十八日己卯晴仍留

今日又無風不得發行太守忠次元戩乃式部卿
我國則爲吏曹也雖在外去倭皇所授戩名例帶
云午間來呈餅盒酒二桶盒則大如行果圓盤塗
以金銀內外如一高是尺餘雜餅雜魚頗爲豊備

非如牛窓之比不受則渠甚落莫且以為褻供留
之即分給船人等下程粮饌極其精備未知太守
親来誇張而然耶行次陪行倭船十五餘隻整待
船帳船格亦極鮮明凡事優於他站矣
二十九日庚辰晴夕間洒雨仍留船上
無風不得行仍宿船上招洪譯申飭公貿之事
三十日辛巳晴
辰末有風勢諸船一時擧帆發行風力似微令倭
船曳而櫓役望見東北邊有太守城〻堞繚繞層
樓屹起閭閻多少遠不得詳矣午後風送雖習櫓

役舟不得進日已昏黑無舡泊處因明燈而行舡
掛淺灘勢甚危急僅得脫險若於此時有悪風則
其危可言此寔天佑也平明始到兵庫是日舟行
一百八十里初昏明石浦太守追送酒桶及餠盒
柹子等物只留餠柹即分給櫓役人等
九月小
初一日壬午晴
舡上行望　蘭禮授閣闍精舍休憩逆風終日不
得行仍宿兵庫攝津州所屬關白庄入代官青山
大饍食邑四萬石者支供而振舞比他處別無加

爲義成來謁盖爲俺行前夜掛灘而來問也
初二日癸未晴仍留
東風大吹波濤洶湧諸舡甚危代官親往津頭多
發渠礎十分看護矣
初三日甲申雨仍留
大雨達夜不止不得發
初四日乙酉晴仍留
今日則無風可以發舡而倭人等慮或雨後有送
風之患趑趄之間日勢已晩義成送人傳示未目
江戶書執政等以閏日之意送書于義成盖爲使

行中路阻風趑不得行之多困苦處念底詭詐也
義成要得致謝書措辭作書以給
初五日丙戌晴
鷄鳴時作行到河口日纔巳初樓舡三隻整齊以
俟粧以金碧爍爛眩目屋上塗漆令番海行時所
未覩者三使各乘一隻又有樓舡三四隻一隻則
奉安
御筆國書等徐行其餘則首譯等分乘以行河口左
右閭閻撲地觀光男女列坐洲邊或乘小舟至於
五六日程人齎粮以來云河邊兩岸翠竹蒼松掩

映高樓傑閣羅絡橫亘所居之盛生齒之繁看來
令人奪魂五層高樓起於城內而數層之樓多設
城上外城內城之間壕子廣可四五十步乘舟往
來內城則僅如慶福宮墻去登高望之四面人家
幾數十里周回矣未末行二十里許卸舟登陸夫
馬整齊有屋轎子極其精妙以次乘轎行五里許
左右市廛相連觀光者如堵到本願寺即設振舞
而副使病未參為饌品比他站甚為薄略癸未之
行此站亦如是閣白聞之治罪去大處供億之涑
闊略與我　國無異支待官松平若狹守即送人

問安茂眞来謁于河口仕憩四十餘日肥付勝前
矣是日舟行一百三十里
初六日丁亥晴留
曾我丹波守松平隼人正則此處留守而若狹守
則關自差送支待者三人各送酒桶梨柹生乾臭
等物只留梨柹午後三人来見出接行茶一巡而
罷義成亦来而不敢入坐三人退去後與兩長老
暫入敘話饋茶以送
初七日戊子晴留
給米石以助禮單及廚房擡杠木物倭沙工等處

給六名而朔所食粮各行造勿禁脚館门出入時
持以往来禁其雜乱也留別破陣尹介同于舡上
使造火箭十五箇
初八日己丑晴留
城守保料彌正内藤帶刀等各送酒桶生乾魚等
物并却之午後兩人来謁出接行茶一巡而罷義
成長老等来謁如前言于義成以今始到此事狀
啓 成貼并付家書使之即送飛舡以傳而義成
亦送書契云
初九日庚寅晴留

容裡又逢佳節懷思自不能禁三使稱以禮單馬
肴檢出坐外大廳數刻而罷令廚房略設餅果等
物以爲償節之資若狹守頗得寫字畫貿送之
初十日辛卯晴留
從事行刀尺南海官奴仁吉因病致死給米石買
棺斂屍待行次回還前站出送事狀 啓末端亦
及之我國南原人崔加外來謁招問之丁酉年被
虜年今七十三得接晉州被虜女人居生産子女
妻則先死無以資生渠自織屨買食米貴不得喫
飯以粥連命云多發怜惻之言各行優給米斗以

送
十一日壬辰晴
日出時離館舍到河邊乘舟作行ㆍ十里許閭閻
稀疎左右多有田畓禾穀茂盛作農之時以水車
引河水灌漑故年ㆍ不至失農云觀光者不至大
坂之多而水邊處ㆍ列立不可殫記曳舡之軍每
一隻數百名多定監官督令曳去而舡過左邊其
邊待令一時齊曳過右邊則亦如是副使以入来
時所乘之舡無屋樓從事所乘舡首譯等初不致
察而然可憎若狹守送酒二桶饌餅大盒義成送

葡萄柿子餠盒等物申末到平方暫下船坐茶屋設振舞

十二日癸巳晴

振舞後即還乘船達夜曳船未明已到淀浦矣一邊整齊夫馬催進朝飯行半馬塲投一舍前後之行過此地例為停車之處家舍精且敞豁蕭庭花卉觸目皆新奇、交柯極其奇巧曾所未覩我國養花之家何可執鞭設振舞後即發支供則信陵守為之而信陵守養女即關白之母故待之以外祖平方亦此守所設頗為勤款矣行二十里許渉

倭京境左右閭閻市廛及觀光之盛優於大坂投
本國寺此亦闕白座入而下捴守以闕白令支待
于此云達栢兩僧即來謁各於房次設振舞
十三日甲午陰留
義成來謁以數日內發行之意言之當於十六日
若不雨則依教陪行云
十四日乙未雨留
下捴守來謁出大廳迎揖設茶禮而罷為人極為
良善僧人玄倫來謁將於來年代達長老之任往
馬島文書次知者又設茶禮義成及兩僧亦來使

使之坐行茶而罷達夜大雨支待官本多下惣守
藤原俊次食邑十萬石
十五日丙申晴留
曉行望 闕禮周防守方以執政在倭京前行則
来見去而今番則無来見之事而因義成送呈乾
魚等物辞以却之五日所呈優於諸站呈納酒桶
鯉魚竹葉所裹餅一哭留之蓋為其致款之意也
十六日丁酉晴
日出時發之際洪譯来傳明日朝站所過之地
長橋圻頹於昨日之雨勢未及造方與周防守相

議輶爲停行云以此踟躕日已晚矣不待回報亟
令作行平成章等回知所爲旣發之停轎街上趂
未作行問其所由則義成不卽親往於周防守處
使成扶送言故周防怒而不答義成以此惶悶欲
爲停留極爲痛駭招首譯使之諭以此擧無前不
可不前進之意呵叱轎夫作行到大津此乃下松
守城邑云設振舞後卽發前臨大湖湖上有大野
有路壕堤兩岸松對成行對盡則有家家盡則有
松五十里之程皆如許矣申末到森山此地則近
江守周般所供之需振舞花床之設最多矣是日

行八十里支供次知者名源昌勝食邑五萬石伊
藝州所屬關白庄入且聞周防守定其人二名檢
飭一路武云伺察義成中路弊端云
十七日戊戌晴
日出後雉森山行五十里到八幡山中火此邑近
江州所屬關白庄入支供次知則代官將監人家
四千餘戶初更量始到佐和山美濃州所屬而太
守井伊掃部即今第一執政也館宇極其敞豁大
小器皿皆以金銀房中所鋪氈每縇皆以彩段凡
諸支供之物類爲豐備道路間多設水桶爲設茶

屋饌品及金銀茶器者數三處此是大慶物力殊
大主守之令不然則必不如是似出款待而近於
舖張美闊歸部之父以倭將出獵按山村沐浴有
一女奉水器仍押之有娠生歸部九歲時其母以
罪被殺於太守歸部心懷報仇之計一日太守解
所佩刀晝寢歸部以其刀刺殺州人欲殺之歸部
曰吾父某也必報知而後處之可也州人問于倭
將倭將本來無子者仍令率來養而成長因襲其
爵云即今以第一執政擅權能亨大州年踰七十
且有子孫可謂福祿俱全者也人家二萬餘户食

祿三十萬石其名亦云佐和浦是日行一百十里
日昏時燈燭多候於中路矣

十八日己亥晴
發佐和山行三十里到今次中火後仍行四十里
昏後始到大垣止宿美濃州所屬太守則戶田但
馬守食邑五萬石
十九日庚子陰
日出時發大垣行四十里到洲股中火尾張州所
屬關白至入而寺名萬福松平丹波守支供而其

名藤源光重食邑五萬石人家二百二十餘户自
洲股所經之地有三大浮橋而終渡之處最大小
船二百餘隻橋上左右設大鐵索而餘積者甚多
看来壯矣浮橋彼此之岸新設板屋多有将官為
其渡也行七十里昏後始到名古屋人家之盛與
大坂倭京無異此地則尾張州所屬而松平中納
言源光義食邑而所食之祿八十萬石云以關白
五寸叔方在江户而前關白無子時養為己子及
其生子以其女妻之欲其聲勢相依雖出處變而
至親之間叔姪成婚聞来可駭為上者道率如此

習俗之偷無足怪也支應官則成瀨准人正而鋪
陳昵皿不及於佐和矣所宿寺名性高院是日行
一百十里
二十日辛丑朝晴夕雨
早發名古屋行三十里至鳴海中火義成閙問安
使者自江户出來先導偕行丶六十里初更後始
到岡崎而支待官不送火具其無能可知義成與
栢僧自使者處來報知明早彼人接待之意此走
三河州所屬城主水野監物源忠善食邑五萬石
支應次知烏山牛之助是日行九十里

二十一日壬寅晴

日出時使者来與副使從事具冠帯出楹外導入定坐後使者傳閣白之言曰累朔長路何以行李不勝慮念委送差人欲探安否答曰如是遠問感荷至矣水陸諸站供億極盡出於閣白申飭欵待云尤感使者曰當以此意報知閣白其爲人極其獰惡不知禮貌倭人中最無識者也所着冠帯俱是詭制着来可恠設茶而罷即發行三十里到赤板中火仍行三十里申末到吉田止宿使者名崗野權左衛門食祿一萬五千石先使行往江户云

此去三河州所屬城主小笠原壹歧守名源忠晋支應次知食邑四萬五千石代官鈴木八右衛门人家二千餘户閑白庄入至於吉田遠江州所屬城主與赤板同支應人春日左衛门人家一千五百餘户橋名今橋是日行六十里

二十二日癸卯晴

平明發吉田行五十里到荒井中火遠江州所屬關白庄入支應次知人則板倉主水佐名源重矩人家數千餘户行五里許到今絶海夫馬由淺灘先渡而舡隻整齊以待一時過涉其水之深不滿

一二丈渡涉次知奉行佐橋甚兵衛行四十里宿濱松此亦遠江州所屬城主太田備中守源資宗食邑三萬六千石特在江戸其子太田攝津守名資次來供此乂島主之第三女婿人家三千餘戶距濱松十里許有茶屋義成與柏僧下坐送平成傳要於中路曰願傳鞠少憩于此日勢已暯暫入其處行茶一巡而即發義成深以為幸是日行七十里

二十三日甲辰晴

早發濱松行十里渡天流河浮橋舡五十餘隻而

鉄索及橋板之具不及洲股三處之排設矣行三十里到見付中火以　國忌不設振舞關白庄入人家五百餘户支應次知人則本多越前守名源利長食邑五萬石時在江户代官松平清兵衛踰三野坂峴行四十里到懸川止宿此亦遠江州所屬支應次知北條出羽守名平氏重食邑四萬石其城在此故親自來供人家二千七百餘户夕時又不設振舞主守頗甚無聊饋呈一大饌盒留之以慰其意仍令分給　一行下人是日行八十里

二十四日乙巳晴

自懸川行四十里到金谷中火遠江州所屬北條
出羽守支待仍呈饌盒分給平成幸等人家一千
五百餘户行到大川奉行長谷川藤右衛門者次
知渡涉而令一千人列立于川流左右渡涉矣有
一嶺名曰金谷行三十里宿藤枝駿河州所屬閑
白庄入城主則西尾右京而食邑二萬五千石支
應人則井出藤右衛門人家一千餘户矣是日行
七十里
二十五日丙午晴
離藤枝行二十里踰宇津坂山名内野嶺下有尾

子村人家三百餘户仍行三十里到駿河州府中寳太寺中火城主大納言在江户食邑五十五萬石人家七千餘户支應次知則西卿孫六郎云行五里許到阿部川奉行閑八郎兵衛者渡涉而水中列立者與大川同而軍人五百名行三十里宿江尻駿河州所屬支應次知神保三郎兵衛前有大川名曰巴川人家五百餘户是日行八十里

二十六日丁未晴

平明離江尻行五十里到冨士川設浮橋而舡隻則二十七隻奉行令井吉大夫護涉行二十里到

吉原駿河州所屬而關白座入城主則黒田甲斐守源長興食邑四萬石井伊笠番頭等来供人家四百餘戶行五十里宿三島伊豆州所屬以關白之令呈饌盒二件而所盛之饌比他處頗優一盒則分給成章等一盒則分給一行等地主則中川山城守元久清食邑七萬石相郎一岐守藤原頼寛食邑二萬石者来供前有冨士山極甚高峻數日程前已得望見而白雲起自山腰夜来小雨山頂則雪積自山足至峰頂九十里云達僧来謁仍呈絶句其紗彌仲逸又呈四韻詩是日行一百二

十里
二十七日戊申晴曉小雨
離三島行踰箱根嶺、路皆編綿竹簟土塗道多
用人力矣行四十里到嶺上中火相模州所屬𨶉
白庄入稲葉美濃守原正則爲城主而食邑十萬
石代官江川太郞左衛門支待人家二百餘户前
有大湖周回四十里云踰嶺行四十里到小田原
止宿此亦相模州所屬美濃守次知而副官戌賴
五左衛門支應人家三千餘户矣是日行八十里
二十八日己酉晴留小田原

義成送人請留許之夫馬自江户出来替代於三
島
二十九日庚戌晴
發自小田原行五里許渡佐河浮橋仍行三十五
里大礒中火相模州所屬關白庄入黒田東市井
名源之勝者来供食邑四萬石人家三百餘户云
稱以關白之令呈饌盒不得已受之分給一行下
人行十五里渡浮橋川名相模而九十七隻舡排
設矣仍行二十五里到冨士澤止宿此亦相模州
所屬關白庄入松平市井名源直次者與代官成

瀨右衛門者來供人家一千餘户是日行八十里

十月大

初一日辛亥晴

曉行望 闕禮行二十里踰嵒野坂仍行三十里

宿神奈川武藏州所屬關白庄入小出豫和守名

藤源吉英食邑五萬石者及細川丹後守名源行

孝食邑三萬石者兩人親自來供人家一千餘户

以關白之令又呈饌盒即分給一行下人是日行

五十里

初二日壬子晴

自神奈川行五十里到品川中火未及五里有一
巨刹名妙國寺館舍則名本光寺松平主殿頭名
源忠房食邑四萬六千石者濤口出雲守名源先
直食邑五萬石者兩人支供人家一千餘户云三
使臣具冠帶員役以下亦皆冠帶行二十五里自
此左右閭閻連絡觀者如堵衣服之盛人齒之衆
倍於大坂倭京等處中路聞前月二十三日江户
失火延燒數千餘户關白以間架計給銀兩使行
未到之前趂期葺蓋云果爲新構者幾五里許矣
渡三大橋到館所即本誓寺自前使臣所寓處坐

大廳受振舞島主與兩長老来謁後所謂館伴出
羽守名赫原太興食邑五萬石者剛部美濃守食
邑六萬石者請謁招見此兩人皆癸未使行時館
伴云是日行七十里
初三日癸丑晴留本誓寺
朝食後關白遣執政酒井雅樂名源忠清食邑十
六萬石者松平伊豆守名源信綱食邑七萬石者
兩人来三使臣具冠帶出迎大廳行揖禮坐定所
謂雅樂者年纔二十五六歲而承襲其祖父之職
云使者令義成傳語于洪譯洪譯傳于使臣曰關

白處使臣遠涉萬里何以作行茲遣俺等委問矣
答曰水陸各站以關白之令館宇支待極其誠敬
賴此無事得達多用感激使者曰當以此意歸報
大君行茶後使譯舌傳言曰當初對馬島書契有
趁八月上旬入來江戶之語故四月奉 命渡海
而到處風勢不順今始到此前頭日氣寒凍極為
悶慮惟望傳 命之速也使者曰亦當以此意報
于大君云館伴而人亦着冠帶而入坐次堂之內
不敢措一辭使者所着冠帶黑色而館伴所着則
紅色所着之冠亦異其制義成之子彥滿來謁今

年十七歲眉目殊不英敏雖未成人似不及其父矣其子出去後義成亦來謁行茶而罷呈下程米饌一日所供極其豐備米斗則倍於他站矣

初四日甲寅雨留本誓寺

聞初八日當為傳 命令譯官等點檢幣物所盛木物使之給價造成島主妻送食醢一罷昆布一罷即分給下人

初五日乙卯雨留本誓寺

道春之子春齋率四人來邀李明彬酬唱道春父子以能文名於此國而其所作詩若文如是不佳

其國之文可知美濃守願得寫字畫員許之送呈
三重盒及忍冬酒一壺館伴之人與他有異故無
辞以却留之即分給一行
初六日丙辰雨留本誓寺
義成送成章来言曰午後執政等来會吾家願送
讀祝及寫字畫員等許之出羽守送呈一大饌盒
同是館伴不可取捨故留之即分給一行
初七日丁巳雨留本誓寺
幣物各種列于大廳從事官點視後給與馬島人
先送于関白城中夜深後義成来謁出坐大廳待

之明日傳　命時坐次圖形與癸未年行禮似無
異同而行酒時先行再拜禮似爲殊常言于義成
使之更爲講定卽通于傳　命之前
初八日戊午乍晴
辰初三使臣具冠帶發向閣白城行五里許到外
城微雨乍點而不至沾濕倭人持傘雨來集者甚
衆一行一齊張傘外城之內盡是將官之家而極
其宏侈大門及墻壁蓋板皆着漆塗金矣到內城
外板橋停鼓吹軍官等皆下馬步入城內行一馬
場到宮墻外下轎義成父子及兩長老館伴等皆

着冠帶出迎使臣以次步入殿門義成等引坐于
歇廳首譯自殿門內奉　國書安于歇廳之左少
頃義成引入于坐堂之外東向以坐六十六州將
官或着黑衣或着紅衣滿堂列坐須臾義成來報
關白出坐首譯奉　國書傳于義成義成奉傳頭
倭頭倭奉進于關白前使臣次進上堂行四拜禮
如儀即出來公幣撤去後私幣又排於楹外人入
次堂行四拜如儀即出來關白使執政掃部豊後
守雅樂纘岐守四人傳言于使臣曰貴國平安否
長路何以得達使臣答曰平安俺等賴各站護送

無事入来矣言訖即還入義成曰將行酒禮使臣
入坐于次堂東壁進止倭人奉盤先呈于關白前
三人各奉盤呈于使臣前進止人持酒罇進于關
白前關白以土盃受酒飮之正使進上堂進止人
傳其盃于正使正使起受酒飮訖俯伏而起持其
杯還坐副使從事亦皆如儀一巡後即撤盤使臣
行再拜禮而出堂上譯官行禮于楹内軍官等行
禮于楹外員役等亦如之中官等行禮于補階下
官等行禮于庭下掃部等四人来傳曰當為親設
振舞而恐勞使臣先為入去使大納言等代行顔

從容叙禮云使臣答曰當惟命入行拜禮納言等三人自西狹出来使臣自東狹而入與之相揖坐定進止人各呈振舞行酒三盃金臺花床之眷麗倍於諸站而饌品別無加減矣撤床後相揖即為出来方其對坐之際脉々相看不接一話賓主相交之禮豈容如是可謂無識矣執政等出来于殿外行閣相揖以送館伴等揖送于殿之外門乘轎手下轎之處而雨勢不止雖張雨傘衣皆沾濕促行還館井伊掃部藤原直孝酒井讃岐守源忠勝已上執政保科肥後守源正之酒井雅樂源忠清松

平伊豆守源信綱阿部豊後守源忠秋已上四人奉行

初九日己未雨留本誓寺

使首譯等傳書契于執政處義成妻又送正果一

籠薯蕷一盒分給一行

初十日庚申雨留本誓寺

使首譯傳私贈于納言三人執政等處美濃守呈

納橘三十餘箇留之義成率其子來謁

十一日辛酉晴留本誓寺

義成送言曰人馬未及整待十三日ゝ光之行勢

難發程退定於十四日云

十二日壬戌晴留本誓寺
義成使平成章等送納錦衣裈一襲三行以決不
可受之意拒之則義成頗有愠色云姑留諱官處
以爲臨時還給之地
十三日癸亥晴留本誓寺
栢僧持十餘幅紙來願得親筆寫途中所作贈之
十四日甲子晴
辰初雖發行六十里越介谷中火關自庄入武藏
州所屬人家七百餘戶支應次知二人伊達兵部
太輔藤源宗勝奧州一關城主食邑三萬石丹羽

式部少輔源氏定美濃州岩村城主食邑二萬石
代官伊奈半佐衛門支應兩人各呈饌盒分給下
人又行三十里糟壁止宿關白庄八武藏州所屬
人家五百餘户支應次知二人本多飛驒守藤原
重昭越前州四正城主食邑五萬石細川豊前守
源興隆下野州茂木城主食邑二萬石代官伊奈
半佐衛門支應次知兩人各呈饌盒分給成幸等
是日行九十里
十五日乙丑晴

入武藏州 所屬人家四百餘戶支應次知二人井
伊兵部少輔藤原直之三河州西尾城主食邑三
萬五千石靑木甲斐守平重無攝津守麻田城主
食邑一萬石呈餅盒代官伊奈半佐衛門行到三
町有利根川浮橋舡三十七隻行六十里小山投
宿人家五百餘戶下野州所屬地方官土井遠江
守源正隆食邑十三萬五千石支應佈當呈餅盒
分給一行下人是日行一百十里
十六日丙寅晴
辰初發小山行四十里石橋中火人家七十餘戶

下野州所屬支待次知三浦志摩守源安次都賀
郡壬生之城主食邑二萬五千石呈饌盒留之仍
行五十里夕到宇都宮止宿人家二千餘户下野
州所屬奄方官粤平羡佐守平忠昌食邑一萬五
千石呈饌盒宿安樂山粉川寺是日行九十里
十七日丁卯陰
早發安樂山行三十里德次良中火關白庄入下
野州所屬人家五十餘户支應上同呈饌盒代官
髙室四郎左衛门仍行四十里今市中火關白庄
入下野州所屬人家一千餘户支應次知内藤豊

前守藤原信照奥州棚倉城主食邑五萬石呈饌盒分給一行下人自江戶到此一望無涯平原之地或田或畓皆是沃饒但距江戶一日程外人家稀少邑居之盛人物之繁不如江戶以西矣是日行七十里

十八日戊辰小雨

平明發今市行二十五里到日光山設振舞後使臣具冠帶乘轎進往大權現到神門外下轎陞十餘級石堦門之左右有泥塑像與我 國之關王廟門狹所立者而不至体大矣門内左右石燈銅

燈羅左右所書之銘文以金塡字者無數行數十
餘步又陞階入門行數十步有石槽水自槽下湧
出溢流而出外盥洗後島主父子及兩長老導行
數十步又有神門陞十餘級入門內卽一間屋爲
使臣拜禮而新搆矣廟殿宏大深邃望之而不見
神座入門時伶官奏樂其樂笙鏞之聲頗有節
奏使臣列入座席神馬則置于廟庭之內祭需菓
果各種盛兇排于階上矣先行再拜禮以次捻香
又行再拜禮而出主僧毗沙門堂云者着紅錦緣
長衫張蓋前有二小童持光前導而出與使臣行

揖而還入殿門撥簾之後又有奏樂之擧矣神門
内左右多有新室而制度異常皆着丹青塗金矣
左右神幡以錦繡爲之而其端懸以小金鈴風動
相戞有聲廟門之外左右着白冠帶着帽者似是
守僕帶二門之内着黄衣花冠者列坐于左右似
是樂工矣出外門乘轎行一馬場乃是大猷院廟
宇之大排設之盛略與權現同首諱奉
御筆金諱奉 祭文前行以進 御筆則執政受以
入殿内安于神位前讀祝後行禮一揖爲之而賫
來樂器則積先羅置于楹外祭需則排于階上左

右衛門還下處自廚房炊飯中火後發行還到今
市日尚早矣毗沙門堂及門跡等送白金百枚綿
子百把峻却之門跡則倭皇之子云
十九日己巳晴
發今市德次良中火宇都宮投宿呈饌盒而以不
設振舞心甚缺然之意費辭願納不得已留之分
給一行下人及轎軍等
二十日庚午晴
發宇都、石橋中火夕投小山止宿島主率其子日
暮後來謁

二十一日辛未晴
發小山栗橋中火夕到槽壁止宿
二十二日壬申晴
發槽壁越介谷中火申末還到本誓寺送答書及
和詩于道春處
二十三日癸酉晴留本誓寺
受五日下程即分給一行
二十四日甲戌朔晴微雨留本誓寺
義成及達僧來謁
二十五日乙亥陰留本誓寺

倭人李全直者因軍官等呈書曰其父真榮以靈
山人年二十三癸巳年被虜來于紀州地磐山國
女生渠及弟立卓而厥父則六十三而死渠則以
本州經生時在其弟以醫技行其所記四祖則或
有生員參奉主簿守令者厥父生時所稱道者而
槩是兩班也此邑經生爲學者之任觀其書辭頗
有文理且賦七言四韻音律亦具欲爲相見而渠
不但稱病且煩耳目不得爲之使書記答書以給
食後執政雅樂豐後守等持回答 國書來傳使
臣具冠帶出大廳受之拆見則別無大段可改字

可章閣白回禮物件中甲冑環刀倍於前數倭用刀二十柄前行所未有者茶瓮具皆以純銀爲之其雕鏤之飾亦倍於前云使臣處所送白金各五百枚四兩三錢爲一枚綿子各三百把十兩爲一把係是銀貨不可領受使首譯再三固辭雖累徵笑而已少無可否可痛堂上譯官各二百枚譯視官三十枚上通事三人各五十枚上官五百枚中官五百枚下官五百枚皆領辭受後執政罷還俄而諸執政等回答禮曹書契及白金各一百枚綿子各一百把逢授于上通事等處使其頭倭來傳

使臣處回禮白金各百枚書契中有勅字着于處
未安故還授于義成處即令改之且使臣處回禮
白金各一百枚矣雖有前例無辭以留極為無據
不可留置之意縷縷言說于持來人處而終不持
去不得已以銀貨不可取之意作書使譯官并其
物還送于諸執政家其中雅樂年少氣傲本来驕
妄者發怒還送使臣禮單于島主家欲推其禮單
回禮之物多發不遜之言掃部以為使臣之欲辭
銀貨其意可尚何必遽作如此之舉今可答書還
送以觀其所為而處之亦為未晚云讃岐守亦以

爲然雖樂還爲持吾云〻廣義成還爲求承云〻

二十六日丙子晴留本誓寺

肥前守卽義成女婿從前送物問訊有例依前爲之以回禮爲名送納彩皮二百令只留三令分給于趙鋐李夢良南得正等處此人等以射帿事曾往島主家故也館伴義濃守送納綿子百把白金三十枚辭却之

二十七日丁丑雨留本誓寺

右京納綿子百把出羽守送綿子百把白金三十枚出雲守送綿子百把皆却之

二十八日戊寅晴留本誓寺
回答別幅付物種分授譯官等與馬島倭人眼同
封裹午末往叅于島主家宴禮聞自前關白優給
宴需之資而其饌品別無異於常時酒三巡回辭
撤床後因入後堂有池閣園林之勝島主妻送言
仍呈饌盒猎辭答之分給下人略設花床又勸酒
盃設戱子雜戱日已向昏自至張燈既已竣事且
經宴禮今無久留之計島主情事雖極劫迫明日
裝束再明決發之意費辭敦迫則義成答以所教
誠然謹當依爲之而觀其辭色再明發還亦未可

知若遲數日則事極悶苦可慮行拜兩廵而罷還

二十九日己卯雨留本誓寺

大雨終日人馬整齊不得發行仍留鬱鬱不可堪

十一月大

初一日庚辰洒雨

曉行望闕禮食後發江户品川中火支應官呈

饌盒分給下人及倭轎軍等處夕投鹿川止宿支

應官呈饌盒

初二日辛巳晴

辰初發鹿川夕投富士澤止宿支應官呈饌盒分

給一行下人
初三日壬午大雨
終日下雨行色甚忙支應者且不請留冒雨作行
一行盡為沾濕使臣雖不肯留為主之道豈容如
是追聞關白知其事由有論罪之擧云大磯中火
夕抵小田原止宿支應官呈梨柿分給軍官員役
及下人等處
初四日癸未晴
辰初發小田原踰根嶺中火日昏後明燭到三島
止宿支待官呈饌盒分給下人此處往來時凡于

支待之事與他站有別矣

初五日甲申晴

卯初發三島吉原中火行到清見寺前日已昏黑

島主送言曰自前使臣往來時皆歷見願暫忌勞

登臨不得已暫入而地勢最高臨海而昏夜不得

遠望有同盲者丹青賞翫主僧呈橘且願題詩以

留名書贈以慰之初更明燈到江尻僅七八里許

止宿寺僧送人問安仍呈柑子一器留之

初六日乙酉晴

平明倭人來傳櫃子拆見則乃京中平書而七月

十五日所倚者也馬島以後始得　國家平安啓
音可知而意外聞趙錫胤令公凶計驚慘極矣辰
末發江尻駿河州中火夕投藤枝止宿
初七日丙戌晴
早發藤枝金屋中火夕投懸川止宿
初八日丁亥晴
辰初發懸川見付中火夕投濱松止宿濱松太守
島主之女婿向前有送禮單之規云依前送之以
白皮百令回禮却之
初九日戊子晴

濱松太守送人請覌而趂不来日勢已晩與彦蕭偕来辭爲拍見即發荒井中火夕投吉田止宿
初十日己丑晴
晨初發吉田赤坂中火夕投岡崎止宿
十一日庚寅晴
卯初發岡崎鳴海中火夕投名古屋止宿平成章等自数日前来言于行中曰使臣半翔行役之際必多困勞有一處請留之議掃部以其食邑佐和山請定矣中納言請于關白以其食邑名古屋改定此是爲使行厚待之意不可不留以行色忽忙

一刻為悶雖或路困決不可留之意答之矣是夕初昏島主父子来謁果發請留之事以復 命漸遅情事悶迫闔白此於出於厚待固知多感而勢不得留之意費辭牢拒至于複深義成作色多發不恭之言不為下直猝然起去不得已許留而一行以假托闔白致慰而觀其辭色果有納言與掃部相爭請留之事渠且聽令而来則使行終若不留渠必無顏島主亦無光故有如是強請之舉於渠有何增損竟為譁華之一衆寔可笑大槩行中欲於倭京留一日趂二十三日下弦前来舡為計

而若於此處稽遲一日則此計慮或不諧故以山
持難而倭京之留大坂之留其遲速皆在義成而
行中則不得自擅水陸長路曾已慣知而議論携
貳如是逢辱而後已可慨也已
十二日辛卯小雨留名古屋
十三日壬辰小雨
早發名古屋洲股中火夕投大垣止宿人馬替待
十四日癸巳晴
辰初發大垣今次中火夕投佐和山止宿十里許
持燈燭來待者三百餘名二十里許設茶屋暫停

轎呼茶以慰鋪陳兒具各別整待伺候應接有倍往時糇粮饌物極爲豊備雖累日不可盡食且備給中下官等所着綿衣三百餘領曰掃部以爲欲於使臣前各別致誠而不敢上官亦欲優待而使臣亦必不許他無暴情之地敢備衣領以爲中下官廳上禦寒之具云、使譯官諭以其意誠爲感極難謝而三百餘領倭衣豈有受去之理翌朝雖發時皆計數還給

十五日甲午晴

曉行望、闕禮卯末發程距三十里許別設茶屋

數十餘間將官等多數出待島主先往等候轎停歷入各飲數盃島主請呈扇柄題詩以慰掃部別致誠款之意依其言各書給與其奉行使之即傳聞使臣入去時其待候之事與他站自別傳 命之日使譯官措辭致謝矣歸時凡事之鋪張至於如此其在使臣不無生光而方以執政專權自恣無忌憚據此可知饌物之外別呈生鹿二脚留之

十六日乙未洒雨

辰初發森山大津中火支應官呈一大饌盒及生雉酒桶分給一行申末到大佛寺島主父子及兩

長老先往待候各呈酒饌下㧾守亦呈饌盒進酒
數巡之後退給一行而不可勝食矣廣厦累十間
安金佛其長其廣彌滿累間矣别設長廊而小佛
羅列其數甚多雖未計之三千三百之數庶幾近
之日暮後行到城中本國寺止宿是夜患水痢又
感寒疾達夜苦痛
十七日丙申晴留本國寺
支應官呈一日下程始服藥
十八日丁酉晴留本國寺
下㧾守送人問安且呈柑子一笼南草一櫃留之

十九日戊戌晴留本國寺
傳禮曹書契于執政周防守佐渡守等處食後佐
渡守及下揔守等來謁而副使從事出待俺以病
不得出接
二十日己亥晴留本國寺
佐渡守及下揔守送人問安
二十一日庚子晴留本國寺
兩執政回禮各送百枚銀子辭而不受依江户例
佐書送譯官謝之下揔守又呈綿子百把却而不
受

二十二日辛丑晴

早食後雖發倭京淀浦中火乘舡作行到平方仍

宿舡上

二十三日壬寅晴

鷄鳴後於平方乘流櫓役巳初到大坂城入安國

寺倭人來傳一行書信八月十八日所出平安書

也諸家姑得無恙而監牧家〻奴以染病致斃四

五人傳染出幕家中悶其逼近方會大家且其一

家遠避云未知厥後消息之如何極可悶慮副使

軍官朴 之墉聞其兄其妻之喪不勝驚慘

二十四日癸卯晴留安國寺
島主父子来謁以二十六日乘舡之意言及此無
難色應對如流行中雖以爲幸而亦浮詐矣平
成章等来傳關白所給銀子使各行上通事及軍
官眼同分給一行記伊大納言因支待官若狹守
送呈鹿脚二十猪脚八鯨肉五十三塊三行分于
廚房而一舡所分鯨肉則送于島主處
二十五日甲辰晴留安國寺
狀啓成貼仍付家書則定倭舡使之出送
二十六日乙巳晴

從事官一行卜物柚牲搜撿後亦行昨日島主送言曰關白為使臣浦上別設茶屋抃舞以錢而不多日內站官以別設為難願歷路暫入其家以設如何云、果如其言則此亦無前厚待之意也依其言歷入設抃舞酒數巡而罷仍為乘舡行十餘里許停渡海舡止泊處宿于舡上

二十七日丙午夕雨

平明發舡而令舡將趁潮水下舡而趁未下舡潮水已退副舡則順流而下憤其舡將之不能提來棍打

二十度島主繼於前行去夜乘舡前期遮截于下

流行中墜其數中副舡過其舡向往河口島主見其舡之過邪怒作變使其下人多數乘其舡驅而拏來其痛毆雖不可言亦其自取副使忿島主之事而無他可雪處移怒于譯輩至以囑于島主故令致辱爲罪洪譯則捉去譴責立于舡中與從事會于一處各使軍官送言于俺曰意外逢變至於此極雖非譯官之罪上通事三人欲爲刑訊以雪其忿云答以島主此擧雖極痛駭譯官受罪不足動其一髮姑爲斟酌可也三舡昨日以輕捷之故而先往島主舡止泊近處以副舡之故而亦被其

驅逐至於舡將捉去拘留從事之念亦以此也到處逢辱必歸罪於譯輩可謂軟地揷木爲譯之厄不可說也朝者上舡若無膠灘之弊而與副舡同時下來則必未免驅逐之患以此觀之舡將之不能亦涉畢矣

二十八日丁未雨

終日送風不得發舡雖有順風欲爲發舡則不無昨日之變可悶趣未復 命將有徑年之患一行孰不渴悶而水陸長路能知倭人之事而到處生梗徒有失歡之擧未知前路幾處生變可慮〻

二十九日戊申陰
終日逆風不得發船留宿船上
三十日庚戌陰小雨
夕食後移乘渡海船仍宿船上送金謹行于義成
處諭以海水今已漲滿待潮發船之意
十二月小
初一日辛亥陰
曉行望　闕禮于船上洪薛病不能運動又送金
謹行諭以今日潮多風微可以發船之意則義成
答以潮水雖多晩則必有西風明日觀勢難發云

渠之所率倭船今已齊到浦内其勢今明離發矣

仍宿船上

初二日壬子晴

平明齊船一時離發乘潮櫓役纔出浦口數三里

是潮所乘船暫膠即發上船体大掛淺寸進之際

副三船及卜船等以次逐来相揖而過副使則轉

閣而僅過上船則桐 之際不但加掛於淺邊潮

水且退船中所餘卜物盡為卸下小船多般齊力

終不能動勢將留待夕潮狼狽甚矣不得已分付

船將處待潮即來之意移乘倭楼船櫓役而行副

三船已到洋中副使送金謹行報以同乘其船而
旣乘倭船不但海中移徙重難所乘之船敞且精
好故仍乘以行且倭格數多善櫓副三諸船皆落
後日沒時已到兵庫義成送人問安諸船出港之
際義成之船雖已遠矣上船掛淺之狀想必遠望
且必有聞而中路切無相問之事到泊之後始乃
有問動必陪行渠之常談今乃如此其無狀不可
言明燈下船入于宿所副三船追後來到副使從
事亦皆下船直到下處同宿一房聚爲致慰而打
話也

初三日癸丑晴
辰末舡人來言有東北風可以移舡一邊送言于
義成處即移東舡張帆作行僅行三十餘里風勢
已變前路尚遠以櫓役到啢石浦日以向暮不得
前進落碇津邊而此地本非藏舡之津若有風作
之患事甚危急天乃助順終夜不風但夜黑如漆
咫尺不辨微風暫動則心中驚悸達夜不能安寢
島主諸舡亦皆張帆或先或後而來風變即還只
平成扶追到山城守則往江戶其副官送人問安
呈納柑子二器生雉十首乾魚一器酒一桶辭以

不受持來者賫辭固請留之分給下人夜深後文
送粮饌數十種只留柴炭其餘則以前後之行無
進呈之例却之
初四日甲寅陰雨
自曉頗有順風待始明卽令諸舡一齊掛帆風勢
甚緊舡徃如箭未時已到室津未及下碇風雨大
作此浦藏舡最好爲日本第一處雖有風浪舡上
安如平地去夜依徊明石時若値此風雨則當作
何如狀也思之心骨亦寒太守式部則徃江戶其
副官呈饌粮

初五日乙卯朝陰夕雨留宿舡上
兵庫浦口濶大不合藏舡去夜東風必有致敗之
患而義成消息邈然無聞往來亦絶不堪鬱〻成
章成扶等不知島主聲息渴悶云〻
初六日丙辰陰仍宿舡上
西風大吹諸舡相議各派倭譯一人作書付送于
義成處探問其平否
初七日丁巳陰留
西風連吹且小雪仍宿舡上
初八日戊午陰仍宿舡上

初九日己未洒風雪留
倭譯等回自兵庫呈答書其夜島主父子所乘舡
僅得無事柄僧所乘舡及卜物舡使等爲風浪所
傷舡板破折時方改備至於汲水小舡十餘隻亦
爲敗没云義成大感送書相問之事且喜行次其
日得達此津云〻仍宿舡上
初十日庚申晴留
不但逆風連吹勢將必待義成之来留滯多日欝
悶可言仍宿舡上
十一日辛酉洒雪留

此站偏受虛費之弊未安亦深與諸舡相議一日
粮饌措辞言之減而不納渠等曰願納而竟不許
之仍宿舡上
十二日壬戌晴留
連有送風此處人言嶺上有神堂舡人遭風則例
有祈祝之事云諸舡各送舡將齋米斗及紙地禱
于神仍宿舡上
十三日癸亥晴留
三舡中房郗愼德稱名者與舡中軍官等有源呈
狀告訴于從事雖是自中閧詰之事多有不美之

說聞來可驗未知從事將何以處累日船上不能
相會亦甚鬱紆從事送言食後約會此船而副使
有微恙不肯來亦不得會話從事使船將張紹從
魚盛于水桶分送諸船滯鬱中稍慰苦況仍宿船
上

十四日甲子雨留
逆風又吹仍宿船上

十五日乙丑晴留
曉行望 闕禮朝有東風送船將等候望高處則
倭船多數張帆來自兵庫距此八十餘里之地逆

風又吹其舡不能前進乘風回舡云日已向暝風
勢且緊百餘里回泊亦甚可慮厥後消息無緣得
聞天不動順至於如此極悶極鬱且聞義成舡中
所在之粮已乏必欲速來而風勢作戲吾行雖欲
於無風之日以櫓役舡向牛窓而非但以留此相
待之意通于義成而牛窓亦非藏舡之處徃其處
待義成既恐失期且慮有風浪之患滯留此久本
站之弊極矣與諸舡相議一日粮饌減而不捧仍
宿舡上
十六日丙寅晴留

送風又吹仍宿舡上
十七日丁卯晴留舡上
十八日戊辰小雨仍留舡上
十九日己巳晴仍留舡上
二十日庚午乍陰乍晴留舡上
島主父子及栢僧乘小舡始自兵庫来到站官送
舡港口挽来義成送成章等再三請下舡
二十一日辛未晴留舡上
義成又請下舡仍達欲謁之意半刻舡上三行不
得相會曾欲一會而未果今有固請兼副其願午

後下舡從容打話義成托以沐浴終夕不来極其
恠訝不得等待徑還舡上聞之則站官因義成之
来欲設小酌以此達〻云果有此舉則義成所當
前期微通且或来坐挽留以達此意則雖訝苦悶
豈不强從渠之處事每〻類此而動輒挾憾多發
不遜之言苦哉
二十二日壬申晴
卯時諸舡一時發舡風勢極順仍過牛窓而洒雨
島主舡止泊於中路而風勢不止數十日留繫之
餘乘風作行意謂島主見我舡之不入則渠必追

来而行到下津而直未歇日勢向暮島主亦無影
形不得已止泊而潮落水淺諸舡掛灘待潮移泊
二十三日癸酉晴留舡上
送風大吹島主不来故仍留下津牛窓支待官去
此百餘里委賷粮饌領納仍呈饌盒酒桶其辛勤
可知留之分給一行
二十四日甲戌晴
有順風将欲發行之際島主辰末始自所泊處掛
帆来過諸舡作行未末到韜浦止泊中下官下陸
設振舞饌品比它豊備云義成送人曰 進上所

載舡諸站趂不出舡挽曳頗得行次下人載其舡
雖無前規似非難從之請與諸舡相議許送李廷
達等二人諸舡以為義成之詭計且事無前例不
欲送之渠之所言亦不無據强以許之站官呈納
粮饌仍呈饌盒酒桶分給下人各站不設上官粮
無且聞所徑已受預先措備却之則渠必無聊不
得已留之亦涉支離

二十五日乙亥晴

風勢似順卯初一行發韜浦或帆或櫓初更量明
燈到泊鎌刈是日行二百里可幸中下官下陸設

根辨支待官呈納下程粮饌仍呈饌盒酒桶留之
分給一行
二十六日丙子雨仍留船上
二十七日丁丑晴留
午後副使以爲五日庫直者在室捧粮饌時下陸
扶執倭女作戲刑訊十七度仍宿舡上
二十八日戊寅晴
巳初雖邪纜刈或櫓或帆行八十里之地到津和
止泊仍宿舡上
二十九日己卯陰

風勢極順辰時馬島諸舡及一行介舡風勢甚緊
舟行亦疾午時過上關仍爲掛帆終夕行舡達夜
張帆翌朝到赤間關港口是日夜舟行四百七十
里

丙申正月

初一日庚辰晴

曉行望　闕禮于舡上異域經年逢此新正心事
甚惡食後島主送人問安仍請下陸相議午後投
安德寺與副使從事相會從容打話仍設小酌是
日乃從事生日也播磨守送呈酒二桶生雉三首

魴魚一尾小倉太守小笠原右近大夫送人呈酒
二桶五鯽魚一箱昆布一箱站官酒二桶餅盒一
鴨三首送呈蓋為歲餅云去時亦有送物而不捧
今有此送却之亦涉埋沒故相議留之
初二日辛巳晴留安德寺
島主送人問安仍呈餅盒酒桶魴魚等物本站支
待官呈納酒桶及昆布雕魚等物留之下廚房午
後往副使從事所館處乘昏乃還
初三日壬午小雨留安德寺
夕食後島主父子及橘僧來謁三使會于一處延

梓仍設小酌

初四日癸未晴

辰末乘舡下碇前泊處仍宿船上

初五日甲申晴仍留舡

初六日乙酉晴

不得順風留宿舡上

初七日丙戌晴仍留舡上

初八日丁亥陰仍留舡上

自平明風勢似順而島主不來不得行舡可欝

初九日戊子陰留

辰時始得順風發赤間關申末到藍島中下官下
陸設振舞仍宿舡上
初十日己丑洒雨
雞鳴時島主送言曰風勢極順卽當發舡云諸舡
一時擧帆直向馬島而風勢甚緊波浪拍天舟中
苦不能支徑入一歧島〻主父子所乘之舡已過
一歧不得回棹直徃府中馬島倭人來傳東萊伯
書簡而本家平書不來三四朔消息今便又未得
聞可欝
十一日庚寅雨留

風勢如昨不得發行仍宿舡上聞島主昨日風雨
無事得達于馬島云
十二日辛卯小雨
午時始發一岐島掛帆行舡風勢卽順而怒浪拍
天舟危者數艱苦之狀有難形言日昏後到泊馬
島〻主送人問安仍請下陸夜已深矣仍宿舡上
十三日壬辰洒雨
食後下陸到長壽院上官以下皆設振舞
十四日癸巳陰留長壽院
十五日甲午陰留長壽院

曉行望 闕禮狀 啓成貼軍官韓相朴之墉譯
官洪汝雨等准授出送仍付家書島主父子及栢
僧来謁
十六日乙未晴留長壽院
午後從事坐于大廳中房都愼德及譯官鄭時謔
等治罪
十七日丙申晴留長壽院
從事以治軍官李東老妄言之罪且以中房都愼
德國嫖構誣刑訊七度
十八日丁酉晴晴留長壽院

島主使平成扶等來告權現堂焚香之擧使臣以
决不可行之意峻辭防塞而逐日來到多張恐喝
之說無所不止島主稱以我 國船偷補云多定
禁徒倭上諸船看守此亦出於恐㥘也尤可痛憤
十九日戊戌晴留長壽院
二十日己亥晴留長壽院
二十一日庚子晴留長壽院
以權現堂事六日相持不得四聰出去無期不得
已以稟于 朝廷待其回下後處置之意言于倭
人等處狀 啓成貼譯官吳仁亮急送飛船

二十二日辛丑晴留長壽院
二十三日壬寅晴留長壽院
自下陸以後只差滿連日送人問安此亦厥父指
教之事也可笑
二十四日癸卯大風晴留長壽院
自釜山來傳京家書信諸家俱得平安而進士至
月望後離京方在熊川云
二十五日甲辰雨留長壽院
二十六日乙巳晴留長壽院
是日島主家設宴享請早臨食後三使具冠帶往

島主城中行宴禮如入往時而宴需及器具頗極倍前又入後堂一如前日而設筵戲前行所未有之事去終日相對権現之事功不提起以歡色待之行中亦不言及强加歡意終夕乃還

二十七日丙午陰留長壽院

島主父子送人問安仍謝昨日宴禮之赴

二十八日丁未晴留長壽院

呉譯賚去狀々啓來回下前似有難齊形勢故以此譯意狀　啓成貼先來方為回風尚滯鰐浦故付其行以送而以飛船分載出送事言于倭人俾

即出送

二十九日戊申夕洒雪留長壽院

關白所送使臣處回禮綿子及島主女婿備前守

所送皮張若干除出負役以下分等以給

三十日己酉晴留長壽院

島主父子送呈屛風各四坐于三使願得筆跡書

以贈之

二月

初一日庚戌晴留長壽院

自釜山進士書來到去月二十四日自熊縣已到

萊山云

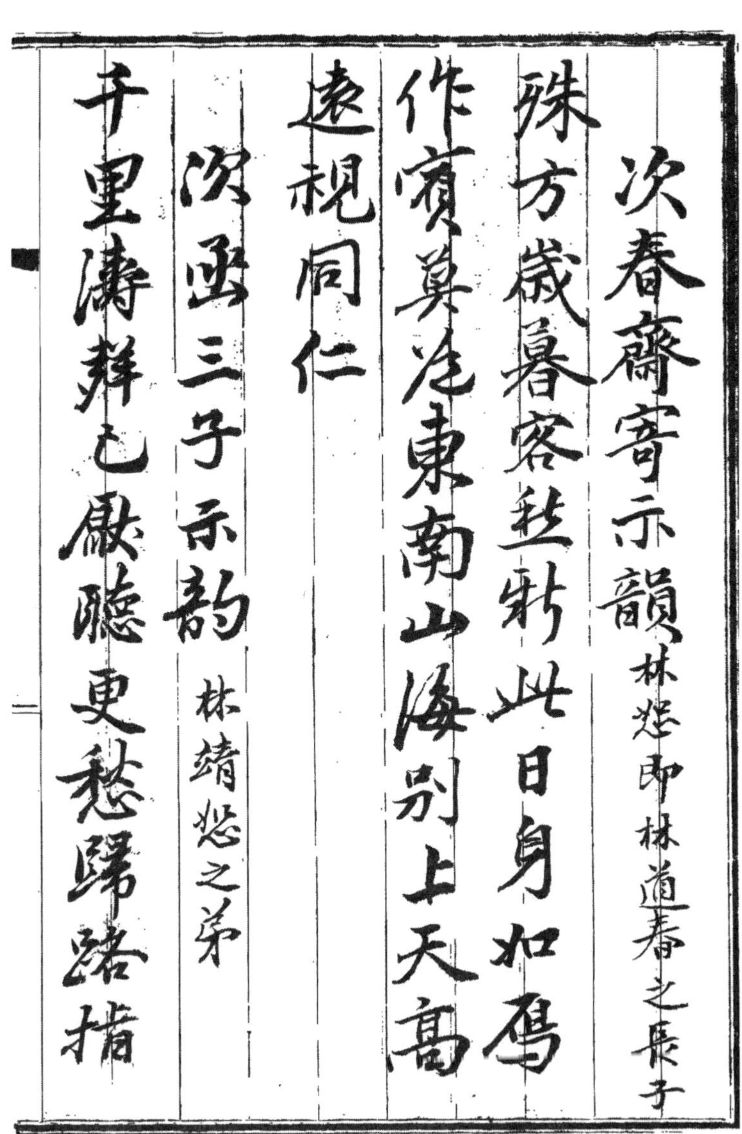

次春齋寄示韻 林恕即林道春之長子

殊方歲暮客途新此日身如寓

作賓莫恠東南山海別上天高

遠視同仁

次函三子示韻 林靖恕之弟

千里濤聲已厭聽更愁歸路指

重溟驪珠入手驚人語不待遲
迴眼覺青

乙未孟冬　翠屛

林恕之子國子祭酒信篤年今六十七歲以乙未
酬唱詩作軸者求示　此二首在焉　與林道春
酬唱之作　厄於火云

夜投清見寺題贈主僧

特地琳宮倚海濱粧林金檣暎
山樊去時指點曾嫵早歸路登
臨更惜昏居釋有心爭報火旅
人無興強停軒新章未就忙行
色飛瀑如何滿耳喧

乙未仲冬上浣 翠屏

辛卯十月十三日行過清見寺、備芝岸長老以 公此詩及前後使臣詩五六篇謄本見示原本則恠未得覔覽可恨歸時見之原本十襲珍藏矣

安德天皇祠次松雲韻

祠在赤間關阿彌陀寺

誰將六尺撥時艱
寃步難逃虜
壽間背上孤魂飛落處貞姿一白
世不懟顏
歸舟暮泊古祠傍石榻淒涼草
自荒義魄千年礁不滅至今傳
者事蒼茫

崖山日沒恨無窮此事如何天
海東可惜義人無杵臼烈風宜
載簡編中

本蓮寺次前使臣申君澤韻
寺在牛窓
星槎泊秋渚蘭若鎖雲林影落

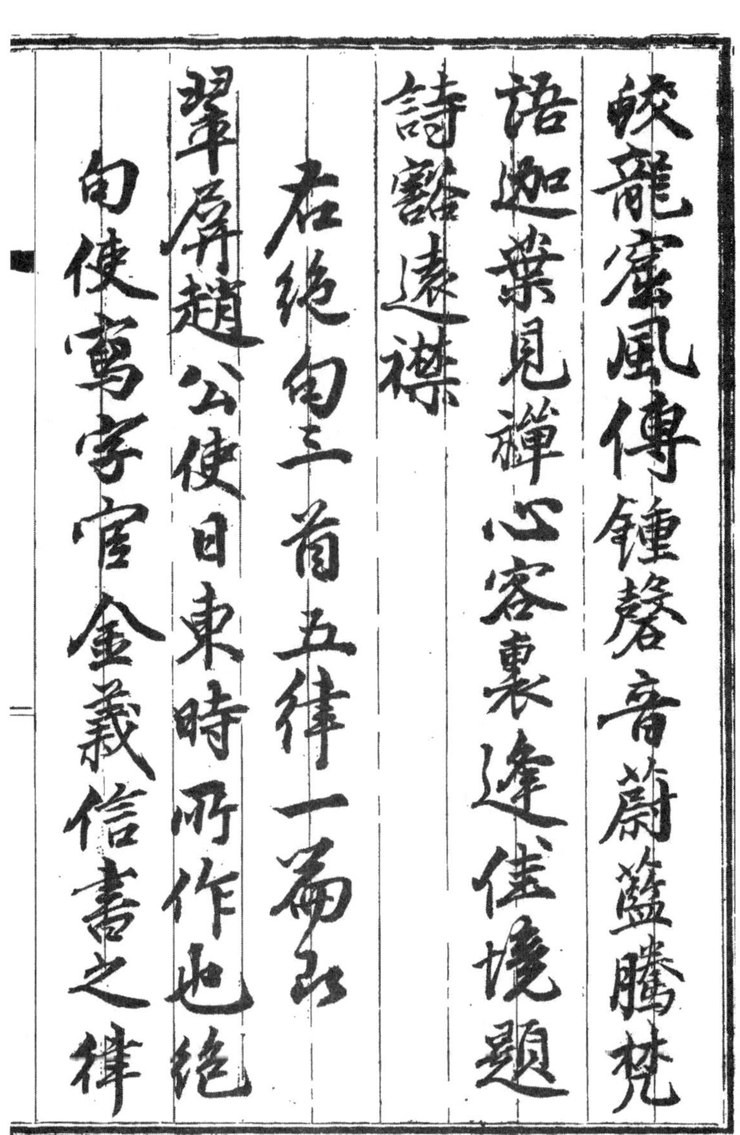

蛟龍窟風傳鍾磬音蔚藍騰梵
語迦葉見禪心客裏逢佳境題
詩豁遠襟
右絶句三首五律一篇也
翠屛趙公使日東時所作也絶
句使寫字官金義信書之律

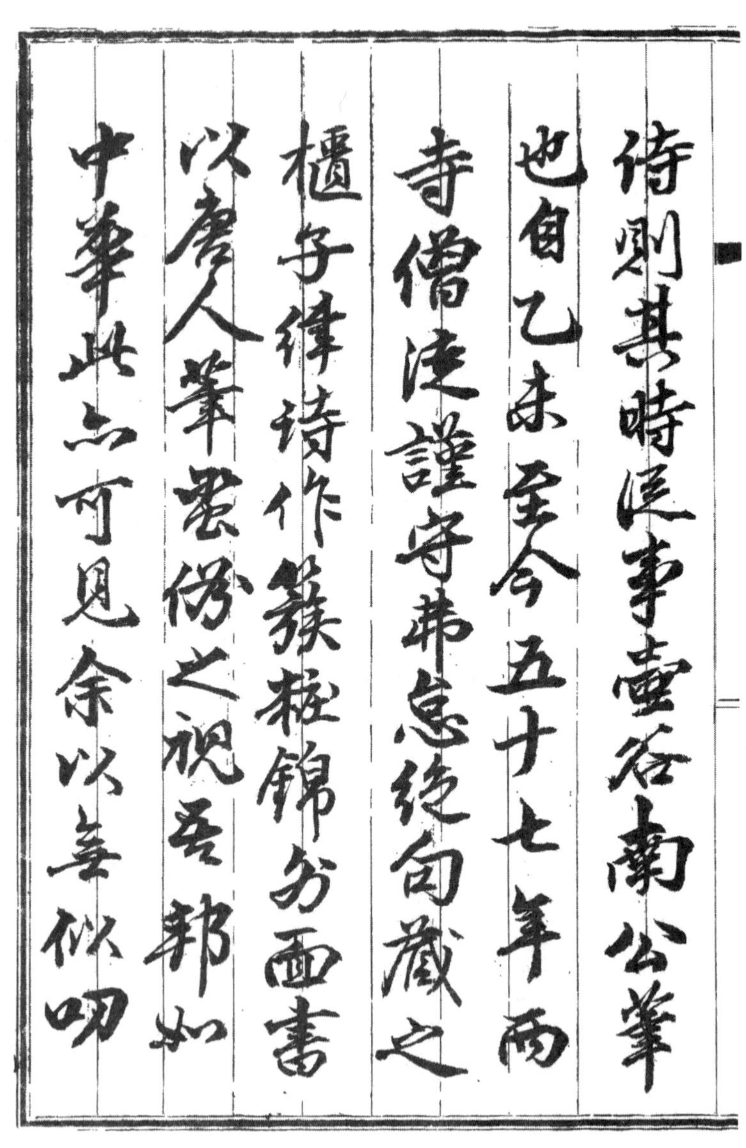
侍則其時從事壺谷南公筆
也自乙未至今五十七年而
寺僧徒謹守弗怠絶句藏之
櫃子律詩作簇粧錦分面書
以唐人筆墨傚之視吾邦如
中華此亦可見余以無似叨

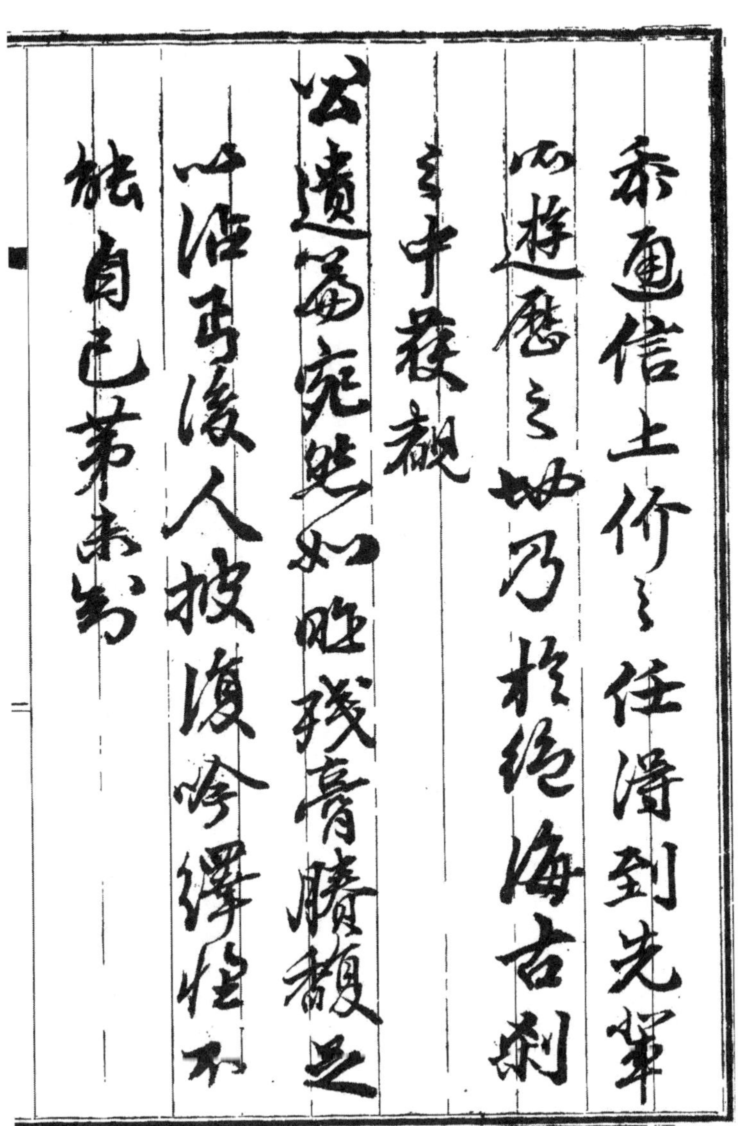
忝通信上价々任滑到先輩
所游遨歷之地乃於絕海古刹
々中獲覩
公遺篇宛然如昨殘膏賸馥之
所沾丐後人披復吟繹情不
能自已第未知

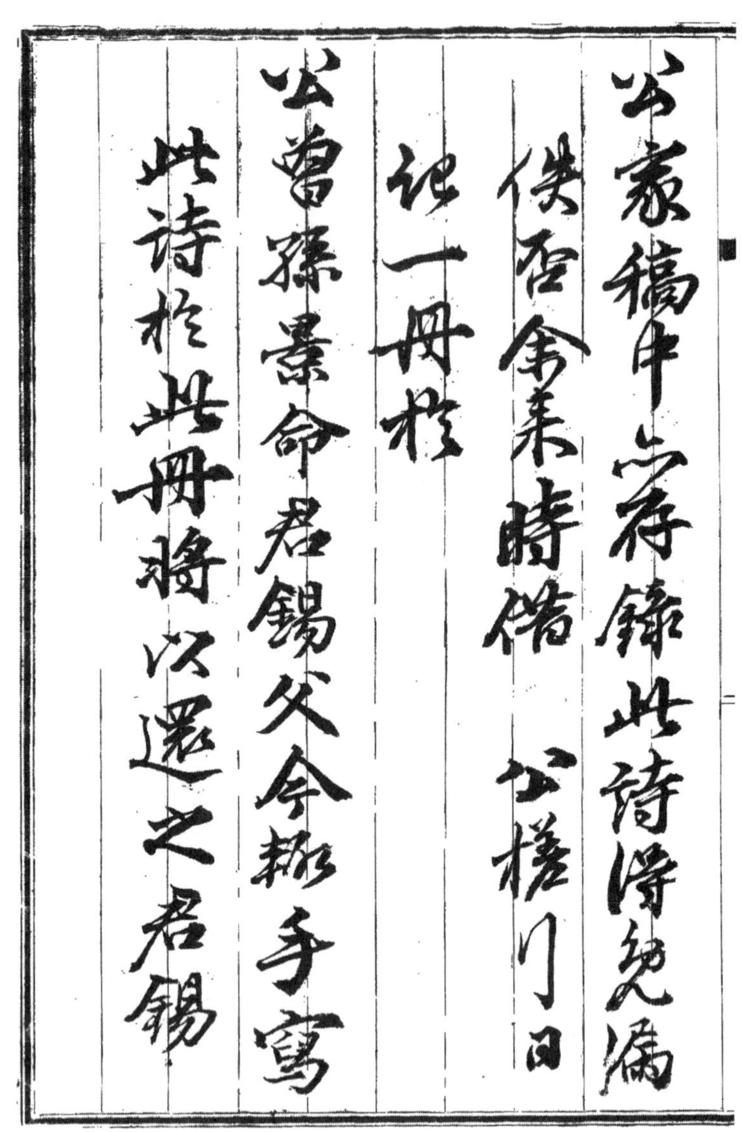
公家稿中只存錄此詩得免漏
佚否余來時借 公槎門日
記一冊於
公曾孫景命君錫父令赫手寫
此詩於此冊將以還之君錫

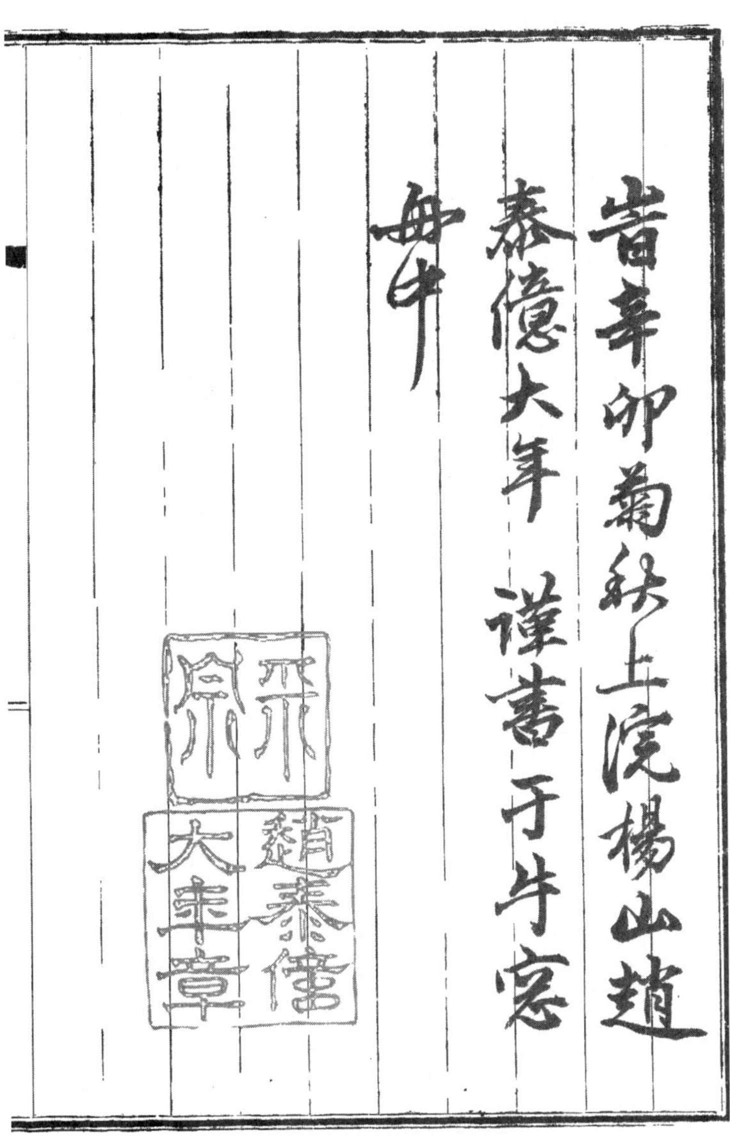

旹辛卯菊秋上澣楊山趙
泰億大年 謹書于斗室
册中

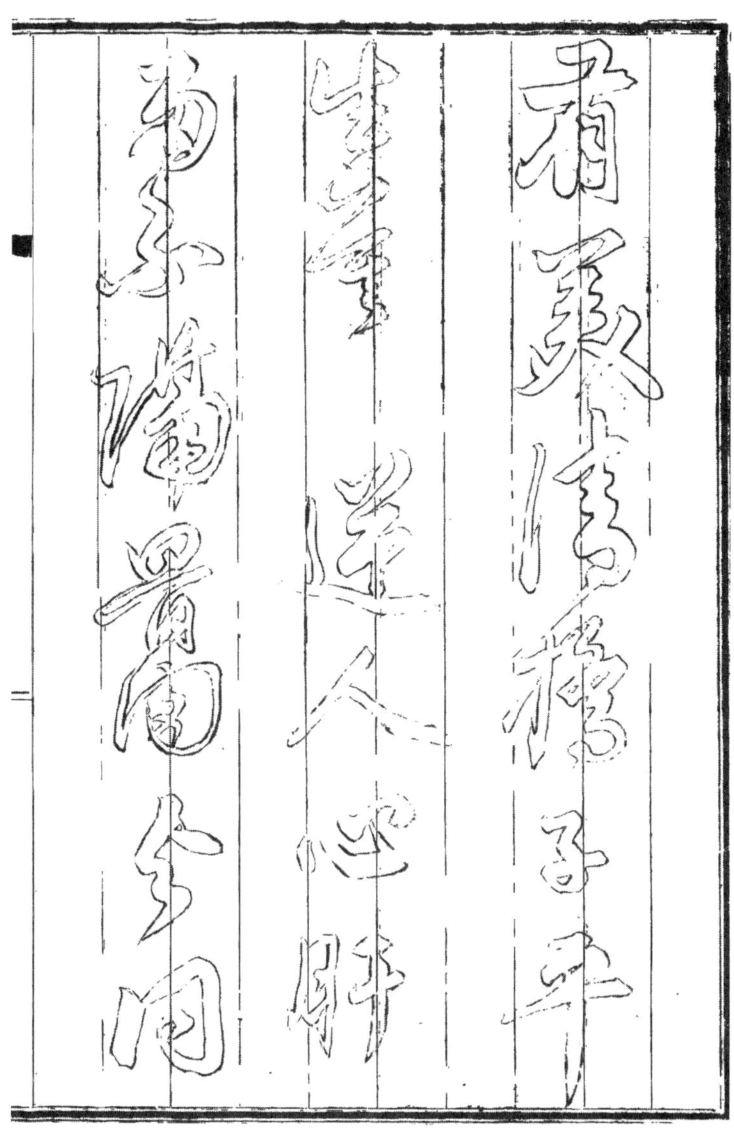

189

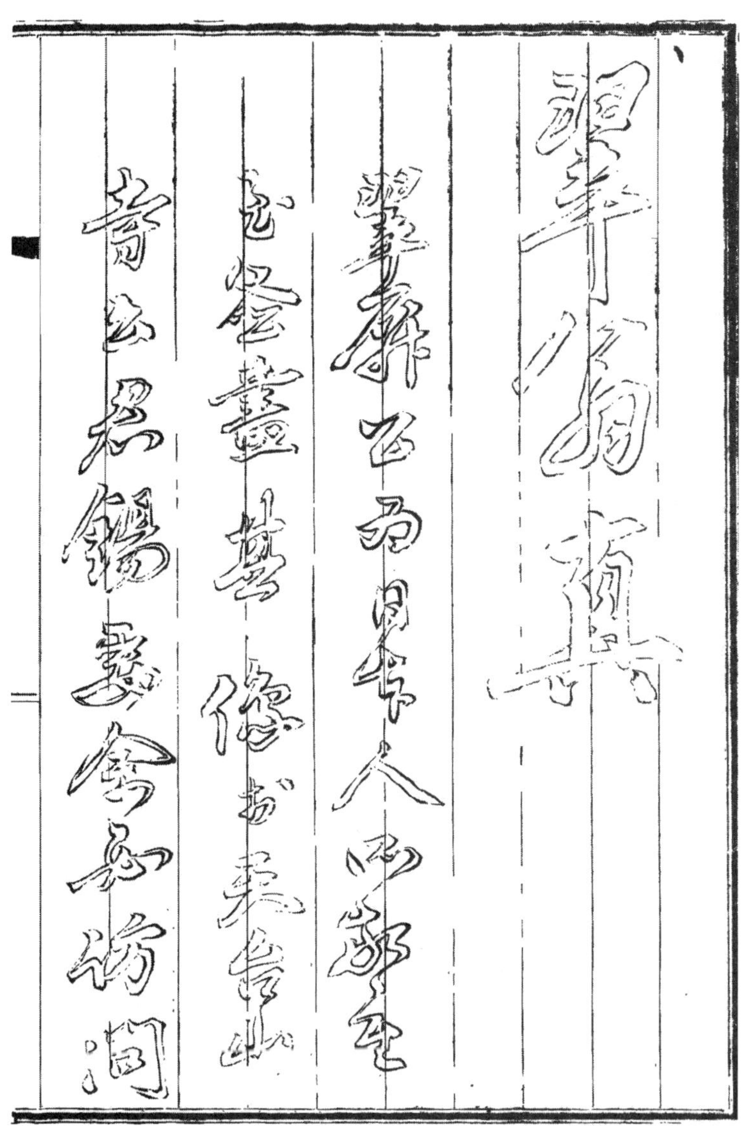

京本美濃判草綴紙総由尺八寸八分横六寸二分…十行二十字詰本文八十六葉趙泰億ノ蠹書四葉總紙数九十枚也而黄褐色…

大正二年癸丑本書扶桑日記ヲ朝鮮京城ノ韓人ニ求メ得テ之ヲ表装シ左ニ註記ス、

慶安四年辛卯四月将軍家光卒シ子家綱継ク孝宗王六年乙未（明暦元年ニシテ二百五拾六年前）朝鮮正使趙珩（号翠屏）副使俞瑒（号楸潭）従事南龍翼（号壺谷）等来朝シ國書方物ヲ家綱ニ捧シ御筆扁額ヲ日光廟ニ献ス而シテ此一行四月漢城ヲ発シ十月江戸ニ着シ翌年二月漢城ニ帰還ス其閲スル所ノ旅程十有一个月趙珩自ラ之カ視察日記ヲ書ス扶桑日記即之ナリ當時ノ旅

行如何ニ困難ナリシカ追想スルニ難カラザルモノアリ扶桑日記ハ此長日月間ニ亘レル出来事ヲ譚々記載スルヿ詳カニシテ今之ヲ通覧スル時ハ時ノ朝鮮使臣等ノ眼ニ我國明暦年間ノ文物ガ如何ニ映セシカ或ハ林羅山(道春)同春齋父子酬唱ノ詩ヲ以テ君文不佳ナリトナシ以テ其國ノ文知ルヘシト書セルカ如キ或ハ文祿ノ役我軍ニ虜ヘラレテ歸化セルモノニ関シテ記載セルカ如キ或ハ將軍ニ謁スルノ光景日光廟ニ奉献スルノ次第或ハ(井伊掃部頭直孝)大老酒井雅樂守安部

以釜山ヨリ第一船ニ正使第二船ニ副使第三船ニ從事各乙卜騎乘ニ至ル西至壹岐島ニ至リ卯春行一手國書ハ
第一船ニ同乎國信ハ第二船ニ同乎國扶ハ第三船ニ護行ス

三使節泰億ハ衍ニ而役人其事實矣識セシ一行總員四百九十一名ナリ

豊後守板倉周防守等ニ関スルノ記事其他當時特種ノ風俗人情種物地理歴史等ニ関シ幾多掬スヘキノ記事ハ反復熟讀倦ム所ヲ知ラザラシム轉タ今昔ノ感ニ勝エザルモノアリ而シテ其巻末ノ餘白ニ識セル書ハ之ヨリ五十七年ヲ經タル肅宗三十七年辛卯(正徳元年ニシテ百九十九年前)韓使趙泰億(新井白石之ニ應接ス)ガ日本ニ使セル際(之ヲ日本ニ携ヘ行キシテ)自ラ前使趙珩ノ遺篇ニ関シテ発見セル所ノモノヲ備中牛窓ノ舟中ニ於テ記入セル所ノモノニシテ之亦頗ル珍トスルニ足ル

モノナリ想フニ後使趙泰億ハ其出発ニ先チ豫メ前使趙珩ノ此扶桑日記ヲ其曽孫景命君錫ニ借用シ之ヲ日本ニ携行シ以テ自ラ一ノ旅行案内ニ代ヘタルモノナルベク（之ニ據ツテ前例遂行ノ羅針盤トセシ者）又是ニ據リ前使趙珩等ノ遺セル賦篇ヲ日本各地ニ発見シ自ラ之ヲ此冊ニ手寫シテ（帰墨ノ）後チ之ヲ君錫ニ返還セシ處ノモノナリ要スルニ此扶桑日記ハ趙珩之ヲ書シ趙泰億其遺篇ヲ追書セルモノ也

余明治三十九年征露軍ニ従フテ以来朝鮮ニ流寓シ今二百五十六年後ノ今日ニ於テ當時ノ書

冊ヲ漢城ニ得テ轉タ追懐ノ情ニ堪ヘザルモノアリ

今此両使来朝ノ歴史ニ関シテ諸書ヲ渉覧シ抜萃スル事左ノ如シ

一、久保得二ノ朝鮮史、森潤三郎ノ朝鮮年表、青柳綱太郎ノ李朝五百年史ヨリ

正徳元年辛卯(乙未ヨリ五十七年)十月將軍家宣嗣ク十月十一日新井君美朝鮮使ト對話セニガ為従五位下ニ叙セラレ筑後守ト称シ金作ノ太刀五位ノ袍服狩衣ヲ賜フ十七日朝鮮

正使趙泰億、副使任守幹、従事李邦彦等宗義方
ニ導カレ来聘ス君美之ヲ川崎ニ迎フ十八日
朝鮮使入府東本願寺ニ宿ス二十一日朝鮮使
ヲ旅館ニ饗應ス十一月朔朝鮮使ヲ引見シ三
日又登城ス賜饗ノ儀アリ使者新儀ニ服セス
新井君美之ヲ殿上ニ辯折ス初ノ将軍家宣朝
鮮聘問ノ禮ヲ革メント欲シ新井君美ヲ召シ
テ意見ヲ問フ君美曰ク鎌倉建府以来外國ノ
書ヲ我國ニ奉スルヤ天子ヲ称シテ日本天皇
ト云ヒ幕府ヲ称シテ日本國王ト云フ寛永以

来彼我カ報書ニ異論ヲ唱ヘ遂ニ我カ将軍ヲ奉シテ日本國大君ヲ以テス思フニ大君ノ字義ハ之ヲ説文等ニ徴シ又古来ノ書ニ參驗スルニ天子ヲ云フ日ト大差ナシ然レハ之上僭ノ嫌アリ且ツ彼其國ノ庶孫ヲ称シテ大君ト云フコト其旧来ノ習ナリ然ルヲ以テスルハ彼カ潜ニ得タリトスル所ナルヘシ改メテ日本國王ト呼ノ勝レルニ如カズト其他朝鮮使聘待遇ノ厚キニ過クルヲ論シ皆之ヲ改ム當時君美ノ意見中日本國王ト称スルコニ就テ諸儒異論アリシカ幕府遂ニ君美ノ議ヲ容レ朝鮮ニ命シ幕府ヲ称シテ日本國王ト云ハシム趙泰億来聘スルニ及ビ君美答書ヲ草

ス書中韓主ノ諱字ヲ犯スニヨリ使者肯テ受ケズ切ニ改作
ヲ請フ君美反テ之ヲ詰責シテ曰ク来書既ニ我諱字
ヲ犯ス足下先ツ之ヲ改メテ後請フコトヲ為セト使者答
フル能ハスシテ去ル幕府宗義方ノ聘礼ニ力メタル功ヲ賞シ
肥前國[illegible]郡千石ノ地ヲ賜フ

附記　森潤三郎著朝鮮年表宗家系図ニ明暦元年来
聘使趙珩等ヲ江戸ニ導キシモノハ宗第二十一世義
真（彦満）ナル如ク記載シアルモ本扶桑日記ニ拠ル時
ハ之レ誤ニシテ其父義成ナリシコトヲ知ルベシ

二六　杉原夷山著日本書畫人名辞書ヨリ

其一、扶桑日記十月二十五日ノ記事ニ於ケル文禄ノ役我軍ニ捕ヘラレテ帰化セル李真栄及其子全直ノ傳

李真栄

李氏字ハ真栄、號ハ一怒、朝鮮慶尚道ノ人、文禄ノ役時ニ年二十三我カ兵ニ捕ヘラレ紀伊ニ来リテ帰化シ教授ヲナス博覧強記尤モ易ニ精通シ且ツ書ニ巧ナリ藩主徳川頼宣之ヲ遇スルニ客禮ヲ以テス寛永十年殁ス年六十三

李全直

李氏名ハ全直、字ハ衛正、梅溪ト號ス又潜窩ト號ス

ス。父一恕字ハ真栄朝鮮霊山ノ人文禄ノ役年
十三我軍ニ捕ヘラレ紀州ニ来リ住シ教授ヲ以テ
業トス梅渓ハ父ニ従テ儒ヲ学ヒ父歿スルニ及テ業ヲ
承ケ田善齊ニ従テ学ヒ長シテ紀州侯ニ仕フ天和
二年歿ス年六十六

其二

韓使趙泰億一行ニ應接シ唱酬セルハ、入野鳳洲、山縣
周南、伊藤長英、土肥霞洲、室鳩巣、新井白石ノ傳

入野鳳洲

入野俊明、字ハ彦遠、鳳洲、洲一ニ洲ニ作ル晩ニ老覺

生ト歸ス父ハ圖法母ハ中井氏元禄九年東都ニ於テ
俊明ヲ生ム俊明幼ニシテ詩及ヒ書ニ巧ミナリ年甫メ
テ十二圖法ニ從テ水戸侯ニ謁ス侯因テ詩ヲ試ム立
ロニ賦シテ之ヲ獻ス侯其背ヲ拊テ大ニ嗟歎シ即チ自ラ
書若干卷ヲ賜フ圖法爲メニ益ゝ師儒ヲ擇ヒ業
ヲ卒ヘシム正德元年年十六弟子員ヲ以テ韓使ニ接シ
唱和ノ際敏捷迅速ヲ以テ特リ語ヲ先チテ成ル時ニ
韓客ノ請ニ應シテ徹ノ字ヲ大書ス其人重子ト其信
ニ書セラレシヲ請フ韓客筆ヲ閣メテ擬議ス俊明歎
チ筆ヲ採リテ主一無適ノ四字ヲ寫シ以テ示ス坐皆

驚嘆ス名聲嘖々トシテ交通ヒロク最モ雨森芳洲、祇園
南海、梁田蛻巖、倉八江ト善シ四子ハ當時ノ碩
儒ニシテ皆推シテ及ブベカラズト爲ス享保元年尾張
藩ニ仕エ頃クシテ書院郎ニ補セラレ擢デラレテ顧問ニ充
ツ嘗テ侯ノ命ヲ奉シテ書ヲ東都外山別館ニ校ス凡
ソ三千餘巻尋イデ又タ尾張ノ秘府ニ在リテ經傳史
子鈔疏ヨリ以下百家、衆流、醫卜、曆法、輿地、術藝、
浮屠ニ至ルマデ傳フル所無慮二萬巻悉ク校讐シ
テ以テ藏ス明和三年歿ス年七十

山縣周南

山縣氏名ハ孝孺字ハ次公少助ト稱ス周南ハ其號
周防ノ人年十九父ニ從ヒテ江戸ニ來リ物徂徠ニ師
事ス徂徠時ニ初メテ古文辭ヲ唱ヘ和スルモノ尚寡
シ獨リ安藤東野從フ周南東野ト互ニ研究切劘
ス徂徠亦其人ヲ得ルヲ喜フ爾來徂徠ノ學日ニ
興リ從ヒ學フ者益々盛ナリ遂ニ海内ヲ風靡ス
ルニ至ル是レ於テ其徒蘐社ノ高足ヲ語レハ先ツ
指ヲ周南東野ニ屈ス徂徠二子ヲ待ツコト親
子ニ異ナリ江戸ニ居ルコト三十年業成リテ歸ル正
德元年稱侯果テ聘ス幕府其道ル此ノ郡國

ニ命シテ饗急セシム使舟赤馬関ニ至ル長門ニ使
ノテ諸国士ヲ遣ハシテ接待セシム使臣赤之ニ預
ル時ニ舜ノ若ク不能ニ而シテモ誇寄ト廷尉敵捷ナ
リ帰党大貴異ス対州ノ学士雨森芳洲ト云
称シテ海西モ渡トナス是ニ於テ声名藉甚一ニ
ニ帯ハル其後テ使聘觀スレハ頼テ従テ西ニ帯ニ
其側ヲ離レス使等ヲ甚タ校ヲ興シ師導ヲ設
ケ諸生ヲ養フ釋奠尊崇ノ禮用ヒ以テ行フ六
藝武技皆其中ニ肄習スル所ナリ明倫館ト云フ
而シテ周南ノ計画多キニ居ルト云フ元文二年鐫ノ

祭酒小倉尚齋死ス周南代リテ祭酒トナル學業ノ外兼テ時事ニ通ス侯ニ講筵ニ陪シ或ハ間宴ニ侍シ啓沃諷諭陰ニ匡濟ノ功ヲ盡セリ或ハ家老有司ノ為メニ謀リテ裨益スル所少ナカラス又大義ニ於テ斷スルニ臨ミテ獨見ノ明ニ據リ偏ニ舊ニ泥ムヘカラス人皆ナ能ク敬服ス嘗テ侯命ヲ奉シテ公室譜牒諸臣系譜ヲ撰ス寶暦二年八月十二日歿ス年六十六

伊藤長英

伊藤氏字ハ重藏文ヲ以テ通稱トス梅宇ハ號ス

仁齋ノ二子東涯ノ異母弟寶、水中禍ヲ德山
ニ釋ク正德元年韓使來聘ス德山侯時ニ甚
接伴員ヘトナリ長英ヲシテ專ラ文翰ノ事ヲ
掌ラシム長英韓使ト唱酬談論詞鋒挫ケズ
韓使之ヲ賞ス享保二年致仕シテ京師ニ退
キ生徒ニ教授ス同七年福山侯ニ仕ヘ家ヲ携
ヘテ移居ス是ヨリ曩ニ福山ノ地皆山崎氏ノ學流
ナリ長英此ニ至リシヨリ闔國風ニ向ヒ文學一
變シテ往時ノ風習ヲ絶ツト云フ私ニ諡シテ
紹孝（一ニ康獻ニ作ル）ト云フ長英人ト爲リ

魁梧健談文ハ韓歐ヲ主トシ詩ハ李杜ニ原
ヅク常ニ陸務觀集ヲ愛シテ曰ク老蒼宏雅
老杜ニ讓ラズト鑽研博綜老ニシテ彌ニ篤シ本邦
未ダ眞ニ放翁ノ詩ヲ志ル者ナシ之ヲ知ルハ長
英ヨリ始マルト其子弟ヲ訓導スル實學ニシテ
倦マズ鉛槧自ラ娯シム延享二年十月二十八
日歿ス年六十二

土肥霞洲

土肥氏名ハ元成字ハ允仲霞洲ハ其ノ號又タ新
川小松巖ト號ス通稱ハ源四郎江都ノ人默翁

ノ子天資穎悟六歳ニシテ書ヲ善クシ詩ヲ賦
ス水戸義公嘗テ之ヲ聞キ召シ見テ称シテ
神童ト云将軍徳川家宣潜邸ノ時新井白
石之ヲ薦ム識ニ経籍ヲ講セシムルニ辨釋亦明ナ
且ツ其住ル所ノ詩ヲ書スルニ筆力勁道老成ノ
如シ乃チ擢テヽ侍讀トス時ニ元禄十六年ノ
秋八月霞洲年十一ナリ家宣白石ヲシテ之
ヲ教育セシム霞洲因テ白石ノ家ニ寓居シテ
学修既ニ定シ學術操行處ニ白石ニ髣髴タ
ルノミナラス其ノ行草ニ於テモ亦タ必筆意氣

韻毎ニ通ン飲ニ當時ニアリテハ人白石ノ書ヲ識別
スル能ハス家宣入リテ大統ヲ継クニ及テ儒員ト
ナル正徳元年韓使李礥ス霞洲新井白石ニ宅
観瀾室鳩巣等ト韓使ニ應接シ議定李礥ノ
居ガ大垣城ノ五十歳ニ和ス時ニ年ニ十九種ノ問
アリテ之ヲ惜ム避ノ惺和スル書律詩ニ遺セ無ニ
此ノ聲價大ニ著ハル霞洲職ニ在ル二十餘年
病ト称シテ致仕ス寶暦七年八月十四日卒ス
歳ノ七十五

室鳩巣

室氏名ハ直清字ハ師禮鳩巣ト號ス同弟ハ滄浪齋ト命シテ静儉ト曰フ通称新助、其之ハ能谷直實ト出フ鳩巣幼ニシテ穎悟好ミテ書ヲ讀ミ年甫メテ十五出デヽ加賀侯ニ仕フ侯其才ヲ奇トシ命シテ京師ニ入リ業ヲ木下順庵ノ門ニ受ケシム正徳元年幕府ノ儒員ニ列シ録二百石ヲ賜ハル三年邸ヲ駿河臺ニ賜ハル世呼テ駿台先生ト云フ有徳公職ヲ襲グノ後特ニ擢シテ殿中侍講トナシ傍ニ政事ノ得喪ヲ詢フ此ノ職實ニ鳩巣ヨリ始マル論譚スル所少カラスト雖モ口ヲ緘シ

テ人ニ語ラス故ニ其将順ノ美、人或ハ多ク之ヲ知ラス享保十年西城侍講ニ遷ル別ニ職俸二百苞ヲ賜ハル鳩巣学程朱ヲ宗トシ老ニ至リテモ徒ニ誨ヘテ倦マス過世ニ棄スレハ時ニ書ヲ作ル享保十九年八月殁ス年七十七明治四十二年九月従四位ヲ追贈ス

白石

新井氏初名璵後君美ト更ム字ハ在中一ノ字ハ濟美通称勘解由、白石ハ其號又紫陽、錦屏山人天爵堂勿斎等ノ號アリ其先ハ新田氏

二出ツ父ヲ正齋ト云フ常陸ノ人後チ江戸
ニ出ウ木下順庵ノ門ニ入リテ業ヲ修メ出藍ノ
稱アリ初メ古河侯堀田正俊ニ仕フ後故アリテ
仕ヲ致シ議草ニ任ス元祿六年幕府ノ儒官ニ
登庸セラル時ニ年三十七待遇厚渥遂ニ從五位
下筑後守ニ叙任ス專ラ著述ヲナシ其書多ク
ハ經濟ニ係ル世其ノ有用ヲ稱ス尤モ詩ニ長
シ才力絶倫ナリ采地千石ヲ給ハル享保十
年五月十九日歿ス年六十九
三、塙保己一ノ續々群書類從第三史傳部林羅山

闋名凡一節

明曆元年乙未十月朝鮮聘价趙珩、俞瑒、南龍翼、來貢既到大坂、見先生所裁五花堂記、同處賞之、入府之後、拜禮畢而三使贈土宜數品于先生、亦是丙子癸未之舊例也、先生寄詩章而唱酬焉、既而御田簡執事之復書如前規、至騰發府、而俞瑒號秋潭投示扶桑壯遊一百五十韻、以來嗣響、先生即展燈下和之、請隨員口占而當之二人在側、就員數句成而繕書之、翌日早發、乃連馳達于小田原、秋潭得然大稱譽之作

詩幷序以謝之先生復次來韻追及於中途世
皆以爲贖古之偉事日域之快談也
也、韓著元泳義ノ國朝人物志曰ク
趙珩之傳
字君獻號翠屛豐壤人仁祖丙寅文科以試官
睦大欽姪女壻罷榜庚午再擢明經及第入翰
苑時潛冶朴知誠方主追崇議許穆罰知誠廷
手李貴以聞上怒命四館罰許穆珩不奉行上
怒下吏配扶餘踰年放還乙未以通信使東赴
日本官至判府事謚忠貞

俞瑒之傳

字伯圭号楸潭昌原人庶尹汝諧子乙亥生員

孝宗庚寅文科說書乙未以通信使東渡日本

還官至參判子信一字道叔己巳生員文科獻

善出補淮陽府使路殺咸興科儒逮獄拷死信

一弟得一字寧叔号歸窩乙卯生員肅宗丁巳

文科兵曹判書

趙泰億之傳

字大年号謙齋楊州人嘉錫子肅宗癸酉進士

壬午文科丁亥重試副提學辛卯以通信使東

是日本辛丑九月以戶曹參判請對竟趙聖復
以侍御參聽爲言雖不直請聽政人臣豈敢發
此言三司無人爭論倫常絶矣宜加罪然後
可以爲國甲辰爲大提學製進英祖即位頒敎
文有曰誰知爭被之間遽兼凭几之命不書五
年之內再見遺弓之哀十月拜右相呈左議政
乙巳正月三司合啓泰億爲主文而撰頒敎文
看作尋常請削職三月遷相左相閔鎭遠率百
官庭請三十四啓光佐泰億並削奪門黜丁未
七月復拜左相戊申六月免十月卒謚文忠乙

亥削奪壬辰特命復官乙未十二月庭試時崔
錫恒孫元宇泰億曾孫弼達從孫景顯擢科崔
相寧上疏劾以罪人之孫請削科正祖丙申以
金若行上疏又追奪

南龍翼之傳

字雲卿号壺谷宜寧人府使得朋子年十九仁
祖丙戌進士二十歲人日製二十一庭試文科
入湖堂丙申重試壯元為通信使從事馬島主
迫令拜關白願堂龍翼以義折之島主絶日供
旬餘以脅之龍翼藏舟閉館者若不欲歸島主

知不可屈始遣歸肅宗已臣定元子位號召公卿議曰敢有貳者納官退去可也龍翼曰中宮春秋鼎盛王子生數月何汲汲為臣則有退而已上屢問言益勁直聞者縮頸仁顯王后遜位龍翼亦北竄明川卒于謫官止吏曹判書大提學謚文憲(人物考)年二十四以前正言疾劇夢中作詩曰絶塞行人少覊愁上客顏蕭〻十里雨夜渡鬼門關後果謫卒竟成詩讖甚異哉(朝野輯要)

五、李朝五百年史(青柳綱太郎著)肅宗德〻閔之歷史

景宗朝四年（當享保九年甲辰）王世弟位ニ即ク即位ノ初特ニ柳鳳輝ヲ擢テ右議政トナシ趙泰億ヲ右議政ト為ス幼学李義淵少論ヲ排斥セントシ上疏シテ言フ今殿下ノ責ハ速ニ群凶ノ壅蔽濁乱ノ罪ヲ正スヨリ先ナルハナシ以テ辛丑以後ノ事皆景宗ノ意ニ非サルヲ明ニシ且ツ群小陰凶潛毒ノ罪ヲ西シ以テ春秋必討ノ義ヲ明カニセヨト王朋黨甚タシクシテ是非明カナラス今後若シ黨争ヲ以テ相軋ルアラハ豈寒心ノ極ニ非スヤト李義淵ノ上疏ヲ還付ス大司憲權寛上疏シテ義淵ノ疏ヲ咎

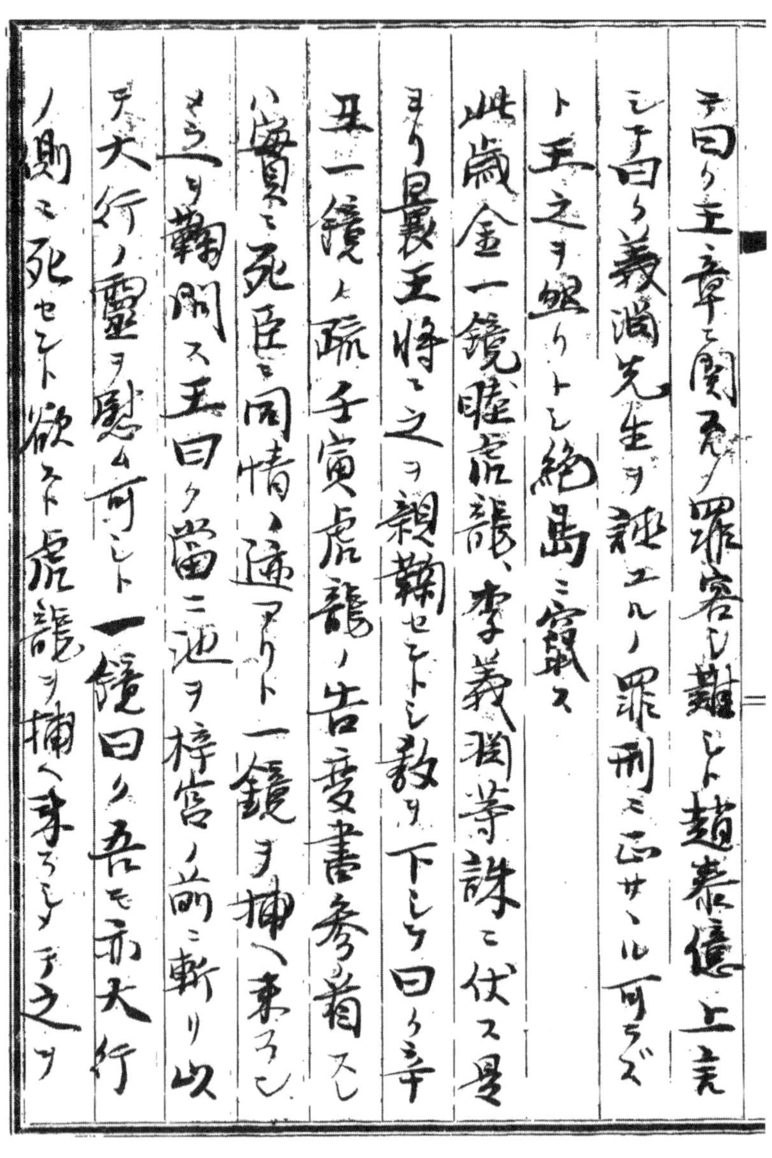
テ曰ク王ハ章ニ関元ノ罪容シ難シト趙泰億上言
シテ曰ク義淵先生ヲ誣ユルノ罪刑ニ正サヽル可ラズ
ト王之ヲ聴リトシ絶島ニ竄ス
此歳金一鏡睦虎龍李義淵等誅ニ伏ス是
ヨリ曩王将ニ之ヲ親鞫セントシ教ヲ下シテ曰ク辛
丑ノ一鏡ノ疏壬寅虎龍ノ告変書参看スレ
ハ實ニ死臣ト同情ノ跡アリト一鏡ヲ捕ヘ来ラシ
メテ之ヲ鞫問ス王曰ク當ニ廷ヲ梓宮ノ前ニ斬リ以
テ大行ノ靈ヲ慰ム可シト一鏡曰ク吾モ亦大行
ノ側ニ死セント欲スト虎龍ヲ捕ヘ来ラシメテ之ヲ

鞫ス虎龍色変シ語窮リ拷訊四囬ニシテ服セス
遂ニ斃ル義淵モ亦杖下ニ斃ル命シテ一鏡ヲ斬
ニ處シ義淵虎龍モ亦典刑ニ追施ス而テ其黨李
天海、尹就商、李師尚ヲ殺シ柳鳳輝、李光佐、趙
泰億ヲ竄黜シ命シテ金昌集、李頤命、李健
命、趙泰采ノ官ヲ復シ其他壬寅ノ獄冤死セル者
ノ爵秩ヲ追贈ス

英祖朝元年（享保十年乙巳）故領議政金昌集、左
議政趙泰采ノ官爵ヲ復シ官ヲ遣ハシ祭ヲ致サシテ
鄭澔、閔鎮遠、李観命ニ官職ヲ授ケ茲ニ於テ

俱ニ老論派ヲ重用シ少論ノ權勢殆ント地ニ
落チタリ泡テ李光佐、趙泰億等相ヲ拝セリ
六、巻末趙泰億ノ書セル林道春、同春齋、同靖（春德）
同信篤（鳳岡）ニ関スル傳記ヲ次ニ掲ケテ参考ニ資ス

林羅山（道春）ノ傳

林氏名ハ忠、一ノ名ハ信勝、字ハ子信、羅山ハ其號又羅浮山、浮山、羅洞、羅書胡蝶洞、瓢巷、夕顔巷、雲母溪、尊經堂、梅花村、麝眠等ノ號アリ文三郎ト稱ス幼名菊麿（一ニ菊松丸ニ作ル）其先ハ加賀ノ人後チ紀州ニ徙ル父信明ニ及ビテ平安ニ住ス羅山

生レテ神彩秀徹粗ニ文字ニ通ス十三歳既ニ國字ヲ
解シ演史小說ヲ誦シ且ツ中華ノ記錄ヲ窺ヒ見
聞シテ忘レス世稱ス此童耳ハ囊ノ如シト年十四建
仁寺ニ入リテ書ヲ讀ム時喪亂ニ屬シ書籍甚タ乏
シ羅山百方索借シテ諷誦毎ニ旦ニ達ス緇流學
者ノ輩試ニ疑義ヲ問ヘハ必ス娓々辨析ス皆稱
シテ神童トス長スルニ及ヒテ英邁絶倫曠世ノ才
アリ益ニ百家ニ馳騁ス凡ソ字ノ冊ヲ成スモノ閲セサ
ル所ナシ而シテ最モ六經ヲ尊フ嘗テ言フ漢唐以
來ノ文字ハ皆ナ原ク所アリテ其要ハ六經ニ歸

ス唯大経ノ文字ハ原ノ訛ナシ道固ヨリ此ニ存スト又
言フ後世能ク六経ノ旨ヲ明ルモノハ唯程朱ノ学ナリ
今日異端外説又之ヲ壅塞ス是レ力メテ闢カザル
可カラスト遂ニ鋭意洛閩ノ学ヲ興スヲ以テ自ラ任ス
門ヲ開キ徒ヲ聚メテ四書新註ヲ講説ス従ヒ聴クモ
ノ甚多シ是年僅ニ弱冠ヲ踰ユ是時学問湮
滅スル久シ民間冊子ヲ挾ムモノナシ故ニ遠近疑異
傳ヘテ以テ奇事トナス時ニ藤原惺窩アリ洛北ニ隠
ル陰ニ理学ヲ唱フ羅山是ヲ景慕シテ弟子ノ禮ヲ執
ル惺窩亦以テ人ヲ得タリトシテ之ヲ愛シ推シテ高

足トス家康雅ニ羅山ノ名ヲ聞キ時ニ邀ヘテ浩論ス慶長十一年冠シテ博士トナル以テ顧問ニ備ヘ深ク其ノ博識ヲ嘉ミス後チ薙髪シテ道春ト称シ民部卿法印ニ叙任セラル羅山国家創業ノ時ニ際シテ大ニ寵任ヲ受ケ朝儀ヲ創シ律令ヲ定ム幕府ノ文書率ネ其ノ手ニ成ル四世ニ歴仕シ即位改元行幸入朝ノ礼ヨリ宗廟祭祀ノ典及ビ外国聘吏ノ事ニ至ル迄預リ議セサルハナシ明暦三年ノ正月二十三日歿ス年七十五謚シテ文敏ト云フ

林春斎ノ伝

林氏名ハ恕一ノ名ハ春勝字ハ子林後チ之道
ト改ム春齋ハ其ノ號又鵞峯ト號ス別ニ向陽軒、
葵軒、竹牕、爬背子、晞顔齋、也魯齋、格物菴、温
故知新齋、碩雪眼月菴、傍花隨柳堂、辛夷塢、仲
林、南牕、恒宇、南墩、櫻峯、碩果等ノ稱號アリ
羅山ノ第三子母ハ荒川氏元和戊午ヲ以テ春齋
ヲ京師ニ生ム天性至孝ニシテ温柔貞固文詞ハ
那波活所ヲ師トシ松永貞德ニ學ブ精ニ長ズル
ニ及ビテ博學强記經史子集悉ク之ヲ究メザ
ルナシ且ツ本朝ノ歷史ニ通ジ諸家ノ本文ヲ諳ンジ

毎ニ問フモノアレハ應對流ルヽカ如シ寛永甲戌父ニ從ヒテ東來シ江府ニ住居ス時ニ年十七其ノ年將軍家光ニ謁シ其後或ハ異國ノ書ヲ草シ或ハ故事ヲ咨詢セラル而シテ能ク其事ニ堪フ癸未ノ歳命ニヨリテ寛永系圖三百巻ヲ蒐集ス正保甲申俸支宅地ヲ賜フ明年食祿ヲ加倍ス萬治中官金ヲ賜ヒテ珍籍ヲ藏畜ス寛文辛丑法印ニ叙セラル癸卯ノ冬五經ヲ講了シ私第ヲ作リテ蘊奧ヲ開示ス事台聽ニ達シ弘文院學士ノ號ヲ賜フ且ツ心ヲ四書ニ覃シ程朱ノ傳ヲ信シテ國字解ヲ作ル其ノ解

編輯ノ書甚タ多シ庚戌歳國史ヲ編ス纂ヲ三百
十巻官命シテ名ヲ本朝通鑑ト賜ヒ食禄ヲ加増
シ且ツ弘文ヲ賜ヒテ諸生ヲ教育セシム又タ官封ヲ
賜ヒテ其ノ塾ヲ造ル来リ学ブ者日ニ々多シ満國推
テ儒宗ト為ス延寶甲寅命アリテ再ヒ忍岡ノ聖
堂ヲ修シ年々祭祀シテ後ハ又禮樂ニ備ハリ貴
介侯伯國老執政来リテ祭儀ヲ觀ル瞻白シテ恭述
ヲ登ヒ韓使ノ至ル毎ニ贈酬頻繁凡ソ詩ハ一萬首文
ハ二千篇家ニ存ス八年病ニテ殁ス私諡シテ文穆
ト云フ年六十三

林春德ノ傳

林氏初名ハ守勝、字ハ子文、右近ト称ス後チ名ヲ
靖、字ヲ彦復ト改ム春德ハ其號又函三子、考槃窩、
讀耕齋、剛訥子、欽哉亭、静盧、甚齋等ノ號
アリ後チ専ラ讀耕齋ノ號ヲ用ユ羅山ノ第四子春
齋ノ弟ナリ家庭ニ學ヒテ博學強記當時ニ名ア
リ正保三年始メテ將軍家光ニ謁シ宅地並ニ年
俸二百苞ヲ賜ヒ祝髪シテ春德ト號ス第二ノ林
家ト称ス明暦二年法眼ニ叙セラレ三年食祿ヲ
加賜セラレ前ニ通シテ五百石トナス萬治四年三月

十二日殁ス時ニ年三十八私謚シテ貞毅先生ト
云フ

林鳳岡ノ傳

林氏名ハ戇一ノ名ハ信篤字ハ直民、春常ト称
ス鳳岡ハ其號、又整宇ト號ス春齋ノ第二子、
梅洞ノ弟ナリ幼ニシテ聰明經書ニ通暁シ詩律
ニ耽嗜シ兄梅洞ト從テ世業ヲ寛文丙午春、梅洞
殁ス鳳岡年甫メテ二十六父ニ代リテ諸生ヲ統ヘ詩禮
ヲ以テ任トナス延寶庚申春、齋殁ス鳳岡職禄ヲ
襲ギ大學法印ニ任セラレ弘文院學士ノ號ヲ賜ハル

天和新政ノ時當リニノ鳳復公ニ在リテ殆ト虚日ナ
シ初メ羅山私ニ書院ヲ忍陵ニ建テ弘文館ト號ス
孔子及十哲ノ像ヲ安置シテ之ヲ奉祀ス元禄四
年鳳岡旨ヲ奉シテ之ヲ湯島臺ニ移シテ官祀ト
ス其經營規畫更ニ壯麗ヲ加フ將軍綱吉親カ
ラ大成殿ノ三字ヲ書シテ之ヲ掲ケ祀田千石ヲ附
シ黌ヲ設ケテ學士ヲ延キ併セテ宅地ヲ此ニ賜ヒ
以テ朝ニ便ニス蓋シ保元以降天下擾亂士大夫
皆ナ金革ニ從事シ文藝浮屠ニ墜チ其事ノ一
ニ五山ニ歸ス國家隆平ヲ致スニ及ヒテ儒者刱ニ

家ヲ立ツ然レドモ猶目シテ制外ノ徒トス其鬚ヲ禿シテ士品ニ列セザル此レ戦國ノ頽俗未タ革ムルニ及ハサルナリ鳳岡人トナリ豪俊雄萬慨然以為ラク儒ノ道ハ則チ人ノ道人ノ外儒ノ道アルニアラス然ルニ立ヲ付ケテ制外ノモノトナスハ不可ナリト是ノ時綱吉大ニ儒道ヲ崇ムノ遂ニ命シテ髮ヲ蓄ヘ大學頭信篤ト称シ従五位下ニ叙セラル是ニ於テ世皆ナ儒教ノ世ヲ主トナルヲ知ル鳳岡五君ニ歴事ス凡ソ六十年元禄中最モ信任セラル正徳中新井白石專ラ事ヲ用ヒ議頗ル合ハス致仕ヲ乞フ免ルサレス其名望ノ隆ヲ以テナリ其專ラ掌ル所

ノモノ三アリ曰ク官爵曰ク系譜曰ク喪服此レ事體

最モ大ナルモノニ屬ス且餘ノ機務頗ル簡カンナレ

故ニ鳳閣ノ門ニハ客常ニ塡シ勢朝野ニ振フト云フ

天和壬戌命アリテ子信充ヲシテ孔廟ヲ掌ラシメ大學

頭ニ任シ鳳閣ヲ以テ大内記トナス明年致仕ス時ニ享

保九年ナリ鳳閣自カラ拙々翁、徐于子ト號ス後

チ八年ニシテ卒ス時ニ享保十七年六月朔日ナリ年

八十九私諡シテ正獻ト云フ

時大正二年癸丑冬於朝鮮龍山

今西龜瑞太識

巻末趙泰億ノ書ノ一部譯

右ノ絶句三首、五律一首ハ即チ翠屏趙公カ日東ニ使セシ時ニ作ル所ナリ絶句ハ寫字官金義信ヲシテ之ヲ書セシム律詩ハ則チ其時ノ從事崔谷南公ノ筆ナリ乙未ヨリ今ニ至ル五十七年兩寺ノ僧徒謹守シテ怠ラズ絶句ハ之ヲ櫃子ニ藏シ律詩ハ簇ニ作リ錦ヲ擬シ外面ニ書スルニ唐人ノ筆ヲ以テス寺僧ノ吾ニ語リ謂ヘルコト中華ノ如キ此モ亦見ル可シ余無似ヲ以テ叨リニ通信上价ノ任ヲ忝フシ先輩遊歴スル所ノ地ニ到ルコトヲ得テ乃チ絶海ノ

古刹ノ中ニ於テ公ノ遺篇ヲ覩ルコトヲ獲テ欣然トシテ昨ノ殘膏賸馥以テ丐ヲ沾スニ足ル後人彼ノ傳吟繹自ラ已ム能ハザルヲ怪シム第ハ未ダ知ラズ公ガ家ノ稿中亦此詩ヲ存錄シテ漏佚ヲ免ルヽコトヲ得ルヤ否ヤヲ余來ル時公ノ槎行日記一冊ヲ公ノ曾孫景命君錫父ニ借リ今輙テ此詩ヲ此冊ニ手寫シテ將ニ以テ之ヲ君錫ニ還サントス

旹ニ辛卯菊秋上浣楊山趙泰億大年ノ謹書于牛窓舟中

有美清矯子　平生莫逆人　心肝兩不隔　骨肉共周款
一別滄波涯　相思秋月新　天台如可到　先訪翠翁真
翠屏公ハ日本人ノ敬重スル所タリ真像ヲ天台山
ニ參畫スルニ至ルト云フ君錫余カ必ラス訪問ス
ルコトヲ要ス故ニ末句之ニ及フ　米泉

大正六年丁巳七月二十日謄寫畢
龍山柳塢　小泉貞造

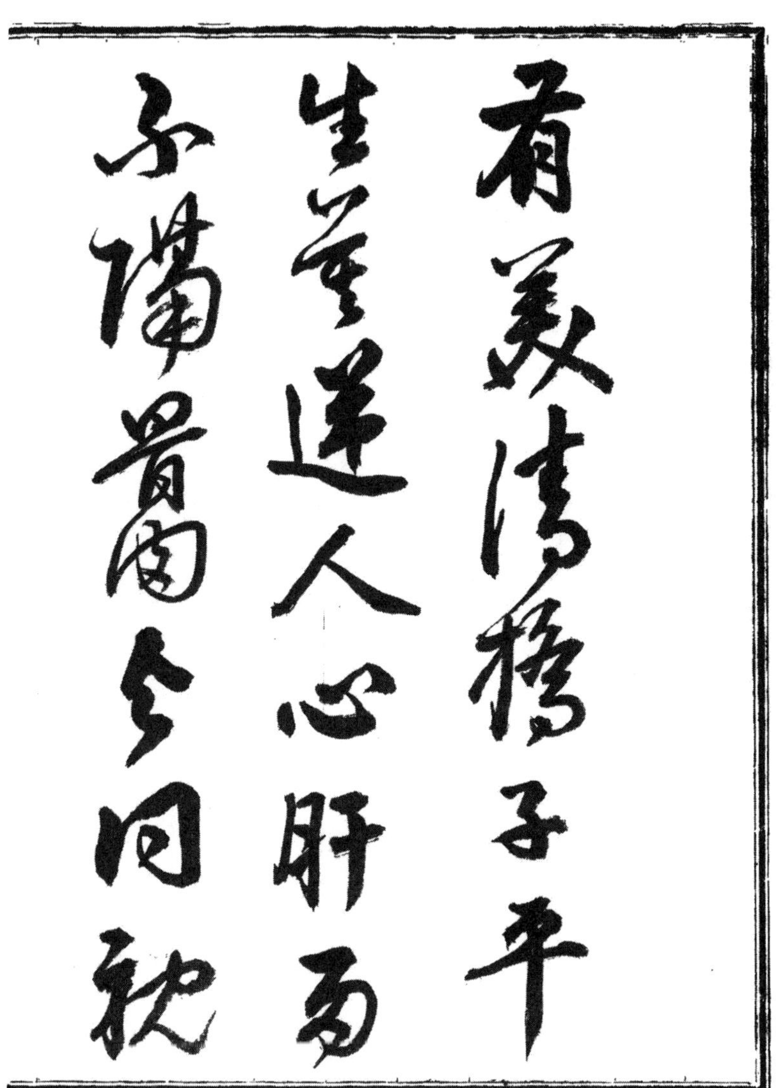

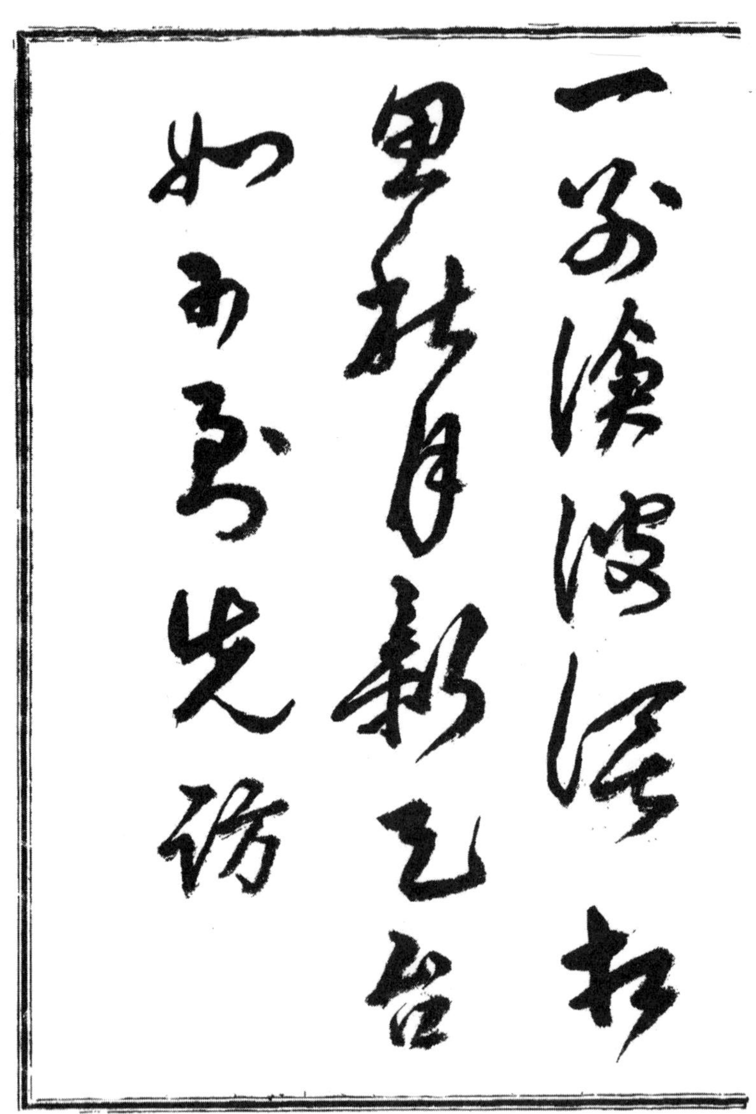

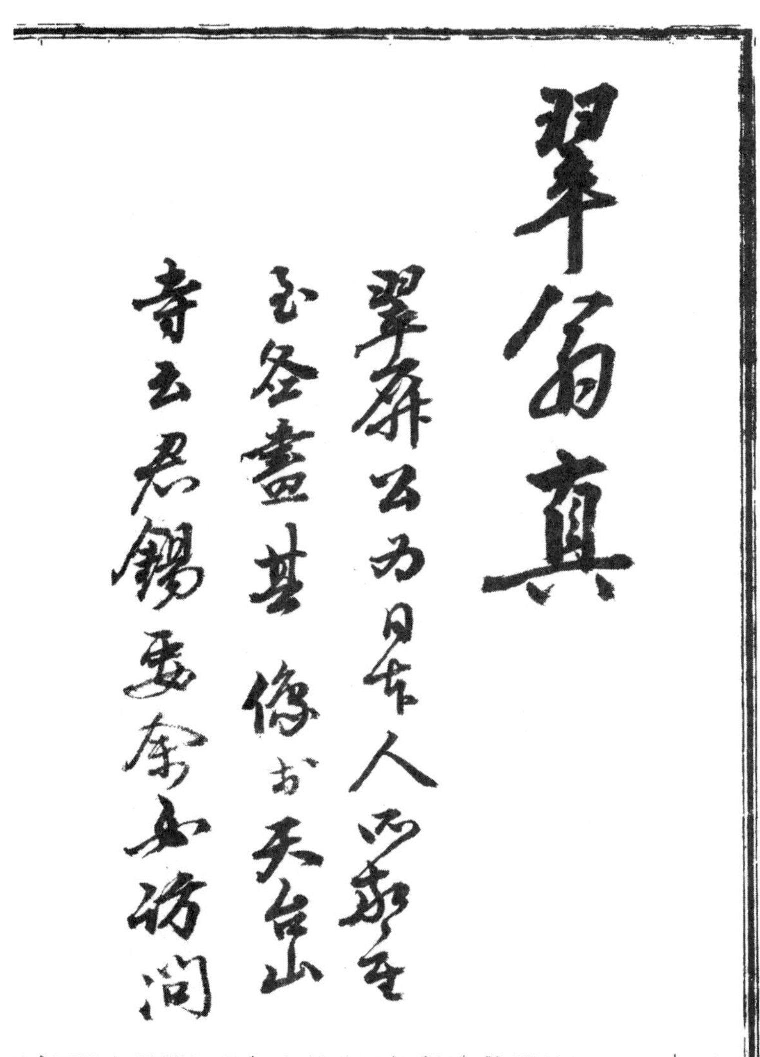

翠翁真

翠屏公爲日本人所寫
玉谷畫其像於天台山
寺主君錫要余如訪問

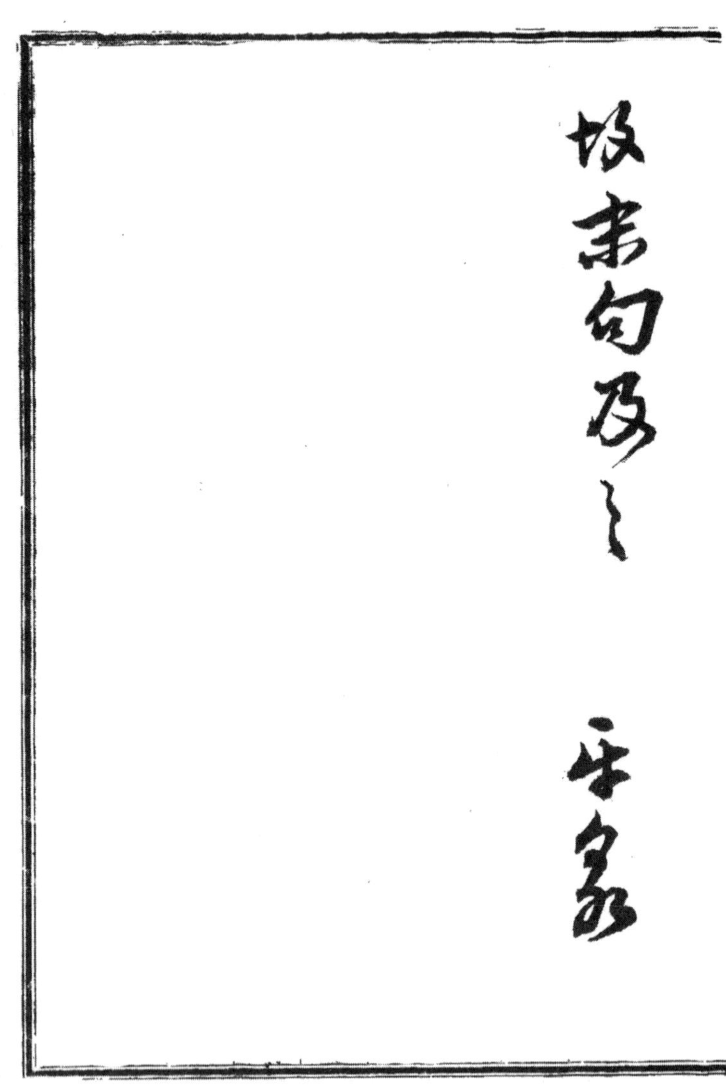

【영인자료】

扶桑日記

부상일기

여기서부터 영인본을 인쇄한 부분입니다. 이 부분부터 보시기 바랍니다.

김용진(金鏞鎭)

1986년생, 남, 중국 연변대학교에서 동방문학 전공 박사 학위를 취득하였고, 절강대학교 고적연구소(古籍所) 포닥 과정을 마쳤으며, 현재 상해외국어대학교에서 외국언어문학 포닥 과정을 밟고 있다.
연구 저서로는 『석천 임억령 한시문학 연구』가 있고, 자료집 『조선통신사 문헌 속의 유학 필담』이 있으며, 논문으로는 「도연명이 16세기 조선 문인의 시가창작에 끼친 영향 – 임억령을 중심으로」, 「한국고전문학사 교학에서의 심미교육 연구」, 「日朝通信使筆談中的朱子學辯論」 등이 있으며, 서평으로는 『Reinvented as the Butterfly–Cultural Memory of the Miao Women of Xijiang』, 『Phoenix Nirvana–Cultural Changes of She Ethnic Group in Southwestern Zhejiang in the Context of Tourism』 등이 있다.

통신사 사행록 번역총서 10

부상일기

2020년 12월 8일 초판 1쇄 펴냄

지은이 조형
역주자 김용진
기　획 허경진
펴낸이 김흥국
펴낸곳 보고사

책임편집 이순민
표지디자인 손정자

등록 1990년 12월 13일 제6-0429호
주소 경기도 파주시 회동길 337-15 보고사 2층
전화 031-955-9797(대표), 02-922-5120~1(편집), 02-922-2246(영업)
팩스 02-922-6990
메일 kanapub3@naver.com / bogosabooks@naver.com
http://www.bogosabooks.co.kr

ISBN 979-11-6587-111-6 94810
　　　979-11-5516-715 1 세트

정가 34,000원